Hinter dem Pseudonym Charlotte Freise verbirgt sich die Autorin Karla Schmidt. Sie wurde 1974 in Göttingen geboren und lebt heute mit Mann und zwei Töchtern in Berlin, wo sie ihr Kultur-, Theater- und Filmwissenschaftsstudium abschloss. 2009 erhielt Karla Schmidt den Deutschen Science Fiction Preis für die beste Kurzgeschichte. Im Rowohlt Taschenbuch Verlag erschien bereits «Die Seelenfotografin» (rororo 25512).

Mehr über die Autorin unter www.karla-schmidt.de

Über «Die Seelenfotografin»:

«‹Die Seelenfotografin› erzählt eine außergewöhnliche Liebesgeschichte mit Hilfe beeindruckender, oft schonungsloser Bilder. Die düstere Atmosphäre und die Intensität der Gefühle erinnerten mich oftmals an ‹Das Parfüm› von Patrick Süßkind.» (Sibylle Haseke, Taschenbuchtipp WDR 4)

«Berührend.» (Freundin)

«Eine kraftvolle, bildhafte Sprache, ein packender historischer Roman mit einem Schuss schaurig-schöner Phantastik – ‹Die Seelenfotografin› bleibt spannend bis zur letzten Seite.» (Astrid Fritz)

«Charlotte Freise beherrscht ihr Metier.» (Histo-Couch)

CHARLOTTE FREISE

Kaltes Herz

ROMAN

Rowohlt Taschenbuch Verlag

Originalausgabe
Veröffentlicht im Rowohlt Taschenbuch Verlag,
Reinbek bei Hamburg, Oktober 2012

Umschlaggestaltung any.way, Cathrin Günther
(Foto: Chiara Fersini / Trevillion Images)
Satz aus der Quadraat PostScript (InDesign)
Gesamtherstellung CPI – Clausen & Bosse, Leck
Printed in Germany
ISBN 978 3 499 25769 8

The greatest thing
you'll ever learn
is just to love
and be loved in return

*(Eden Ahbez / Nat King Cole:
Nature Boy)*

Die Maschine

Heinrich Pflog saß regungslos da. Was von seinen Händen übrig war, krümmte sich um die Armlehnen seines Sessels, der Oberkörper war leicht nach vorn geneigt, den Blick hielt er starr auf die Maschine gerichtet.

Die Stahlwalze, zwei Meter zwanzig breit, rollte über das Walzbett, drei Meter sechzig, hin und her, hin und her, unaufhörlich im Takt eines langsam, doch kraftvoll schlagenden Herzens.

Die Standuhr am anderen Ende des Saales schlug zehn, Heinrich wusste nicht, ob am Vormittag oder am Abend. Der sonst volle Klang wurde vom Rhythmus der Maschine übertönt, der jeden Kubikzentimeter von Heinrichs Reich ausfüllte.

Heinrichs Leib neigte sich ein wenig weiter nach vorn, Schmerz durchzuckte ihn, sein Gesicht fühlte sich an, als stünde es in Flammen. Einerlei! Schmerz spielte keine Rolle, Essen spielte keine Rolle, Tag und Nacht spielten keine Rolle. Nur seine Arbeit war wichtig. Die Maschine und er waren eins, auch für sie spielten Tag und Nacht keine Rolle. Sie wollte nicht gefüttert werden, wollte niemals schlafen. Arbeit war alles, was sie brauchte, und sie schöpfte ihre Kraft aus einer unerschöpflichen Quelle. Wenn auch er aus dieser Quelle schöpfen könnte … würde ihn das unsterblich machen? Sein Hirn formte Worte, Perpetuum mobile, Perpetuum mobile, Perpetuum mobile, wieder und wieder. Die ewig sich Bewegende, Königin der Maschinen, ein Wesen aus Stahl, von derselben Lebensenergie beseelt, die sein eigenes Herz unablässlich schlagen ließ. Heinrich spürte der Mischung aus Triumph und Verzweiflung nach, die seine Brust abwechselnd weit und eng machte, weit und eng, auch hier das ständige Hin und Her.

Triumph: Er hatte etwas geschaffen, an dessen Vollendung sich die größten Geister seit Jahrhunderten vergeblich versucht hatten, und dass sie lief und lief und lief, daran konnte nicht der geringste Zweifel bestehen.

Verzweiflung: Dennoch war sein Perpetuum mobile Betrug. Sie schöpfte nicht aus sich selbst, sie erzeugte ihre Arbeitsenergie nicht selbst. Heinrich spürte ein Knurren in seiner Kehle, er fühlte sich wie ein Hund, zugleich ängstlich und bereit zum Angriff. Wer war sie? Woher nahm sie ihre Kraft, was war ihre Quelle, wo befand sich die Innenseite der Welt, das rätselhafte Dahinter, aus dem sie sich speiste?

Triumph: Diese Quelle. Sie war unerschöpflich. Sie lief und lief.

Verzweiflung: Nur war nicht einmal sie seine eigene Entdeckung. Hätte er nicht jene Zeichnung gefunden, hingekritzelt auf die Seitenränder eines alten Buches, das Regenmacher ihm aus einer aufgelösten Bibliothek mitgebracht hatte, er wäre nie auf die Quelle gestoßen. Ein veraltetes, wertloses Fachbuch, das er beinahe ungelesen dem Kaminfeuer zu fressen gegeben hätte. Heinrich war ein Betrüger. Ein Hochstapler. Wie alle Erbauer eines Perpetuum mobile vor ihm es gewesen waren.

Und dann doch wieder Triumph: Sie lief. Und lief. Und lief.

Wie entnahm sie dem Dahinter die Energie, die den Verlust durch Reibung und Luftwiderstand ausglich? Woher nahm sie das, was über die reine Betriebsenergie hinausging? Aus welchem Stoff bestand die unsichtbare Quelle? Wer war der Mann gewesen, der sie gekannt und den Bauplan aufgezeichnet hatte?

Heinrich erschauerte, als Putz und Mörtel durch den metallenen Schutzkäfig herabprasselten, der die Maschine umgab. Binnen Sekunden zerrieb die Walze die Brocken zu Mehl. Wenn die Maschine sich losriss, wenn die eisernen Bolzen in Decke und Boden sich durch die fortgesetzten Erschütterungen lösten, wenn die Decke ihrem unerbittlichen Rhythmus nicht standhielt und über ihr zusammenstürzte ... Heinrichs Blick zuckte hinauf. Die Risse im Putz, zunächst nur zarte Rinnsale, hatten sich mittlerweile zu einem verzweigten Flussdelta ausgeweitet. Doch die Maschine musste weiterlaufen. Er würde sie nicht unterbrechen, er konnte es nicht wagen – nicht bevor er einen fachkundigen Zeugen hatte. Er musste nach Regenmacher schicken lassen. Regenmacher würde dafür sorgen, dass die Maschine Kinder bekam. Millionen Kinder auf der ganzen Welt.

1

Eigentlich hätten Straßenbahnen, Pferdewagen, Automobile in alle Richtungen wimmeln sollen, bissig, lustig und laut, eine immerzu lärmende Metropole, mit weiten Promenaden, glitzernden Lichtern, voller Selbstbewusstsein und Vertrauen in eine glänzende Zukunft. So zumindest hatte Charlie Jackson sich Berlin vorgestellt.

Doch seit er hier angekommen war, hatte er die Straßen trostlos gefunden, nur wenige Menschen waren unterwegs, die Hüte tief in die Stirn gezogen, die Überröcke bis zum letzten Knopf geschlossen, die Kragen gegen den unaufhörlichen Regen hochgestellt. Charlie kannte die Innenstadt mittlerweile so gut, als wäre er hier aufgewachsen, und als er die Weite des Alexanderplatzes von Süden her überquerte, grüßte ihn eines der Blumenmädchen, die immer hier standen. Kannten sie ihn schon, war er hier so oft ziellos herumgewandert? Charlie erwiderte den herausfordernden Blick des Mädchens. Hübsch war sie ja. Vielleicht sollte er sich ihr bekannt machen, man könnte ein bisschen plaudern und dann sehen, wie es weiterging. Charlie lächelte, wissend, welch überzeugende Wirkung das auf die Mädchen hatte. Doch dann erinnerte er sich, dass er ihr nichts zu bieten hatte. Überhaupt nichts. Nicht einmal ein Bett.

Charlie wandte den Blick ab, schritt schneller aus, um ihn herum viel zu viel Raum, den er zu durchqueren hatte. Er wollte den offenen Platz hinter sich lassen, sich den prüfenden Blicken der Mädchen entziehen. Unvermittelt wurde das unentschlossene Tröpfeln der letzten Stunden zu richtigem Regen, binnen Sekunden war der Platz leergefegt, die Blumenmädchen schienen sich in den Dunstschwaden aufgelöst zu haben, und Charlie fühlte sich, als sei er der letzte Mensch auf Erden. Er zog die Schultern hoch, vergrub die Hände in den Taschen, lief mit langen Schritten, bis er eine Kastanie fand, unter deren Blätterdach er ausharren konnte.

Sollte er aufgeben? Nach London zurückkehren? Sich stellen?

Charlie schüttelte unwillkürlich den Kopf. Solche Gedanken würde er nicht hegen, wenn er Geld für eine warme Mahlzeit hätte, für irgendetwas, das die Kälte vertrieb. Einen Regenmantel. Ein Zimmer.

In den letzten Wochen war er auf der Suche nach Arbeit von einem Theater zum nächsten gelaufen. Brauchen Sie einen Violinisten? Ich komponiere auch. Nein, mein Instrument habe ich leider nicht bei mir. Aber ... und einen Schauspieler, brauchen Sie vielleicht einen Schauspieler? Ich könnte ... nein, mein Akzent ist echt. Ich komme aus London. Man kennt mich dort gut. Ja ... verstehe ... natürlich ... auf Wiedersehen.

Er hatte alle Bühnen abgeklappert, erst die großen, dann die kleinen, dann die Schmierentheater. Er lief und lief, immer weitere Kreise um das *Apollo*, den *Wintergarten*, das *Metropol*, die *Deutsche Oper* ziehend. Dann wieder von vorne, *Apollo*, *Wintergarten ...*, die Linden und die Friedrichstraße und die umliegenden Viertel kreuz und quer, rauf und wieder runter. Vielleicht hatte er etwas übersehen, vielleicht fiel irgendwo ein Schauspieler aus, und man suchte Ersatz. Bisher hatte ihm einfach nur das Fünkchen Glück gefehlt, das man nun einmal brauchte. Mehr nicht. Er würde sich nicht unterkriegen lassen. Charlie stemmte die Hände gegen den Stamm der Kastanie und unterdrückte ein Fluchen. Er war immer noch Charles Peter Jackson. Er würde es schaffen. Direkt vor ihm war ein Aushang, er las ihn einmal, ohne den Inhalt aufzunehmen, dann noch einmal. *Brauereifest am Friedrichshain. Elektrische Cabinets, Riesenkinder, Panoramas, Flohtheater, Schießbuden, Riesenrad. Freibier.* Das letzte Wort fand schließlich Eingang in Charlies Verstand. Statt sinnlos herumzulaufen, könnte er zu dem Fest gehen. Wenn er Glück hatte, gab es dort etwas für ihn zu tun. Er verlangte ja schon gar keine Anstellung als Musiker mehr, es musste auch keine Bühnenrolle sein. Inzwischen würde er sich auch damit zufriedengeben, die Bühne einfach nur zu schrubben.

Am Eingang des Rummels erhielt Charlie von einem kleinen Affen in roter Paradejacke mit schimmernden Epauletten und Messingknöpfen ein Billett, auf dem die Worte *Einzutauschen für ein kleines Bier* aufgedruckt waren. Versuchsweise griff er nach dem Kästchen, in dem der Affe die Billetts aufbewahrte, doch der fauchte und schlug nach Charlies Fingern. Als Charlie lächelte und den Hut zog, tat der Affe dasselbe, er schien sogar Charlies ironischen Ausdruck zu imitieren. Das Tier war gut abgerichtet.

Das Gelände wirkte verwaist, für einen Rummel liefen viel zu wenig Menschen herum, und die schienen sich nicht so sehr für die Attraktionen in den Buden und Wagen zu interessieren als vielmehr für den Schutz, den die rot-weiß gestreiften Markisen vor dem Regen boten. Ein kleiner Junge lief herum, er hatte sich einen schwarzen Schirm zwischen Hals und Schulter geklemmt und verteilte Handzettel. Charlie winkte ihn heran und nahm ihm einen kleinen Stapel ab, um sich bei nächster Gelegenheit die nassen Schuhe mit dem Papier auszustopfen.

Der Platz war schnell abgelaufen, das Riesenrad verdiente diese Bezeichnung nicht wirklich, und es stank nach Hopfen. Doch die bunt bemalten Schilder, Wimpel und Banner schienen immerhin ein wenig Vergnügen zu verheißen, und Charlie beschloss, das Freibier, das er sich von einem Mann mit speckiger Schürze zapfen ließ, zu genießen. Jetzt brauchte er nur noch einen trockenen Platz, wo er sich damit hinsetzen konnte. Seit heute früh um sechs war er auf den Beinen, und jetzt war es bereits später Nachmittag. Ungesehen schlüpfte er an einem verwaisten Kassiererhäuschen vorbei in ein Zelt.

Drinnen standen im Dämmerlicht ein paar wackelige Stuhlreihen und vorne ein Piano, das jedoch nicht besetzt war. Auf einer kleinen Leinwand wurden alte Skladanowski-Schleifen gezeigt, laufende Bilder, die in unendlicher Wiederholung den immer selben Vorgang abspulten: ein Zug, der in der Ferne als winziger Punkt auftauchte, heranraste, um den Zuschauer in den Grund zu stampfen und dann in einem imaginären Raum hinter dem Zelt zu verschwinden, nur um erneut in weiter Ferne zu erscheinen und heranzurasen ... ad infinitum.

Obwohl kalte Luft durch den Eingang des Zeltes hereinzog, setzte Charlie sich in die letzte Reihe, um im Bedarfsfall schnell verschwinden zu können. Vor ihm saß ein Ehepaar in mittleren Jahren, beide ausladend und mit breiten Rücken. Die stehen gut im Futter, dachte er. Charlie hatte keine Lust, auf ihre Specknacken zu starren, und wandte sich den Handzetteln zu, die er dem Jungen abgenommen hatte. Im flackernden Licht der Leinwand versuchte er zu entziffern, was darauf stand, während er die Schuhe von den Füßen streifte. *Aufheiterung des Volkes ... beseitigen. Im Jahr 1900 ... das sich so seines Fortschritts rühmt ...* Die Lampe des Projektors brannte mit einem unsteten Licht, mal heller, mal dunkler, der Stromversorgung schien das Wetter ebenso wenig zu behagen wie ihm selbst. *... Tendenzen des Mittelalters ... priesterliche Anmaßung ... untergraben unser Terrain ... wollen unser Brot verdienen ... Darbietung unschuldiger Vergnügen ...* Charlie seufzte, knüllte zwei Blätter zusammen und stopfte sie in seine Schuhspitzen. Es sah nicht so aus, als ob sie hier noch jemanden brauchten, der ebenfalls sein Brot verdienen wollte. Eher so, als würde ihnen bald der Hahn abgedreht. Charlie lehnte sich zurück, starrte auf die Leinwand und trank sein Bier.

In London hatte er mal eine Tretmühle in einem verborgenen Raum bedient, um ein gefälschtes Perpetuum mobile in Gang zu halten, da musste er vierzehn oder fünfzehn gewesen sein. Es durfte keinen Moment stillstehen, damit die Illusion der Wundermaschine, die sich selbst mit Energie versorgt, aufrechterhalten wurde. Der Antrieb war gut versteckt gewesen, aber irgendwann war er doch entdeckt worden. Dem Betrüger hatte man zu dem gelungenen Streich gratuliert. Und Charlie war entlassen worden. Es hatte nur ein paar Wochen gedauert, bis er seine Kammer unter dem Dach des stinkenden Hauses in Kensington nicht mehr bezahlen konnte. Und dann kam die Episode im Armenhaus, das Leben, das er und die anderen Jungen sich dort ausgemalt hatten, Träume von Glanz und Geld und einer grandiosen Zukunft ... Die Augen halb geschlossen, lauschte Charlie dem Prasseln des Regens auf dem Zeltdach, dem Rattern des Projektors, betrachtete die Gestalten, die in dampfenden Mänteln in den Stuhlreihen vor ihm saßen. Im Gegensatz zu dem, was auf der Leinwand geschah, schienen sie leblos wie Figuren in Madame Tussauds Kabinett. Wie wäre es, wenn er in einen solchen Zug steigen könnte, auf und davon? ... Dann würde er immer wieder dasselbe Stückchen Weg zurücklegen, ohne Entrinnen. Charlie verspürte kurz den Wunsch, dass der Filmstreifen riss und dieser absurde Film endlich zu Ende war, er wollte hier weg, aber er brachte nicht genug Energie auf, um das Zelt zu verlassen. Der Regen draußen wurde noch stärker, seine Lider wurden schwerer von dem gleichförmigen Geräusch und dem Bier. Wenn der Filmstreifen sich festfraß und vor der heißen Lampe in Flammen aufging, dann würde er aufstehen und gehen. Doch nichts geschah, es ging weiter rund und rund und rund. Verdammt, es musste doch einen Weg hier raus geben! Die Wut, die ohne Vorwarnung in Charlie hochbrandete, war so mächtig, dass er aufsprang, das Gleichgewicht verlor und rückwärts stolperte. Er wäre gestürzt, hätte er nicht ein Stück Stoff zu fassen bekommen, an dem er sich festhalten konnte.

Der Mann vor ihm drehte sich um und plusterte sich zu noch beeindruckenderer Breite auf.

«Na hörnse mal!»

«Verzeihung.»

Charlie ließ den Schal los, den er in den Händen hielt, blau mit orientalischem Muster, sicher aus Seide. Er fiel geräuschlos auf den feuchten Erdboden vor seinen Füßen.

«Sie!»

«Verzeihung», sagte Charlie noch einmal und bückte sich, um das edle Stück aufzuheben. Dabei sah er es: Etwas rutschte aus der Manteltasche des Schalbesitzers, lag zwischen den Stühlen, glänzend im Widerschein der Leinwand. Das Ehepaar starrte auf Charlie herab, als wartete es auf den Beginn einer Vorstellung. Das Etwas auf dem Boden war länglich, flach, schwarz.

Charlie reichte den Schal nach oben, der Mann raffte ihn wortlos an sich und gab ihn seiner Frau, die ihn empört ausklopfte. Eine Sekunde lang war Charlie versucht zu erklären, dass er ... ja, was eigentlich? Eigentlich ein angesehener Künstler war? Im Grunde gar kein mittelloser Vagabund in einer fremden Stadt war? Doch das Paar hatte sich bereits wieder zur Leinwand umgedreht und ignorierte ihn.

Charlie hob den länglichen Gegenstand auf. Er hätte den Mann ansprechen können. Oder er hätte den Gegenstand auf den Stuhl neben ihn legen können. Er war weich und stabil zugleich, Leder, eine Art Etui. Charlie schob ihn in die Innentasche seines Jacketts. Dann waren es noch fünf Schritte, und er war draußen.

Er rannte durch den Regen über den schlammigen Platz, die Greifswalder Straße entlang nach Norden, bog in eine beliebige Seitenstraße, dann in eine andere Seitenstraße, rannte weiter, übersprang Zäune und überquerte Hinterhöfe, bis er in einem Hof einen offenen Schuppen fand, wo er sich unterstellen konnte.

Kaltes Licht fiel durch die Ritzen zwischen den Wandbrettern herein, und Charlie ließ sich auf das gestapelte Holz fallen. Scheite und Anmachholz kamen ins Rollen und rutschten zusammen mit ihm zu Boden, prasselten auf seine Beine und gegen seinen Rücken, trafen ihn am Kopf und zerkratzen seine Hände. Er wartete ergeben, bis die Lawine zum Stillstand kam. Als endlich Stille war, horchte er, noch immer bewegungslos, ob jemand kam, um nach den Rechten zu sehen und ihn zu vertreiben. Doch es kam keiner. Niemand war im Hof bei diesem Wetter, keine spielenden Kinder, keine Frauen, die Wäsche aufhängten, keine Hühner. Niemand, der Holz hacken wollte. Nicht einmal ein Hund. Wer konnte, war ins Trockene geflüchtet, und der Regen trommelte so eindringlich auf das Schuppendach, die Mülltonnen und die Gemüsebeete, dass Charlie wahrscheinlich um sein Leben hätte schreien können, ohne dass ihn jemand hörte.

Charlie zog seine Beute aus der Jacketttasche und hielt sie in einen der schräg einfallenden Lichtstreifen. Er hatte richtig vermutet. Eine Brieftasche aus schwarz gelacktem Schlangenleder. Als er sie öffnete, formulierten seine Lippen die stumme Bitte, dass Geld darin sein möge, dass es reichen würde. Für ein paar gute Mahlzeiten, für ein paar Nächte in einem richtigen Bett, vielleicht für einen neuen Hut. Ach, allein die Brieftasche war so viel wert wie drei neue Hüte!

Im ersten Fach fand er Visitkarten, aufwendig mit Goldrand und Porträt. *Braumeister Gustav Faust. Brauerei am Friedrichshain.*

Das konnte nur der Braumeister sein, der das Fest veranstaltete und von einem Affen Billetts für Freibier an die Besucher verteilen ließ. Man schien in dieser Stadt mit Bier eine Menge Geld verdienen zu können.

Im nächsten Fach waren Münzen. Vier halbe Kronen und fünf silberne Reichsmark. Charlies Herz begann schneller zu schlagen. Da war genug, um wochenlang gut zu leben, wenn er es mit dem «gut» nicht übertrieb. Er fischte die Münzen aus der Brieftasche und verstaute sie tief in seiner Hosentasche. Es fühlte sich irgendwie falsch an, so viel Geld lose in der Tasche zu tragen, als ob man es jeden Moment wieder verlieren konnte, aber es wäre leichtsinnig, die Brieftasche zu behalten.

Charlie hielt sie noch einmal näher ans Licht, fand ein weiteres, schmales Fach, beinahe unsichtbar unter einer Verblendung aus schwarzem Satin. Es enthielt einen einzelnen Zettel. Charlie zerrte seine eingeschlafenen Beine unter dem Holz hervor, um das Blut wieder zum Fließen zu bringen, schloss kurz die Augen, spürte das raue Papier zwischen den Fingern. Es fühlte sich vollkommen unwirklich an, doch als er die Augen wieder öffnete, sagten sie ihm, dass es dennoch stimmte: Er hielt einhundert Reichsmark in der Hand, ausgestellt von einer privaten Notenbank. Er war reich. Und er konnte eine Hundertmarknote unmöglich in seine nasse Hose stecken, wo sie aufweichen und sich in nichts auflösen würde. Er steckte die Banknote zurück in die Brieftasche, er würde das verräterische Teil später loswerden, wenn er eine neue Brieftasche gekauft hatte. Charlie wartete darauf, dass sich ein Jubelschrei einstellen würde. Oder zumindest spürbare Freude. Doch nichts dergleichen geschah.

Warum ließ ihn dieser unverhoffte Reichtum so kalt? Da war eine Ahnung, ein Verdacht. Was, wenn es kein Zurück mehr gab? Was, wenn man nicht mehr zu einem richtigen Leben taugte, nachdem man einmal auf der Straße gelebt hatte? All die goldenen Träume, die Mühen, die Hoffnungen, die Flucht, alles umsonst? Charlie schloss die Faust um die Münzen in seiner Tasche. Er würde sie lassen, wo sie waren. Besser, er verteilte seinen Reichtum, dann verlor er im Zweifelsfall nicht alles auf einmal.

Neben der Schuppentür lag ein Stapel alter Zeitungen, von denen Charlie zwei nahm und daraus einen Regenhut faltete, den er über seinen alten, durchweichten Hut stülpte. So ausstaffiert ging er los, um sich zunächst einmal einen Regenschirm und eine warme Mahlzeit zu besorgen.

Es war beinahe dunkel, als Charlie eine große Portion Pottwurst mit Linsen runtergeschlungen hatte und sich mit einer Serviette aus sauberem Leinen sorgfältig den Mund abtupfte.

Seit Tagen war ihm zum ersten Mal warm, der Magen knurrte nicht mehr, und seine Kleider waren trocken. Die Weltuntergangsstimmung, die ihm vor wenigen Stunden noch im Nacken gesessen hatte, wich Heiterkeit. Ihm war nach Unterhaltung, nach Vergnügen. Charlie bezahlte, gab der Bedienung ein kleines Trinkgeld, was ihm eine beinahe überschwängliche Freude bereitete, und verließ das Bierlokal in der Ackerhalle.

Sein Ziel war, wieder einmal, die Friedrichstraße. Er wollte sich treiben lassen. Aber diesmal würde es anders sein. Er würde Passanten beobachten, er würde seinen neuen Schirm im nun sanfteren Regen spazieren tragen und sich erneut die großen Theaterhäuser ansehen. Heute Abend würden sie ihm in einem ganz anderen Licht erscheinen, jetzt, da sie für ihn erreichbar waren. Heute würde er endlich in den *Wintergarten* gehen und sich eine Vorstellung ansehen.

Charlie schlenderte unter den Laternen entlang, die Straßenzug für Straßenzug aufflammten. Der Weg zum *Wintergarten* war einer seiner allerersten Wege in Berlin gewesen, er hatte schon so viel über dessen gusseiserne Pracht gehört. Doch der *Wintergarten* war wegen Umbau geschlossen gewesen, die berühmte Glasdecke, die er so gerne gesehen hätte, wurde durch eine geschlossene Decke ersetzt. Man hatte ihn nicht einmal vorsprechen lassen, das Wiedereröffnungsprogramm stand bereits fest.

Charlie hatte geglaubt, sein Talent, seine Erfahrung und das fast perfekte Deutsch, das er von seiner Mutter gelernt hatte, würden genügen, um in Berlin an einem der guten Häuser Fuß zu fassen. Das Problem war jedoch, dass er es nicht wagte, seinen richtigen Namen zu benutzen und dass er niemanden in Berlin kannte. Für einen winzigen Moment hatte er aufgeben wollen. Aber jetzt nicht mehr. Er würde sich erst Eintritt verschaffen – und dann Gehör.

Der Kassierer im *Wintergarten* war ein dünner Mann mit Walrossbart und Monokel und sah Charlie zweifelnd an, als er einmal Loge verlangte. Doch als er Geld aus der Hosentasche zog und auf den Zahlteller legte, erhielt er ohne weitere Fragen den verlangten Platz.

Der gutgekleidete Herr, mit dem er die Loge teilte, würdigte ihn keines Blickes, als er einen guten Abend wünschte und den zerfledderten Hut zog. Charlie lächelte, es war ihm egal, denn er würde es schaffen. Er setzte sich und blickte sich um, während er auf den Beginn der Vorstellung wartete.

Die neue Decke im *Wintergarten* war beeindruckender, als er gedacht hatte – ein künstliches Sternenzelt aus Hunderten von elektrischen Lampen, die wie Diamanten auf schwarzem Samt lagen und den regenschweren Himmel aussperrten. Selbst als die Vorstellung längst begonnen hatte, wanderte Charlies Blick immer wieder von der Bühne nach oben, als erwarte er, Wolken vorbeiziehen oder einen Mond aufgehen zu sehen. Vielleicht wartete er auch auf eine Sternschnuppe, die ihm einen Wunsch gewährte.

Nach einer halben Stunde, in der er all den Samt und Marmor, die Lichter und Pracht um sich herum ausgiebig betrachtet hatte, war er endlich imstande, sich auf die Bühne zu konzentrieren.

Die Akrobaten hatten nichts zu bieten, was er in London nicht schon virtuoser gesehen hatte, und darauf folgte eine kleine Farce über einen Detektiv und einen Jungen im Wandschrank. Charlie achtete darauf, wie die Spannung vor den Pointen zugespitzt wurde, wie sie gelöst wurde. Doch je länger er zusah, desto mehr fand er, dass der Detektiv zu betulich, zu wenig elegant war. Er hatte keinen Charme, keine Leichtigkeit. Er war kein Gentleman. Charlie fragte sich, ob er etwas nicht verstand. Der deutsche Humor sollte ja praktisch undurchdringlich sein, und das Publikum lachte, also musste es wohl lustig sein. Dennoch, er war sich sicher, dass selbst er die Rolle des Detektivs besser ausfüllen könnte, ob mit oder ohne Violine. Wenn man ihm nur eine Chance gab. Vielleicht sollte er ein paar Nächte durchschlafen und ordentlich essen, damit er nicht so abgekämpft aussah, und dann noch einmal um einen Vorsprechtermin bitten.

Charlie schloss die Augen. Plötzlich spürte er, wie erschöpft er war. Hätte er, statt in den *Wintergarten* zu gehen, doch lieber gleich nach einem Zimmer gesucht. Wenn die Vorstellung zu Ende war, würde es zu spät dafür sein, er würde bis morgen warten müssen. Und die Aussicht, bei diesem Wetter eine weitere Nacht in einer Notunterkunft zwischen Flöhen, Läusen und Trinkern zu verbringen, schreckte ihn, jetzt, da er ein Zimmer ganz für sich allein bezahlen konnte. Wenn er nicht so müde gewesen wäre, wäre er jetzt aufgestanden und gegangen. Er sollte aufstehen, wirklich ... vielleicht war es noch früh genug ... um ... oder vielleicht war es auch einerlei, wo er schlief ... solange er sich nicht bewegen musste ... Charlie war längst in eine Traumwelt abgedriftet, als er eine Stimme hörte, wie er sie noch nie zuvor vernommen hatte.

Vor seinem inneren Auge stellten sich Bilder von schroffen Bergen in einer sternklaren Nacht ein, ein eiskalter Spiegelsee lag zwischen den Gipfeln. Es war Finsternis dort oben im Himmel und tiefste Einsamkeit und zugleich ein Übermaß an Schönheit, die Charlie die Tränen in die Augen trieb. Er begriff, dass er am Leben war, dass er hierhergehörte, in dieses Universum, unter diesen Himmel, und ganz gleich, wie allein er war, er würde nie wieder einsam sein, solange diese Stimme nicht aufhörte zu singen ... Charlie riss die Augen auf, mit jagendem Herzen.

Er begriff nicht gleich, dass das junge Mädchen auf der Bühne diejenige war, der diese überirdische Stimme gehörte. Wie konnte ein so junges Wesen so erschreckend wahrhaftig von Charlies Innerstem singen?

Irritiert blickte er auf seinen Programmzettel. Henriette Keller.

Das Mädchen auf der Bühne war Wirklichkeit, keine Einbildung seines übermüdeten Geistes. Er wusste, dass er sich für den Rest seines Lebens an ihren Namen erinnern würde.

Henriette Keller stand beinahe still, bannte seinen Blick nur mit Andeutungen von Bewegungen, eine knappe Geste, ein einzelner Finger, die Haltung von Hals und Kopf, die Augen. Es waren nur Winzigkeiten, aber im Ausdruck so stark, so mesmerisierend. Zweifellos, sie hatte ihre ganz eigene Magie. Sie spielte nicht die Sängerin, sie *war* nicht einmal die Sängerin. Sie war der Gesang selbst, sie war die Welt, die er in seinem Innern gesehen hatte, und dadurch waren sie und er auf eine unerklärliche, aber unleugbare Art eins.

Charlie wusste, dass sie nicht empfinden konnte, was er empfand, sie wusste ja nicht einmal, dass er existierte. Und doch fühlte er dieses Verbindung, ihre Stärke, ihre Unverbrüchlichkeit. Es war, als habe er eine Brücke entdeckt, als sei die Trennung zwischen ihm und ihr nur eine Illusion, die er durchschaut hatte. Musste sie nicht auch spüren, dass soeben etwas von kosmischen Ausmaßen geschehen war, etwas, das seine Seele für immer mit ihrer verband?

Charlie rutschte in seinem Sessel nach vorne, schüttelte ungläubig den Kopf. Das alles war romantischer Unsinn. Der sich dennoch real anfühlte, und absolut gewaltig. Ging es den anderen Menschen im Saal ebenso, oder hatte dieser Schicksalsschlag nur ihn getroffen? Er riss den Blick von Henriette Keller los und schaute sich um.

Die Zuschauer waren gebannt, alle miteinander, auch Charlies feiner Sitznachbar schien den Zauber zu fühlen, denn er beugte sich weit vor, ein Opernglas vor den Augen, die Ellenbogen auf die Balustrade gestützt. Charlie empfand einen eifersüchtigen Stich, so als gehöre Henriette Kellers Gesang ihm allein. Er stand sogar auf, um ihr näher zu sein, ihren Gesichtsausdruck, ihre Haltung studieren zu können. Jetzt war er wieder vollkommen wach, und wenn es nach ihm gegangen wäre, hätte sie die ganze Nacht gesungen. Doch nach nur drei Liedern war der Zauber vorbei, und das Publikum, eben noch ganz Ruhe vor dem Sturm, wurde zur begeistert tosenden See.

Als Fräulein Keller die Bühne für die komische Nummer nach ihr freigab, erhob sich der Herr neben Charlie und verließ leise die Loge. Vielleicht war er nur wegen Fräulein Keller hier, das wäre absolut verständlich gewesen.

Charlie seufzte glücklich, lehnte sich, die Hände hinter dem Kopf verschränkt, in seinem Sessel zurück, schloss erneut die Augen, lauschte auf das Gelächter im Saal und den Applaus. Er stellte sich vor, er würde dazugehören, zu dieser amorphen Masse aus ganz normalen Leuten mit ganz normalen Familien, bevor sein Geist zu Henriette Keller zurückkehrte.

Jetzt stand sie am Ufer jenes Sees unter dem unendlich

schwarzen Himmel und sah ihn aus unendlich schwarzen Augen an. Und auf unerklärlich angenehme Weise löste Charlie sich auf und verschwand im Dunkel.

«Macht gefälligst das Saallicht wieder an! Wie soll ich putzen ohne Licht!»

Charlie fuhr hoch. Alles blieb schwarz. Wo war er?

Eine nach der anderen erschienen ganze Sektionen von Sternen am Firmament, und Charlie begriff, dass er noch immer im *Wintergarten* war. Der Saal war leer.

Nur auf der Bühne war noch jemand, ein Junge von vielleicht zwölf Jahren, und schwang den Mob. Er war barfuß, die Hosenbeine zerrissen. Wahrscheinlich durfte er nachts hinter der Bühne schlafen. Und bekam morgens Kaffee und zwei Schrippen mit Wurst. Charlie hatte trotz der Pottwurst schon wieder Hunger, eine Sekunde lang beneidete er den Jungen um seine Arbeit, bevor ihm wieder einfiel, dass er reich war. Er streckte den vom Sitzen steifen Rücken. Zeit, zu gehen und sich einen bequemeren Platz zu suchen.

Doch das Foyer war bereits dunkel, der Eingang verschlossen, er musste lange über das Ende der Vorstellung hinaus geschlafen haben. Charlie überlegte kurz. Mit etwas Glück waren die Künstler noch in den Garderoben, schminkten sich ab, zogen sich um, und er konnte mit ihnen zum Bühnenausgang hinausschlüpfen.

Zurück im Saal, stieg er betont selbstverständlich mit einem großen Schritt auf die Bühne und grüßte den Jungen mit einem Nicken. Eigentlich hatte er durch die Gasse nach hinten durchgehen wollen, als ob er dazugehörte. Doch dann blieb er stehen.

«Wie heißt du?», fragte er den Jungen.

«Willem», nuschelte der.

Charlie griff in die Hosentasche und drückte dem Jungen

etwas von dem Wechselgeld in die Hand, das er an der Kasse erhalten hatte.

«Hier. Kauf dir Schuhe.»

Willems Grinsen war so breit, dass es seinen Kopf in zwei Hälften zu teilen schien.

«Wo ist eigentlich der Künstlerausgang?», fragte Charlie.

«Hinten lang und dann zweimal nach rechts.»

Charlie wollte sich an den Hut tippen. Erst jetzt merkte er, dass er ihn, zusammen mit seiner Zeitungshaube, in der Loge vergessen hatte. Nur der Schirm hing unverändert an seinem Arm, als wäre er ein Teil seiner Anatomie geworden. Einerlei, er brauchte ohnehin einen neuen Hut, bis morgen früh würde er ohne das alte Ding auskommen. Er ging durch die Gasse, eine Treppe hinab und den Gang hinter der Bühne entlang. Es fühlte sich gut an, seinen Reichtum mit einem Jungen zu teilen, der ihn an sich selbst erinnerte. Dennoch musste er aufpassen, sparsamer sein. Auf diese Weise würde das Geld nicht lange reichen.

Aus den Garderoben drang das fröhliche Geschnatter einer Mädchenschar. Das musste die Tanzkompanie sein, die vorhin aufgetreten war, lauter unbegreiflich hübsche, talentierte Wesen. Nicht so talentiert wie Henriette Keller, aber dennoch ... vielleicht sollte er sie ansprechen, versuchen, sich mit ihnen anzufreunden. Möglicherweise konnten sie ihm sagen, mit wem in Berlin man sprechen musste, um ein Engagement zu bekommen. Doch nach kurzem Überlegen entschied er sich gegen einen Versuch. Noch war er zu abgerissen, und er fürchtete, dass sie ihn nicht ernst nehmen würden. Er drückte sich an den hin- und herlaufenden Mädchen vorbei, passierte eine Truppe schnurrbärtiger, bleicher Jongleure und ließ eilig einen weiteren schmalen Mädchenrücken hinter sich.

«Oh, warten Sie!», rief eine sanfte Stimme hinter ihm.

Charlie drehte sich um.

So völlig ungeschminkt hätte er Henriette Keller beinahe nicht erkannt, das Gesicht frisch glänzend und rotwangig und die Augen so dunkel, dass Charlie nicht zu sagen wusste, wo die Grenze zwischen Pupille und Iris lag. Als sie lächelte, erschienen Grübchen auf ihren Wangen.

«Würden Sie das einen Moment halten?», bat sie und reichte ihm einen kleinen Spiegel.

Ihre Sprechstimme unterschied sich von ihrer glasklaren Singstimme, es lag etwas Gehauchtes, beinahe Raues darin. Charlie hielt den Spiegel, und Henriette Keller zupfte ein paar dunkle Locken unter ihrem Hut zurecht und prüfte ihr Gesicht. Ihre Lippen waren voll und eine Winzigkeit asymmetrisch.

«In den Garderoben ist es so voll, dass man nicht immer einen Platz vor dem Spiegel bekommt», erklärte sie mit einem Lächeln und nahm den Handspiegel zurück.

Charlie war sich seines ärmlichen Aufzugs so bewusst wie nie zuvor, doch sie sprach mit ihm wie mit Ihresgleichen.

Mein Lächeln ist umwerfend, dachte Charlie, meine Augen können blaue Blitze verschießen wie einer von Teslas Oszillatoren, mein Haar glänzt wie Schellack ... Doch es nützte nichts, er atmete den Duft von Seife und Rosen, den Henriette Keller verströmte, und blieb befangen und stumm. Was hätte er schon sagen können, angesichts solcher Vollkommenheit?

«Herzlichen Dank», sagte sie, steckte den Spiegel ein. Und ging.

Charlie blickte ihr nach, innerlich erschüttert, ohne zu wissen, was es eigentlich war, das ihn erschütterte. Das war ein Mädchen, hübsch, ja. Aber hübsche Mädchen gab es viele, oder? Dann besann er sich. Die Vorstellung war vorbei, Henriette Keller war auf dem Weg nach draußen. Er musste ihr nur folgen, wenn er den Ausgang finden wollte.

Es hatte aufgehört zu regnen. Fräulein Keller ging zügig und mit gesenktem Haupt einige Meter vor Charlie die Friedrichstraße hinunter. An der Ecke Unter den Linden blieb sie stehen, blickte sich suchend um, vielleicht um eine Kutsche anzuhalten oder nach ihrem Begleiter Ausschau zu halten. Charlie hatte es nicht vorgehabt, aber er war ihr gefolgt, blieb nun ebenfalls stehen, hielt sich im Schatten.

Er war nicht der Einzige, der sich auf diese Weise fragwürdig verhielt: Auf der anderen Straßenseite stand ein Mann, den flachen Hut in den Nacken geschoben. Es war der feine Herr, der neben Charlie in der Loge gesessen hatte, er erkannte ihn an dem Opernglas, das er nun erneut vor die Augen hob, um Henriette Keller näher heranzuholen. Etwas an seinem Gesicht ließ Charlie stutzen. Als der Mann das Glas sinken ließ, wusste er, was es war: Der Mann hatte fremdländische, schmalgeschnittene Augen. Vielleicht ein Chinese.

Er bemerkte Charlie nicht, sein Blick ruhte noch immer auf Henriette Keller, die allein in dem nächtlichen Treiben auf der Friedrichstraße stand und sich suchend umschaute. Es war unvermeidlich, dass auch sie den Mann entdeckte. Sie zuckte sichtlich zusammen, wandte sich hastig ab. Ihre Bewegungen bekamen etwas Fahriges, ihr Blick etwas Getriebenes. Dann erkannte sie Charlie, ein Lächeln erhellte ihr Gesicht, sie winkte ihn heran.

«Ich habe schon auf Sie gewartet, wo waren Sie denn nur so lange?», sagte sie, die Stimme absichtlich laut, sodass der Mann mit dem Opernglas sie möglicherweise ebenfalls hörte. Sie hakte sich umstandslos bei Charlie unter, und gemeinsam gingen sie über die Linden und weiter die Friedrichstraße hinunter.

Erst nachdem sie einen Häuserblock hinter sich gebracht hatten, blickte Fräulein Keller sich prüfend um. Charlie tat es ihr gleich. Der Mann mit dem Opernglas war nicht mehr zu sehen. Fräulein Keller stieß einen Seufzer aus und rückte ein wenig von Charlie ab.

«Sie müssen entschuldigen, dass ich Sie einfach so entführe», sagte sie, und wieder stieg Charlie ihr Duft in die Nase.

«Wer würde nicht gerne von Ihnen entführt werden, Fräulein Keller», gab Charlie zurück. Endlich, da war seine Sprache wieder und mit ihr sein gewohnter Charme. «Es ist mir eine Ehre, Sie zu begleiten.»

«Ich war in einer Notlage. Haben Sie diesen Herrn gesehen, auf der anderen Straßenseite?»

«Sie meinen den Chinesen?»

Fräulein Keller nickte und erschauerte.

«Ein Chinese, sagen Sie?»

«Haben Sie seine Augen nicht bemerkt?»

Fräulein Keller blickte ins Leere.

«Doch, sicher ... das ist heute der neunte Abend. Immer steht er vor dem Theater und wartet auf mich und schaut. Er scheint weiter nichts zu wollen. Aber dennoch, es ist unheimlich!»

«Müssen Sie denn unbedingt allein nach Hause gehen?»

«Normalerweise holt meine Mutter mich ab. Es ist nicht weit, wissen Sie.»

Fräulein Keller wirkte plötzlich traurig, und Charlie merkte, dass er sie beschützen und trösten wollte. Er hatte keine Hintergedanken dabei, erwartete sich keinen Vorteil, Henriette Keller war unerreichbar und unantastbar wie der einzige Stern an diesem seltsam leeren Himmel, den er gesehen hatte, als sie gesungen hatte. Alles, was er wollte, war, sie wieder singen zu hören.

«Erlauben Sie mir, dass ich Sie nach Hause begleite?»

«Bitte entschuldigen Sie», sagte sie noch einmal. «Ich wollte Sie nicht ausnutzen. Ich werde eine Droschke nehmen.»

Sie griff mit ihren weiß behandschuhten Händen nach seiner bloßen Hand, drehte sie herum und ließ eine Münze hineingleiten.

«Ich danke Ihnen.»

Charlie blickte das Geld an. Dann schüttelte er lachend den Kopf und gab es zurück.

Henriette Keller sah ihn verwundert an.

«Nein, ich muss mich bei Ihnen entschuldigen, Fräulein Keller. Ich mag wie ein armer Schlucker aussehen, aber ich bin durchaus keiner. Ich bin ...» Was sollte er sagen? Er wollte nicht lügen, aber die Wahrheit war viel zu kompliziert. Er entschloss sich für die halbe Wahrheit. «Ich bin in einer geheimen Mission unterwegs, die eine gewisse Tarnung erfordert.»

Charlie verlor keinen Gedanken daran, wie es mit dieser Geschichte weitergehen sollte. Es war auch nicht wichtig. Hauptsache, er konnte noch ein wenig länger in ihrer Nähe sein.

Henriette Keller sah ihn halb zweifelnd, halb amüsiert an, und er stellte fest, dass dieser Ausdruck auf ihrem Gesicht ihm eine Mischung aus Freude und Furcht bescherte, ein Gefühl, das er noch nicht erlebt hatte beim Anblick eines Gesichts. Wie konnte es in dieser dunklen, nassen, kalten Stadt bloß ein solches Gesicht geben?

«Tarnung? Sind Sie sich da sicher?»

«Wenn Sie mir erlauben, Sie nach Hause zu begleiten, will ich es Ihnen erklären.»

Fräulein Keller zögerte, und Charlie konnte es ihr nicht verdenken. Er wartete und versuchte, nicht allzu begierig auszusehen. Er wollte nicht, dass sie ihm schlechte Absichten zutraute.

«Nun gut», sagte sie schließlich. «Gehen wir zu Fuß. Wie gesagt, es ist nicht weit. Nur bis in die Brüderstraße.»

Charlie verbeugte sich formvollendet.

«Dann darf ich mich vorstellen. Mein Name ist Charles

Peter Jackson. Ich bin aus beruflichen Gründen in Berlin. Ursprünglich komme ich aus London.»

Sie lächelte, ihre Wangen waren gerötet, und ihre Brust hob und senkte sich so schnell, als sei sie gerannt, während sie eine Weile schweigend nebeneinander herliefen. Charlie spürte ihre nervöse Aufregung. Genoss sie seine unkonventionelle Begleitung als eine Art Abenteuer? Erschien er fragwürdig genug, um sie den Reiz der Gefahr spüren zu lassen?

Auch Charlie fühlte sich atemlos. Er wollte ihr gefallen, und er wusste, wie wenig wahrscheinlich es war, dass ihm das gelang.

Sie sah ihn von der Seite her an. Sie besaß nicht nur die schönste Stimme, sondern auch das faszinierendste Paar Augen, das Charlie je gesehen hatte.

«Nun?», fragte sie schließlich.

Charlie räusperte sich. Er brauchte eine Geschichte. Jetzt. Eine Geschichte ... wenn sie Abenteuer liebte, sollte er ihr vielleicht eines bieten.

«Jener Mann mit dem Opernglas – ich beobachte ihn schon seit einiger Zeit. Er ist eine Schlüsselfigur. Wir sind kurz davor, tiefer in gewisse Kreise vorzustoßen. Ich darf Ihnen nicht viel mehr darüber sagen.» Charlie blickte Henriette Keller eindringlich an. «Es muss für den Moment genügen, Ihnen zu vermitteln, dass dieser Mann nicht ungefährlich ist. Und wichtiger als die Dinge, in die er verstrickt sein mag, ist die Frage: Haben Sie eine Idee, was dieser Mann von Ihnen wollen könnte?»

Henriette Keller schüttelte entschieden den Kopf.

«Das habe ich ganz sicher nicht! Er ist nach der Wiedereröffnung erstmals im *Wintergarten* aufgetaucht. Seitdem ist er da. Jeden Abend, an dem ich Vorstellung habe.»

«Hat er Sie jemals angesprochen?»

«Nein!»

Wieder gingen sie ein paar Schritte schweigend, bis Henriette Keller nach links wies und sie in die Französische Straße einbogen. Hier war bereits weniger Betrieb, und als sie die Unterwasserstraße erreichten, bewunderte Charlie den Mut, mit dem Fräulein Keller hier im Dunkeln allein entlanggegangen sein musste, mit der Möglichkeit beschäftigt, dass ein Fremder sie verfolgte.

«Haben Sie denn nicht die Polizei verständigt?», wollte Charlie wissen.

Fräulein Keller schüttelte den Kopf, eine schwarze Locke rutschte unter ihrem Hut hervor und fiel ihr über die rechte Hälfte des Gesichts.

«Er schaut immer nur. Mit diesem ernsten Gesicht und einem Ausdruck ...» Henriette unterdrücke ein Schaudern. «Und jetzt deuten Sie mir an, dass dieser Mann ein Verbrecher ist, und machen mir noch mehr Angst!»

«Es tut mir leid, ich wollte Sie nicht ängstigen.»

Natürlich wollte er das nicht. Charlie hätte mit diesem Unsinn gar nicht erst anfangen sollen.

Sie überquerten den Kanal, bogen noch zweimal ab und erreichten schließlich ein prächtiges Haus in der Brüderstraße, Hausnummer sieben. Henriette Keller blieb stehen.

«Hier wohne ich.»

Sie reichte Charlie die Hand. Ihre Hände waren ihm schon aufgefallen, als sie auf der Bühne gestanden hatte und als sie ihm die Münze geben wollte. Sie waren ungewöhnlich groß für eine junge Frau, und sie setzte sie auf eine Weise ein, mit entschlossenen, ausdrucksstarken Gesten, die spontan erschienen, ganz von Emotion gesteuert, und zugleich so exakt, als handele es sich bei jeder Bewegung um ein tausendmal wiederholtes Ritual. Normalerweise wusste Charlie zu sagen, ob ein Sänger oder Schauspieler seine Gesten einstudierte. Bei Henriette Keller wusste er es nicht.

«Auf Wiedersehen und vielen Dank für die Begleitung», sagte sie.

Ihr Händedruck war fest und verbindlich und gab Charlie den Mut, einen Schritt weiter zu gehen.

«Wann verlassen Sie morgen das Haus?»

«Warum wollen Sie das wissen?»

«Ich werde hier sein und Sie begleiten. Nur zur Sicherheit.»

«Oh, ich fürchte ... Ihre Geschichte würde meine Mutter sehr beunruhigen. Ich möchte nicht ... »

«Nun, dann treffen wir uns an der Friedrichsgracht an der kleinen Brücke, über die wir vorhin gekommen sind.»

Plötzlich erschienen die Grübchen wieder auf Fräulein Kellers Wangen. In diesem Augenblick wirkte sie wie ein Kind, und nur einen Moment später schien wieder die ganze Tiefe des Kosmos in ihren Augen zu liegen. Sie war ein Rätsel. Ein wunderschönes, rührendes Rätsel.

«Einverstanden», sagte sie. «Aber morgen habe ich frei und werde zu Hause bleiben. Mittwoch früh also. Acht Uhr.»

Charlie verbeugte sich tief.

«Ich werde zur Stelle sein.»

«Sie sollten nur vielleicht ein wenig angemessenere Kleidung wählen? In diesem Aufzug sind Sie als mein Begleiter doch sehr auffällig.»

«Selbstverständlich, das werde ich.»

Fräulein Keller wandte sich um, drückte die Eingangstür des Hauses auf und verschwand in dem von gelber Elektrizität beleuchteten Treppenhaus.

Charlie ging gemessenen Schrittes die Straße entlang, bis er gewiss war, außer Sicht zu sein. Erst dann begann er zu rennen wie ein Junge, außer sich und unfähig, sein Glück zu fassen. Er war mit Henriette Keller verabredet!

Dann wurde er langsamer. Er musste Ruhe bewahren, nachdenken. Sich ausschlafen. Er hatte einen Tag Zeit. Einen Tag, um eine Unterkunft zu finden. Sich einzukleiden. Er hoffte inständig, dass sie seine aufschneiderische kleine Lüge bis Mittwoch vergessen hatte.

Was für ein Tag. Erst die Brieftasche, dann diese Begegnung mit ihr. Und ihr Gesang. Nicht zu vergessen der Mann mit dem Opernglas … Musste das alles nicht etwas zu bedeuten haben? War es möglich, dass das Leben ihm von einem Moment auf den anderen eine echte Aufgabe zugewiesen hatte? Er war unwichtig, sein Talent war eines unter vielen. Doch sie war reine Magie, sie würde weltberühmt sein. Und er würde alles tun, um ihr den Weg zu bereiten!

2

Fräulein Henriette?»

Henriettes Blick hing an der Baumspitze vor dem Fenster von Professor Altheims Studierzimmer. Sie wiegte sich sanft im stetigen Regen, die Blätter waren hell und fedrig wie die Flügel eines jungen Vogels.

«Henriette, wo sind Sie denn mit Ihren Gedanken!»

Henriette fuhr zusammen, beinahe hätte sie einen unordentlichen Notenstapel vom Deckel des Flügels gewischt. Das mit Mappen, Büchern und Möbeln vollgestellte Zimmer kam ihr plötzlich stickig vor, und sie hätte gerne das Fenster geöffnet und den Regen gerochen.

«Wir sind bei As-Dur, die Kadenz bitte.»

Henriette richtete sich auf, dosierte den Atem, sang ein langgezogenes Es, ein C, ein As. Und dann setzte sie höher an, ein E, und dann erst As und Es.

Professor Altheims Blick blieb an ihr haften, ein seltsamer Ausdruck lag in seinen Augen. Verärgerung? Vielleicht Ekel?

«Entschuldigung», sagte Henriette. «Ich fange noch mal von vorne an.»

Sie setzte erneut an, doch der Professor unterbrach sie.

«Nein, singen Sie genau das, was Sie eben gesungen haben.»

Es war nur ein Ton, den Henriette verändert hatte, eine winzige, fast unsichtbare Modulation, aber als sie sie wiederholte, entfaltete sie eine seltsame Intensität, die sie nicht benennen konnte.

«As-Dur nach E7», murmelte der Professor und schlug die beiden Akkorde nacheinander an. Er lächelte, zum ersten Mal heute.

«Sie haben Grundton und Quinte als Dur-Terz und Dur-Septime des nächsten Akkords genommen?»

Henriette nickte. «Es war nur ein Versehen. Ich ... es ...» Sie wusste selbst nicht, warum sie es gemacht hatte. Es hatte sich in dem Moment einfach richtig angefühlt.

«Ist das nicht erstaunlich?», sagte der Professor. «Noch einmal bitte.»

Henriette wiederholte die Modulation.

«Und jetzt einen Ton tiefer», sagte der Professor. «E7 zu A.»

Sie sang, und ihre Brust wurde eng, es war wie Heimweh, aber so als gäbe es auf der ganzen Welt keinen einzigen Ort mehr, an den sie hätte gehen können.

«D7 zu G.»

Henriette sang, und die Stimme des Professors klang rau, als sie schließlich innehielt.

«Es ist nur eine Begleitung für eine einfache kleine Moll-Ballade. Dennoch, ich habe noch nie eine Modulation gehört, die einen so tiefen Schmerz ausdrückt.»

«Es ist eine Art Sehnsucht», versuchte Henriette zu erklären.

Nur hatte sie keine Ahnung, wonach. Es war quälend, und auf unerklärliche Art schien dieses Gefühl mit Charlie Jackson zusammenzuhängen. Sie redeten über Musik, über das Theaterleben, er kannte sich gut aus, und er prophezeite ihr Erfolg und großen Ruhm. Der Wunsch nach Erfolg kam ihr unangemessen, beinahe unanständig vor. Möglicherweise hatte sie sich von Charlie etwas in den Kopf setzen lassen, das ohnehin unerreichbar war.

«Noch einmal bitte, die ganze Progression. Ich übernehme die Akkorde, Sie improvisieren eine Melodie. Bleiben Sie bei den oberen Tönen, etwas Schwebendes, Leichtes, bitte.»

Henriette vergegenwärtigte sich noch einmal die Akkordfolge, um dann frei zu sein für die Emotion, die aufsteigen mochte. Es war eine eindringliche, gespenstische Ahnung von Einsamkeit und Entfremdung. Es war, als ob sie jäh in Ungnade gefallen wäre, wie eine Vertreibung, und es gab kein Zurück. Was hatte das mit Charlie Jackson zu tun? Sie vertraute ihm, sie fühlte sich wohl in seiner Nähe, gelöst, sogar ausgelassen. Trotz dieses Hauchs von Gefahr, der dabei immer mitschwang. Oder vielleicht sogar gerade deswegen. Weil sie nicht wirklich an die Gefahr glaubte, es war mehr wie ein aufregendes Räuber-und-Gendarm-Spiel. Nur dass der fremde Mann, der sie aus dem Schatten heraus anblickte, tatsächlich existierte. Er war nicht bloß ausgedacht, und es war sicher mehr als leichtsinnig, sich ganz allein auf Charlie zu verlassen und niemanden sonst ins Vertrauen zu ziehen. Warum also verheimlichte sie Charlie und den Fremden vor ihrer Mutter? Und was hielt sie davon ab, Professor Altheim von dieser neuen Sehnsucht nach den großen Bühnen der Welt zu erzählen? Henriettes Kehle wurde eng, die Töne kamen nicht mehr rein und klar, sondern zitternd aus ihr heraus.

«Einfach weitersingen», sagte Altheim, und sein Tonfall ließ keine Widerrede zu.

Es war Angst, Henriette hatte einfach Angst, dass sich das alles als Illusion erweisen oder dass es im Gegenteil alles wahr sein könnte. Dass sie ein großes Talent besaß, dass sie zu Höherem bestimmt war, wie Charlie behauptete. Sie wusste nicht, welche Möglichkeit erschreckender war, alles Leichte und Einfache schien für immer vorbei zu sein, und je länger sie sang, desto stärker wurde das Gefühl des Abgetrenntseins, es steigerte sich zu einem fast körperlichen Schmerz, und schließlich hielt sie inne, regungslos, leicht nach vorne gekrümmt.

«Professor ... mir ist nicht gut.»

Der Professor warf die Klavierbank um, als er aufsprang, um Henriette zu stützen.

«Sie sind ja weißer als Papier», sagte er und manövrierte sie auf eines seiner zahlreichen Sofas.

Silbrige Irrlichter tanzten vor ihren Augen.

«Ich mache Ihnen einen Tee», sagte der Professor, verschwand in den Tiefen seiner chaotischen Wohnung und kam gleich darauf zurück.

«Der stand noch auf dem Herd. Trinken Sie.»

Henriettes Hände zitterten so sehr, dass sie das bittere, süße Getränk beinahe verschüttet hätte, aber als sie einige Schlucke getrunken hatte, fühlte sie sich etwas besser.

«Entschuldigung», sagte sie. «Ich fürchte, ich habe nicht ordentlich gefrühstückt.»

Der Professor sah sie aufmerksam an. «Kann ich ganz offen mit Ihnen sprechen?»

Henriette nickte.

«Ich habe beobachtet, dass Sie gelegentlich von einem jungen Mann begleitet werden.»

«Oh, ja. Das ist Charlie Jackson. Er ...» Sie wollte nicht darüber reden, warum er sie begleitete. Sie wusste nicht, warum, aber sie hatte das Gefühl, dass es besser war, darüber zu schweigen. «Ich kenne ihn vom Theater.»

«Ich habe auch bemerkt, dass er recht ansehnlich ist.»

«So, ist er das?»

Henriettes Stimme klang hoch und dünn.

«Und ich sehe auch, dass Ihre Wangen in letzter Zeit röter sind als sonst.»

Henriette lachte, aber es klang schrill in ihren eigenen Ohren.

«Weiß Ihre Mutter von diesem jungen Mann?»

Henriette beobachtete die regenbogenfarbenen Schlieren, die auf ihrem Tee schwammen, und stellte die Tasse weg.

«Ich fürchte, dass die Geschichte sie aufregen wird.»

«Welche Geschichte denn, Henriette?», fragte der Professor sanft und legte ihr eine Hand auf den Arm.

Seine alten Augen blickten freundlich, und einen Moment lang war sie versucht, sich dem Professor anzuvertrauen. Doch sie entschied sich dagegen. Es war beschämend, dass sie die Aufmerksamkeit jenes Fremden auf sich zog, eine Aufmerksamkeit, die mit einem amoralischen Ansinnen einhergehen konnte, über die Henriette vielleicht mit einem Arzt oder Pfarrer, aber sicher nicht mit ihrem Gesangsprofessor sprechen konnte.

Als sie nichts sagte, fuhr der Professor fort.

«Sie sind kein Kind mehr, Henriette, und ich hoffe für Sie, dass Sie Ihren Verstand beisammenhalten.»

«Wie meinen Sie das?»

«Dieser kleine Schwächeanfall eben, ich will da nichts hineindeuten, aber ... Sie verstehen ... »

«Nein, ich fürchte, ich verstehe nicht.»

«Nicht?»

Henriette schüttelte den Kopf.

Der Professor begann, im Zimmer auf und ab zu gehen, Notenblätter umzudrehen, Bücher hin und her zu rücken, so als suche er darunter nach den richtigen Worten. Als er sie gefunden hatte, blieb er stehen und wandte sich zu Henriette um.

«Nun, ich bin ein alter Mann, und Sie werden mir verzeihen, wenn ich jetzt Dinge hervorhole, die man sonst besser im Schrank stehenlässt. Sie wissen, wovor eine junge Frau sich hüten muss, wenn sie nicht als ledige Mutter enden will?»

Henriette schoss das Blut in den Kopf. Natürlich wusste sie es. Nicht im Einzelnen, natürlich nicht, aber genug, um zu begreifen, dass ihr Gesangslehrer im Begriff war, unaussprechliche Dinge zu äußern.

«Ich fürchte, ich muss jetzt gehen, Herr Professor», sagte

sie und stand eilig auf. Sie wollte sich nicht hinreißen lassen, ihren Zorn zu zeigen. Wofür hielt er sich? Vielmehr: Wofür hielt er *sie*?

Henriette nahm ihr Schultertuch, vergaß den Hut und schlug die Wohnungstür hinter sich zu.

Auf der Straße blieb sie unschlüssig stehen. Charlie Jackson würde sie erst in gut einer Stunde hier vor der Tür abholen. Was, wenn der Fremde in der Nähe war? Nein, er würde auch erst in einer Stunde mit ihr rechnen. Sie war frei, wenigstens für diese eine Stunde. Sie würde die Zeit nutzen und sich die Wut aus dem Leib laufen, ebenso wie die Gedanken, die sie nicht denken wollte. Lieber wollte sie an Musik denken. Diese Akkordprogression, die so selbstverständlich zu ihr gefunden hatte. Die Sehnsucht, die darin lag ... Wenn sie es doch nur benennen könnte! Henriette stapfte durch den Regen, das Haar klebte ihr nass an der Stirn und im Nacken, aber sie achtete nicht darauf. Einsamkeit überwinden, dachte sie. Aber welche Einsamkeit denn? Ich habe meine Mutter, ich habe die Leute im *Wintergarten* ... Warum war da dieses Gefühl, etwas verloren zu haben, das sie nie besessen hatte? Warum war da plötzlich dieser Drang ... Wonach? Dieser Drang ... Henriette lief durch eine Pfütze, spürte die Nässe, die in ihre Schuhe drang. Schuld war nur der Professor! Er hatte ihr diesen Gedanken an unaussprechliche Dinge in den Kopf gesetzt. Er hatte ihr unterstellt, dass sie ... dabei kannte sie Charlie doch kaum. Sie wusste nichts über ihn, er war, wie jener andere Mann im Schatten, ebenfalls ein Fremder. Ein geheimnisvoller Fremder. Und doch, es fühlte sich so natürlich und vertraut an, mit ihm zusammen zu sein. Und es stimmte, er war ... ein schöner Mann. Konnte man so etwas überhaupt von einem Mann sagen? War Schönheit nicht ein Attribut, das Frauen vorbehalten war? Henriette dachte daran, wie er sich hielt, wie er ging; es war beinahe ein Stolzieren, strotzend vor Selbstbewusstsein, aber es hatte nichts Manieriertes oder Übertriebenes an sich. Es zeigte einen Menschen, der ... etwas verkörperte? Aber was?

Henriette war schnell gelaufen, sie war außer Atem und verlangsamte ihren Schritt und stellte fest, dass sie sich in dieser spärlich bebauten Gegend überhaupt nicht auskannte. Sie drehte sich um sich selbst, um die Orientierung zurückzugewinnen, das Kleid hing schwer an ihr und klebte an den Beinen, und sie fror so sehr, dass sie mit den Zähnen klapperte. Aber das war gut, es brachte sie wieder zurück in die Wirklichkeit und zur Vernunft.

Es gab keine geheimnisvolle Sehnsucht, keine existenzielle Einsamkeit, und es gab auch keine Vertreibung aus irgendeinem Paradies, in dem sie niemals gewesen war. Sie war einfach nur Henriette, die im Regen stand und in diesem Zustand ganz sicher nicht zu Professor Altheim zurückgehen würde, um sich von Charlie Jackson abholen und nach Hause bringen zu lassen. Je mehr sie fror, desto klarer wurde ihr Kopf. Henriette breitete die Arme aus, legte den Kopf in den Nacken und ließ den Regen in ihren geöffneten Mund und die Augen laufen, ließ sich reinwaschen. Fort mit diesen Gedanken, die sie nicht denken sollte! Weg damit!

3

Hier rein!»

Charlie zog Henriette am Ellenbogen in eine schmutzige, von davonflatternden Hühnern bevölkerte Gasse hinter der Brauerei. Obwohl die Situation absurd, sogar bedrohlich war, war er glücklich. Alles, was er mit Henriette erlebte, machte ihn glücklich. Heute früh hatte es ihn glücklich gemacht, als sie auf dem Markt zusammen die ersten Erdbeeren gegessen hatten und Henriette Keller über die roten Flecken auf ihren Handschuhen nur gelacht hatte. Und jetzt machte es ihn glücklich, dass sie trotz der langen Röcke ebenso schnell rannte wie er. Auf der Bühne war sie so erhaben, er war jeden Abend in der Vorstellung, versuchte ihrer Magie auf die Spur zu kommen. Was verwandelte sie von einem echten Menschen in jene bezwingende Göttin, die auf der Bühne erschien? Jeden Abend brachte er sie sicher nach Hause, und er war stolz darauf, dass sie so weit über ihm stand, unantastbar, und mehr noch als das machte es ihn stolz, dass er mit ihr rennen, mit ihr lachen, sich mit ihr hinter Bretterzäunen verstecken durfte, als seien sie unschuldige Kinder, die noch nie einen Gedanken an das verschwendet hatten, was jenseits dieser Zeit kam. Eine Zeit, die Charlie im Grunde niemals erlebt hatte. War er je ein unschuldiges Kind gewesen? Er konnte sich nicht daran erinnern.

Charlie wandte sich um, während er weiterrannte. Dort stand er, am Eingang der Gasse, mit abschätzendem Blick. Charlie begriff, dass er nur rannte, weil Henriette rannte. Er sollte stehen bleiben, er sollte den Mann mit dem Opernglas zur Rede stellen. Auch wenn Henriette es nicht wahrzunehmen schien, nie schien er weiter als zwei Ecken entfernt zu sein. Henriette hatte recht, er tat nichts als schauen, und Charlie wollte sie nicht zu sehr beunruhigen, doch es machte ihm zunehmend Sorge, dass er den Mann nicht abschütteln konnte. Gestern war er sogar in Weißensee aufgetaucht, wo Charlie nördlich des Güterbahnhofs bei Frau Liese ein Zimmer gefunden hatte, das er nicht mit anderen Schlafburschen teilen musste. Als er früh um halb sieben das Haus verlassen und sich auf den Weg in die Innenstadt gemacht hatte, da hatte er an der Straßenecke gestanden und ihn offen gemustert, bevor er wieder im Gewühl verschwunden war. Und jetzt war er schon wieder da, wie aus dem Nichts aufgetaucht. Charlie und Henriette waren aus der Straßenbahn gestiegen, er wollte ihr den Rummel zeigen, weil sie noch nie auf einem gewesen war. Und keine Armlänge von ihnen entfernt hatte der Mann dagestanden, bewegungslos wie ein Standbild. Henriette hatte geschrien und war gerannt, kopflos wie das Hühnervolk zwischen ihren Füßen, und Charlie war ihr nachgelaufen, und dann hatte er sie in diese Gasse gezogen, die, wie der hohe Bretterzaun, kein Ende zu nehmen schien. Plötzlich wurde er von Henriette nach links gerissen, durch eine schmale Tür im Zaun. Charlie verlor das Gleichgewicht, kam stolpernd wieder auf die Füße.

«Da lang!», wisperte Henriette.

Ihre Wangen waren gerötet, ihr Busen hob und senkte sich in schnellem Rhythmus, und ihre Augen sprühten vor Leben. Konnte es tatsächlich sein, dass sie diese wilde Jagd genoss?

Sie zog Charlie weiter durch den von Hufen, Rädern und Füßen aufgewühlten Schlamm. Eigentlich hatte Charlie ihr den Affen mit seinen Freibierbilletts zeigen wollen, aber nun waren sie gewissermaßen durch den Seiteneingang gekommen.

Und den Mann mit dem Opernglas hatte Charlie natürlich auch aus den Augen verloren.

Heute war viel mehr los auf dem Platz, die bunten Markisen leuchteten in der Sonne, die Luft war klebrig vom Hopfengestank, aber das war weit besser als die aasige Kälte zuvor. Charlie und Henriette tauchten tiefer ins Gewühl, schlugen eine langsamere Gangart an. Erst jetzt bemerkte Charlie, dass er Henriettes Hand so fest drückte, dass es ihr Schmerzen bereiten musste.

Er lockerte den Griff, entdeckte ein nervöses Zucken um ihren Mund, ein Lachen, das sich jeden Moment Bahn brechen musste, und auch er fühlte etwas Wildes in sich, das hinauswollte. Charlie wollte nicht denken, nicht jetzt, denn jetzt wollte er etwas anderes, und er zog Henriette zwischen zwei schweren Öltuchbahnen hindurch in ein Zelt, drängte sie in einen Winkel, zog sie an sich, enger, legte seine Lippen auf die ihren. Er dachte nichts, erwartete nichts und war dennoch überrascht, als sie sich an ihn presste, ihre Lippen für ihn öffnete, er spürte das Schlagen ihres Herzens unter seiner Hand, wusste, was sie fühlte, wusste, was er zu tun hatte, er hatte genug Erfahrung mit Frauen, und er wollte ihrem Verlangen genügen.

Nur: Etwas war anders als sonst. Er wollte sie nicht verletzen, wollte nicht etwas zerstören, das kaum begonnen hatte. Und da war ... noch etwas. Dieses schwere Pochen in seiner Handfläche, diese Gewalt, mit der ihr Herz schlug, gebot ihm Einhalt. Dennoch ließ Charlie seine Hand liegen, wo sie war. Was irritierte ihn so sehr an ihrem Herzschlag? Was daran kam ihm so fremd, so beinahe unheimlich vor, dass er seine Hand schließlich zurückzog? Als sie ihn fester umschlingen wollte, mit raschelnden Röcken und schwer atmend, ihr Blick groß, verletzlich und voller Fragen, schob er sie von sich. Warum machte er sich von ihr los, statt ihr zu geben, wonach ihrer beider Körper verlangten? Er hatte das doch schon oft getan.

Aber noch nie hatte er ein solch abgründiges Gefühl dabei gehabt. Charlie hielt Henriette auf Armlänge von sich, schaute sie an. Ihr Gesicht war von einem dünnen Schweißfilm überzogen, ihre Pupillen waren geweitet, und sie sah jetzt nicht mehr ihn an, sondern starrte ausdruckslos an ihm vorbei. Sie kam Charlie wie ein Automat vor, und er war erleichtert, als ihre Hand zum Mund hochschnellte, um eine menschliche Regung, einen Schrei zu unterdrücken.

Er legte einen Arm schützend um ihre Schultern und wandte sich um, erwartete den Mann mit dem Opernglas hinter sich. Doch im Dunkel des Zeltes sah er zunächst nichts als ein unverständliches Muster aus farbigen Flecken.

«Was ist mit ihm?», flüsterte Henriette.

Erst jetzt fügten sich die Farben auch für Charlie zu seinem Bild. Kaum zwei Schritte neben ihnen stand ein Thron aus goldfarben lackiertem Holz auf einem Podest aus rohen Planken, und auf dem Thron saß, eine Messingkrone schief auf das krause Haupt gedrückt, ein halbnackter Mann und starrte ins Leere. Auf einem Schild vor dem Thron stand in eckiger Schrift geschrieben:

Der Negerkönig wird zum weißen Mann!

Tatsächlich war der Mann auf dem Thron gescheckt wie eine Holsteinkuh, die Haut in großen Partien durchscheinend wie Elfenbein, an anderen Stellen ebenholzschwarz.

Charlie lachte erleichtert.

«Nur eine von den Attraktionen», sagte er und deutete auf die Kette, die dem Mann um einen erbleichten Knöchel geschmiedet war.

«Siehst du? Er kann dir nichts tun.»

Er war sich nicht sicher, ob Henriette die vertrauliche Anrede akzeptieren würde, aber in diesem Moment, nach dem, was vorgefallen war, schien es ihm unmöglich, sie förmlich anzureden.

«Armer Mensch.»

Charlie lachte. «So arm ist er nicht, immerhin verwandelt er sich in einen weißen Mann.»

Henriettes Stimme blieb leise, als sie antwortete.

«Fragst du dich nicht, welches Schicksal ihn hierhergebracht hat? Ob er freiwillig gekommen ist? Ob er sich nach seiner Familie sehnt?»

Nein, Charlie fragte sich nichts davon, wollte sich nichts davon fragen. Was ging ihn das an, er hatte genug mit seinen eigenen Problemen zu tun, und die waren weiß Gott nicht gering.

«Wahrscheinlich ist es ohnehin nur ein Trick, irgendeine Einfärbung oder ein Bleichmittel», sagte er.

«Es ist kein Trick», sagte Henriette schlicht. «Er ist krank. Sieh dir seine Augen an. Er leidet.»

Charlie brannte eine ärgerliche Entgegnung auf der Zunge, woher wollte sie diese Gewissheit nehmen? Doch er sagte nichts.

Das Schicksal des sicherlich gefälschten Königs mit der möglicherweise echten Krankheit auf dem Thron vor ihnen ging Henriette nahe, und obwohl er es nicht wollte, spürte er, wie ihre Sorge um diesen Fremden ihn rührte. Sie war schuld, dass sein Herz, das er mit so viel Mühe widerstandsfähig gemacht hatte, nun weich wurde.

«Das ist keine Umgebung für einen kranken Menschen», sagte Henriette. Sie nahm Charlies Hand und zog ihn hinter sich her dem hellen Lichtfleck des Ausgangs entgegen. «Ich will wissen, wer dafür verantwortlich ist.»

«Henriette, warte!»

Sie blieb stehen, Ärger lag in ihrem Ausdruck, der zu sagen schien: Nun, worauf soll ich warten?

«Es ist die einzige Arbeit, die er bekommen kann. Wenn er hier nicht den weißen Neger spielt, dann steht er auf der

Straße. Und glaub mir, das ist härter, als seine Tage auf einem falschen Thron zu verbringen. Er hat warme Mahlzeiten, einen sicheren Schlafplatz. Draußen wäre er Freiwild. Er würde nicht lange überleben.» Charlie musste Luft holen, bevor er matt fortfuhr. «Glaub mir, ich weiß, wovon ich rede. Und hier», Charlie machte eine Geste, die das ganze Zelt umfasste, «ist er wenigstens unter Seinesgleichen.»

Henriette schien den Rest der Ausstellung erst jetzt zu bemerken. Außer dem weißen Neger gab es eine bärtige Frau zu sehen, einen menschlichen Käfer, der mit fiependen Geräuschen in einer Einfriedung herumkroch, und Zwillinge, gerade alt genug, um aufrecht zu sitzen, aber so groß wie zwölfjährige, überfütterte Kinder.

Als Charlies Blick zu Henriette zurückkehrte, hatte sie Tränen in den Augen. Er hatte es gewusst, seine Hand hatte es gespürt. Ihr Herz war zu groß, zu mächtig. Wenn man bei jedem Anblick von Leid oder Unrecht zu weinen begann – wie konnte man dann das Leben überstehen?

«Aber es sind doch trotz allem Menschen, oder?», wollte Henriette mit erstickter Stimme wissen.

Charlie nickte. «Ja, das sind sie, du hast recht. Du warst noch nie zuvor in einer Monstrositätenschau, oder?»

Henriette schüttelte den Kopf und sah ihn herausfordernd an.

«Und wer sind Sie, Mister Jackson?», flüsterte sie. «Sind Sie ein richtiger Mensch, oder sind Sie auch bloß eine seltsame, herzlose Monstrosität?»

Statt zu antworten, wollte Charlie sie wieder an sich ziehen. Nur standen sie jetzt nicht mehr in einer dunklen Ecke und wähnten sich allein, sondern sie waren mitten im Zeltrund zwischen den Besuchern, die herumgingen und mit den Fingern auf die menschlichen Monster zeigten. Und zudem, Henriette siezte ihn wieder.

Charlie griff nach ihrer Hand.

«Spielt das eine Rolle, Henriette? Zählt nicht allein, dass ich alles tun würde, um Sie glücklich zu machen?»

Charlie stellte fest, dass er meinte, was er gesagt hatte, und ein befreites Lachen stieg in ihm auf.

Henriette blickte auf den Saum ihres Kleides, Sägespäne hatten sich darangeheftet wie Krokant an den Rand eines Kuchens.

Sie antwortete, doch Charlie verstand ihre Worte nicht, sah nur ihre Lippen sich bewegen, weil in diesem Moment eine andere Stimme seinen Kopf ausfüllte, ein Junge schrie in eine Flüstertüte, keine zwei Meter neben ihnen.

«Verpassen Sie nicht Herculesse! Welcher Herr wagt es, gegen die stärkste Dame Berlins im Gürtelringen anzutreten? Wetten werden am Eingang entgegengenommen. Fünf Mark für den Sieger. Eintritt frei, Kinder die Hälfte!»

Es war ein Fehler gewesen hierherzukommen, es war ein Fehler gewesen, vor dem Mann mit dem Opernglas davonzulaufen. Charlie würde die Polizei verständigen. Schluss mit Versteckspiel und Abenteuer. Diese Sache war viel zu wichtig, um sie zu riskieren. Er musste Ordnung hineinbringen, er musste eine Arbeit finden. Er musste dafür sorgen, dass Henriette in London bei Mr. Postant vorsprach. Postant konnte sie an die besten Häuser der Welt vermitteln, und dann würde sie singen, und er ... wagte nicht sich auszumalen, wagte nicht zu hoffen, welche Rolle er dabei spielen würde.

«Wollen wir uns den Ringkampf ansehen?», fragte Charlie.

«Lieber nicht», sagte Henriette matt.

Charlie war froh über diese Antwort. Er wollte sie wie eine Dame behandeln und nicht wie seine rauchenden und sauren Fisch hinunterschlingenden Kolleginnen aus den Eckkneipen, in denen sie sich nach den Vorstellungen trafen.

«Dann will ich Sie zum Essen ausführen!»

«Ich bin überhaupt nicht hungrig.»

«Aber nach der ganzen Aufregung müssen Sie doch etwas essen. Sie müssen bei Kräften bleiben. Sie dürfen nicht vergessen, dass ich versprochen habe, Sie zu beschützen, und dazu gehört auch, dass ich für Ihr leibliches Wohl sorge.»

Henriette zuckte resigniert die Achseln.

«Wenn Sie durchaus darauf bestehen.»

«Ich bestehe darauf.»

Ein Lächeln huschte über ihr Gesicht. Sie nahm seinen Arm, und gemeinsam gingen sie hinaus, um sich nach etwas Essbarem umzusehen.

«Dort drüben», sagte Henriette und deutete auf ein Schützenzelt. Das bunt gemalte Schild über dem Eingang verkündete *Sing-Spiel-Halle* und *Restaurant*.

«Dort gibt es nur Kohlrouladen und Buletten. Ich möchte Sie richtig ausführen! In ein Restaurant mit gepolsterten Stühlen und Tischdecken und mindestens drei Gängen.»

Charlie freute sich, wieder den Klang von Henriettes Lachen zu hören. Es war schwer, ihn zu definieren, es war eine Mischung aus Glucksen und Schluckauf, es hatte etwas Atemloses und war zugleich leicht und mühelos. Er hatte noch nie zuvor einen Menschen auf diese Weise lachen gehört. Ein Tanz kam ihm in den Sinn, das war es, ihr Lachen war wie ein gutgelaunter Shuffle.

«Sie klingen wie ein kleiner Junge, der vom guten Leben träumt», sagte sie.

Sie konnte nicht ahnen, wie nah sie der Wahrheit damit kam.

«Ich war einmal ein Gassenjunge», sagte Charlie zu seiner eigenen Überraschung. «Es ist lange her», setzte er hinzu, als er ihren Blick bemerkte. Sein Lächeln geriet etwas schief. «Man wird es wohl niemals ganz los.»

«Ist das wahr?», fragte sie erschrocken.

Charlie nickte.

«Wie haben Sie es geschafft?»

«Es ist eine lange Geschichte. Und eine traurige. Lassen Sie uns lieber die schönen Seiten des Lebens genießen. Wohin möchten Sie zum Essen gehen?»

Sie schien unschlüssig.

«Ich gehe nicht oft aus.»

«Ich auch nicht», sagte Charlie.

«Dann nehmen wir einfach ... dort drüben ist ein Stand.» Sie zeigte auf eine der Buden. «Bitte!», setzte sie hinzu, als sie Charlies zweifelnden Blick bemerkte. «Ich habe noch nie an solch einer Bude gegessen.»

«Wirklich nicht? Na gut, da drüben gibt es wenigstens Tische. Dann gehen wir dorthin.»

Charlie bestellte zwei Portionen Hammelfleisch mit Äpfeln, Karotten und Brot und zwei Bier.

Sie schwiegen, während sie warteten, und Charlie war froh, als ein Mädchen mit hochgekrempelten Ärmeln nach kurzer Zeit das Essen brachte. Charlie reichte Henriette ein sauberes Taschentuch.

«Statt Serviette», sagte er, und sie lächelte.

Charlie fühlte, dass sie einen entscheidenden Moment erreicht hatten. Sie waren zusammen gerannt, sie hatten sich geküsst und gestritten und wieder vertragen, er hatte ihr seine Liebe gestanden, und plötzlich liefen seine Gefühle zu einer Welle auf, die jeden Moment zu brechen drohte. Henriette war vollkommen anders als jedes andere Mädchen, das er je getroffen hatte, und noch immer wusste er nicht, warum. Er musste es wissen, er musste mir ihr zusammen sein, um es herauszufinden.

«Hetti – darf ich Sie Hetti nennen?»

Sie nickte, flüchtig lächelnd, probierte von ihrem Gemüse, rührte das Fleisch aber nicht an. Sie wirkte abwesend, mit ihren eigenen Gedanken beschäftigt.

«Wissen Sie eigentlich, dass Sie mich mit einem Wort vernichten können?»

Hetti blickte auf. «Was meinen Sie damit?»

Es war nicht schwer gewesen, in dem Zelt über das Mädchen herzufallen. Doch jetzt die richtigen Worte zu finden schien ihm eine unlösbare Aufgabe zu sein.

«Nur ein Wort von Ihnen, und mein Leben hat keinen Sinn mehr.»

Sie wartete, Charlie musste weitersprechen, bevor er es nicht mehr wagte.

«Hetti, Sie wissen, dass ich Sie sehr gut leiden kann.»

«Ja.»

«Und Sie wissen, dass ich hoffe, dass Sie mich ebenso mögen wie ich Sie.»

Charlie hätte sich am liebsten auf die Zunge gebissen. Ging es denn noch umständlicher? Warum konnte er nicht einfach sagen, was er fühlte?

«Ich mag Sie auch, Charlie», sagte sie und blickte auf ihren Teller. War sie ein wenig rot geworden?

«Und ich frage mich, ich ... wissen Sie, ich bin anders als andere Männer.»

Warum lachte sie jetzt?

«Ich nehme an, genau darum mag ich Sie.»

Er nahm ihre Hände, hielt sie fest, ungeachtet der Gabel in ihrer Rechten.

«Hetti, nur ein Wort von Ihnen, und ich bin vernichtet. Meinen Sie, Sie könnten mich lieben?»

Hetti antwortete nicht gleich, doch dann schien sie einen Entschluss zu fassen. Sie entzog ihm ihre Hände und legte die Gabel neben den Teller.

«Ich weiß nicht, ob ich Sie liebe, Charlie. Ich weiß nur, dass

Sie etwas mit mir machen, etwas, das ... es ist fremd und aufregend, und manchmal denke ich, dass Sie gefährlich für mich sind. Und gleichzeitig ist es so, dass Sie der einzige Mensch sind ... Bevor ich Sie getroffen habe, wusste ich nicht, wie allein ich bin. Und jetzt ertrage ich den Gedanken nicht, es wieder zu sein. Ich weiß nicht, ob Sie wissen, was ich damit meine.»

Charlie nickte.

«Doch, ich weiß genau, was Sie meinen.»

Und er wusste jetzt auch, was er zu sagen hatte und dass es der Wahrheit entsprach:

«Wir beide haben nämlich einen gemeinsamen Ort, jenseits von Zeit und Raum. Einen Ort, der nur uns gehört. Ich habe uns beide dort gesehen. Es liegt an der Musik.»

Charlie erschrak, als Tränen aus Hettis Augen schossen und sie sich sein Taschentuch vor den Mund presste, um ein Schluchzen zu unterdrücken.

«Aber an diesem Ort ist es immerzu Nacht», sagte sie leise. «Und trotzdem gibt es keinen Mond und keine Sterne. Nur Dunkelheit. Und mein ganzes Leben lang war ich dort immer allein.»

«Jetzt nicht mehr, Hetti. Ich sehe diesen Ort, wenn Sie singen, jeden Abend. Es gibt dort Berge und einen See, so kalt, dass es schmerzt. Und ich werde immer dort sein und auf Sie warten.»

Hetti sah ihn aus geweiteten Augen an.

«Sie machen mir Angst, Charlie Jackson. Sie und dieser Fremde. Wer sind Sie?»

Charlie konnte nicht anders, als zu lächeln, weil sie ihn so glücklich machte.

«Es liegt an der Musik, Hetti. Wir sprechen dieselbe Sprache. Ich habe meine Violine nicht mit nach Berlin nehmen können, und ich habe hier auch kein Piano zur Verfügung. Aber ich würde so gerne für Sie komponieren, ich würde so gerne diesen Ort für uns einfangen.» Charlie suchte erneut nach ihrer Hand, aber sie ließ nicht zu, dass er sie ergriff. «Ich würde Ihnen so gerne beweisen, dass ich Ihrer würdig bin.»

Hetti spießte eine Karotte auf, kaute gründlich, mit geschlossenen Augen. Charlie wusste, dass sie nach innen blickte, an jenen Ort, und wenn er von ihrem Gesicht nicht so fasziniert gewesen wäre, wäre er ihr gefolgt.

«Am ersten Tag, als wir uns begegnet sind», sagte sie schließlich, «da sagten Sie mir, Sie verfolgen diesen Fremden. Aber es scheint mir genau andersherum zu sein. Und nun sind Sie gar Komponist. Wie hängt das alles miteinander zusammen?»

Charlie verstand ihre Zweifel, er hätte niemals mit dem Lügen anfangen dürfen. Eine Lüge zog so leicht weitere Lügen nach sich, und dann wurde es immer schwieriger, zur Wahrheit zurückzukehren. Und dennoch war er glücklich.

«Ich werde einen Weg finden, mir Ihr Vertrauen zu verdienen.»

«Aber ich vertraue Ihnen», sagte Hetti erstaunt und öffnete die Augen. «Vielleicht mehr als mir selbst.» Sie seufzte. «Ich vertraue Ihnen, hören Sie?»

Charlie nickte.

«Gut», sagte Hetti. «Dann lassen Sie uns jetzt endlich essen. Bevor es ganz kalt wird.»

Wie leicht sie ihre niedergedrückte Stimmung, das Aufgewühltsein und den Schrecken hinter sich lassen und wieder fröhlich sein konnte. Sie war mit ihren siebzehn Jahren mehr Kind, als Charlie es in seinem ganzen Leben gewesen war. Charlie zwang sich, es ihr gleichzutun und ordentlich zu essen.

«Sie sagten, Sie waren ein Gassenjunge. Sind Sie in London aufgewachsen?»

«Ja, in London», sagte Charlie.

«Erzählen Sie», bat Hetti.

«Ich … meine Mutter ist früh gestorben. Und mein Vater hat getrunken.»

Charlie schwieg, wartete auf den nächsten Satz. Es fiel ihm schwer, über seine Vergangenheit zu sprechen. Nicht nur wegen der von der Wassersucht aufgedunsenen Leiche seines Vaters. Sondern wegen allem.

«Es tut mir leid, ich will nicht in Sie dringen», sagte Hetti.

«Nein, mir tut es leid. Ich werde es Ihnen erzählen», sagte Charlie. Er wollte mehr über sie erfahren, also würde er etwas über sich erzählen müssen. «Es ist im Grunde eine ganz normale Geschichte. Mein Vater hat den Tod meiner Mutter nicht verwunden, sie ist an einer Infektion gestorben. Er hat dann angefangen zu trinken und konnte sich nicht mehr um mich kümmern. Mit neun Jahren musste ich mich selbst versorgen. Ich habe getanzt und gesungen, ich war jahrelang mit einer Kindertanztruppe auf Tournee, habe nach und nach kleine Engagements gehabt. Vaudeville zuerst, später auch Theater. Von meinem ersten richtigen Geld habe ich mir eine Violine gekauft. Ich war gut. Ich bin immer noch gut.» Charlie kam ins Reden, und es erleichterte ihn. «Ich habe angefangen zu komponieren. Das Notenpapier habe ich mir mit kleinen Rollen im Theater verdient, Statisterie erst, dann auch Sprechrollen. Vor drei Jahren habe ich mich dann wieder fest in London niedergelassen. Ich hatte ein gutes Auskommen, regelmäßig Engagements, und meine ersten Kompositionen waren erfolgreicher, als ich es mir hätte träumen lassen. Ich habe ein Ballett geschrieben, eine Romanze, die wurde am *Alhambra* aufgeführt. Es war ein großer Erfolg. Claude Debussy war bei der Premiere, er ist hinterher zu mir gekommen, hat mir gratuliert …» Charlie brach ab.

«Und was dann?», fragte Hetti sanft.

«Wissen Sie, wenn man keine richtige Kindheit hatte, dann

gibt es zwei Wege, das Leben zu meistern. Man kann versuchen, den Schmerz zu Kunst zu machen. Oder man kann den Schmerz an andere Menschen weitergeben, man kann zum Verbrecher werden. Es gibt viele, die keinen anderen Weg sehen.»

«Sind Sie so jemand?»

«Ich? Nein. Ich habe nichts verbrochen.»

«Dann ist es der Mann mit dem Opernglas. Kennen Sie ihn aus London?»

Charlie lachte und senkte den Kopf. Hätte er nur nie mit dieser idiotischen Geschichte angefangen. Hetti würde immer wieder versuchen, diesen Mann in seinem Leben unterzubringen.

«Wieso lassen Sie ihn nicht einfach festnehmen, wenn er etwas verbrochen hat? Wozu dieses Katz-und-Maus-Spiel, das Sie mit ihm spielen?»

Charlie schüttelte den Kopf. «Hetti, ich habe keine Ahnung, und ich weiß auch nicht, was er von Ihnen will. Aber wir müssen ernsthaft versuchen, es herauszufinden.»

Henriette blickte Charlie nicht an, als sie sprach.

«Wissen Sie, meine Mutter hat oft starke Schmerzen in den Gelenken. Und manchmal frage ich mich ... in letzter Zeit ...» Sie sprach nicht weiter.

«Ja?»

Hetti schob den Teller von sich.

«Haben Sie einen Verdacht?»

«Könnte es nicht sein ... Sie haben mich ja selbst darauf hingewiesen, dass der Mann mit dem Opernglas asiatische Augen hat. Und ich habe gelesen, dass Chinesen oft ... Laudanum verkaufen.»

Charlie konnte sich das Lachen nicht verkneifen.

«Sie meinen, er gehört zu einem Opiumring? Aber das war vor fünfzig Jahren, Hetti! Heute haben wir doch viel modernere Schmerzmittel.»

«Meine Mutter geht aber nicht zum Arzt. Und ich dachte ...»

«Dass sie sich auf andere Weise zu behelfen weiß? Wie kommen Sie darauf?»

«Ich habe den Mann schon zweimal aus unserem Haus kommen sehen», sagte Hetti und sah ihn mit einem gequälten Blick an. «Charlie, ich habe viel mehr Angst um meine Mutter als um mich selbst.»

Charlie schwieg. War das des Rätsels Lösung? Wenn Frau Keller starke Schmerzmittel brauchte, dann könnte ein Opiumhändler ihr helfen, und er beobachtete Hetti, weil ... sie hübsch genug war, um sie zu verkaufen? Charlie schüttelte den Kopf. Nein, das war Stoff für einen billigen Schauerroman, und jetzt begann er schon selbst, daran zu glauben.

«Was immer es ist», sagte er mit Bestimmtheit, «ich werde es herausfinden. Hetti, ich würde alles tun, um mit Ihnen zusammen zu sein.»

«Erklären Sie mir, weshalb habe ich den Eindruck, Sie sagen solche Dinge nicht zum ersten Mal zu einer Frau?»

«Sie haben recht. Aber bei Ihnen ist es anders.» Charlie holte tief Luft. «Ich weiß nicht, warum, aber zum ersten Mal in meinem Leben liebe ich.»

«Dann sagen Sie mir die Wahrheit, Charlie.»

«Wie meinen Sie das?»

«Sie sagten mir, Sie verfolgen diesen Mann seit einer Weile. Warum verfolgen Sie ihn?»

«Bitte, Hetti, fragen Sie mich das nicht. Ich kann es Ihnen nicht sagen. Ich ... kann einfach nicht. Mein Beruf ...»

«Ich dachte, Sie sind Komponist. Haben Sie mir nicht genau das eben erzählt?»

Charlie nickte. Wenn er ihr jetzt die Wahrheit sagte, dann musste er zugeben, bei ihrer ersten Begegnung gelogen zu haben. Er sollte es tun, es wäre richtig. Und wenn sie dann nie wieder mit ihm reden, ihm nie wieder vertrauen würde?

«Erzählen Sie mir, wie Sie vom Komponisten zum Verbrecherjäger wurden.»

Wie leicht wäre es, seine Geschichte ein winziges bisschen umzudeuten. Den Tod seines Vaters mit Hettis Geschichte vom Opiumring zu vermengen. Es wäre eine gute Geschichte. Nur wäre sie immer noch erlogen.

«Bitte, Hetti, zwingen Sie mich nicht dazu. Bitte vertrauen Sie mir einfach», flehte er.

Hetti blickte ihn an, nickte dann.

«Einverstanden. Ich werde es versuchen.»

Der Rest der Mahlzeit zog sich hin, und Charlie hatte das Gefühl, bersten zu müssen von all dem Essen. Es war das erste Mal, dass ihn und Hetti eine solche Schwere umgab, wie ein unsichtbarer Dunst, der all das Schöne und Große, dass er mit ihr erlebt hatte, zu vergiften drohte, und ein Teil von ihm wusste, dass nur die Wahrheit diesen Dunst auflösen würde.

«Schichtwechsel, die Herrschaften. Das macht fuffzich Pfennige», sagte das Mädchen mit den aufgekrempelten Ärmeln. Sie war wie ein Flaschengeist aus dem Dunst aufgestiegen, mit empfangsbereit ausgestreckter Hand.

Charlie tastete nach der Brieftasche in seinem Jackett. Als er bezahlte, starrte der Mann am Tisch hinter Hetti ihn unverwandt an, stechend und unangenehm, sodass Charlie dem Blick auszuweichen versuchte. Dann stand der Mann auf, und Charlies Unbehagen verstärkte sich. Langsam dämmerte ihm, dass er diesen Mann kannte: Es war der Mann aus dem Filmzelt. Braumeister Gustav Faust. Warum sollte er auch nicht hier sitzen, schließlich war es sein eigenes Fest? Und warum war Charlie so dumm gewesen, nicht einmal daran zu denken, als er auf die Idee verfallen war, mit Hetti hierherzukommen?

Charlie steckte die Brieftasche ein, stand auf und zog Hetti wortlos hinter sich her.

«He! Sie!»

Die Stimme des Braumeisters überschlug sich.

«Sie! Stehen bleiben! Dieb! Haltet den Dieb!»

Charlie begann zu rennen, zog Hetti mit sich.

Schon wieder rannten sie, verließen den Rummel durch das Haupttor an der Greifswalder Straße, der Affe am Eingang fauchte ihnen hinterher, und sie sprangen in die erste Straßenbahn, die mit elektrischem Singen vor ihnen zum Stehen kam.

Charlie bückte sich, um besser aus dem Fenster sehen zu können. Zum Glück war Braumeister Faust plump und schwer. Er stand am Ausgang seines eigenen Rummels, hielt sich die Brust und schüttelte Charlie drohend eine Faust hinterher.

Hetti ließ sich auf einen hölzernen Sitz fallen. Diesmal wirkte sie nicht amüsiert, da war kein Flackern und kein Lachen in ihren Augen. Charlie war sich bewusst, dass alle Indizien gegen ihn sprachen, und er war froh, dass sie keine Fragen stellte.

«Sollte ich vielleicht mit hinaufkommen und mich endlich einmal Ihrer Mutter vorstellen?», fragte Charlie halb ängstlich, halb hoffnungsvoll, als sie vor Hettis Haustür angekommen waren.

«Besser nicht. Meine Mutter ist auf so etwas nicht vorbereitet. Geben Sie ihr Zeit, Charlie. Und mir auch. Wir sehen uns am Montag wieder.»

Er gab ihr die Hand. Der dünne Stoff ihres Kleides bildete bebend ihren Herzschlag ab, und wieder irritierte ihn etwas daran, das er jedoch nicht benennen konnte.

«Versprochen?»

«Versprochen. Um acht Uhr, wie immer.»

Kurz hoffte Charlie, sie würde es zulassen, dass er sie noch einmal an sich zog. Doch sie ließ seine Hand los, wandte sich um und verschwand im Haus.

Heute war Freitag. Drei Tage und Nächte waren es bis Montag.

Charlie konnte sich nicht entschließen, nach Hause zu gehen. So vieles war ungesagt geblieben, so vieles war in der Schwebe.

Er blieb vor Hettis Haus stehen, minutenlang, und blickte an der Fassade hinauf. Hinter welchem dieser Fenster mochte sie wohnen? Dann ging die Haustür ein weiteres Mal auf und Charlies Herz machte einen Satz. Es war der Mann mit dem Opernglas, der auf die Straße trat.

Hatte er auf Hetti gewartet, ihr im Treppenhaus aufgelauert? Ihr etwas angetan? Oder war er, wie Hetti vermutet hatte, bei ihrer Mutter gewesen?

Es war zu spät, sich zu verstecken, also richtete Charlie sich auf und blickte dem Mann fest entgegen. Er ging dicht an Charlie vorbei, tippte sich mit einem ironischen Lächeln an den Hut und ließ den Blick einige Sekunden lang auf Charlie ruhen, ganz so, als prüfe er ihn.

Charlie hatte es satt, er wollte, dass dieser Mann aus seinem und Hettis Leben verschwand. Er packte zu, drückte ihn mit dem Rücken gegen die Hauswand.

«Wer sind Sie? Was wollen Sie von uns?», zischte Charlie ihm ins Gesicht.

Es war ein rundes, flaches Gesicht mit halbmondförmigen Augen und Krähenfüßen in den Winkeln. Er mochte gut vierzig Jahre alt sein. Und er lächelte noch immer, ein Lächeln, das Charlie seltsam vertraut vorkam. Müsste er diesen Mann kennen? Hatte Hetti recht, dass er etwas mit seiner Vergangenheit zu tun hatte?

«Dasselbe könnte ich Sie fragen», sagte der Mann. Sein Deutsch war akzentfrei.

Charlie ließ den Kragen des Mannes los und sammelte sich. Einer Eingebung folgend, zog er eine der Visitkarten aus der

Brieftasche des Braumeisters und wedelte damit vor der Nase des Mannes herum.

«Ich bin im diplomatischen Dienst! Geheimpolizei!», behauptete er.

Statt sich einschüchtern zu lassen, griff der Mann mit einer schnellen Bewegung die Karte aus Charlies Hand und betrachtete sie.

«Die Fotografie trifft Sie nicht besonders gut. Sie sollten eine neue anfertigen lassen.» Das Lächeln des Mannes war mittlerweile süffisant. «Sie haben sicher nichts dagegen, wenn ich sie behalte?» Er steckte die Karte ein.

«Das ist bloß Tarnung. Ich bin Brite, mein Name ist Charles Peter Jackson», stammelte Charlie.

«Dann können Sie sich sicher entsprechend ausweisen?»

Charlie schwieg.

«Nun, dann wünsche ich noch einen schönen Abend, Mister Jackson. Auf Wiedersehen.»

«Warten Sie! Ich will wissen, wer Sie sind!»

Der Mann mit dem Opernglas drehte sich noch einmal um.

«Das werden Sie doch ganz leicht herausfinden, wenn Sie Geheimpolizist sind.»

Verdammte Lügen! Charlie verfluchte sich, aber was konnte er tun, außer leere Drohungen auszustoßen?

«Halten Sie sich von Hetti fern!», rief er dem Mann hinterher. «Oder Sie bekommen es mit mir zu tun!»

Doch der Fremde war bereits fort, verschluckt von der Dämmerung und dem wieder einsetzenden Regen.

Einen Moment lang erwog Charlie, ihm zu folgen, herauszufinden, wo er wohnte. Doch Hetti war wichtiger. Er musste sichergehen, dass sie unversehrt war.

Charlie drückte die Haustür auf und eilte, immer drei Stufen auf einmal nehmend, die Treppen hinauf, der Marmor an den Wänden warf den Klang seiner Schritte zurück. Er begann im vierten Stockwerk und arbeitete sich abwärts voran. Keine der Türen war beschädigt, nirgends gab es Spuren von Gewalt. Das Treppenhaus war leer, und die Geräusche, die aus einigen der Wohnungen kamen, waren unverdächtig, bloß Gespräche und Gelächter.

Im ersten Stockwerk schließlich fand er ihre Tür, ein Messingschild trug die eingravierte Aufschrift *Ada & Henriette Keller*. Belle Etage, wo die besseren Leute wohnen, die mit den Hinterhaustreppen, über die das Personal ein und aus ging. Charlie wollte klingeln, um sich zu vergewissern, er hatte die Klingel bereits in der Hand, als er hinter der Tür eine fremde Frauenstimme hörte.

«Du bist mir immer noch eine Antwort schuldig, Henriette. Wo bist du gewesen?»

Keine Antwort.

«Wo kommst du so spät her?»

«Es ist doch noch nicht einmal acht, Mutter. Und ich war auf einem Rummel. Mit einem Begleiter, den ich aus dem Theater kenne.»

«Rummel? Begleiter!»

«Ja, Mutter. Und ich bin noch immer gesund und unversehrt.»

Hetti klang wütend, und Charlie ahnte, dass ihr Zorn sich eher gegen ihn als gegen die Mutter richtete.

Charlie wollte mehr erfahren, aber sein Anstandsgefühl verbot es ihm. Was er wissen musste, hatte er bereits erfahren: Hetti war unversehrt. Wenn er länger blieb, würde er vielleicht Dinge hören, die er im Grunde gar nicht hören wollte. Nicht auf diese Weise. Er wollte Hettis Vertrauen. Er hatte versprochen, es sich zu verdienen.

Charlie entfernte sich so leise wie möglich, trat auf die Straße, spannte seinen Schirm auf und machte sich im zunehmenden Dunkel auf den Weg nach Hause zu Frau Liese, in sein kleines, sauberes Zimmer mit dem ganzen Bett für sich allein.

Das Bett war mit weißem Leinen bezogen, die Vorhänge hellgrün, der Teppich dunkelrot, und die Muster darauf zerflossen vor Charlies halb geschlossenen Augen zu schmutzigen Pfützen. Charlie blinzelte das Brennen weg und richtete sich im Sessel auf, griff nach der Gabel und stocherte in den grünen Bohnen herum, die neben ihm auf dem Tischchen standen und längst kalt geworden waren.

Man konnte es bei Frau Liese aushalten, ziemlich lange sogar, weil Frau Liese nämlich nicht nur das Waschwasser und das Frühstück brachte, sondern auch alle anderen Mahlzeiten, wenn Charlie darum bat. Es gab für ihn nur zwei Gründe, das Wochenende nicht komplett im Bett zu verbringen.

Der erste war, dass Frau Liese ihn nicht ließ. Sie betrat so lange immer wieder das Zimmer wegen irgendwelcher vorgeblich notwendiger Verrichtungen, bis sie ihm mit ihrer Geschäftigkeit auch den letzten Rest von selbstvergessener Bettschwere ausgetrieben hatte. Am Samstag hatte er noch versucht, sich krank zu stellen, aber Frau Liese hatte dieses Ansinnen mit Kleiesuppe, Senfwickeln und Kamillentee bestraft, bis es ihm ziemlich schnell besser ging und er aufstand. Die nächsten zwei Stunden war er auf und ab gegangen, hatte sich den Scheitel einmal links und einmal rechts gezogen, hatte im Sessel gesessen und über Hetti und den Mann mit dem Opernglas nachgegrübelt, und das hatte zu dem zweiten Grund geführt, warum Charlie das Wochenende nicht im Bett verbringen konnte: Das dringende Gefühl, auf Hetti aufpassen zu müssen, trieb ihn aus dem Haus, und er begann, immer größere Kreise zu ziehen, um den Mann mit dem Opernglas vielleicht dabei zu erwischen, wie er ihn beschattete. Vielleicht hätte er mehr Erfolg gehabt, wenn er sich selbst ein Opernglas besorgt hätte.

Am Sonntag wagte Charlie sich dann in die Innenstadt und stand im Schatten einer Einfahrt in der Nähe von Hettis Wohnhaus. Er beobachtete die Tür und die Fenster im ersten Obergeschoss. Doch es tat sich rein gar nichts, über Stunden, Charlie hatte Durst und musste auf die Toilette, und als Hetti und eine ältere Dame in Schwarz, wahrscheinlich ihre Mutter, dann aus der Richtung, in die er natürlich nicht geschaut hatte, an ihm vorbeieilten und er sich gerade noch durch die Einfahrt in den Hof verdrücken konnte, gab er die Beschattung wieder auf. Nicht auszudenken, wenn sie ihn dabei erwischte!

Als Charlie am Sonntagnachmittag nach Hause kam, wollte er sich wieder ins Bett rollen. Doch Frau Liese bestellte Charlie in ihre Küche und befahl ihm, sich zu setzen.

«So», sagte sie schlicht, die Fäuste in die kräftigen Hüften gestemmt. «Geht es um ein Mädchen?»

Charlie nickte.

«Wo ist das Problem? Sie sind doch ein hübscher Junge.»

Charlie war unschlüssig, ob er Lust hatte, seiner Wirtin von den Gedanken und Fragen zu erzählen, die ihn quälten, doch als sie einen Krug frisch vom Brauereiwagen gezapftes Bier vor ihn hinstellte, fühlte er sich zu ein wenig Entgegenkommen verpflichtet. Was sollte er sagen? Dass sie ihn für einen Dieb halten musste, dass er sie belogen hatte?

«Ich denke, ich habe mich bei ihr in ein schlechtes Licht gesetzt. Vielleicht ist sie auch einfach zu gut für jemanden wie mich. Wie könnte ich jemanden wie sie überzeugen, dass jemand wie ich der Richtige für sie ist?»

Die Frage war rhetorisch gemeint, aber Frau Liese ging darauf ein.

«Wie?!»

Ihr schallendes Lachen erfüllte die Küche. Sie zog sich einen Stuhl heran und setzte sich Charlie gegenüber.

«Sie wollen mir doch wohl nicht erzählen, dass Sie nicht wüssten, wie man ein Mädchen überzeugt?»

Charlie hätte mit seinen Eroberungen prahlen können, aber er hatte nicht die Energie dazu. Und es war ihm auch egal, was Frau Liese von ihm hielt, und so zuckte er nur mit den Schultern.

«Als Erstes sollten Sie mal gerade sitzen! Wenn Sie sich so hängenlassen, ist es kein Wunder, wenn Sie durchfallen. Eine Frau will einen richtigen Mann, einen, der sie mit Bestimmtheit anfasst, der sagt, wo es langgeht.»

Charlie konnte nicht anders, er musste über Frau Liese lachen. So, wie sie es sagte, klang es kinderleicht. Aber sagen, wo es langgeht, das kann man nur, wenn man den Weg kennt.

«Lachen Sie nur. Aber ich sag Ihnen, man muss sie erobern.» Es hätte Charlie nicht gewundert, wenn Frau Liese ihm freundschaftlich auf die Schulter geschlagen hätte, als wäre sie selbst ein Kerl.

«Na los, nur nicht zu zaghaft!»

Charlie trank von seinem Bier und atmete durch.

«Sie haben ja recht», sagte er kleinlaut.

Natürlich hatte sie recht. Schließlich wusste er in diesen Dingen tatsächlich Bescheid. Vielleicht fehlte ihm in letzter Zeit nur ein wenig das Selbstvertrauen und die Übung.

«Sie haben vollkommen recht.»

Diesmal klang es schon überzeugter, und zum ersten Mal an diesem Wochenende war Charlie beinahe sicher, dass er Hetti für sich gewinnen konnte. Wenn er sich als Mann zeigte und nicht als Nervenbündel.

«Na sehnse», sagte Frau Liese. «Sag ich doch. Sie müssen das nur entschlossen angehen. Möchten Sie noch ein Bier?»

4

Charlie zwang sich, nicht in den Nebel hinauszustarren, sondern nach unten, auf die Zeitungsmeldungen zu seinen Füßen. *Tuberkulose auf dem Rückzug. Neuer Stadtbahnabschnitt vollendet. Die Welt in hundert Jahren: Waschmaschinen, Radiummedizin und automatischer Krieg.* Er ging ein paar Schritte die Friedrichsgracht auf und ab, seine Schuhe rutschten über das Kopfsteinpflaster. Das Wasser im Kanal sah schwer und träge aus wie flüssiges Metall. Erst Viertel vor acht. Sie wird kommen.

Er war rasiert, das Wetter war kühl, aber beständig, und das Stadtschloss hinter ihm trat romantisch aus dem Dunst hervor. Charlie stieß den Atem aus und schlug ins Nichts wie ein Preisboxer vor dem Kampf. Er war bereit für das Mädchen mit den schwärzesten Augen und den Grübchen auf den Wangen, war bereit, ihr zu zeigen, wo es langging, und ... wenn sie nicht kam? Wenn der Freitag für sie doch zu katastrophal verlaufen war?

Dann würde er über das gusseiserne Geländer in den Kanal springen. Sich vor eine fahrende Bahn werfen und sich zu Mus zermalmen lassen. Oder einfach wieder auf der Straße leben.

Nur ruhig. Sie *wird* kommen. Wenn er Glück hatte, griff sie dann statt nach seinem Arm nach seiner Hand, und dann hätten sie eine ganze Stunde Zeit, würden über die kleine Brücke und am Kanal entlangschlendern, nach links, nach rechts, Friedrichstraße, und vielleicht nahmen sie im *Café Bauer* noch einen Morgenkaffee, bevor er Hetti vor der Tür von Professor Altheim verließ. Vielleicht würde er ein wenig unter dem Fenster stehen bleiben, vielleicht würde Altheim es öffnen, und er konnte Hetti die Tonleitern rauf- und runterklettern hören, mit denen sie ihre Stimme aufwärmte und dehnte. Kurz vor acht … Endlich! Das waren ihre Schritte, nicht schnell, aber fest, und Sekunden später erschien ihre Gestalt im Nebel, so schmal, und warf im Gegenlicht der frühen Sonne Schattenbahnen, die vom Kopf bis in den Himmel und von den Händen bis in die Erde strahlten. Hettis Eleganz war natürlich, ihre Haltung, die Art, sich zugleich gemessen und ungezwungen zu bewegen. Charlie meinte, alles, was sie ausmachte, in ihren Bewegungen zu erkennen, ihre Aufmerksamkeit, wie sie nachdachte, bevor sie antwortete, ihr Mitgefühl, ihre Unschuld, ihr starker Wille … alles an ihr lud zur Bewunderung ein.

«Guten Morgen», sagte sie.

Aber was sie wirklich zu einem magischen Wesen machte, war ihre Stimme. Diese zwei einfachen Worte zwangen Charlie zu der jähen Erkenntnis, dass er erst durch ihre Stimme wirklich zum Menschen wurde. Hatte sie ihn nicht zurück ins Leben gesungen an jenem ersten Abend im *Wintergarten*?

Und jetzt stand sie vor ihm, in einem dunkelblauen Kostüm mit weißem Kragen und weißen Handschuhen und einem mädchenhaft kurzen Rock, der ihre Schnürstiefel sehen ließ. Und doch war da etwas an ihr, das sie älter erscheinen ließ, eine Tiefe, die er sich nicht erklären konnte. Ihre Locken waren im Nacken zu einem weichen Knoten geschlungen.

«Guten Morgen, Hetti», sagte Charlie und bot ihr den Arm.

Sie duftete nach Seife und Nebel und nach den weißen Rosen an ihrem Hut.

Sie lächelte nicht, die Grübchen auf ihren Wangen blieben verborgen, und sie nahm weder den Arm noch seine Hand.

Eine Weile liefen sie schweigend. Wenn sie ihn sonst angesehen hatte, dann war es, als ginge eine Art Energie von ihr aus, ein Licht, und er wollte in diesem Licht sein. Doch heute war da kein Licht, und obwohl Charlie ihr körperlich nahe war, fühlte er sich plötzlich einsam neben ihr. Sie war ernst, reserviert, und er konnte es ihr nicht verdenken.

«Hetti, hat sich etwas verändert zwischen Ihnen und mir?»

Charlie hätte sich am liebsten auf die Zunge gebissen. So fragte kein Mann, der wusste, wie man ein Mädchen überzeugte.

Sie antwortete nicht, und als Charlie sie von der Seite her anblickte, sah er, dass ihre Augen von einem silbrigen Glanz überzogen waren. Weinte sie?

«Was ist mit Ihnen?»

Hetti blieb stehen, sah ihn an, und Charlie erkannte, dass der Silberglanz in ihren Augen nicht von Tränen herrührte, sondern von Zorn.

«Charlie, lieben Sie mich?»

«Ja, ich liebe Sie», sagte er fest und ohne Zögern, und er meinte es so.

«Aber ich frage mich, was ist das für eine merkwürdige Liebe, die Sie mir entgegenbringen? Es ist ein Drängen, eine Not darin und dabei so viel Versteckspiel und Unwahrheit.»

Wie recht Frau Liese hatte. Welche Frau wollte schon einen Mann in Not, geschweige denn einen Lügner, und dass es Notlügen gewesen waren, dass er nicht von Anfang an ehrlich gewesen war, machte die Sache nur schlimmer. Aber wäre er ehrlich gewesen, hätte er sie niemals wiedergesehen. Sosehr Charlie auch darüber nachdachte, sosehr er das ganze Wochenende schon darüber gebrütet hatte, es gab keinen Ausweg aus dieser Situation.

«Sie sind mir noch immer eine Antwort schuldig», sagte Hetti. «Wer sind Sie, Charles Peter Jackson? Wie kann ich jemanden lieben, den ich nicht einmal kenne?»

Charlie musste einen kühlen Kopf bewahren, durfte jetzt keinen falschen Schritt machen.

«Sehen Sie in mein Herz, denken Sie an unseren gemeinsamen Ort. Wir kennen einander besser, als sich je zwei Menschen gekannt haben. Können Sie das nicht sehen?»

Sie senkte den Blick. «Ich weiß es nicht ... sehen Sie, ich bin noch sehr jung und ... unerfahren.»

Charlie spürte, wie er die Oberhand gewann und lachte. «Das macht mich zum erfahreneren Part. So kann ich Sie besser beschützen, und Sie werden singen, und ich will ...»

Hetti wischte seine Worte mit einer knappen Geste fort.

«... und Sie sind sehr fordernd, wollte ich sagen. Und ich bin recht leicht zu beeindrucken, wie es scheint.» Sie verschränkte die Arme. «Ich weiß immer noch nicht mehr über Sie, als dass Sie mich vor einem Verfolger zu beschützen behaupten, ohne mit Sicherheit zu wissen, ob nicht eigentlich Sie derjenige sind, der verfolgt wird. Woher weiß ich, wer in diesem Spiel der Gute, wer der Böse ist?»

Charlie blieb stehen, fasste sie an den Schultern und zwang sie, ihm in die Augen zu sehen.

«Vertrauen Sie mir», sagte er. Es sollte nicht wie eine Bitte, es sollte wie ein Befehl klingen, und Charlie hoffte, dass Hetti die Furcht nicht hören konnte, die er unter den Worten versteckt hatte. Denn sie hatte ja recht, und er war im Unrecht.

«Was ist mit Ihrem Vertrauen in mich? Warum sprechen Sie nicht offen mit mir? Warum hat der Mann auf dem Rummel Sie als Dieb bezeichnet?»

Charlie ließ Hettis Schultern los. Noch mehr als die erste Lüge verfluchte er in diesem Moment seine Furcht davor, welche Wirkung die Wahrheit auf sie haben mochte. Es lag Kraft in der Wahrheit, doch in diesem Fall bedeutete Wahrheit Erniedrigung. Es war und blieb unmöglich. Hetti stand vor ihm, abwartend, in den Augen noch immer jener silbrige Glanz. Er konnte sich ihrem Urteil nicht ausliefern, nicht wenn sie so zornig war. Er hatte keine Wahl. Er würde alles oder nichts verlangen.

«Wenn Ihr Herz so kalt ist und Sie nicht einfach den Mann lieben können, der vor Ihnen steht, dann ist es vielleicht besser, dass wir uns nicht mehr sehen.» Er hörte selbst, wie flach und überheblich seine Worte klangen.

Hetti senkte den Kopf, die sonst so ausdrucksstarken Hände hingen hilflos an ihren Seiten herab.

Charlie sprach weiter, aufrichtig jetzt.

«Hetti, verzeihen Sie mir. Ich fürchte, dass Sie recht haben. Ich bin Ihres Vertrauens nicht würdig, und ich kann Ihnen nichts von dem geben, was einem Wesen wie Ihnen gebührt. Ich hatte nur gehofft, wenn Sie mich ebenso liebten wie ich Sie, dann könnten wir das Trennende überwinden, und ich könnte in Ihrem Licht wachsen, bis ich Ihrer würdig bin.»

Charlie hätte noch mehr sagen wollen, doch seine Kehle war zu eng.

«Nun. Dann ist es vielleicht am besten so», flüsterte Hetti.

Als sie ihn ansah, war aller Zorn aus ihren Augen gewichen. Charlie blickte in mattschwarze Abgründe, in die er sich zu Tode stürzen wollte.

Er wandte den Blick ab, schaute auf seine Uhr, zehn Minuten nach acht. Er schämte sich.

Hetti reichte ihm die Hand.

«Auf Wiedersehen, Mister Jackson. Ich habe meine Zeit sehr gerne mit Ihnen verbracht. Ich werde jetzt gehen.»

Charlie verbeugte sich, vollendet galant.

«Auf Wiedersehen, Fräulein Keller ... Ich ... »

Charlie verstummte, als auch Hetti ansetzte, etwas zu sagen. Er wartete, hoffte, dass alles nur ein Irrtum war, dass er etwas falsch verstanden hatte. Nur, wie konnte er etwas falsch verstehen, das er selbst gesagt hatte?

Hetti wandte sich um. Nach wenigen Metern war ihre Gestalt im Nebel verschwunden.

5

Der darauffolgende Freitag war der erste Tag im Mai, der von morgens bis abends ungetrübt und voller Sonne zu werden versprach. Das Wasser im Kanal glitzerte, die Vögel flatterten in den jungen Kastanien umher, und ein warmer Frühlingshauch lag in der Luft. Charlie stand mit den Ellenbogen auf das Geländer über der Friedrichsgracht gestützt, eine Morgenzeitung unter den Arm geklemmt. Es war acht Uhr siebenunddreißig.

Hetti war nicht gekommen, weder am Dienstag noch am Mittwoch, noch an den darauffolgenden Tagen. Und auch heute war sie nicht gekommen. Natürlich nicht.

Charlie wandte sich vom Wasser ab, blinzelte in die Sonne. Die ganze Woche über hatte er bis neun Uhr gewartet, manchmal hier, dann wieder vor ihrem Haus, immer in Furcht, genau am falschen Platz zu stehen und sie zu verpassen. Um Punkt neun Uhr zwang er sich zu gehen, zurück in sein Zimmer, wo er versuchte, die Zeit bis zum nächsten Tag, so gut es ging, zu verschlafen. Er hatte gehofft, der Schmerz würde abnehmen und schnell zu einer blassen Erinnerung werden, so wie immer, wenn es mit einem Mädchen zu Ende ging. Stattdessen war das Loch in seiner Brust mit jedem Tag größer geworden. Vielleicht war eine Woche zu wenig, um sich so sicher sein zu können. Dennoch gab es für Charlie keinen Zweifel: Es würde schlimmer werden, Tag für Tag. Er würde Hetti nicht vergessen. Und er würde es den Rest seines Lebens bereuen, wenn er nicht wenigstens versuchte, sie zurückzugewinnen. Charlie knüllte seine Zeitung zusammen und warf sie in den Kanal. Besser heute als morgen. Heute würde er sie zurückgewinnen. Jetzt!

Zuerst klingelte Charlie bei Professor Altheim, doch niemand öffnete. Vielleicht war der alte Mann nicht zu Hause oder verreist. Oder krank. Vielleicht fielen Hettis Stunden schon die ganze Woche über aus. Das würde erklären, warum er sie morgens nie aus dem Haus hatte kommen sehen.

Als Nächstes ging Charlie zum *Wintergarten*, stand eine Weile unschlüssig vor dem Künstlereingang. Er fürchtete, Hetti könnte veranlasst haben, dass man ihn des Hauses verwies, sobald er einen Fuß über die Schwelle setzte. Und so wartete er, bis die Künstler und Bühnenarbeiter zur Frühstückspause aus dem Gebäude kamen, um am Kanal in der Sonne ihre mitgebrachten Butterbrote, Zwiebeln und kalte Suppe zu essen. Zu Hause bei Frau Liese hatte Charlie keinen Bissen heruntergebracht, und nun knurrte sein Magen, und er fühlte sich hohl und viel zu leicht, so als könnte er jeden Moment von einer leichten Brise davongetragen werden.

Dann kam Willem zusammen mit ein paar Tanzmädchen heraus, er strich um sie herum und versuchte, mit kleinen Taschenspielertricks auf sich aufmerksam zu machen. Die Mädchen lachten über ihn, aber es schien ihn nicht zu stören.

«He, Willem!», rief Charlie ihm von der anderen Straßenseite aus zu. «Komm mal rüber.»

«Was gibt's denn, Meister?»

Die Schuhe an seinen Füßen hatte der Junge offenbar auf Zuwachs gekauft, sie waren zu groß, und sein Gang hatte etwas Watschelndes, als er über die Straße gelaufen kam.

«Weißt du, wann Fräulein Keller heute kommt?»

Willem zog die Schultern hoch und ließ sie wieder fallen.

«Soll das heißen, du weißt es nicht?»

«Nö.»

«Also weißt du es doch?»

«Nee, keine Ahnung.»

Charlie seufzte.

«Schön, hör zu. Sobald sie kommt, sag mir Bescheid. Ich bin drüben im *Café Bauer*.»

Der Junge nickte, und Charlie gab ihm einen Sechser, als er die Hand aufhielt.

Im *Bauer* fand Charlie einen Einzeltisch am Fenster, von wo aus er die Straße und, wenn er sich weit vorbeugte, auch eine Ecke des *Wintergartens* sehen konnte. Er wusste nicht, auf wen er mehr lauerte, auf Hetti oder auf den Mann mit dem Opernglas, der sich in der ganzen letzten Woche ebenfalls nicht hatte blicken lassen. Und daran änderte sich auch nichts, ganz gleich, wie viele Kaffees Charlie bestellte und wie viele Zeitungen zu lesen er vorgab. Wahrscheinlich hatte er alles falsch gemacht, was man falsch machen konnte. Wie Hetti sich hingegeben hatte, als er sie geküsst hatte. Und wie wenig sie davon verstand, wie diese Welt funktionierte. Obwohl er es nicht wollte, musste Charlie wieder an seinen Vater denken. Ohne ihn wäre er nicht nach Berlin gekommen, ohne ihn hätte er Hetti nicht getroffen. Und ohne ihn wäre er nicht zu einer Lüge gezwungen gewesen. Hass ergriff Charlie mit eisiger Hand, fast wünschte er, der Tod seines Vaters wäre kein Unfall, fast wünschte er, er hätte zu Recht aus London verschwinden müssen. Und wer weiß, vielleicht *war* es Absicht gewesen, eine Absicht, die er sorgsam vor sich selbst verborgen hatte. Er konnte ihn beinahe vor sich sehen, die wassersüchtige Gestalt, die geplatzten Adern im Gesicht, den vorwurfsvollen Blick, das Schmarotzerhafte. Charlie hatte Mitleid gehabt. Ein Fehler, und es war schiefgegangen, was schiefgehen konnte. Und das Blut würde nie wieder rausgehen aus seinem neuen Daunenkissen, das Blut und das andere, das ... Mit einem Ruck riss Charlie sich aus den Erinnerungen, fuhr sich mit beiden Händen übers Gesicht, um die Vergangenheit fortzuwischen, nahm einen großen Schluck Kaffee und winkte dem Kellner, ihm ein neues Kännchen zu bringen.

Lieber wollte er an die Zukunft denken. Vielleicht konnte er sich Hetti herbeidenken. Ihre Tiefe, die nicht recht zu dem fröhlichen Mädchen passen wollte, das beides gehörte untrennbar zusammen. Vielleicht waren Unschuld und Leidenschaft, Kindlichkeit und die Weisheit eines ganzen Lebensalters in Wahrheit keine unüberbrückbaren Gegensätze, sondern bedingten einander. Das eine konnte es ohne das andere nicht geben. Nicht in dieser Vollkommenheit, die Hetti verkörperte. Jemand wie sie wurde nur einmal in hundert Jahren geboren. Er würde nicht verlangen, dass sie ihn liebte. Er wollte nur, dass sie ihr Licht auf ihn scheinen ließ. Er hatte sie nicht ernst genommen, einem Wesen wie ihr durfte man die Wahrheit nicht verweigern, sie war zu erhaben, um sie zu belügen. Sie war unbezwingbar. Charlie schwor sich: Sollte er sie je wiedersehen, würde er ihr sein Leben weihen. Wenn nur Willem endlich kam und ihm sagte, dass sie da war. Dass sie auf ihn wartete.

Als Charlie am Abend das *Café Bauer* verließ, vom vielen Denken und Kaffee zugleich müde und rastlos, entschloss er sich zu tun, was er seit einer Woche nicht gewagt hatte: Er ging hinüber zum *Wintergarten*, grüßte den schnauzbärtigen Kassierer und kaufte ein Billett für seinen angestammten Logenplatz, strich sein Wechselgeld vom Zahlteller und drehte sich um, um in den Saal zu gehen.

«Fräulein Keller wird aber heute Abend nicht auftreten», sagte der Kassierer hinter ihm.

Charlie hielt inne. «Nicht?»

«Laryngitis. Die Stimme ist weg.»

Charlie wurde vor Schrecken und Zorn auf sich selbst beinahe schwarz vor Augen. Er hatte den ganzen Tag herumgesessen, nur um zu erfahren, dass Hetti krank war? Wie einfach und naheliegend wäre es gewesen, das schon heute Vormittag zu erfragen. Der Kassierer hatte ihn erkannt, er hatte ihn nicht hinausgeworfen, er hätte einfach herkommen können. Er hätte längst bei Hetti sein und sie um Verzeihung bitten können. Charlie ließ langsam den angehaltenen Atem entweichen. Also gut, jetzt nicht gleich losstürzen, sondern nachdenken. Vielleicht wusste der Kassierer noch mehr.

«Und was ist mit dem Mann mit dem Opernglas, kommt er auch an Abenden, an denen Fräulein Keller nicht singt?»

«Hier kommen viele mit Opernglas. Welchen meinen Sie?»

«Einen fein gekleideten Herrn, asiatische Augen.»

Der Kassierer zog die Mundwinkel runter und die Schultern hoch.

«Keine Ahnung, wen Sie meinen», sagte er und sah an Charlie vorbei einem ältlichen Paar nach, das seine Mäntel an der Garderobe abgab.

Charlie hatte den Eindruck, dass der Kassierer ziemlich genau wusste, von wem er sprach. Dass er den Mann vielleicht sogar kannte. Ihn deckte. Sich bezahlen ließ. Aber wovor deckte? Für was bezahlen ließ? Charlie seufzte. Sinnlose Spekulationen. Er ließ sein Billett liegen und lief los.

Den Weg bis zur Brüderstraße rannte Charlie beinahe, er stieß die Eingangstür von Hettis Wohnhaus auf, lief die Treppe hinauf. Die Wahrheit und die Bitte, ihm zu verzeihen, mehr hatte er nicht anzubieten. Erster Stock, linke Wohnung, im Treppenhaus war es kalt wie in einer Gruft. Charlie strich sich über das Haar und wartete, bis er zu Atem kam, bevor er klingelte, einmal, noch einmal, erst dann hörte er schwere Schritte hinter der Tür.

Kein Dienstmädchen öffnete, sondern die Hausherrin selbst. Sie stand vor ihm auf dem blank polierten Fischgrätparkett, das Gesicht steinern wie das einer unüberwindlichen Sphinx. Sie hatte nichts von der Eleganz ihrer Tochter, nicht den leisesten Abglanz ihrer Schönheit. Sie trug schwarz. Schwarz wie ein schwindelerregender Abgrund, der sich vor Charlie auftat.

«Was hat das zu bedeuten?» Charlie hatte Mühe, die Worte hinauszuwürgen. «Was ist mit ihr?»

Charlie versuchte an Frau Keller vorbei einen Blick in die Wohnung zu werfen, doch sie verstellte ihm die Sicht.

«Lassen Sie mich zu ihr!»

«Sie ist weg.»

Er trat näher, am liebsten wollte er sie fortstoßen.

«Ich sagte, sie ist weg.»

«Was bedeutet das, weg?»

«Fort. Weg. Endgültig abgereist.»

Charlie stand so dicht vor ihr, dass er ihren Atem im Gesicht spürte. Sie wich keinen Zentimeter von der Schwelle. Er hatte sie mit Hetti auf der Straße gesehen, bei seinem missglückten Beschattungsversuch, und auch da hatte sie Schwarz getragen. Es hatte nichts zu bedeuten, Hetti lebte.

«Sind Sie dieser Herr Jackson?», fragte Frau Keller kalt.

Charlie nickte.

«Sie hat von Ihnen erzählt.»

«Frau Keller, ich ...»

«Bekomme ich jetzt auch die Geschichte von Henriettes gefährlichem Verfolger zu hören? Sind Sie ihm schon ganz dicht auf der Spur? Ich habe mich erkundigt, Mister Jackson, habe Informationen eingeholt. Sie sind ein erbärmlicher Lügner und ein Dieb.»

Charlie atmete bewusst langsam. Vielleicht gab es dennoch ein Mittel, an ihr vorbeizukommen. Das Mittel, das er bei Hetti nicht einzusetzen gewagt hatte.

«Frau Keller, Sie kennen nur einen Teil der Wahrheit. Bitte lassen Sie mich Ihnen alles erzählen, bevor Sie mich verurteilen. Ich bin kein schlechter Mensch, und ich habe ihre Tochter nicht verletzen wollen. Ich liebe sie aufrichtig, und sie zu verlieren zerreißt mich. Ich muss sie wiedersehen!»

«Sie hat tagelang geweint, hat beinahe ihre Stimme verloren.»

Der harte Ausdruck auf Frau Kellers Gesicht wich, plötzlich fing sie selbst an zu weinen.

«Sie kommt nicht mehr zurück, und das ist Ihre Schuld.»

Frau Keller schnäuzte sich, die Augen über dem Taschentuch blickten Charlie vorwurfsvoll an.

«Bitte, sagen Sie mir, wo ich sie finden kann.»

Frau Keller musterte Charlie, wie man einen widerlichen Käfer unter die Lupe nimmt, zugleich fasziniert und voller Ekel. Als sie antwortete, hatte sie sich wieder ganz im Griff.

«Das werde ich selbstredend nicht tun. Und ich werde natürlich die Polizei verständigen. Dass Sie es überhaupt wagen, hier zu erscheinen!»

Dann schlug Ada Keller Charlie die Tür vor der Nase zu.

6

Ada Keller wühlte in der großen Wochenendtasche, die sie, gut gefüllt mit allem, was man unterwegs möglicherweise brauchen konnte, immer bei sich trug. Sie förderte ein altmodisches Fläschchen zutage, entkorkte es und hielt es Henriette unter die Nase. Das beißende Ammoniak vertrieb den Geruch nach Pferd und Leder und ließ sie zusammenzucken. Sie schob die Hand ihrer Mutter weg.

«Komm, Kind, du bist ganz grün im Gesicht.»

Henriette rang sich ein Lächeln ab.

«Mutter, es geht mir gut.»

Henriette konnte kaum flüstern, so wund war ihre Kehle, und natürlich konnte ihre Mutter sie beim Gerumpel der Räder nicht verstehen. Tatsächlich war Henriette ein wenig übel in der feuchtkalten Düsternis des Wagens. Dennoch ließ Ada Keller das Riechsalz nach einem prüfenden Blick in Henriettes Gesicht wieder in ihrer Tasche verschwinden.

Henriette lehnte den Kopf an die Seitenscheibe und versuchte, die Einsamkeit nicht so sehr zu spüren. Vor dem Fenster schaukelten schlammige Felder vorbei, überschwemmte Wiesen und dampfendes Vieh, das sich unter vereinzelt stehenden Bäumen zusammendrängte. Sie würden noch wenigstens zwei weitere Stunden unterwegs sein, bevor sie Gramstett erreichten, wo Henriettes einzige Verwandten lebten. Verwandte, von denen sie bis vor wenigen Tagen noch nicht einmal gewusst hatte, weil Mutter sie ihr verheimlicht hatte oder sie sich verleugnen ließen. Henriette schloss die Augen.

Ada Keller legte Henriette ihr Wollcape um die Schultern, drückte sie kurz. Henriette wusste, dass es ihr schwerfiel, sie fortzugeben, und obwohl sie sicher zwanzigmal danach gefragt hatte, hatte sie keinen anderen Grund zu hören bekommen, als dass das Landleben sie auf andere Gedanken bringen sollte.

Warum so schnell, warum so plötzlich fort aus Berlin? Warum musste sie allein gehen? Warum konnten sie und Mutter nicht gemeinsam eine Reise unternehmen, etwas Vergnügliches tun, vielleicht an die Ostsee? Henriette hätte gerne einmal das Meer gesehen, und sie war sich sicher, dass sie das eher auf andere Gedanken gebracht hätte als Kühe im Regen. Schon wieder zog sich Henriettes Kehle schmerzhaft eng zusammen, schon wieder quollen Tränen zwischen ihren geschlossenen Lidern hervor, schon wieder befand sie sich an diesem einsamen Ort in ihrem Innern, in der Dunkelheit. Charlie war nicht dort. Er hatte sie verlassen.

Entschlossen wischte Henriette die Tränen mit dem Handrücken fort. Sie wollte nicht mehr weinen, nicht wegen des *Wintergartens* oder Professor Altheim. Nicht wegen Mutter, die streng und unerbittlich und kaum wiederzuerkennen war, seit sie von Charlie Jackson wusste. Und schon gar nicht wegen Charlie Jackson. Was fand sie überhaupt an ihm? Er sah gut aus, aber das taten viele. Er brachte sie zum Lachen, doch das konnte es auch nicht sein, sie hatte auch ohne ihn gelacht. Aber er hatte etwas in ihr geweckt, eine Sehnsucht nach etwas, das sie noch immer nicht benennen konnte. Zum ersten Mal hatte sie gefühlt, dass Leben mehr war, als die Einsamkeit aus sich hinauszusingen. Sie hatte nie Freundinnen gehabt, nie andere Menschen um sich herum außer Lehrer und Kollegen. Sicher, sie hatte Spaß mit ihnen, sie lernte viel. Sie hatte gelernt, seit sie klein war. Sie hatte auf der Bühne gestanden, seit sie ein Kind war. Charlie war der Erste, mit dem sie einfach Zeit verbracht hatte, um Spaß zu haben. Wie sehr hatte sie sich gefreut, als er gesagt hatte, er habe seine Violine nicht mit nach Berlin gebracht. Sie brauchte nicht noch jemanden, mit dem sie proben und arbeiten konnte. Sie brauchte einen Menschen. Der sie berührte, der ...

«Henriette», sagte ihre Mutter und strich ihr über den Kopf. «Hör auf zu weinen. In ein paar Wochen denkst du gar nicht mehr an ihn. Sieh es als Abenteuer.»

Henriette schluckte und nickte mit geschlossenen Augen. Abenteuer in einer Wäscherei. Mit fünf fremden Cousinen, fremder Schmutzwäsche und Seifenlauge, mit einer fremden Tante und einem kranken Onkel, über den man nicht sprach. Ein Gehöft am Rande einer Kleinstadt. Eine Weißwäscherei. Ein Abenteuer. Ohne Charlie. Ob man in Gramstett bei der Arbeit sang?

«Deine Tante ist eine gute Frau, du wirst sie mögen. Und sie dich.» Mutter seufzte. «Johanne war immer die Schönheit in der Familie, weißt du. Sie hatte früher viele Verehrer.»

Henriette tat, als hörte sie zu, nickte, schluckte weitere Tränen hinunter, lächelte, bis ihre Wangen schmerzten. Nur ließ es sich irgendwann nicht länger zurückhalten. Sie schlug die Hände vors Gesicht, ließ den Tränen freien Lauf, während der Wagen sie durchschüttelte wie eine Rupfenpuppe.

Mutters Stimme klang mit einem Mal hart. «Es ist genug, Henriette. Du weißt doch gar nicht, was Liebe ist. Dazu bist du viel zu jung. Irgendwann, vielleicht schon bald, lernst du einen richtigen Mann kennen, jemanden, den du respektieren kannst.»

«Aber ich habe ihn geliebt!» Henriette erschrak selbst vor ihrer Heftigkeit und dem Schmerz in ihrem wunden Hals. «Ich liebe ihn», setzte sie leiser hinzu. «Ich verstehe es selbst nicht, aber es ist so. Trotz allem.»

«Flausen!», schimpfte Ada Keller. «Mach nicht diesen Fehler, Kind, du weißt gar nicht, wohin das ein anständiges Mädchen führen kann.»

«Hast du meinen Vater geliebt?»

«Wie kannst du so etwas fragen!»

«Hast du?»

«Natürlich!»

«Warum haben wir keine Bilder von ihm, warum nichts von dem, was er geliebt oder getragen hat, keine Bücher, keine Kleidung, keinen einzigen seiner ach so vielen Orden, nicht einmal ein paar Manschettenknöpfe? Manchmal denke ich, ich habe gar keinen Vater gehabt.»

«Henriette!»

«Darf ich denn das nicht sagen?»

Ada Keller blickte auf ihre Hände. Im Gegensatz zu Henriettes großen Händen waren sie klein, die Finger kurz und rund.

«Manchmal ist es besser, einen entschlossenen Schnitt zu machen. Man sollte die Vergangenheit hinter sich lassen. Und neu anfangen, wenn das Leben es verlangt.»

«Ist es nicht genau das, was Charlie Jackson versucht hat? Er ist aus London nach Berlin gekommen, um neu anzufangen.»

Ada Keller strich Henriette eine Haarsträhne aus der Stirn, eine Locke, die ihr immer wieder vor das rechte Auge fiel, egal wie gründlich sie ihre Haarnadeln feststeckte.

«Ein Dieb und ein Lügner. Vielleicht war er in London schon zu bekannt. Vielleicht ist er deshalb nach Berlin gekommen. Wenn du das neu anfangen nennen willst ...»

Henriette antwortete nicht.

«Dein Mister Jackson ist kein Umgang. Das musst du doch selbst einsehen.»

Und wenn er mir die Wahrheit gesagt hätte?, dachte Henriette. Hätte das einen Unterschied gemacht? Die Kutsche ging in eine Linkskurve, und sie stützte sich mit den Händen auf dem Lederpolster ab.

«Wann werden wir ankommen?»

«Ich weiß es nicht, Liebes. Ich fahre selbst zum ersten Mal hin.»

«Warum erst jetzt?»

Ada Keller zuckte die Achseln

«Es gibt keinen besonderen Grund. Es hat sich einfach nie ergeben. Und Heinrich verträgt keine Aufregung. Wir haben einander häufig geschrieben, Johanne und ich. Und manchmal ist sie in Berlin, wenn sie Besorgungen zu machen hat oder Geldgeschäfte.»

«Aber warum habe ich sie nie gesehen?»

«Es hat sich eben nicht ergeben, Kind. Wahrscheinlich war es einfach so, dass du gerade immer Proben oder Unterricht hattest.»

Nach der Linkskurve kam eine Rechtskurve, und dann veränderte sich das Geräusch der Wagenräder, von einer zerfahrenen, schlammigen Straße holperten sie nun über Kopfsteinpflaster, Henriette hätte schreien müssen, um weitere Fragen zu stellen. Sie hätte gerne geschrien wegen all der Versäumnisse, aber ihre Stimme ließ es nicht zu. Schreien war ebenso Gift wie Flüstern, beides raute die Stimmbänder zusätzlich auf, und wenn sie je wieder singen wollte, sollte sie in den nächsten Wochen den Mund ohnehin besser geschlossen halten. Vielleicht sollte sie trotzdem schreien. Vielleicht spielte es überhaupt keine Rolle, ob sie jeder wieder singen würde. Ihr Herz war gebrochen, und ihre Mutter schickte sie fort, zu Fremden. Fast fühlte es sich an, als ob ihre Mutter die Fremde sei, mit ihrer neuen Strenge und Distanz. Wo waren die zärtlichen Umarmungen, das Wohlwollen, an das Henriette so sehr gewöhnt war? Wer war diese Frau, die ihren Blicken auswich und plötzlich mit militärischer Strenge regierte, wo sie doch sonst immer sanft, nachgiebig gewesen war? Was wusste sie eigentlich über ihre Mutter, was wusste sie über ihr Leben?

Nichts. Sie hatte ja nicht einmal gewusst, dass sie eine Tante und Cousinen hatte.

Einige Minuten später erreichte die Kutsche Gramstett. Sie folgten der Hauptstraße, Henriette sah ein Postamt, einen Schusterladen, den kleinen Uhrturm auf dem Rathaus, ein paar Stände mit Waren des täglichen Bedarfs, und dann schien der Ort auch schon wieder zu Ende zu sein. Gramstett kam ihr eher vor wie ein Dorf als wie eine Stadt. Ob es hier ein Theater gab? Oder ein Opernhaus? Sie bogen in eine Ausfallstraße ein, die Häuser waren hier nur noch eingeschossig, hörten plötzlich ganz auf. Die Pflasterstraße führte weiter unter dem schweren Himmel in ein finsteres Waldstück hinein.

«Wohnen die Pflogs denn gar nicht in der Stadt?»

Bisher war es Henriette beinahe gleichgültig gewesen, wo sie fortan ihre Tage verbringen sollte, wenn Charlie nicht Teil ihres Lebens sein konnte, doch jetzt machte sich Nervosität bemerkbar. Der Wald kam ihr unheimlich vor.

«Am Stadtrand», sagte ihre Mutter beruhigend, doch auch ihr Gesicht drückte Unbehagen aus.

Wie würde es sein? Würde sie Charlie dort vergessen? Sie konnte es sich nicht vorstellen. Unter all der Weltläufigkeit war etwas Trauriges an ihm. Wenn er tatsächlich ein Straßenjunge gewesen war, so verlassen, war es da ein Wunder, wenn sein Leben nicht geradlinig verlief? Er versucht doch nur, dem Leben etwas Freude abzutrotzen, dachte Henriette. Warum hatte er ihr nicht vertraut? Warum hatte sie ihm nicht vertraut?

Der Wald öffnete sich auf ein freies Feld, und vor ihnen tauchte endlich das Gehöft der Pflogs auf, ein grauer Feldsteinbau, zwei Stockwerke hoch. Von ferne kam Henriette das Haus fast wie eine Burg vor mit seinen winzigen Fenstern.

Links schloss sich eine übermannshohe Mauer an das Haupthaus an, und dahinter konnte Henriette die Giebel von zwei großen Backsteinscheunen erkennen. Es gab ein Tor in der Mauer, grün gestrichen, die Torflügel weit geöffnet. Dahinter war es dunkel.

Der Wagen passierte das Tor, rumpelte durch eine überdachte Einfahrt, die mehr als zehn Meter lang sein musste. Was von außen wie die Hofmauer ausgesehen hatte, war selbst ein Haus, vielleicht ein Stall oder eine Remise.

Als die Kutsche endlich in den Hof klapperte, sah Henriette, dass das Haupthaus rechtwinklig gebaut war, sodass der Hof von allen Seiten umschlossen war. Es war beinahe wie in Berlin, der Horizont endete immer beim nächsten Haus. Und auch hier sah alles nass aus, die Mauern und der einzelne Baum in der entferntesten Ecke des Hofes, vielleicht eine Magnolie, aber das war schwer zu sagen, denn er hatte noch immer keine Blätter, obwohl der Mai schon weit fortgeschritten war. Neben der Toreinfahrt lag an einer langen Kette ein struppiger Hund und blinzelte müde zur Kutsche herüber. Und überall flatterten weiße Laken und Bezüge auf Wäscheleinen. Sie waren das Einzige, was dem mit Steinplatten ausgelegten Hof ein wenig Licht und Leben verlieh.

«Mutter, ich muss dir etwas sagen», sagte Henriette hastig. Sie hatte es verschweigen wollen, doch nun musste sie sich beeilen, bevor sich vielleicht keine Gelegenheit mehr ergab, alleine mit ihrer Mutter zu sprechen.

«Charlie Jackson hat mich beschützt. Ein Fremder, ein asiatisch aussehender Mann, hat mich verfolgt. Er war in jeder Vorstellung, er hat mir auf der Straße aufgelauert, ist mir gefolgt.»

Ada Keller unterbrach sie heftig.

«Kind, was redest du denn da!»

«Ich habe dir nichts davon gesagt, um dich nicht zu beunruhigen.»

«Das ist Unsinn. Hörst du? Unsinn! Das war wieder nur ein Trick von diesem Jackson. Er hat dir etwas eingeredet, um dich gefügig zu machen.»

Mutters Tonfall duldete keinen Widerspruch, und sie schien genau zu wissen, wovon sie sprach.

«Dann kennst du diesen Mann?»

«Henriette, es gibt keinen solchen Mann. Das phantasierst du nur.»

Die Kutsche kam zum Stehen, das Rumpeln und Klappern erstarb.

«Mutter, ich habe ihn gesehen. Ich habe gesehen, wie er aus unserem Haus kam.»

Ada Keller antwortete nicht. Sie schien zu lauschen, und auch Henriette spürte etwas in der plötzlichen Stille. Es war eine Art Zittern, als ob die Erde bebte, ganz leicht nur, aber dennoch deutlich wahrnehmbar, und unter dem Zittern schien ein Grollen zu liegen, das an- und wieder abschwoll, an und wieder ab.

«Komm jetzt», sagte Ada Keller knapp.

Plötzlich wirkte auch sie nervös, wie sie nach ihrer Tasche griff und sich den Hut zurechtrückte. Henriette stieg hinter ihr aus, und fast im selben Moment öffnete sich im Haupthaus eine Seitentür.

Eine hochgewachsene, füllige Frau erschien in der Tür, dunkles Haar, helle Haut. Das musste Tante Johanne sein. Ada hatte gesagt, sie sei früher eine Schönheit gewesen, aber auf Henriette wirkte sie vor allem streng und erschöpft. Steile Falten zogen sich von ihren Nasenflügeln zu den Mundwinkeln hinab, auf dem Kopf trug sie eine gestärkte Haube und als Brosche ein goldenes Kreuz.

Jetzt erhob sich auch der Hund, kam an seiner rasselnden Kette herüber, ein drohendes Knurren in der Kehle, das sich nahtlos in das subtile Grollen unter Henriettes Füßen einfügte. Sie konnte es spüren, es drang durch die dünnen Sohlen ihrer Stadtschuhe.

«Was willst du denn hier?», fragte Tante Johanne barsch.

Sie war auf der oberen von zwei Stufen stehen geblieben, wischte sich die Hände an einer überaus weißen Schürze ab und starrte zu Henriette und ihrer Mutter herüber.

«Johanne», sagte Ada und ging mit ausgebreiteten Armen auf sie zu.

Der Hund ließ erneut ein Knurren hören. Henriette streckte dem Tier eine Hand entgegen, ließ es daran schnuppern, das kam ihr sicherer vor, als Tante Johannes Blick zu begegnen.

«Ich bringe dir deine Nichte. Sie muss raus aus der Stadt, braucht Landluft. Eine Verordnung des Arztes.»

Henriette blickte erstaunt auf. Das war eine Lüge. Sie hatte überhaupt keinen Arzt konsultiert. In ihrem ganzen Leben war das noch niemals notwendig gewesen.

«Wir sind kein Landkurheim.»

«Es ist nur für ein paar Wochen.»

«Ich habe keinen Platz für ein verwöhntes Stadtmädchen, das im Weg rumsteht, während meine Töchter arbeiten.»

«Johanne, ich bitte dich darum. Ich habe dir doch von jenem Mann geschrieben.»

«Und warum, denkst du, sollte mich diese unmoralische Geschichten interessieren? Was habe ich damit zu schaffen?»

Ada Keller fiel in einen für Henriette neuen, bitterkalten Tonfall. Sie hatte ihn zum ersten Mal vernommen, als sie ihr von Charlie erzählt hatte.

«Es sollte dich interessieren.»

«Mutter, ich kann doch auch woanders ...»

«Du schuldest mir etwas, Johanne.»

Johanne antwortete nicht.

Ada Keller wandte sich zu Henriette um, zupfte die Schleife an ihrem Kragen zurecht und steckte ihr ein letztes Mal die Haare zurück, die ihr ins Gesicht gefallen waren.

«Hast du deine Tasche? Gut, Liebes. Ich werde jetzt fahren. Ich schreibe dir.»

Plötzlich fühlte Henriette sich wie gelähmt. Ihre Mutter würde sie einfach so mit dieser mürrischen Fremden zurücklassen, in einem Haus in Alleinlage, eine Stunde Fußmarsch entfernt vom nächsten Ort und wer weiß wie weit fort von zu Hause.

Ada Keller drückte Henriette kurz an sich, dann drehte sie sich um, kletterte hastig in die Kutsche. Henriette hatte kein einziges Wort des Abschieds herausgebracht. Der Kutscher schnalzte, die Pferde zogen an, die Kutsche wendete in dem engen Kreis, den die im zunehmenden Wind flatternde Wäsche ihm ließ, und rumpelte durch die Toreinfahrt davon.

Zurück blieb eine Stille, die durch das rhythmische Beben unter Henriettes Füßen noch verstärkt zu werden schien. Der Hund stand neben ihr, schmiegte seinen alten grauen Kopf in ihre Handfläche und leckte ihr die Finger.

«Komm schon», sagte Tante Johanne. «Und Füße abtreten.»

Henriettes Reisetasche hing ihr schwer am Arm, doch sie wagte nicht, sie ohne Erlaubnis auf den schwarz-weiß gefliesten Boden zu stellen. Die Diele sah aus wie ein überdimensioniertes Schachbrett, das sich in den Ecken in Düsternis verlor, obwohl am Ende des Flurs eine elektrische Lampe in einem Blütenkelch aus Glas von der Decke hing und gelbes Licht verbreitete. Der Geruch nach frischer Wäsche und einem sicher erst kurz zurückliegenden Mittagessen mit Bohnen und Fleisch hing in der Luft.

Johanne Pflog blieb am Fuß einer hölzernen Treppe stehen. «Ida! Lass die Betten und komm runter!», rief sie hinauf.

Henriette hörte Türenklappen, eilige Schritte oben im Haus, die gleich darauf die Treppe heruntergepoltert kamen, und einen Moment später erschien ein Mädchen, nur wenig jünger als Henriette, mit schlanken Armen und frischem Gesicht, das von kaum frisierten rotblonden Locken umrahmt war.

Als das Mädchen sah, dass Besuch da war, noch dazu in eleganter Stadtkleidung, wurde sie langsamer, krempelte ihre Ärmel herunter und strich sich das Haar aus dem Gesicht.

«Guten Tag», sagte sie mit einem Lächeln.

Henriette streckte ihr zur Begrüßung die Hand entgegen, zog sie aber erschrocken zurück, als direkt hinter ihr ein unerklärlicher Lärm einsetzte, ein Schrillen, spitz und schmerzhaft in den Ohren. Henriette fuhr herum. Über einer grün gestrichenen Tür gegenüber der Treppe hing eine silberne Vorrichtung, die diesen Lärm veranstaltete, der nicht aufhörte, sondern ständig noch anzuschwellen schien.

«Der Herr des Hauses geruht einen Wunsch zu haben!»

Ida überschrie die Klingel und verdrehte die Augen. Der Spott in ihrer Stimme war nicht zu überhören.

«Sei nicht so frech!», schalt Tante Johanne. «Das hier ist deine Cousine Henriette. Sie bleibt für eine Weile. Zeig ihr alles.»

Damit drehte sie sich um, zog einen Schlüssel aus der Schürze, öffnete die grüne Tür und verschwand im Dunkel dahinter.

Henriette stand da, noch immer schrillte die Klingel, und es war unmöglich, diesen Lärm mit ihrer angegriffenen Stimme zu übertönen. Sie lächelte, so gut es ging.

Ida nahm Henriette die Tasche aus der Hand.

«Komm mit rauf», schrie sie.

Sie eilten die Stufen hinauf, weg von der Klingel, einen langen Dielengang mit Türen auf beiden Seiten entlang, dann einige Stufen hinab zu einem zweiten, schmaleren Treppenhaus, dann wieder hinauf und nach links um eine Ecke, das Klingeln hinter ihnen wurde leiser, riss jedoch noch immer nicht ab.

Erst als Ida eine Tür aufgerissen, Henriette vor sich her in den Raum geschoben und die Tür wieder zugeworfen hatte, war es beinahe still.

«Puh!», sagte Ida, warf Henriettes Tasche auf das Bett in der Ecke und ließ sich auf den einzigen Stuhl im Raum neben einem kleinen Waschtisch fallen.

«Das macht er nur, damit Mutter sich ja keine Minute länger Zeit lässt als unbedingt nötig.»

Das Zimmer war kleiner als die beiden Räume, die Henriette in Berlin für sich hatte. Vor dem Bett lag eine orientalische Brücke, blaue Vorhänge vor dem quadratischen Fenster, und über dem Bett war ein Brett befestigt, auf dem einige Bücher lagen, eine Spieluhr, eine kleine Blumenvase aus grünem Glas mit intensiv duftenden Maiglöckchen darin. Ein Mädchenzimmer. Plötzlich sprang Ida wieder von ihrem Stuhl auf und bot ihn Henriette an.

«Hier, setz dich! Du bist bestimmt müde von der Reise. Soll ich dir einen Tee machen? Oder hast du Hunger? Setz dich!»

Henriette setzte sich, lächelte. Sie hatte tausend Fragen, wusste aber nicht, wo sie anfangen sollte, und sie empfand eine Schüchternheit, die ihr ganz fremd war.

Vielleicht lag es daran, dass sie in ihrem ganzen Leben noch kaum mit ganz normalen, gleichaltrigen Mädchen zu tun gehabt hatte? Sie war nie in eine richtige Schule gegangen, hatte immer Privatunterricht gehabt, und tatsächlich kam es ihr wesentlich einfacher vor, auf eine Bühne hinauszutreten und vor Hunderten von Menschen zu singen, als sich mit einem einzelnen Mädchen zu unterhalten.

«Dein Reisekleid ist phantastisch. So eins würde ich auch gerne mal haben. Und der Hut! Trägt man das so in Berlin?»

Henriette zog die Hutnadel heraus, nahm den Hut ab und reichte ihn Ida.

«Darf ich?»

«Ja, natürlich.»

Ida setzte sich den Hut auf die hellen Locken und drehte den Kopf vor dem Spiegel über dem Waschtisch hin und her. Dann blies sie die Backen auf und ließ die Luft wieder entweichen, bevor sie Hetti den Hut zurückgab.

«Dir steht er viel besser, du hast ein schmales Gesicht. Meins ist zu rund für so einen Hut. Aber ich sehe sowieso immer wie eine Bauernmagd aus, ganz egal, was ich anziehe.»

«Ich finde dich sehr hübsch», sagte Henriette wahrheitsgemäß.

Ida kam ihr vor wie ein sprudelnder Bach, wie etwas, das ihr gefehlt hatte, ohne dass sie es gewusst hatte: schlichtes, frisches Wasser.

«Meine Freunde nennen mich übrigens Hetti, nicht Henriette.»

Es tat gut, diesen Satz zu sagen, auch wenn er nicht der Wahrheit entsprach. Oder zumindest noch nicht lange. Außer Charlie hatte noch nie jemand Hetti zu ihr gesagt.

«Es tut mir leid, dass ich hier einfach so reinplatze. Deine Mutter ist darüber nicht sehr erfreut.»

«Ach! Die ist nie über irgendetwas erfreut. Erzähl, warum bist du hier? Wie lange bleibst du?»

«Ich soll mich erholen», sagte Henriette und errötete.

«Ist es denn so beschwerlich in Berlin?»

«Meine Stimme ist angegriffen, und Landluft ...»

«Heiser bist du auf jeden Fall.»

«Hoffentlich falle ich euch nicht zur Last.»

«Also, ich freue mich jedenfalls, dass du hier bist! Aus Berlin! Du hast bestimmt so viel zu erzählen!»

Henriette zuckte die Schultern. «Ich weiß nicht.»

Ida seufzte. «Das ist schon verrückt, da lerne ich dich endlich kennen, aber statt dass wir nach Berlin fahren und uns ausführen lassen, kommst du hierher in unsern alten Stall. Wir haben einfach zu viel Arbeit hier, weißt du? Wir können nicht weg! Aber wir reden ständig darüber: Nach Berlin! Das wäre was!»

Henriette hatte ein komisches Gefühl im Magen.

«Du wusstest von mir?»

«Noch nicht sehr lange, Mutter hat euch nie erwähnt. Aber Professor Regenmacher hat uns einmal beim Essen von euch erzählt.» Ida lachte bei der Erinnerung. «Mutter hat sich gewunden.»

«Aber warum?»

Ida zuckte die Achseln. «Sie ist sehr katholisch. Vielleicht findet sie es unanständig, dass du im Theater auftrittst?» Idas Augen leuchteten. «Du musst mir alles darüber erzählen! Ich war noch nie in einem Theater. Ich würde so gerne einmal gehen ... »

«Wer ist Professor Regenmacher?»

«Den kennst du nicht? Er ist phantastisch!» Der Ausdruck auf Idas Gesicht wechselte sekündlich, Begeisterung wurde von Sehnsucht abgelöst, Sehnsucht von Seligkeit, und nun kam ein ernsthafter Enthusiasmus, ein Tatendrang, der Henriette ihre Traurigkeit und die Müdigkeit nach der Reise fast vergessen ließ.

«Na, wie auch immer, jetzt müssen wir erst mal überlegen, wo du bleibst. Du kannst ein Zimmer für dich allein haben, wir haben mehr als genug davon. Aber ich fände es viel besser, wenn wir einfach noch ein Bett hier hereinholen. Ich bin die Einzige, die keine Schwester im Zimmer hat. Dabei bin ich gar nicht gerne allein. Willst du?»

Henriette zögerte. Sie war durchaus gerne allein, und sie war es auch nicht gewohnt, zum Schlafen Gesellschaft zu haben.

Andererseits mochte sie dieses Mädchen. Obwohl sie Ida erst seit zehn Minuten kannte, fühlte es sich an, als wäre sie seit Kindertagen ihre Vertraute gewesen. Sie hatte noch nie eine richtige Freundin gehabt. Plötzlich fühlte es sich doch wie ein Abenteuer an, hier draußen bei den Pflogs zu sein. Henriette lächelte.

«Ich würde sehr gerne bei dir wohnen.»

Die nächste Stunde brachten die Mädchen damit zu, eins der Dutzend bunt bemalten Holzbetten vom Speicher zu holen und in Idas Zimmer zu wuchten. Sie schwitzten und schlugen sich mehrmals die Ellenbogen und Finger an, wenn sie um eine Ecke mussten, sie unterdrückten Flüche und lachten, und schließlich gelang es ihnen. Das Bett bekam den freien Platz unter dem Fenster, sodass Idas und Henriettes Fußenden über Eck beieinanderstanden. Anschließend holten sie eine dreiteilige Matratze vom Speicher, die ein wenig klamm, aber nicht schimmelig war, dann Decken und Kissen aus einem großen Schrank im Flur, viele Kissen, denn Ida war der Meinung, dass ein Mädchen aus der Stadt weich schlafen musste. Zuletzt zog sie aus dem Schrank noch einen Stapel frischer Bettwäsche, reichte Henriette einen blütenweißen Bettbezug, verziert mit feinster Lochstickerei, Kissenbezüge und ein Laken und machte sich dann daran, ihr eigenes Bett neu zu beziehen.

«Heute ist Bettentag», erklärte sie schnaufend. «Nach diesem habe ich noch fünf weitere Betten vor mir.»

Henriette versuchte unauffällig, bei Ida abzuschauen, wie man die Sache anfangen musste. Sie hatte in Berlin niemals ihr Bett selbst bezogen, das hatte immer das Mädchen für sie getan, und sie hatte das nie in Frage gestellt. Doch hier neben Ida war es ihr peinlich, dass sie nicht einmal die einfachsten häuslichen Verrichtungen beherrschte, und sie nahm sich vor zu lernen. Es gab ihr das Gefühl, am Leben teilzunehmen, und es fehlte nicht viel, und sie hätte sich gefreut, hier zu sein.

«Ich muss jetzt schnell noch die anderen Zimmer machen», sagte Ida. «Ich bin schon spät dran. Ich hole dich hier ab, wenn ich fertig bin!»

Henriette hörte Ida im Nebenzimmer. Sie war froh, dass sie ihre ungeschickten Versuche mit dem Bettbezug nicht beobachtete. Man musste zuerst hineinfassen, bis in die Ecken, dann die Ecken des Federbettes packen und den Bezug darüber schütteln. So schwierig war es gar nicht, und es erfüllte Henriette mit Genugtuung, dass sie es ohne Hilfe schaffte.

Als Ida zurückkam, war das Bett fertig, und Henriette saß schwitzend und mit schmerzendem Hals auf der Bettkante.

«Du hast den Bezug ja auf links aufgezogen.»

Ida lachte.

Henriette sprang erschrocken auf.

«Oh nein, Entschuldigung!»

Sie fing an, den Bettbezug wieder aufzuknöpfen, doch Ida winkte ab.

«Ach, lass doch. So herum schläft es sich genauso gut darin. Komm, ich stelle dich meinen Schwestern vor.»

Henriette lief hinter Ida die Treppen hinunter, durch die untere Diele in den Hof hinaus, wo Ida dem Hund im Vorbeilaufen etwas aus ihrer Schürzentasche zusteckte und verschwörerisch einen Finger an die Lippen legte.

«Er darf eigentlich keinen Käse. Aber er mag ihn so.»

«Wie heißt er?», wollte Henriette wissen.

Ida zuckte die Achseln.

«Hund.»

«Einfach Hund?»

«Wir konnten uns nicht einigen, wie er heißen sollte, und Mutter wollte nicht, dass wir sentimental mit ihm werden. Hund ist hängengeblieben. Manchmal sagen wir auch Schlund. Weil er alles frisst, was man ihm gibt.»

Henriette lachte, dann schlängelten sie sich zwischen den im Wind knatternden Laken hindurch. Ida warf einen skeptischen Blick in den grauen Himmel.

«Na, ob das hält ...»

Sie erreichten die Scheune auf der rechten Seite des Hofes, das Tor stand offen, nach Seife und Natron riechender Dampf zog in die kalte Luft heraus. Sobald Henriette eintrat, vernahm sie wieder ein rhythmisches Stampfen und Rollen, wie sie es bei ihrer Ankunft in den Fußsohlen gespürt hatte. Nur war der Takt jetzt schneller, und es klang nass.

«Hier unten wird gewaschen», sagte Ida, die Stimme gegen den Lärm erhoben.

«Und oben wird gemangelt, geplättet, zusammengelegt, verpackt. Wir haben dafür eine Zwischendecke einziehen lassen.»

Die hölzerne Decke hing etwas mehr als zimmerhoch über Henriettes Kopf, vielleicht dreieinhalb Meter. An der dem Eingang gegenüberliegenden Längswand zog sich eine Reihe gemauerter Einweichbecken entlang, voll dampfender Lauge, in der Mitte des Raumes dampften übermannshohe Kessel, in denen Wäsche kochte, an der rechten, schmaleren Rückwand und an der Wand neben dem Eingang standen zwei Reihen eckiger Metallungetüme mit schweren Türen und metallenen Tonnen, deren Deckel mit Bügeln verschlossen waren wie Bierflaschen. Von diesen metallenen Kästen stammten die nassen, rhythmischen Geräusche, welche die Scheune erfüllten.

«Waschautomaten», erklärte Ida stolz. «Wir testen gerade die erste Serie, bevor Professor Regenmacher sie verkaufen kann.»

Plötzlich fing eine der Tonnen an zu singen und zu zittern, immer höher und höher schraubte sich der Ton hinauf, begleitet von saugenden, vage unanständigen Geräuschen.

Ida hatte Henriettes erschrockenen Gesichtsausdruck bemerkt.

«Das ist eine Schleuder, eine Weltneuheit. Das Wasser wird

durch die Gummischläuche da abgepumpt», schrie sie über den Lärm hinweg.

«Was setzt sie in Gang?»

Ida musste sich weit zu Henriette herüberbeugen, um sie verstehen zu können.

«Im Moment Elektrizität. Aber der alte Herr arbeitet schon an etwas Besserem, sagt Mutter. Es ist fast fertig, und dann machen wir ein Vermögen. Heinrich Pflogs Waschautomaten erobern die Welt», deklamierte Ida und drehte eine Pirouette, mit der sie die Wundermaschinen ihrem Publikum präsentierte.

«So etwas habe ich noch nie gesehen», sagte Henriette.

«Das gibt es auch nirgends sonst», sagte Ida schlicht. «Sie nehmen uns eine Menge Arbeit ab. Aber es bleibt trotzdem noch genug zu tun. Wir kochen und trocknen und mangeln und bügeln Weißwäsche von früh bis spät. Sämtliche Hotels, Krankenhäuser und Kinderheime in der Umgebung lassen von uns waschen. Da kommt eine Menge zusammen.»

Henriette drehte sich langsam um sich selbst, nahm die Geräusche und Gerüche auf, überall war Dampf und ein Stampfen und Pumpen, alles war feucht und heiß und roch nach Salz und Seife und nach etwas Scharfem, und zwischen den zitternden Maschinen und zuckenden Schläuchen liefen zwei weitere Mädchen herum, schleppten Wäschekörbe, räumten fertige Maschinen aus und leere Maschinen voll und nahmen von Henriette und Ida überhaupt keine Notiz.

«Die Wäsche, die reinkommt, ist oft sehr widerlich», schrie Ida Henriette ins Ohr. «Wir benutzen Desinfektionsmittel. Das macht zwar die Haut kaputt, aber dafür werden wir wenigstens nicht krank.» Sie zeigte Henriette ihre rissigen Hände.

Dann rief sie laut: «He, kommt doch mal rüber hier!»

Zwei rotblonde Schöpfe unter weißen Hauben drehten sich zu Henriette und Ida herum, mit neugierigen Gesichtern kamen die Mädchen näher, schüttelten mit ebenfalls rauen Händen Henriettes weiche Stadtmädchenhand.

«Das ist Hetti, von der der Professor erzählt hat. Sie bleibt eine Weile. Und das ist Katharina, die Älteste. Und Maria, die Kleinste.»

«Ich bin schon elf!», sagte Maria.

Sie war noch ganz kindlich und niedlich mit ihrem molligen Gesicht, und sie sah Ida ähnlicher als Katharina, die schon erwachsener wirkte, vielleicht sechzehn oder siebzehn Jahre alt, und ein schmales, scharfgeschnittenes Gesicht hatte. Sie wirkte mürrisch, wie ihre Mutter.

«Die beiden schlafen rechts von uns», sagte Ida. «Wo sind die Zwillinge?»

«Plätten», sagte Katharina. «Hotel Dreieichen muss heute Abend noch raus.» Dann wandte sie sich Henriette zu. «Wir können gut noch zwei Hände mehr gebrauchen hier. Also willkommen.»

Ida zog Henriette weiter, und sie kletterten eine knarrende Stiege ohne Geländer an der Rückwand der Scheune hinauf.

Als sie außer Hörweite waren, wandte Ida sich zu Henriette um und lachte.

«Sie denkt, dass du zum Arbeiten hergekommen bist.»

Henriette sagte nichts, aber sie hatte das Gefühl, dass es genau darauf hinauslaufen würde, und sie hatte auch gar nichts dagegen.

Nur herumzusitzen, während alle anderen etwas taten, wäre ihr schäbig vorgekommen. Zudem, wenn sie arbeitete, dann hätte sie weniger Zeit zum Grübeln, und außerdem mochte sie diese überdimensionierte Waschküche. Die ineinandergreifenden Klänge der Maschinen faszinierten sie, sie hatten eine eigene, zufällige Musikalität. Die einzelnen Geräusche blieben jedes für sich rhythmisch gleichförmig, aber die Taktzahl jedes Elements war ein wenig anders, sodass die Geräusche sich zu immer neuen, komplexen Mustern ordneten. Maschinenmusik, dachte Henriette, und der Gedanke war so neu und aufregend, dass sie Charlie davon erzählen wollte. Sie hatte nie wirklich mit ihm übers Komponieren geredet, war Gesprächen über ihre Arbeit ausgewichen. Jetzt bedauerte sie dieses Versäumnis. Sie war sich sicher, dass er verstehen würde, was sie hier hörte. Es war Musik aus der Zukunft, und eine ganz eigene Aufregung erfasste Henriette bei diesem Gedanken. Wenn man diese maschinellen Geräusche nutzen könnte ...

«Und das hier sind die Plättstuben», sagte Ida.

Im oberen Teil der Scheune war es ebenso warm wie unten bei den kochenden Waschmaschinen, aber es war trocken, und die Luft reizte Henriettes schmerzenden Hals nicht so stark zum Husten wie der Dampf.

Während unten alles laut und gewaltig gewirkt hatte, so erschienen Henriette die Plättstuben still, adrett und bescheiden. Es gab kleine quadratische Fenster mit sauberen Gardinen davor, die auf der einen Seite in den Hof hinunter-, auf der anderen Seite in eine flache Landschaft mit Wald und Feldern hinausblickten. Vier Tische standen im Raum, mit schweren Plätteisen, die auf Steinplatten standen, damit sie die glänzenden Tischplatten und die Bügeltücher nicht verbrannten. Außerdem waren da ein Holzofen, auf dem die Eisen erhitzt wurden, drei Mangeln in verschiedenen Größen und stapelweise exakt gefaltete weiße Laken auf einem langen Tisch.

Und dahinter zwei Mädchen mit weißen Baumwollhandschuhen, die gerade gemeinsam ein Tischtuch glatt zogen und es zwischen sich Ecke auf Ecke zusammenlegten. Die Mädchen waren einander so gleich wie die Ecken des Tischtuchs, und sie erschienen ebenso blütenweiß und rein.

«Das sind Ernestine und Hulda, die Zwillinge.»

Die beiden Mädchen, die zwölf oder dreizehn Jahre alt sein mochten, waren, anders als Maria, an der Schwelle zum Erwachsenwerden, und sie waren mit Abstand die hübschesten der Pflog-Mädchen. Henriette dachte, man könnte sie, so wie sie waren, auf eine Bühne stellen und Wäsche falten lassen, sie hatten so viel Anmut, dass ihr Anblick ebenso faszinierend war wie der einer Tänzerin.

Als die Mädchen Ida und Henriette bemerkten, falteten sie zunächst gewissenhaft ihr Tuch zusammen, bevor sie herüberkamen und Henriette begrüßten. Sie wirkten scheu und machten damit auch Henriette befangen. Als sie nach einem kleinen Rundgang, in dem Ida Henriette die Arbeitsschritte erklärte, die Stiege wieder hinabkletterten, waren die Mädchen schon wieder in ihre Arbeit vertieft.

«Pass auf, die sind Mutters Lieblinge», raunte ihr Ida auf dem Weg nach unten zu. «Ich meine, lass dich bei nichts erwischen, die verraten dich, ohne mit der Wimper zu zucken.»

Henriette nickte, obwohl sie keine Idee hatte, bei welchen verbotenen Tätigkeiten sie sich wohl erwischen lassen könnte, und sie waren kaum unten angekommen, als die Zwillinge schon hinter ihnen die Treppe heruntergerannt kamen.

«Hey, auf den Treppen wird nicht gerannt», mahnte Ida. Und dann mit einem Augenzwinkern zu Henriette: «Oder soll ich es Mutter sagen?»

«Ach, halt doch den Mund!», zischte eines der Zwillingsmädchen, Henriette wusste nicht, ob es Ernestine oder Hulda war.

«Es regnet!», setzte das andere Mädchen hinterher.

«Oh nein!», sagte Ida, und dann rannte auch sie.

Der Wind riss an der Wäsche auf den Leinen, und der Regen klebte Henriette und den anderen Mädchen die nassen Tücher ins Gesicht.

«Schneller!», trieb Katharina sie an, während sie mit dem Wind um die Wäsche kämpften.

Jetzt kam auch Tante Johanne in den Hof gerannt und packte mit an.

Ida drückte Henriette einen vollen Wäschekorb in die Arme. «Dorthin! In die Remise!»

Henriette lief über die rutschigen Steinplatten, rüttelte an den Türen, bis sie eine offen fand, und stellte den Korb ins Trockene. Hinter ihr kamen Maria und Hulda mit weiteren Körben, und Henriette rannte wieder hinaus in den immer stärker prasselnden Regen.

Sie löste Wäscheklammern, wusste nicht, wohin mit ihnen, weil sie keine Schürze trug, behielt die Klammern in der Hand und zog mit der anderen ein großes Laken von der Leine. Sie presste es mit einem Arm an ihren Körper, aber eine Böe riss es ihr weg und trieb es vor ihr her. Henriette lief mit einem Aufschrei hinterher.

«Lass! Ist zu spät!», rief Ida, und dann blieb das Laken an einem Hindernis hängen, ein Hindernis mit menschlichen Umrissen. Arme kamen zum Vorschein, ein Kopf mit einer Mütze darauf, ein blasses Gesicht mit wenig Kinn und viel Nase.

Der junge Mann wühlte das Laken zu einem Knäuel zusammen, kam auf Henriette zu und gab es ihr. Es war klatschnass und dreckig, und Henriette spürte, wie sie rot wurde, weil es ihre Schuld war.

«Sie wollten mich wohl einfangen?»

Der junge Mann grinste.

Henriette schüttelte irritiert den Kopf.

«Entschuldigung, nein, ich …»

«Du! Lass die mal schön in Ruhe, sie ist neu hier, ja?»

Ida drohte mit dem Finger, und der junge Mann grinste noch breiter, bevor er eine tiefe Verbeugung vor Henriette machte, ihre Hand ergriff und einen Kuss daraufdrückte.

«Ich darf mich vorstellen, Graf von Heinz.»

«Du!», sagte Ida wieder, und wandte sich dann an Henriette.

«Das ist Heinz Graf. Er kommt zweimal am Tag, bringt die Schmutzwäsche und holt die sauberen Sachen ab.»

«Ja, ich bin den ganzen Tag auf Achse. Mit meinem eigenen Automobil, wie ich hinzufügen darf», sagte Heinz Graf vornehm durch die lange Nase. «Vielleicht darf ich die junge Schönheit einmal auf eine Ausfahrt einladen und ihr meinen ganzen Stolz vorführen?»

«Heinz, hör auf! Sie kommt aus Berlin, da gibt es Tausende von den Dingern. Du beeindruckst sie also überhaupt nicht. Und jetzt hilf uns lieber!»

Ida scheuchte Heinz über den Hof, und tatsächlich half er, die letzten, rettungslos nassen Laken von den Leinen zu holen und in die Remise zu bringen, wo die anderen Mädchen bereits damit beschäftigt waren, sie auf die Leinen zu hängen, die zwischen den Wänden gespannt waren.

«Ihr hättet sie gleich reinhängen sollen, bei dem Wetter», schimpfte Tante Johanne mit einer Wäscheklammer zwischen den Zähnen. Dann warf sie die Klammer ärgerlich auf den Boden.

«Guckt euch das doch an! Schlamm und Dreck! Da, und hier auch.»

Sie ging durch die Reihen, griff in die Körbe und zog nasse Wäsche hervor. Dann blieb sie stehen, seufzte.

«Wir machen eine Spätschicht heute. Noch mal waschen.»

Die Mädchen nickten, nur Maria, die Kleinste, fing an zu weinen. Katharina legte ihr tröstend einen Arm um die Schultern.

«Schhhhh, sieh mal, wir haben doch jetzt Henriette bei uns. Sie wird uns helfen und uns bei der Arbeit etwas aus Berlin erzählen. Dann geht die Zeit schneller rum, ja?»

Maria schniefte und nickte.

«Maria geht früh schlafen, sie muss in die Schule», sagte Tante Johanne. «Und Henriette können wir nicht gebrauchen, die kennt sich mit den Maschinen nicht aus. Wir sind schneller ohne sie.»

Tante Johanne sah Henriette nicht an bei diesen Worten, sie sprach über sie, als sei sie gar nicht hier, und Henriette traute sich nicht zu widersprechen, obwohl sie gerne geholfen hätte.

Schweigend trugen Johanne und die Mädchen die Körbe durch den strömenden Regen hinüber in die Waschküche, während Henriette in der Remise stehen blieb und nicht wusste, was sie tun sollte.

Plötzlich fühlte sich ihr Kopf wie mit Watte gefüllt an, und ihr Hals und jetzt auch die Ohren schmerzten noch schlimmer als zuvor. Am liebsten wäre sie einfach hinaufgegangen, um die nassen Sachen auszuziehen und schlafen zu gehen. Einfach nur schlafen.

«Sie haben mir noch gar nicht gesagt, wie Sie heißen.»

Henriette zuckte zusammen. Den Wäschefahrer hatte sie vollkommen vergessen. Er streckte ihr eine Hand entgegen.

«Entschuldigung. Henriette Keller. Ich bin eine Cousine.»

«Und, darf ich Sie einmal mit dem Automobil herumfahren, Cousine?»

«Ich weiß nicht», gab Henriette unbestimmt zurück. «Ich denke, ich werde mich hier erst einmal ein wenig einleben.»

Heinz Graf zuckte mit den Schultern.

«Na schön, tun Sie das. Aber sagen Sie Bescheid. Sie verpassen was.»

Henriette sagte ihm nicht, dass sie wusste, wie sich eine Automobilfahrt anfühlte, und sie sagte ihm auch nicht, dass ihr schlecht dabei wurde.

«Bitte entschuldigen Sie mich, ich muss jetzt hinein», sagte sie stattdessen.

«Wiedersehen, Cousine», sagte der Fahrer und zwinkerte ihr zu.

Dann lief er hinüber zu seinem Automobil, das im Schutz

der überdachten Einfahrt stand, ein Wagen, schwarz, mit einem Fahrersitz im Freien unter einem ausladenden Vordach und einem geschlossenen Kasten hinten.

Nachdem Heinz Graf den Motor angekurbelt hatte, erwachte der Wagen zum Leben, der junge Mann kletterte auf den Fahrersitz, dann sauste das Automobil mit Schwung über den Hof und durch das offenstehende Scheunentor mitten in die Waschküche hinein.

Henriette hörte die Pflog-Mädchen aufschreien. Heinz Graf ließ den Motor laufen, öffnete die hinteren Türen des Wagens und stapelte die großen, oben zugebundenen Körbe, die die Mädchen ihm heranschleppten, in den Laderaum. Tante Johanne ließ sich den Empfang der Lieferung quittieren, dann setzte Heinz Graf mit Schwung zurück, wendete in einem weiten Bogen, und verschwand in der Einfahrt, die das Rattern und Knattern des Motors vielfach in den Hof zurückwarf, bevor der Wagen auf der anderen Seite herauskam und sich der Lärm langsam in der Ferne verlor.

Henriette lauschte, bis sie den Wagen nicht mehr hören konnte, bis nur noch das Beben unter ihren Füßen zu spüren und der Regen auf dem Dach der Remise zu hören war. Sie schaute zu, wie Tante Johanne aus der Scheune kam und mit nassem Haar und saurem Gesicht im Haus verschwand. Henriette wusste noch immer nicht, wohin sie gehen sollte. Zu den anderen Mädchen in die Scheune? An Tante Johanne vorbei ins Haus? Oder einfach hierbleiben, sich in eine trockene Ecke setzen und warten, dass sie wieder nach Hause durfte. Oder dass Charlie sie holte. Charlie Jackson …

«Hier steckst du!», rief Ida, als sie ihren mittlerweile wieder trockenen Lockenkopf zur Remisentür hereinsteckte.

Henriette wusste nicht, wie lange sie dagesessen hatte, sie war in Gedanken weggedriftet, hatte die Zeit vergessen. Das trübe Tageslicht war der Dämmerung gewichen. Es mussten Stunden vergangen sein. War das möglich?

«Du bist ja klatschnass! Du holst dir den Tod!»

Tatsächlich fror Henriette entsetzlich, ihre Zähne schlugen aufeinander, und ihr Hals fühlte sich wund und geschwollen an. Sie hatte es einfach nicht über sich gebracht, ins Haus zu gehen und darum zu bitten, sich umziehen zu dürfen. Ida gab ihr eine Hand und zog sie auf die Füße.

«Komm, gleich ist Andacht, und dann gibt es Abendbrot.»

Als Henriette in trockenen Sachen zusammen mit den anderen Mädchen in Tante Johannes sogenannter Betstube saß, zitterte sie noch immer am ganzen Leib. Ida legte besorgt eine Hand auf ihre Stirn.

«Mutter, ich glaube, Hetti hat Fieber», sagte sie.

Ihre Stimme schien seltsam weit weg zu sein.

«Ihr Name ist Henriette. Und ob Fieber oder nicht, das Vorrecht zu beten sollte sie sich nicht entgehen lassen. Sich in die Seligkeit des Herrn zu erheben wird ihr helfen, gesund zu bleiben.»

Henriette senkte den Kopf, faltete die Hände und wartete, während Tante Johannes Stimme in ihren Kopf tropfte wie Wasser aus einem undichten Hahn. Sie wollte den Hahn abstellen, das Geräusch tat weh, sie brauchte Stille. Sie musste in Ruhe darüber nachdenken, wie sie wieder nach Hause kam.

Endlich, nach einer Ewigkeit, zog Ida sie mit sich nach nebenan in eine Essstube, in der Brot, Butter, Schinken und Pfefferminztee bereitstanden. Das Essen verlief in vollkommenem Schweigen, die Mädchen aßen mechanisch und viel nach der harten Arbeit.

Nur Henriette brachte keinen Bissen herunter, es gelang ihr kaum, den Mund weit genug zu öffnen, um ein Stückchen Brot hineinzuschieben, und das Schlucken tat schrecklich weh.

Sie blickte auf ihren Teller, auf ihre Hände, die groß und weiß danebenlagen. Dann fiel ihr auf, dass sie die Musik nicht mehr hörte. Die Musik, die normalerweise in allen Dingen lag, die in und unter der Welt war, die immer da war, so wie die Maschinenmusik der Waschautomaten, aber weniger aufdringlich. Henriette lauschte, doch da war nichts, und die Leere, die sie empfand, war beängstigend. Seit wann hatte sie die Musik nicht gehört?

Als sie mit Charlie auf dem Rummel gewesen war, als sie sich geküsst hatten, da war sie da gewesen, sie hatte fast schmerzhaft in ihren Ohren gedröhnt, so laut wie nie zuvor. Sie war auch noch da gewesen, als er sie nach Hause gebracht hatte. Sie war da gewesen, als Mutter ihr Dinge über Charlie gesagt hatte, die sie nicht wissen wollte. Sie hatte einfach der Musik in Mutters Worten gelauscht statt ihrem Sinn.

Wieso bemerkte sie erst jetzt das Fehlen der Musik, jetzt, wo das Zittern und Grollen unter ihren Füßen die Musik der Welt ersetzt zu haben schien? Wieso sprach niemand? Wieso hörte sie nicht einmal die Messer auf den Tellern klappern? War sie denn plötzlich taub geworden?

Henriette schloss die Augen. Glitt davon. Suchte ihren Ort hoch oben unter dem schwarzen Himmel zwischen den schneebedeckten Bergen. Vielleicht würde Charlie dort auf sie warten. Charlie Jackson, bist du hier …?

«Hetti. Hetti!»

Ida rüttelte an ihrer Schulter.

Henriette war auf ihrem Stuhl zusammengesunken, kurz davor einzuschlafen.

«Komm, ich bringe dich jetzt rauf.»

Tante Johanne und ihre Töchter waren bereits aufgestanden, hatten abgeräumt, Henriette hörte sie nebenan in der Küche mit dem Abwasch klappern. Sie wollte nur noch ins Bett, wollte sich zwischen Decken und Kissen und Laken verkriechen.

Sie schaffte es aus der Essstube hinaus bis in die Diele, bevor Schwindel sie überfiel und sie sich an der grünen Tür mit der schrillen Klingel darüber abstützen musste. Wann hatte das Klingeln eigentlich aufgehört? Die Tür gab nach, beinahe wäre sie in den dunklen Flur dahinter gestürzt, doch Ida erwischte ihren Arm und stützte sie.

«Hetti! Komm schon.»

Das Schwarz hinter der Tür schien Henriette anzuziehen, sie meinte einen Herzschlag dort zu spüren, gleichmäßig und kraftvoll. Es war dieser Rhythmus, in dem das ganze Haus bebte, dieser merkwürdige Rhythmus, so getragen, so gelassen, dass er müde machte, eine ganz leichtsinnige Müdigkeit, aus der man gar nicht mehr aufwachen mochte.

«Wieso ist die Tür denn offen?», fragte Ida ärgerlich.

«Was ist dort?», brachte Henriette mühsam hervor.

«Vaters Arbeitsräume, da haben wir Mädchen nichts verloren. Da dürfen nur Mutter und Professor Regenmacher rein. Sie muss wohl vergessen haben, die Tür zu verschließen. Komm jetzt. Komm!»

Nur widerwillig wandte Henriette sich von der Schwärze hinter der Tür ab. Warum war es dunkel, wenn dort Arbeitsräume lagen? Wer arbeitete denn im Dunkeln?

Der Weg zu den Schlafkammern im ersten Stock kam Henriette sehr weit vor, und als sie endlich ankamen, ließ sie sich erleichtert aufs Bett fallen, während Ida ihr die Schuhe auszog.

«Also wirklich, du kommst hier an, und das Erste, was dir einfällt, ist, krank zu werden.»

«Ich brauche Landluft», murmelte Henriette.

«Und sicher hat der Arzt auch gesagt, du sollst in nassen Kleidern stundenlang auf dem kalten Boden hocken, ja?»

Obwohl Henriettes Kopf schrecklich wehtat, musste sie lachen. Welcher Arzt denn?

«Ich mache dir eine Wärmflasche, ich bin in zehn Minuten zurück», sagte Ida und ging.

Als Henriette sich unter ihrer frisch und fremd riechenden Decke zusammengerollt hatte, war sie froh, dass sie nicht allein schlafen musste, und während sie dalag und wartete, stieg eine eiserne, schwere Melodie in ihr auf, endlich, da war sie wieder, die Musik, und lullte sie ein, noch bevor Ida mit der Wärmflasche zurückkam.

7

Sie würde noch die Tür einschlagen, keine fünf Minuten Zeit gab sie ihm zwischen ihren Attacken!

Wütend drehte Charlie sich zur Wand, erwartete das Unvermeidliche. Das leere Gefühl im Magen, das Licht zwischen den Vorhängen, die Pendeluhr in Frau Lieses Stube sagten es ihm. Er wollte es nicht wissen, wollte die Ohren dagegen verschließen, aber sein Verstand erfasste die Anzahl der Uhrschläge auch ohne sein bewusstes Zutun, es war elf Uhr am Vormittag. Und richtig, die Tür öffnete sich. Meist drang sie schon um zehn Uhr ein, die zusätzliche Stunde war bloß eine Gnadenfrist gewesen.

Charlie bewegte sich nicht, lauschte auf das Klappern des Wasserkrugs auf dem Waschtisch, Frau Lieses Röckerascheln, immer kam sie zwei- oder dreimal auf diese Weise herein, versuchte ihm mit ihren Verrichtungen ein schlechtes Gewissen zu machen, ging dann wieder hinaus, so geräuschvoll wie möglich, aber ohne ihn direkt zum Aufstehen anzuhalten. Doch jetzt riss sie gnadenlos die Vorhänge auf. Vielleicht würde er heute einfach auf die Straße zurückkehren, dort würde man ihn alleinlassen, so lange er wollte. Charlie lauschte, hörte sie atmen, sie musste direkt neben seinem Bett stehen. Was dann kam, war neu. Sie zog ihm die Decke weg.

«Jetzt stehen Sie aber mal auf. Ihnen fehlt ja gar nichts», sagte Frau Liese streng.

Charlie fuhr wie ein Springteufel aus dem Bett.

«Finger weg!»

Frau Liese setzte sich auf die zusammengeknüllte Hose auf dem Stuhl vor seinem Bett und sah ihn erschrocken an. Dann fasste sie sich, fest entschlossen, sich von Charlies Zorn nicht beeindrucken zu lassen. Sie zog die Hose unter ihrem Gesäß hervor und schüttelte sie energisch aus, bevor sie sie ordentlich hinter sich über die Lehne legte.

Solange er mit Hetti zusammen gewesen war, hatte Charlie die Hose jeden Abend exakt Bein auf Bein zusammenfaltet und zwischen Matratze und Schoner gelegt, damit sie am nächsten Morgen wie frisch gebügelt war. Doch jetzt war Hetti fort.

«Sie müssen etwas essen», sagte Frau Liese.

«Ich muss gar nichts.»

«Und sich waschen.»

Charlie wartete, dass sie ging.

Frau Liese deutete auf den Waschtisch.

«Benutzen Sie das Wasser, solange es heiß ist.»

Charlies Wut verblasste so schnell wie der Dampf, der aus der Wasserkanne aufstieg.

«Bitte, lassen Sie mich einfach in Ruhe», sagte er.

«Sie fangen langsam an zu stinken.»

Frau Liese stand auf, um die Fenster zu öffnen.

«Sie sollten nicht bei Tag im Bett liegen wie ein gemütskrankes Fräulein. Ich habe es auch nicht leicht, als alleinstehende Frau. Aber ich lasse mich nicht so gehen.»

Charlie schüttelte den Kopf.

«Sie können mir nicht helfen.»

«Hat es etwas mit dem Mädchen zu tun?»

Frau Liese war um die vierzig, weizenblond, fleischige Nase. Sie besaß eine natürliche Autorität, und Charlie hatte keine Kraft, ihr zu widersprechen.

«Natürlich geht es um das Mädchen», sagte sie.

Sie nahm Charlies Arm, half ihm aus dem Bett und zum

Waschtisch hinüber wie einem alten Mann. Als sie das Wasser in die Schüssel goss, beschlug der Spiegel an der Wand.

«Ich bin gleich zurück.»

Neben der Waschschüssel lag ein neues Stück Seife, das nach Rosen duftete und Charlie an Hetti erinnerte, und er wollte sein Gesicht, sein ganzes Sein in diesen Duft eintauchen.

Er zog das Nachthemd über den Kopf, ließ es auf den Boden fallen und tauchte seine Hände mit der Seife in das schmerzhaft heiße Wasser.

«Keine Sorge, ich guck Ihnen nichts weg», sagte Frau Liese und rauschte an ihm vorbei ins Zimmer.

Während er sich wusch, hörte Charlie, wie sie das Bett aufschüttelte, Dinge auf dem Tisch zurechtrückte. Dann stand sie neben ihm, entfaltete das Handtuch mit einem energischen Schwung und trocknete ihn zügig ab, so geschickt und beiläufig wie eine geübte Krankenschwester ihren Patienten.

«Sie sind so ein hübscher Junge», sagte Frau Liese. «Ich kann Sie nicht so traurig sehen.» Dann legte sie ihm eine Hand auf die Wange. «Sie haben dazu doch viel zu schöne Augen.»

Charlie entzog sich ihrem intensiven Blick, wandte ihr den Rücken zu und streifte sich die Hose und das frische Hemd über, die sie ihm aufs Bett gelegt hatte. Er drehte sich um, um Frau Liese zu danken und sie zu bitten, jetzt zu gehen.

«Mirabelle», sagte sie, «vom letzten Jahr.» Sie hielt ihm ein gefülltes Glas hin. «Damit Sie auf andere Gedanken kommen.»

Beinahe musste Charlie lachen. Frau Liese trank also bereits am Vormittag. Das warf ein ganz anderes Licht auf diese rechtschaffene, ewig um ihn herumputzende Hausfrau.

Sollte er sich jetzt etwa gemeinsam mit seiner Wirtin volllaufen lassen, seinen Kummer ersäufen? Charlie trank normalerweise nichts Stärkeres als Bier. Tageslicht fing sich in der goldfarbenen Flüssigkeit in dem Glas, das sie ihm hinhielt.

Zaubertrank, dachte Charlie, so hatte sein Vater seinen billigen Gin oder Brandy genannt. Er hielt sich für verflucht und glaubte, dass der Zaubertrank ihn am Leben hielt. Jedoch wirkte er immer nur für ein paar Stunden, und dann brauchte er eine weitere Dosis, um nicht unterzugehen. Charlie hatte sich vorgenommen, niemals so zu werden wie er, so melodramatisch und rührselig und voll unvermittelt hochkochender Wut, die sich dann in Schlägen gegen einen Sohn entlud, der gerade seine Mutter verloren hatte. Dennoch, heute verstand Charlie zum ersten Mal, warum sein Vater keinen anderen Ausweg gesehen hatte. Es gab nun einmal Dinge, über die konnte man einfach nicht hinwegkommen. Charlie nahm das Glas, stieß mit seiner Wirtin an und probierte. Es war eher Likör als Wein. Er trank aus und ließ sich nachschenken.

«Sie müssen auf andere Gedanken kommen», sagte Frau Liese, nachdem sie auch das zweite Glas gelehrt hatten.

Sie trat einen Schritt näher an ihn heran. Charlie verstand.

Im Grunde hatte er schon vorher verstanden, er hatte es nur nicht verstehen wollen. Er musste nur die Hand ausstrecken, um die Fülle ihres Busens unter dem Stoff ihrer Bluse zu fühlen.

Frau Liese lächelte, stellte ihr Glas auf den Tisch und öffnete die Knöpfe. Ihr Busen war weich, aber immer noch frisch, ihre Hände waren warm, und Charlie wollte sich dem Verlangen überlassen, einem Verlangen, das im Grunde nicht dieser Frau galt, und das wusste sie natürlich ebenso gut wie er.

Und dann war er wieder da, ihr Name, und mit ihrem Namen ihr Gesicht, die hundert Faden tiefen Augen, Schwarz in Schwarz, eine dunkle Locke über der rechten Hälfte ihres Gesichts, der Ausdruck traurig, und doch war da auch die Andeutung eines Lächelns auf ihren Lippen, die ihr jene Aura von uralter Weisheit verlieh. Frau Liese öffnete seine Hose und ließ sich vor ihm auf die Knie nieder.

«Jetzt will ich mal sehen, ob du dich ordentlich gewaschen hast», sagte sie rau.

Charlie blickte auf ihren Haarschopf hinab, vergrub die Hände darin, als sie den Mund öffnete und ihn zu befriedigen begann.

Die Haare waren blond, einige graue Strähnen waren bereits darin. Frau Lieses Scheitel erschien ihm unnatürlich blass, und ihr Mund, eben noch begehrenswert, war plötzlich nur noch eine nasse, schmatzende Höhle, in der Charlie sich lieber nicht verlieren wollte. Er wollte einfach nicht. Er zog Frau Liese auf die Füße, schloss seine Hose.

Dann setzte er sich auf die Bettkante und sah auf seine Hände, die auf seinen Oberschenkeln lagen und ihm ebenfalls unnatürlich weiß vorkamen, weiß wie Papier, weiß wie die erbleichten Hautstellen des Negerkönigs, der Hettis Mitleid erregt hatte. Sie waren kalt wie Eis.

Charlie wollte es Frau Liese nicht einmal erklären. Er wollte keinen Likör, keine Liebesdienste. Er wollte keine Hilfe und keine Ablenkung. Er wollte Hetti.

Frau Liese setzte sich neben ihn und tätschelte tröstend seine Hand.

«Nicht so schlimm, Junge, nicht so schlimm. Dann ist es wohl die große Liebe?»

«Ja.»

«Und sie liebt Sie nicht?»

«Doch, sie liebt mich. Ich weiß es. Aber ich habe sie verraten und von mir gestoßen.»

«Selbst schuld und voller Reue?»

Charlie nickte.

Frau Liese knöpfte ihre Bluse wieder zu.

«Dann verstehe ich noch weniger, warum Sie hier sitzen und Trübsal blasen. Holen Sie sie zurück!»

«Sie zurückholen?»

«Ja, was denn sonst!»

Plötzlich schoss ein Schrecken heiß durch Charlies Glieder.

Sie hatte recht, verdammt, sie hatte ja recht! Wie konnte er hier herumliegen, wenn Hetti auf der Welt war? Sie war nicht gestorben, sie lebte! Man hatte sie ihm weggerissen, und mit jeder Minute, die ungenutzt verstrich, fühlte er den Abstand zwischen ihr und sich größer werden.

Charlie brauchte zehn Sekunden, um Hut und Jackett zu greifen, Frau Liese einen Kuss auf die Wange zu drücken und das Haus zu verlassen.

Charlie nahm die Treppe ins erste Obergeschoss der Brüderstraße Nummer sieben im Laufschritt. Jetzt, da sich Rauch und Zorn ein wenig gelegt hatten, würde Frau Keller vielleicht doch mit ihm reden. Er musste es einfach versuchen. Und wenn nicht ... Nun, das würde sich alles ergeben.

Charlie hatte die Hand schon an der Klingel, als er aus der Wohnung Stimmen vernahm, die sich der Tür näherten. Er hielt inne.

«Ich habe ein Auge auf Henriette, aber Sie werden Ihre Schwester selbstverständlich weiterhin im Unklaren über meine Beteiligung an dieser Sache lassen. Wenn Sie sich daran halten, bekommen Sie auch weiterhin Ihren Wechsel.»

«Und wenn nicht?»

Frau Keller klang, als hätte sie geweint.

«Dann wird unser aller Leben in recht große Unordnung geraten, fürchte ich.»

Charlie kannte die Stimme, und sein Herz begann schneller zu schlagen. Leise, Herz, ich muss doch hören, was gesprochen wird!

«Sie verstehen, was ich damit sagen will?»

«Selbstverständlich», sagte Frau Keller.

«Dann auf Wiedersehen in einem Monat.»

Charlie musste außer Sicht sein, bevor die Tür sich öffnete.

Er hastete die Treppe zum zweiten Obergeschoss hinauf, lauschte auf das Öffnen und Schließen der Tür, innerlich zerrissen zwischen Triumph und Angst. Er hatte es gewusst, er hatte gewusst, dass sich etwas ergeben würde. Aber was bedeuteten die Worte, die er gehört hatte? Was für eine Unordnung? Die Beteiligung an was für einer Sache? Was war mit Hetti geschehen?

Charlie wartete einen Moment, dann eilte auch er die Treppen hinab und verließ das Haus. Er hatte recht gehabt. Der Mann mit dem Opernglas hatte soeben das Haus verlassen und sich nach rechts gewandt, er lief am Schloss vorbei Richtung Linden. Dort hielt er eine Droschke an.

Charlie hielt sich im Hintergrund, nahm das nächste Fahrzeug und folgte ihm eine knappe Meile die Allee hinunter bis zum *Hotel Bauer*, das direkt über dem Café lag, in dem Charlie in der letzten Zeit so viele Stunden zugebracht hatte.

Selbstverständlich, wo sollte der Mann mit dem Opernglas auch sonst ein Zimmer nehmen als direkt gegenüber dem *Wintergarten*, wenn er Hetti beobachten wollte. Gleich am ersten Abend hatte Charlie ihn hier bereits stehen sehen. Er musste gewusst haben, dass Charlie im *Bauer* saß, er musste sich absichtlich seinen Blicken entzogen haben. Der Kassierer vom *Wintergarten* fiel ihm ein. Sicher hatte er die Rolle des Informanten gespielt. Aber im Grunde war das einerlei. Wichtig war, dass er den Mann mit dem Opernglas jetzt nicht wieder aus den Augen verlor, es waren heute viele Menschen unterwegs, und es war nicht leicht, ihn im Blick zu behalten.

Der Mann betrat das Hotel, und Charlie stand unschlüssig davor. Er bräuchte auch einen Informanten, jemanden, von dem der Mann mit dem Opernglas nichts wissen konnte. Willem fiel ihm ein. Sicherlich war er drüben im *Wintergarten*.

Charlie schlängelte sich zwischen Kutschen, Automobilen und zwei Sechserbussen hindurch über die Friedrichstraße und lief direkt zum Bühneneingang. Er fand Willem zwischen den Kulissen, wo er das Weiß einiger Wolken mit frischer Farbe ausbesserte.

«Willem, schnell, ich habe einen Auftrag für dich!»

Der Junge stellte den Pinsel in ein Einmachglas, wischte sich die fleckigen Hände an der Hose ab und lief, ohne Fragen zu stellen, hinter Charlie her.

«Warte kurz», sagte Charlie vor dem Eingang des Hotels und betrat das Foyer, um in Erfahrung zu bringen, ob der Mann mit dem Opernglas noch da war.

«Sie wünschen?», näselte der Mann an der Rezeption.

Erst jetzt wurde Charlie klar, dass er ohne den Namen des Mannes schlecht nach ihm fragen konnte. Also lief er wieder hinaus zu Willem.

«Wie viel bekommst du im *Wintergarten* am Tag?»

«Zwei Sechser», sagte Willem. «Und Essen und einen Schlafplatz.»

«Von mir kriegst du drei. Und du bekommst ein richtiges Bett bei einer richtigen Wirtin.»

«Wo denn?»

«Zu Fuß eine Stunde von hier, in Weißensee.»

«Was muss ich tun?»

«Du wirst Geheimagent.»

Zu irgendwas musste die dumme Idee, mit der er Hetti zu beeindrucken versucht hatte, schließlich gut gewesen sein.

Willems Augen weiteten sich, aber er blieb aufmerksam.

«Kennst du die Brüderstraße?»

Willem nickte.

«Hausnummer sieben. Dort wohnt im Vorderhaus, erstes Obergeschoss, Ada Keller.»

«Henriette Kellers Mutter?»

Charlie nickte. «Du hast gut aufgepasst. Hör zu, ich muss alles wissen, was sie tut. Wo sie hingeht, mit wem sie sich trifft, was dabei geredet wird. Besonders auf Briefe musst du achten. An wen schreibt sie? Von wem bekommt sie Post? Schaffst du das?»

«Klar.»

«Und begreifst du auch, warum es Geheimagent heißt?»

«Niemand darf merken, dass Sie herausfinden wollen, wo Henriette hin ist.»

Charlie pfiff anerkennend.

«Schlauer Bengel, was? Frau Keller darf es vor allem nicht merken. Und es gibt noch jemanden, der nichts mitbekommen darf. Ein fremdländisch aussehender Mann, der sich gelegentlich mit Frau Keller trifft.»

«Woran erkenne ich ihn?»

«Er wohnt in diesem Hotel, Mitte vierzig, schwarzes, glattes Haar, schlank, Chinesenaugen, elegante Kleidung. Noch Fragen?»

«Wo treffen wir uns zum Rapport?»

Der Junge ging übergangslos in seiner neuen Rolle auf. Und er hatte natürlich recht.

«Wir wohnen in der Belfortstraße, Nummer drei. Unsere Wirtin heißt Frau Liese.»

Charlie überlegte. Ins Hotel zurückzugehen, um sich an der Rezeption etwas zum Schreiben zu besorgen, war zu unsicher. Der Mann mit dem Opernglas könnte ihn dort sehen.

«Am besten, du besorgst mir aus dem *Wintergarten* Papier und Bleistift, dann schreibe ich eine Empfehlung. Dann kannst du dich dort auch gleich krankmelden.»

Der Junge rannte los, bevor Charlie *beeile dich* sagen konnte, und keine Minute später kam der Mann mit dem Opernglas aus dem Hotel heraus, einen Wochenendkoffer in der Hand, einen beinahe schon sommerlichen Strohhut auf dem Kopf, feste Schuhe an den Füßen. Er sah aus, als wollte er eine Landpartie machen.

Charlie sah sich nach Willem um, doch der war natürlich noch nicht wieder in Sicht. Sollte er auf ihn warten? Aber er durfte auch den Mann mit dem Opernglas nicht verlieren. Eben stieg er in eine der Kutschen, die vor dem Hotel auf Kundschaft warteten. *Ich werde Henriette im Auge behalten*, hatte er zu Frau Keller gesagt.

Wenn Hetti nicht bei ihrer Mutter war und wenn er sie im Auge behalten wollte, dann war er möglicherweise unterwegs, um genau das zu tun. Charlie entschied sich für den Mann mit dem Opernglas. Willem würde er später treffen, der Junge war nicht dumm, er würde sich mit Frau Liese selbst zu helfen wissen.

«Folgen Sie dem Wagen vor uns», befahl Charlie knapp, als er in die Kutsche hinter der des Mannes mit dem Opernglas einstieg.

Der Kutscher brummte ein wenig, tat aber, was Charlie verlangte.

Die Fahrt ging zum Lehrter Bahnhof; ein zwei Stockwerke hoher Torbogen, ganz mit Bleiglasfenstern gefüllt, machte den größten Teil der Frontfassade aus, und einen Moment lang war Charlie von der Architektur aus Stein und Glas so eingenommen, dass er die andere Kutsche aus den Augen verlor. Er besann sich, fand sie wieder, der Mann mit dem Opernglas stieg aus und bezahlte die Fahrt. Sie waren noch hundert Meter entfernt, der Mann mit dem Opernglas betrat die Bahnhofshalle, achtzig Meter.

«Schneller, er entwischt!», rief Charlie dem Kutscher zu, doch der ließ sich nicht hetzen.

Charlie sprang aus der Kutsche und rannte los, ohne zu bezahlt zu haben.

So schnell konnte der Mann mit dem Opernglas doch nicht in einen Zug gestiegen sein. Charlie blickte sich hektisch in der lichtdurchfluteten Bahnhofshalle um. Auf Gleis eins fuhr brodelnd und fauchend ein Zug ein, und gleich darauf ein weiterer auf Gleis vier. Von dem Mann mit dem Opernglas keine Spur. Charlie hatte keine Zeit zu verlieren, er musste es drauf ankommen lassen.

Zuerst Gleis eins. Charlie arbeitete sich an der Lokomotive vorbei durch Dampfschwaden und den Gestank von heißem Öl. Türen wurden geöffnet, Menschen schoben Koffer in die Waggons, kletterten hinterher, reichten Kinder hinauf und halfen den Damen, die achtsam die Röcke rafften. Charlie lief das Gleis auf und ab. Doch der Mann mit dem Opernglas war nirgends zu sehen.

Erst als er sich umdrehte, entdeckte Charlie ihn. Er stand auf Gleis vier, zwischen ihnen zwei leere Gleise. Der Mann lächelte Charlie über den Graben hinweg an, zog den Hut und stieg in aller Ruhe in seinen Zug.

Der Sprung ins Gleisbett war tiefer, als es von oben ausgesehen hatte. Charlies Knöchel knickte um, der Schmerz schoss ihm bis ins Knie hinauf, und obwohl er ihn ignorierte, kam er zu langsam voran, stolperte zu unbeholfen über Schienen und Schotter. Er packte die Kante von Bahnsteig vier, schob einen Ellenbogen hoch, schwang ein Bein hinterher und versuchte, sich hochzuziehen, während der Zug fauchte und anruckte. Hände packten Charlie unter den Achseln, zogen ihn hoch, zwei Männer in Uniformen, wahrscheinlich Bahnhofspersonal.

«Danke», stieß er hervor und rannte mit verstauchtem Knöchel los.

Der Bahnsteig war in ein ätzendes Gemisch aus Kohlenqualm und Dampf gehüllt, es stank nach Koks und Asche, und lange bevor Charlie wieder freie Sicht hatte, war der Zug schon außer Reichweite. Er blieb stehen, biss die Zähne gegen den Schmerz zusammen.

«Wohin fährt dieser Zug?», rief er den beiden Uniformierten zu, die weiter vorne auf dem Bahnsteig standen und ihn in aller Ruhe betrachteten und abzuschätzen schienen.

«Hannover», antwortete einer. «Aber Sie wissen, dass das verboten ist, was Sie getan haben? Wir könnten Sie dafür festnehmen.»

Charlie hatte immer noch Mühe, genügend Luft in seine Lungen zu bekommen.

«Ich bin in einer staatsdienstlichen Angelegenheit unterwegs.»

Diesmal erfüllte seine Lüge einen wirklichen Zweck, die beiden Uniformierten wechselten zu einer diensteifrigen Körperhaltung.

«Haben Sie einen Asiaten mit einem Strohhut in den Zug steigen sehen?»

Die Vorstellung von einem bedrohlichen Asiaten auf der Flucht beeindruckte die beiden Männer offenbar so sehr, dass sie augenblicklich stramm standen.

«Bedaure, nein. Sie könnten aber die Kollegen an den Fahrkartenschaltern vernehmen. Vielleicht erinnert man sich dort an ihn.»

«Das werde ich tun», sagte Charlie.

Die Uniformierten begleiteten ihn zum Schalter und standen als Sekundanten rechts und links hinter ihm, als wollten sie seinen Fragen mehr Gewicht verleihen. Nur nützte es nichts. Niemand erinnerte sich an einen fremdländisch aussehenden Fahrgast.

Charlie bedankte sich und verließ den Bahnhof, humpelte über die Straße, stützte sich auf das Geländer der Moltkebrücke und blickte auf das rasch fließende Wasser und einen vollbeladenen Kohlenkahn hinab. Er lag so tief im Wasser, eine kleine Welle würde genügen, dass er volllief und innerhalb von Minuten versank. Charlie wartete, bis der Kahn unter ihm im Schatten der Brücke verschwunden war. Dann machte er sich auf den Heimweg. Vielleicht war Willem ja erfolgreicher gewesen.

8

Henriettes Gesicht war so geschwollen, dass sie den Mund nur wenige Millimeter weit öffnen konnte. Tante Johanne stand vor ihrem Bett, die Arme vor dem fülligen Busen verschränkt, die Stirn gerunzelt.

Hinter ihr stand Ida, abwartend, auch sie runzelte die Stirn, doch während Johanne ungehalten wirkte, stand in Idas Zügen Besorgnis.

«Soll ich gleich in die Stadt fahren und Doktor Pfeiffer benachrichtigen?», fragte sie. «Oder reicht es, wenn wir auf Heinz warten und nach ihm schicken lassen?»

Tante Johanne schüttelte unwirsch den Kopf.

«Weder – noch, wir brauchen den Arzt nicht. Geh runter und schöpfe eine Tasse Brühe aus dem großen Topf, ohne Einlage. Und bring den Zuckerlöffel aus der Dose mit.»

«Was hat sie denn?»

«In der Stadt scheinen sie für alles länger zu brauchen. Ihr hattet das durch, bis ihr zehn wart.»

«Was ist es denn?»

«Ziegenpeter. Maria hatte es erst um Weihnachten herum, weißt du nicht mehr?»

Ida nickte. «Doch, sicher. Arme Hetti.»

«Nun geh schon.»

Ida eilte hinaus, und Henriette hörte sie die Treppe ins Erdgeschoss hinabpoltern. Sie fühlte sich elend. Was bedeutete Ziegenpeter? Und warum hatte Ida ein so mitleidiges Gesicht gemacht?

Tante Johanne stand unverändert neben dem Bett, starrte auf sie hinab wie auf ein misslungenes wissenschaftliches Experiment, und Henriette konnte ihrer Tante nicht in die Augen blicken, ohne eine unerklärliche Scham für ihren Zustand zu empfinden.

Vorsichtig, um den Schmerz in der Halsmuskulatur in erträglichen Grenzen zu halten, drehte sie den Kopf auf dem Kissen und blickte aus dem Fenster in den grellen, weißwolkigen Morgenhimmel hinauf.

Eine Ewigkeit verging schweigend, und endlich kam Ida zurück, die Tür mit dem Ellenbogen öffnend, eine dampfende Schüssel in den Händen balancierend.

«Ist ein bisschen voll geworden», sagte sie atemlos, stellte die Schüssel auf den Waschtisch und leckte sich übergeschwappte Brühe von den Fingern. Sie sah aus wie ein rotes Kätzchen, das mit den Pfoten im Sahnetopf erwischt worden war.

«Wenn du mit Füttern fertig bist, komm in die Küche und hol den Schmalzwickel», sagte Tante Johanne.

Dann ging sie hinaus.

Ida zog den einzigen Stuhl im Zimmer neben Henriettes Bett und setzte sich.

«Sie ist eigentlich fürsorglich, wenn jemand krank wird», sagte sie entschuldigend, tauchte den Zuckerlöffel in die Brühe und hielt ihn Henriette an den Mund wie einem Breikind, dessen Lippen man mit dem Löffel reizte, damit es den Mund aufsperrte. Doch obwohl der Löffel winzig war, passte nur seine Spitze zwischen Henriettes Lippen, und der Geruch nach gekochtem Rind ekelte sie.

«Eigentlich holt Mutter sonst immer Doktor Pfeiffer. Er ist furchtbar schwerhörig. Besonders wenn er seine Pfropfen in den Ohren hat. Du weißt schon, das Ding, mit dem man Herz und Lunge abhorcht. Er vergisst immer, es wieder rauszunehmen, und niemand traut sich, ihn darauf hinzuweisen. Er ist nämlich sehr würdevoll.»

Ida löffelte ihr geduldig winzige Brüheschlucke in den Mund und plapperte von Leuten, die Hetti noch nie in ihrem Leben gesehen hatte. Dann schob sie den Löffel weg. Sie hatte Angst, sich erbrechen zu müssen, wenn sie auch nur noch einen Tropfen davon bekam, und sie fühlte sich so erschöpft, als habe sie eine Mahlzeit mit Kartoffelklößen und fettem Kohl hinter sich.

Ida ging und kam noch ein paar Mal, einmal zum Fiebermessen, dann um ihr den Mund mit einem in Kamillentee getränkten und um den Finger gewickelten Taschentuch auszuwischen, immer fröhlich und plappernd. Sicher wollte sie Henriette nur aufmuntern, die Rolle der Krankenschwester schien ihr Spaß zu machen, wie ein Spiel, das man nicht allzu oft zu spielen bekam, doch Henriette wünschte sich, einfach in Ruhe gelassen zu werden. Sie hatte während all dieser Interventionen kaum fünf Minuten allein zugebracht, den Blick starr zur Zimmerdecke gerichtet, darauf konzentriert, nicht zu weinen, als die Tür schon wieder aufging. Diesmal kam Ida mit einem in Tücher gewickelten irdenen Topf.

«Schmalzwickel», sagte sie, hob Ehrfürchtig den Deckel vom Topf und ließ ihn beinahe fallen.

«Heiß!»

Der geöffnete Topf verströmte einen satten, warmen Tiergeruch. Schweineschmalz. Mit dem Geruch stieg in Henriettes fiebrigem Kopf eine Erinnerung wieder auf: Sie sitzt noch immer vor ihrem Teller. Das Eisbein ist kalt, das Schweinefett klebt erst am Löffel, dann an ihrem Gaumen. Sie sitzt mit dem Rücken zum geschlossenen Fenster am langen Ende des Tisches, gegenüber an der Wand verteilt die Pendeluhr ihr gediegenes Ticken im Raum, wie ein Priester das Weihwasser. Nach jedem Löffel wandert Henriettes Blick dort hinauf zu den Zeigern. Sie kann die Uhr noch nicht richtig lesen, aber sie begreift, es ist mehr als eine Stunde, die sie jetzt schon vor ihrem Teller sitzt, mehr als eine Stunde, in der sie Löffel für Löffel kaltes Fett schluckt. Es dauert lange, bis ein Bissen ihre Kehle hinabgewandert ist, Henriette spürt sie alle, den ganzen Weg bis in den Magen, weil sie nicht kaut, sondern im Ganzen schluckt. Nach jedem Bissen muss sie eine Pause machen, Tränen fortblinzeln, atmen, bevor sie den nächsten Bissen nehmen kann. Mutter sitzt über Eck, am kurzen Ende des Tisches, sie wartet, ohne Henriette zur Eile zu drängen. Henriette möchte sie bitten, das Fenster zu öffnen, doch sie wagt es nicht. Noch nie hat sie Mutter so entschlossen erlebt.

«Du bist zu dünn», hat sie gesagt. «Du brauchst das Fleisch. Du wirst es aufessen.»

Und dann schweigen sie beide, mehr als eine Stunde lang.

Auf dem Teller liegt nun nur noch ein einziger Bissen, ein rosa Stück, eingefasst in bleiche Schwarte. Henriette holt tief Luft, als würde sie auf Tauchgang gehen. Das Fett wackelt auf dem Löffel, als sie ihn zum Mund führt. Sie schließt die Augen, ein letztes Mal schlucken, dann ist es vorbei. Sie spürt den Brocken in der Kehle, spürt, wie er hinabwandert. Und dann drängen von unten her plötzlich all die anderen Brocken gegen ihn an, nach oben. Henriette stößt den Stuhl zurück, springt auf. Zu spät. Das Fleisch, das Fett, alles kommt in einem einzigen, heißen, stinkenden Schwall hoch und ergießt sich über Tisch und Teller, der Geruch ist überwältigend, und er scheint sie zu begleiten, wohin sie von nun an auch geht.

Und nun war er wieder da, stärker denn je. Henriette schloss die Augen und unterdrückte den Brechreiz, während Ida das heiße Schmalz auf zwei zu Rechtecken gefaltete Tücher strich, sie vorsichtig auf ihren geschwollenen Hals und die Wangen legte und sie mit einem Schal fixierte.

Seit jenem Tag mit dem kalten Eisbein hatte Mutter sie nie

wieder gezwungen, Fleisch zu essen. Doch Henriette ahnte, dass es bei Tante Johanne nicht so einfach sein würde, an solchen Sonderbehandlungen festzuhalten.

«Eine halbe Stunde soll das so bleiben.»

Henriette spürte, wie das Fett ihr den Hals hinablief, in den Kragen ihres Nachthemdes, und ein Anflug von Panik stellte sich ein. Wenn das Fett auf ihr Kopfkissen lief, würde das Bett dauerhaft stinken.

«Ich brauche ein Taschentuch», murmelte sie.

Ida half ihr, das überschüssige Fett abzuwischen, dann nahm sie den Schmalztopf und versprach, in einer halben Stunde wieder da zu sein. Henriette schloss die Augen und atmete möglichst flach, während sie wartete.

Als sie die Augen wieder öffnete, war es dunkel, und sie wusste nicht, wo sie war. Schmalzgeruch stieg ihr in die Nase, aber da war auch eine Kühle, eine Frische, die ganz leicht ihr Gesicht streifte. Dann ein Murmeln, Schnaufen, ein Kichern. Henriettes Herz begann zu rasen, sie setzte sich ruckartig auf.

«Wer ist da?», wollte sie fragen, aber ihr Mund war verschlossen, es war, als seien ihre Lippen zusammengenäht.

Ein Schrei sammelte sich in ihr und drang, gedämpft durch das geschwollene Gesicht, in die Dunkelheit, die sie umgab.

«Hetti? Alles in Ordnung?»

Langsam kam die Erinnerung zurück. Das war Idas Stimme, schlaftrunken. Henriette starrte angestrengt in die Richtung, aus der sie gekommen war, langsam begannen sich Formen aus dem Dunkel zu lösen, ein Bettpfosten, ein bleicher Fleck an der Wand, wo der Spiegel hing, ein anderer gleich neben ihr. Dort war das Fenster. Henriette griff nach der Gardine, zog sie ein wenig zur Seite, Mondlichtfinger griffen nach ihrer Bettdecke.

«Hast du schlecht geträumt, brauchst du Hilfe?», fragte Ida.

Henriette schüttelte den Kopf, und Ida, die auf einen Ellenbogen gestützt in ihrem Bett lag, die hellen Augen im Mondlicht leuchtend, drehte sich wieder zur Wand und zog sich die Decke über die Ohren.

«Na dann, gute Nacht.»

Henriette musste den ganzen Tag verschlafen haben, wenn es jetzt schon wieder Nacht war. Sie beobachtete den Staub, der im Mondlicht tanzte.

Aus irgendeinem Grund machte ihr das Licht Angst, wahrscheinlich nur eine Wirkung des Fiebers. Es fühlte sich an, als ob sie eine innere Wunde zu schützen hätte, eine Wunde, durch die ständig kleine Dosen einer verborgenen, unheimlichen Welt in sie einsickerten. Henriette legte sich hin, ganz still, beobachtete den Schimmer, der auf ihre Brust kroch, sie einhüllte, sie zu umtanzen schien, langsam und traumhaft, wie bei einer Beschwörung, und alles, was außerhalb des Mondlichts lag, gerann zu Teer, der an den Wänden hinablief und die Luft zu dick zum Atmen machte.

Sie wollte sich wieder aufsetzen, aber die Lichtfinger stachen nun auch unter dem Vorhang herein, spießten sie auf, nagelten sie an ihre Matratze. Sie konnte sich nicht mehr bewegen, sosehr sie sich auch bemühte. Jeden Muskel stemmte sie gegen das Gewicht des Mondlichts, und dann, endlich ein Schrei, der sie erneut aufweckte.

«Alles in Ordnung, Hetti?»

Henriette atmete schwer, blickte sich um. Sie lag auf dem Rücken, der Schmalzwickel war fort, Ida lag in ihrem Bett, auf einen Ellenbogen gestützt, und schaute sie an. Das Mondlicht fiel durch die Lücke zwischen den Vorhängen.

Es war schwerelos, genau wie es sein musste, und der Rest des Zimmers war keine teerige Schwärze, sondern bläulich durchleuchtete Nacht. Versuchsweise öffnete Henriette den Mund ein bisschen. Es ging. Und dann verblasste das Mondlicht, verschwand hinter einer Wolke, und sie seufzte tief, nickte, und Ida, die sie mit müden Augen ansah, drehte sich zur Wand und zog sich die Decke über die Ohren.

«Gute Nacht, Hetti.»

Henriette schlüpfte hinter die Vorhänge, öffnete das Fenster, lehnte sich hinaus in die kühle Nacht, so weit sie es wagte, und atmete durch. Sie war sich beinahe sicher, dass sie dieses Mal wirklich aufgewacht war.

Der Himmel war finster, unten wurde er von der Silhouette der Bäume auf der anderen Straßenseite begrenzt, oben von schnell dahinjagenden Wolken. Manchmal schimmerte Mondlicht durch einen dünnen Schleier, und dann rissen die Wolken zu einer Lichtung auf, die sich schnell erweiterte, der Mond erhellte ihren oberen Rand ... und auch das erinnerte sie an etwas. Aber woran?

Das teerige Schwarz im Zimmer hatte keine Tiefe gehabt. Doch die Schwärze dort oben war tief, da war ein Licht in oder hinter der Schwärze, als Bestandteil der Schwärze, Henriette wusste nicht, wie sie es anders benennen sollte, denn obwohl das Licht dort in dem Schwarz nichts hatte, was es berühren konnte, meinte sie, es sehen zu können, als inneres Leuchten, das aus dem Schwarz selbst hervorging. Dann erinnerte sie sich wieder: Es war dasselbe Schwarz, das sie von ihrem einsamen Ort her kannte. Der nicht mehr einsam gewesen war, als sie ihn mit Charlie geteilt hatte. Vielleicht wartete er dort oben auf sie? Henriette wollte in die Wolkenlichtung springen wie in den nachtschwarzen See zwischen den Berggipfeln, sie lehnte sich weiter hinaus, reckte sich, weiter, weiter ...

Ein Schreck fuhr durch ihre Glieder, beinahe wäre sie gefallen, als ihr Blick von einer Bewegung auf der Straße abgelenkt wurde, ein Schatten, der zielstrebig direkt auf die Toreinfahrt des Pflog-Hofes zueilte. Die Erscheinung streifte die scharfe Grenze zwischen Dunkel und Silberlicht, bevor sie aus Henriettes Blickfeld verschwand. Für den Bruchteil einer Sekunde hatten sie und der Schatten einander angeblickt.

Henriette riss sich ins Zimmer zurück, duckte sich, lauschte. Sie hörte Frösche, wahrscheinlich gab es im Wald in der Nähe einen Tümpel, sie hörte auf das Rauschen des Windes in den Kastanien hinter der Remise. Sie hörte Idas Atem, und sie hörte das unterirdische Grollen, das auch in der Nacht nicht aussetzte. Leise schloss sie das Fenster, verschloss auch die Gardinen gründlich, rollte sich unter ihrer Decke zusammen. Der Schatten, den sie gesehen hatte, war der Mann mit dem Opernglas. Sie war sich sicher. Er war hier.

Henriette lauschte erneut. Waren da Schritte im Haus? Stimmen?

Nein, es war eine absolute Stille unter dem allgegenwärtigen Grollen. Eine Stille, so massiv wie das Mondlicht, das sie an ihr Bett genagelt hatte. Nichts bewegte sich.

Henriette versuchte erneut aufzuwachen, versuchte noch einmal, sich im Bett wiederzufinden und festzustellen, dass sie bloß geträumt hatte. Versuchte, aufzuwachen und festzustellen, dass sie zu Hause war, in Berlin, in ihrem Zimmer, und zu wissen, dass sie am nächsten Morgen um acht Uhr früh Charlie an der kleinen Brücke über die Friedrichsgracht treffen würde.

Doch statt zu erwachen, legte sich Erschöpfung über sie, ihre Augen fielen zu, und sie wieder zu öffnen kostete sie übermenschliche Anstrengung. Zudem, wenn sie die Augen geschlossen hielt, dann schien sie beinahe zu Hause zu sein. Und saß da nicht Charlie an ihrem Bett, murmelte er nicht beruhigende Worte? Oder war sie in Gramstett, und Ida murmelte unruhig im Schlaf? Augen zu, Charlie. Augen auf, Ida. Wo träumte sie, wo war sie wach? Henriette wünschte, sie hätte die Vorhänge aufgelassen, damit sie wenigstens etwas sehen konnte. Doch da war sie schon wieder in den Tiefen eines Traums versunken, ihr Körper war fort, und alles, was noch existierte, war ein eindringlicher, fester Herzschlag, entschlossen, keine einzige Sekunde auszusetzen und niemals aufzugeben. Charlie, hörst du das auch?, dachte sie, und dann war auch dieses letzte bisschen Bewusstsein fort.

9

Die Uhr zeigte kurz nach elf. Abends oder vormittags? Wann war Johanne zuletzt da gewesen, um ihm etwas zu Essen zu bringen? Hatte er Hunger? Einerlei. Nur sollte er jetzt vielleicht von diesem Stuhl aufstehen.

Es wurde Zeit, der Maschine eine echte Aufgabe zu geben, sie aus diesem Leerlauf zu befreien und ihr nützliche Arbeit zuzuweisen. Sie hungerte danach, er konnte es beinahe spüren. Dieses ewige Vor und Zurück der Mangelwalzen war gewaltig, beeindruckend, aber sie hatten nichts zu mangeln, nichts zu walzen, und das wurde ihr nicht gerecht. Sie hatte so viel Kraft, so viel Gewalt. Bettlaken, Tischwäsche, wie konnte ihr das genügen, sie war eine Königin, sie könnte Metall walzen, Stahl stanzen. Dass sie ausgerechnet eine Mangel geworden war, lag nur an der Wäscherei. Heinrich baute die erstaunlichste Maschine der Menschheitsgeschichte, und dann wurde es bloß eine Wäschemangel! Er stieß ein raspelndes Geräusch aus, das er als Lachen zu erkennen gelernt hatte. Er hasste das Geräusch und unterdrückte es für gewöhnlich, aber jetzt brach es einfach aus ihm hervor.

Heinrich hatte Mühe, von seinem Stuhl aufzustehen, die Narben brannten, Phantomschmerzen nagten an seinem Gesicht. Höchste Zeit, dass Johanne kam und mit der Spritze half. Die Strecke vom Sessel bis zur Klingel betrug sieben Meter dreiundfünfzig. Vom Sessel bis zur Maschine waren es vier Meter zweiundvierzig. Die Maschine maß exakt vier mal drei mal zwei Meter vierzig. Sie war mit großen Stahlbolzen mit der Decke verbunden, ebenso wie sie im steinernen Fußboden verankert war, damit sie in ihrem unermüdlichen Hin und Her nicht zu wandern begann, so wie die Schleudermaschinen es taten, wenn die Wäsche nicht gleichmäßig genug darin verteilt war. Er hatte noch keine andere Lösung für dieses Problem gefunden, als die Maschinen schwerer zu machen oder zu fixieren.

Heinrich vermied den Blick an die Kellerdecke. Er wusste auch so: Seit gestern waren die Risse weitergewandert. Von einem Ende zum anderen maß der Saal vierzehn Meter. Der längste Riss mochte sich jetzt über neun Meter erstrecken. Die Gesamtlänge seiner vielfältigen Verästelungen vermochte Heinrich nicht zu schätzen. Das Gemäuer hatte vierzig Erschütterungen pro Minute zu ertragen, es wurde hin und her gerissen, wieder und wieder. Und mit jeder Strecke, die die Walze zurücklegte, hatte Heinrich mindestens einmal den Gedanken, dass er eine Lösung brauchte. Eine Lösung, Rollen, Anschlag, Wende, eine Lösung, Rollen, Anschlag, Wende, eine Lösung ... ohne die Maschine stilllegen zu müssen. Er wagte es nicht, sie zu unterbrechen und vielleicht ihre Magie zu zerstören. Er musste sich eine andere Lösung überlegen. Später. Wenn die Schmerzen etwas nachgelassen hatten, wenn er ein wenig geschlafen hatte. Der Weg zum Klingelzug kam ihm heute endlos lang vor.

Er hatte kaum ein paar Schritte getan, als die Klinke sich senkte und die Tür aufschwang. Heinrich atmete auf. Manchmal war es, als könne Johanne spüren, wann er sie brauchte.

Doch es war nicht Johanne, es war der Professor, der Heinrichs unterirdisches Reich betrat. Regenmacher schüttelte ihm herzlich die Hand, seine dunklen Augen lachten, wie immer, doch ansonsten war sein Gesicht ernst.

«Heinrich. Johanne hat telegrafiert, dass du mich brauchst.»

Regenmacher hatte keine Schwierigkeiten, mit seiner Stimme den Lärm der Maschine zu übertönen.

Heinrich nickte und bedeutete Regenmacher, ihm in den hinteren Teil des Saales zu folgen, durch seinen Parcours von halbfertigen Maschinen, Werkbänken und Geräten in den Salon, der nichts weiter war als eine mit Teppichen und Möbeln ausgestattete Ecke des Saales: zwei Sessel, ein Tisch, an dem man speisen konnte, ein weiterer, der groß genug war für Pläne und Manuskripte, einige Lampen und Bücherregale, mehr brauchte er nicht. Meist schlief er auch gleich hier unten auf einer durchgelegenen Couch, statt in den oberen Teil des Westflügels zu gehen, wo er ein Schlafzimmer hatte.

Heinrich setzte sich an den Arbeitstisch, Regenmacher nahm einen der Sessel, schlug die Beine übereinander und nahm die Zigarre, die Heinrich ihm anbot.

Heinrich griff nach Papier und Füllfederhalter und schrieb.

Fällt dir nichts auf, Regenmacher?

Der Professor sah Heinrich aufmerksam an.

«Sollte mir denn etwas auffallen?»

Heinrich wartete ab, während Regenmacher sich umsah. Er konnte geradezu sehen, wie in dessen Kopf der Schalter umgelegt wurde. Regenmacher stand auf und deutete auf die Maschine.

«Ist es das?!»

Heinrich wartete weiter ab.

«Aber ... ich habe sie doch schon so oft laufen sehen.» Regenmacher setzte sich wieder, wartete, schaute.

«Seit wann läuft sie?», fragte er schließlich.

Heinrich schrieb.

Vierzehn Tage, sieben Stunden, vierundzwanzig Minuten.

«Ohne Energiezufuhr?»

Heinrich zögerte. Es war Zeit, Triumph und Scheitern einzugestehen.

Ja und nein, schrieb er.

«Wie das?», wollte Regenmacher wissen.

Ich führe keine Energie zu und auch sonst kein Mensch. Dennoch ist es kein Perpetuum mobile. Es ist ein Betrug, und es ist doch keiner.

Der Professor zog ungeduldig an seiner Zigarre.

«Heinrich, erkläre dich bitte. Werden wir nun die reichsten Männer der Welt, oder werden wir es nicht?»

Heinrich stieß sein Äquivalent eines Lachens aus, schon zum zweiten Mal in wenigen Minuten.

Du denkst nur an das Geld und den Ruhm?

«Lieber Heinrich, du vergisst, dass ich nicht deinen Verstand besitze. Ich bin kein Idealist, ich bin Realist, und dem Vertrauen auf deinen Verstand habe ich mein Leben gewidmet. Wenn dieses Ungetüm uns zumindest das Geld einbringt, welches wir über die Jahre investiert haben, will ich schon zufrieden sein.»

Wir werden mehr als reich sein. Uns wird die Welt gehören.

Regenmacher setzte sich zurecht, ein Lächeln umspielte seine Lippen. Er sah immer noch gut aus, nach all den Jahren. Im Grunde stand ihm das Älterwerden sogar, es machte sein Gesicht männlicher.

«Nun, das klingt vielversprechend. Und du sagst, sie läuft seit über zwei Wochen? Erkläre mir, wie, wenn du keine Energie zuführst.»

Heinrich zögerte. Es würde nicht leicht sein, es laienhaft genug zu erläutern, aber er musste es versuchen. Schließlich würde Regenmacher das Prinzip nach außen vertreten müssen, er musste die Verhandlungen führen, Verträge schließen. Er musste begreifen, was sie hatten, was davon verraten werden durfte und was nicht.

«Wenn es schon so lange läuft, dann muss es ein Perpetuum mobile sein.»

Heinrich schüttelte den Kopf.

Es gibt kein Perpetuum mobile. Du hast all die Jahre in einen Irrtum investiert.

«Heinrich, du verwirrst mich.»

Regenmacher stand auf und schenkte sich aus einer Karaffe, die nur für ihn dort stand, einen großzügigen Schluck Portwein ein.

Es handelt sich nicht um ein geschlossenes System, sondern um ein offenes. Die Energiequelle liegt außerhalb der Maschine. Und zugleich innerhalb oder unterhalb. Oder oberhalb.

«Heinrich, das ist mir zu hoch.»

Heinrichs Federhalter eilte flüchtig über das Papier, beinahe zu schnell, um mehr als einen Hauch Tinte darauf zurückzulassen.

Sie ist implizit, sie existiert auf einer Ebene, die mit dem menschlichen Verstand kaum zu fassen ist – zumindest mit deinem Verstand nicht. Und auch mit dem Verstand der Kunden nicht. Wir werden es ihnen nicht verraten.

«Warum nicht?»

Weil es so lächerlich einfach ist, diese Energiequelle anzuzapfen, dass jeder Bauerntölpel sich seinen eigenen Zugang bauen könnte.

«Einfach? Warum dann die vielen Fehlschläge?»

Alles beginnt einmal einfach, dann wird es unendlich komplex, und erst wenn man dieses Stadium überwindet, dringt man wieder zur Einfachheit des Kerns vor.

«Jetzt wirst du philosophisch.»

Korrekt.

Regenmacher lachte.

«Du willst also sagen, du hast ein Grundprinzip entdeckt, etwas Universales, das bisher noch niemand entdeckt hat. Und wenn wir Glück haben, merkt es so schnell niemand. Und wenn wir Pech haben, fliegt es auf?»

Heinrich nickte und schrieb:

Außer dass dieses Prinzip, die Quelle, längst bekannt ist. Es ist nur bisher niemand auf eine Idee gekommen, wie man sie mechanisch nutzen kann. Es ist das Medium, in dem alles existiert, was ist, und aus dem alles hervorgeht und in das alles zurückkehrt. Es ist reine Schöpfungskraft.

Regenmacher betrachtete den Schimmer des Portweins in seinem Glas, ließ die rotgoldene Flüssigkeit ein wenig kreisen und trank sie dann in einem Zug aus. Seine Stimme klang flach, als er die Frage stellte, auf die Heinrich gewartet hatte.

«Du willst sagen, du hast Gott angezapft?»

Äther, Existenz, Gott, die eine Energie, die alles ist. Es gibt verschiedene Begriffe, alle miteinander sträflich unscharf. Wenn Du es Gott nennen willst: Korrekt.

Diesmal lachte Regenmacher nicht.

«Ich wusste nicht, dass du ein Mystiker bist, Heinrich.»

Heinrich wartete ab, bis Regenmacher sich nachgeschenkt hatte und weitersprach.

«Und du meinst, es ist moralisch vertretbar, Gewinn daraus zu ziehen?»

Wenn Heinrich ehrlich war, musste er zugeben, dass er sich diese Frage schon oft gestellt hatte. Aber alle Antworten, die er bisher darauf gefunden hatte, überzeugten ihn selbst nicht wirklich.

Was sollten wir den Leuten sagen? Dass wir Gott verkaufen? Man würde uns als Verrückte einsperren. Und dann die Sache an sich reißen.

Regenmacher blickte ihn nur an, und schnell kritzelte Heinrich die nächsten Worte hin.

Du hast Dich als den Realisten bezeichnet und mich als den Idealisten.

Noch immer blieb Regenmacher stumm. Den nächsten Zettel warf er ihm geradezu hin:

ICH habe mein ganzes Leben darangegeben. Es war mein Leben, meine Kraft, meine Gesundheit. Sieh mich an. Ich habe alles gegeben. Ich will etwas zurückbekommen.

Was war daran so schwer zu begreifen? Plötzlich überfiel Heinrich ein Gedanke, den er sich all die Jahre über immer verboten hatte.

Du fällst mir doch nicht etwa in den Rücken, oder? Du nimmst es mir nicht weg?

Regenmacher blieb ernst.

«Nein, Heinrich. Das werde ich nicht. Es ist nur ... Ich bin mir nicht sicher, warum mir diese Idee nicht behagt. Irgendetwas daran erscheint mir falsch. Ich kann es nicht benennen.»

Heinrich wischte alle denkbaren Einwände mit einer Geste beiseite.

Wir müssen einen beweglichen Prototypen bauen, etwas, das Du mitnehmen und vorführen kannst. Ohne funktionierenden Prototypen keine Anmeldung beim Patentamt und keine Geldgeber. Wir müssen die Kosten berechnen, Johanne kann dann das Nötige veranlassen.

Regenmacher seufzte. Er schien es hinzunehmen, vor vollendete Tatsachen gestellt zu werden.

«Ich hoffe nur, dass deine Mittel dazu auch noch ausreichen, Heinrich.»

Wie meinst Du das?

«Johanne tut sich ohnehin schwer, die benötigten Beträge flüssig zu machen, das geht schon eine ganze Weile so, obwohl die Wäscherei besser geht als je zuvor.»

Regenmacher schien nicht gerne zu sagen, was er zu sagen hatte, und etwas in seiner Haltung, in seinem ausweichenden Blick, verstärkte das Misstrauen, das sich in Heinrich regte.

«Es sind Fragen entstanden, Heinrich, die Johanne mir nicht beantworten wollte. Du musst mir verzeihen. Bei meinem vorletzten Besuch habe ich ohne dein oder ihr Wissen einen Blick in die Bücher geworfen.»

Heinrich wartete, eine Nervosität hatte plötzlich Besitz von ihm ergriffen, die es ihm unmöglich machte, ohne Zittern zu schreiben. War Johanne ihm untreu geworden? Nach all den Jahren?

«Es gibt da einen regelmäßigen Ausgang, den ich nicht begriffen habe. Ein größerer Betrag geht jeden Monat nach Berlin.»

Heinrichs Erleichterung war größer, als er gedacht hätte. Die Ausgänge waren leicht zu erklären, und er verstand, dass Regenmacher Erklärungen wollte.

Das ist ihr kleines Familiengeheimnis, Regenmacher, und Du lässt Dir besser nichts davon anmerken. Johanne hat eine Schwester in Berlin, eine Gestrauchelte. Sie unterstützt sie und ihr Kind. Es soll nur niemand davon wissen, weil sie doch so katholisch ist.

Heinrich zwinkerte Regenmacher zu.

«Ich verstehe. Nur ... vielleicht ist der Betrag ein wenig übertrieben? Du bist mir sicher nicht böse, wenn ich dir sage, ich habe mir die Schwester in Berlin einmal angesehen. Sie lebt, nun, sagen wir, nicht gerade einfach.»

Regenmacher hielt inne, doch es war offensichtlich, dass ihm noch etwas auf dem Herzen lag.

Das ist aber nicht alles, Regenmacher, richtig?

«Nein. Du weißt von dem neuen Mädchen im Haus?»

Heinrich ließ den Blick auf seiner Maschine ruhen, zählte sieben, acht, neun Walzgänge.

Regenmacher, was denn für ein Mädchen?

«Du weiß also nichts von ihr. Johanne hat es dir nicht gesagt?»

Heinrich schüttelte den Kopf. Was für ein Mädchen?

Regenmachers Miene war undurchdringlich. Und doch, für einen winzigen Moment schien es, als sei ein zufriedener Ausdruck über seine Züge gehuscht.

10

Henriette saß halb aufrecht im Bett, mehrere Kissen ins Kreuz gestopft, ein kleines Buch mit dunklem Einband lag auf ihren Knien. Sie hatte es rein zufällig unter Idas Bett entdeckt, eine Ecke hatte am Fußende hervorgeschaut. Das Buch war zugeschlagen. Auf dem Deckel lag das herausgerissene Vorsatzblatt. Den Bleistift zum Schreiben hatte Henriette auf Idas Büchergestell gefunden. Ihre Finger zitterten, und ihr Kopf schwamm, dennoch schrieb sie, so schnell sie konnte.

... ich habe es begriffen, als ein entsetzlicher Schreck meine Sinne weckte: Der Mann mit dem Opernglas, er ist hier! Ich bitte Sie inständig, Charlie: Holen Sie mich hier fort, nehmen Sie mich mit, wohin auch immer. Selbst wenn Sie mich nicht lieben, so bitte ich Sie, mich zu retten. Fragen Sie nach der Weißwäscherei Pflog, in Gramstett.
Und bitte, bitte verzeihen Sie mir, dass ich fortgegangen bin, dass ich Ihnen nicht vertraut habe. Ich war krank vor Angst, dass Sie mich nicht lieben. Lieber wollte ich mein Leben ohne Sie verbringen. Ich sehne mich so sehr nach der Weite des Himmels über mir, und ich spüre, dass Sie dort auf mich warten. Ich habe Sie gesehen, in einer Wolkenlichtung, weit draußen, dort stand ich mit Ihnen am Ufer unseres Sees, zwischen schneebedeckten Gipfeln, bereit zu springen. Der Abgrund über mir ist durchleuchtet, und ich habe ihn leichtfertig eingetauscht für die Schwärze der sicheren Höhle, für ein Gefängnis, in dem dumpfer Herzschlag mich einzuschläfern droht.
Charlie, bitte, holen Sie mich! Bitte ...

Schritte auf dem Flur! Henriette ließ das Buch und den Brief unter der Bettdecke verschwinden. Keine Sekunde zu früh, Ida kam mit dem Schmalzwickel. Henriette beeilte sich, ihre Tränen abzuwischen. Und gab sich gefügig den notwendigen Prozeduren und Idas Geplapper hin.

Henriette hatte das Motorengeräusch schon eine Weile wahrgenommen, aber sie begriff erst, zu wem es gehörte, als sie es, vielfach verstärkt, in der Toreinfahrt vernahm und das Quaken von Heinz Grafs Hupe durch den Hof schallte. Der Wäschefahrer.

«Ich muss runter und helfen», sagte Ida.

Endlich.

«Warten Sie!»

Die Stimme war leise, kaum zu hören bei dem Lärm, den das Automobil veranstaltete. Es war eine Mädchenstimme, und Heinz hatte sie schon einmal gehört.

Er brachte das Automobil zum Stehen, der Motor ging aus, was ihn ärgerte, weil er ihn dann noch einmal würde ankurbeln müssen. Dennoch streckte er den Kopf unter dem Vordach hervor und blickte sich suchend um.

«Hier oben!»

Die Stimme klang heiser.

Das Mädchen saß an einem Fenster im ersten Stock und winkte. Die Locken geöffnet und so glänzend wie der Lack seines Automobils. Sie trug ein weißes Nachthemd, vorne gekräuselt, was die beiden Wölbungen unter dem Stoff gut zur Geltung brachte.

Heinz stieg von seinem Fahrersitz, zog die Mütze und machte eine Verbeugung inklusive übertriebenem Kratzfuß. Er wusste schließlich, was sich gehörte.

«Guten Morgen, edles Fräulein.»

Henriette Keller, jetzt fiel ihm der Name wieder ein.

Ein wirklich hübsches Ding, auch wenn ihr Gesicht gerötet und geschwollen aussah. Vielleicht hatte sie sich ein paar Ohrfeigen von Frau Pflog eingehandelt, Heinz wusste, dass mit ihr nicht zu spaßen war.

«Bitte leise. Ich möchte nicht, dass man uns hört.»

«Oh, natürlich. Niemand soll je von uns erfahren!»

Das Mädchen reckte einen schlanken, sehr weißen Arm aus dem Fenster. Einen hübschen Arm.

«Können Sie das für mich beim Postamt aufgeben?», nuschelte sie.

Zwei zusammengefaltete vergilbte Zettel zitterten in der Brise, die ums Haus strich.

«Geld für Umschlag und Marken gebe ich Ihnen natürlich.»

«Das ist aber ein ziemlicher Umweg.»

Das entsprach zwar nicht der Wahrheit, weil Heinz jeden Tag sicher viermal am Postamt vorbeifuhr, aber das konnte das Mädchen ja nicht wissen.

«Ich bezahle den Umweg.»

Heinz trat näher. Vielleicht konnte er ein wenig mehr herausschlagen.

«Hören Sie, ich mache Ihnen einen Vorschlag: Den Umweg mache ich umsonst. Aber Sie könnten mir Ihre Dankbarkeit vielleicht in Naturalien zeigen?»

Das Mädchen zog die Hand zurück.

«Wie meinen Sie das?»

«Mir würde schon ein winziger Kuss genügen, von einer Schönheit wie Ihnen.»

Das Mädchen zögerte.

«Ich habe Ziegenpeter.»

Aha, also doch keine Ohrfeigen. Wahrscheinlich war sie viel zu wohlerzogen, um was an die Ohren zu kriegen. Aber das machte die Sache nur umso reizvoller. Heinz winkte ab.

«Ziegenpeter hatte ich längst.» Heinz streckte die Hand aus. «Geben Sie mir den Brief.»

Das Mädchen zögerte noch, doch dann schien es einen Entschluss zu fassen, schlug die Augen nieder, nickte.

«Halt, warten Sie, nicht einfach fallen lassen! Er segelt nur in den Matsch. Wickeln Sie ihn in ein Tuch. Oder besser in einen Strumpf.» Ja, einen Strumpf würde er durchaus gerne haben wollen von ihr, das war eine gute Idee.

«Und stecken Sie gleich das Geld dazu, damit das Ganze etwas schwerer wird.»

Das Mädchen nickte erneut, verschwand und kehrte kurz darauf mit einem fest verpackten Schal zurück. Sie warf überraschend präzise, Heinz fing das Päckchen mit einer Hand und hielt es sich unter die Nase wie ein Ritter, der vor der Schlacht das Tuch seines Edelfräuleins als Talisman entgegennimmt und seinen Duft einsaugt. Der Schal strömte intensiven Schmalzgeruch aus.

«Betörend. Da kriegt man glatt Hunger», sagte Heinz.

Das Mädchen lachte nicht.

«Den Schal muss ich aber wiederhaben.»

«Sie bekommen ihn, wenn ich meinen Lohn hole.»

Er winkte mit dem in den Schal gewickelten Brief und stapfte durch den Schlamm, streichelte die glänzende Flanke seiner Schönheit mit der herrlich weichen Luftbereifung, warf den Schal auf die Fahrerbank, ging nach vorne und kurbelte fröhlich pfeifend den Motor an. Er mochte es, wenn der Tag mit einem Handel begann, es gab der Routine etwas Würze, auch wenn so ein einzelner Kuss an sich wenig Abenteuerliches hatte. Aber dieses Mädchen war schon etwas Besonderes, anders als die Pflog-Mädchen, anders als die Mädchen, die er sonst in Gramstett kannte. Sie hatte etwas Feines an sich.

Heinz stieg auf die Fahrerbank, roch noch einmal an dem Schal. Der deftige Geruch passte nicht zu ihr und zerstörte den

Anflug von Märchenhaftigkeit, den sie ausstrahlte, und das Lederpolster unter seinem Hintern war klamm. Vielleicht sollte er die Handschuhe anziehen, im Fahrtwind wurden die Hände am Lenkrad schnell schmerzhaft kalt, besonders wenn so viel Feuchtigkeit in der Luft war.

«Warten Sie!»

Diesmal war es die Stimme eines Mannes. Heinz seufzte. Was war denn nun noch? Er reckte erneut den Hals, um sich nach dem Rufer umzusehen.

Professor Regenmacher kam im Laufschritt aus der Toreinfahrt und zog sich, in einer Hand eine kleine Reisetasche, mit energischem Schwung auf den Sitz neben Heinz herauf.

«Ich muss zum Bahnhof», sagte Regenmacher schlicht und setzte sich.

Heinz mochte es, wenn er mit ihm fuhr, die Gespräche mit ihm waren interessant, auch wenn er sich manchmal ausgelacht fühlte, ohne zu wissen, weswegen. Immerhin bekam er immer eine kleine Aufwandsentschädigung.

Als Heinz anfuhr, gruben sich die Reifen durch den Schlamm in den Fahrrinnen der Waldstraße. Es würde dauern, bis sie auf dem gepflasterten Teil der Straße waren und der Wagen richtig Fahrt aufnehmen konnte, so wie er es mochte.

«Bahnhof, Post, Wäsche. Ich könnte ein Taxiunternehmen aufmachen. Sie sitzen übrigens auf dem Brief.»

Regenmacher zog das zerdrückte Bündel unter sich hervor.

«Verzeihung.»

Er reichte es Heinz, ein paar kleine Münzen kollerten heraus, und auch die Zettel blieben nicht an ihrem Platz. Hoffentlich hatte sie eine Anschrift dazugelegt, sonst könnte er lange versuchen, den Brief loszuwerden.

Regenmacher bückte sich und hob Brief und Münzen auf.

«Was ist denn das?», wollte er wissen.

Heinz zuckte die Achseln.

«Geheimpost von dem neuen Mädchen.»

Regenmacher wirkte interessiert.

«Wissen Sie etwas über sie?»

«Ich? Gar nichts. Sie hat mich nur gebeten, den Brief mitzunehmen. Sie will nicht, dass die Pflog es mitbekommt.» Heinz grinste. «Und sie hat mir einen Kuss versprochen, wenn ich es mache.»

Er steuerte um eine Pfütze von der Größe eines Froschteichs herum und warf einen Seitenblick auf Regenmacher. Vielleicht hätte er das Letzte besser nicht erzählen sollen.

«Sie verraten das Mädchen doch nicht? Ich will bei ihr keinen schlechten Ruf bekommen.»

Regenmacher hielt den zusammengefalteten Brief in der Hand.

«An Charles Peter Jackson. *Wintergarten*, auszuhändigen an den Laufburschen Willem.» Regenmacher klang unzufrieden. «Glaubt sie etwa, dass er den Brief auf diese Weise bekommt?»

Heinz zuckte die Achseln. Das war ihm egal, und es ging ihn auch nichts an. Viel wichtiger war, dass sie endlich die gepflasterte Straße erreichten, die sie ins Zentrum des Ortes bringen würde. Heinz beschleunigte, und wie jedes Mal breitete sich dadurch reines Glück in seinem Innern aus.

«Sechsundvierzig Kilometer in der Stunde sind mein Rekord bisher», rief er Regenmacher über den Lärm hinweg zu. «Und sie fährt nicht mit Dampf oder Elektrizität, sondern mit einem neuen Kraftstoff, den sie aus Erdöl gewinnen, ein zweizylindriger Boxermotor, und das Steuerrad hat Achsschenkellenkung. Unglaublich bequem, man kommt auch mit vier Rädern um alle Hindernisse herum.»

Regenmacher hielt mit einer Hand seinen Hut fest, mit der anderen klammerte er sich an die vordere Haltestange und zerdrückte dabei den Brief noch mehr.

«Achtung, ich zeig Ihnen das mal!»

Heinz' Grinsen zog sich fast schmerzhaft in die Breite, er steuerte scharf nach links und setzte an, den Vierspänner zu überholen, der vor einer halben Minute vor ihnen in Sicht gekommen und nun bereits dicht vor ihnen war. Er wusste vorher, was passieren würde: Die Pferde scheuten, und der Kutscher schimpfte hinter ihnen her.

Ein Seitenblick auf Regenmacher zeigte dessen bleiches Gesicht, was den Spaß erst perfekt machte. Trotzdem, Regenmacher hielt sich ziemlich gut, das musste er ihm lassen.

«Woher haben Sie überhaupt das Geld für so ein Automobil? Was kostet so etwas?»

«Was schätzen Sie?»

«Um die tausend Goldmark?»

«Tausendsechshundert. Es ist aber nicht wirklich meins, es gehört der Stadt.»

Heinz musste brüllen, um den Lärm zu übertönen, den das Kopfsteinpflaster unter den Rädern verursachte.

«Ich fahre es nur zu Testzwecken. Wie lange es hält, wie viel es verbraucht, wie viel man damit schafft. Kosten gegen Nutzen. Wenn es sich rentiert, werden sie mehr anschaffen. Polizei, Omnibusse, Lieferwagen, solche Sachen.»

«Und Sie benutzen es für schmutzige Wäsche?»

«Meine Aufgabe ist nur, es so viel zu bewegen wie möglich. Niemand hat gesagt, dass ich dabei nicht ein bisschen was verdienen darf.»

Regenmacher nickte und blickte angestrengt auf die Straße, während Heinz noch immer so schnell fuhr, wie die Maschine es ihm erlaubte.

«Und es fährt mit Benzin?», wollte Regenmacher wissen.

«Ja.»

«Teuer?»

«Dampf ist billiger. Aber Benzin hat mehr Kraft. Es macht

ein Automobil vom schnaufenden Ackergaul zum galoppierenden Araber.»

«Wussten Sie, dass unser Kaiser denkt, dass Automobile niemals Pferdewagen ersetzen werden?»

«Und was denken Sie darüber?»

Regenmacher lächelte.

«Ich denke, die Automobile der Zukunft werden weder mit Dampf noch elektrisch, noch mit Benzin fahren.»

«Ach. Sondern mit Pferden?»

Jetzt lachte der Professor.

«Mit einer Energieform, die heute noch niemand kennt oder begreift. Die nichts kostet und die überall in unerschöpflichem Maß vorhanden ist. Bald wird sich jeder ein eigenes Automobil leisten können und völlig umsonst damit fahren.»

Für Heinz klang das eher nach einem Märchen aus ferner Vergangenheit als nach Zukunft.

«Wenn niemand daran verdienen kann, den Kraftstoff zu verkaufen, dann werden auch keine Automobile gebaut, die damit laufen.»

Regenmacher wollte etwas erwidern, hielt dann aber inne.

«Sie meinen, man müsste diesen Kraftstoff künstlich verknappen, damit er interessant wird?»

«Wenn Luft knapp wäre, würde sie auch ein Vermögen kosten.»

Regenmacher schwieg einen Moment, bevor er antwortete.

«Sie scheinen ein intelligenter und geschäftstüchtiger junger Mann zu sein», sagte er schließlich.

Das Lächeln war aus seinem Gesicht verschwunden, und obwohl er Heinz gelobt hatte, schien er plötzlich unzufrieden.

«Bahnhof», sagte Heinz und bremste jäh, sodass Regenmacher sich wieder mit beiden Händen abstützen musste.

Er tastete mit zwei Fingern in der Westentasche nach Kleingeld. Dann hielt er inne.

«Ich gebe Ihnen zwei Mark, wenn Sie mir den Brief geben.»

«Na, das ist aber nicht anständig von Ihnen.»

«Dass Sie dem Mädchen einen Kuss abpressen, ist ebenfalls nicht anständig. Was sagen Sie?»

Heinz überlegte. War ein Kuss von Henriette Keller mehr wert als zwei Mark?

«Eben erschienen Sie mir noch sehr geschäftstüchtig. Jetzt erscheinen Sie mir eher romantisch», sagte Regenmacher herausfordernd.

Der Professor hatte recht, er war gut darin, Geschäfte zu machen.

«Wissen Sie, ich kenne ja Ihre Motive gar nicht. Was, wenn sie unlauter sind?»

«Ich versichere Ihnen, ich habe weder unmoralische noch ehrenrührige Gründe. Es ist im Interesse des Mädchens, dass der Brief sein Ziel nicht erreicht, während sie in dem Glauben bleibt, er *habe* sein Ziel erreicht. Es ist zu ihrem eigenen Schutz und Besten.»

«Aha.»

«Sie müssen sich keine Sorgen um das Mädchen machen, das kann ich Ihnen versichern.»

Heinz wand sich noch ein wenig, um Widerwillen zu zeigen, aber im Grunde hatte er längst entschieden.

«Wissen Sie», sagte er, «ich verstehe Sie. Man ist schließlich nur ein Mann. Und im Krieg und in der Liebe sind alle Mittel erlaubt, richtig?»

«Sie missverstehen mich.»

«Wie auch immer, Herr Professor. Ich nehme die zwei Mark.»

Der Professor legte zwei schwere Silbermünzen in Heinz' Hand, nahm den Brief und steckte ihn in die Manteltasche.

«Und den Kuss vergessen Sie natürlich.»

«Selbstverständlich.»

Regenmacher nickte und verschwand im Bahnhof.

Heinz steckte die Münzen ein und dachte an Henriette Keller, an ihre weißen Arme, an ihre Brüste. Welchen Grund sollte es schon geben, auf den versprochenen Kuss zu verzichten?

11

Frau Keller trat aus einer schattigen Gasse auf die breite, sonnenhelle Oranienburger Straße. Wie immer war sie elegant gekleidet, ganz in Schwarz, nur ihre Schuhe erschienen Willem zu spitz, sodass sie die Füße beim Gehen leicht auswärtsdrehen musste. Das Postfuhramt hatte seinen Rachen aufgesperrt, die gelben und roten Fassadenklinker leuchteten wie Feuer, und gleich würde Frau Keller, wie jeden Tag, die Stufen hinaufsteigen und in der nach Papier und Stempelfarbe riechenden Kühle verschwinden. Seit Tagen ging das so, einmal hatte Willem sich sogar schon hinter ihr angestellt, um einen Blick auf den Briefumschlag werfen zu können. Nur hatte er Mister Jackson die Anschrift dann nicht aufschreiben können, weil er nun einmal nicht schreiben konnte. Vielleicht sollte er ihr den Brief einfach aus der Hand reißen, sobald sie ihn aus der Tasche zog. Und dann rennen. Das Blöde war nur, dabei geschnappt zu werden war viel wahrscheinlicher, als mit der Beute zu entkommen. Willem wartete auf der anderen Straßenseite, dass Frau Keller im Gebäude verschwand, bevor er ihr weiter folgte. Er stellte sich an die Straße, schaute beiläufig in verschiedene Richtungen, die Hände in den Taschen, als würde er auf jemanden warten. Beinahe hätte er den Moment verpasst, in dem Frau Keller am Eingang des Postfuhramtes vorbei und dann weiter die Artilleriestraße hinaufging. Erst jetzt sah Willem, dass dort, wenige Meter vom Eingang entfernt, ein nagelneuer, kornblumenblauer Postbriefkasten stand, stramm und eckig wie ein Soldat, mit einem goldenen Knauf auf dem Dach und einem Adler auf der Brust. Der war gestern noch nicht hier gewesen. Willem lief über die Straße, ohne auf den Verkehr zu achten. Wenn er Frau Keller den Brief wegnehmen wollte, musste er es jetzt tun. Er musste an ihr vorbeirennen, ihr den Brief aus der Hand reißen, weiterrennen ... wenn er jetzt schneller rannte, konnte er es schaffen ... Frau Keller hob die Briefkastenklappe, es sah aus, als würde sich der Schnauzer des Postkastens sträuben, und dann, bevor Willem Frau Keller erreicht hatte, fraß der Kasten den Umschlag, verschlang ihn ohne Kauen, und Frau Keller drehte sich um. Willem konnte nicht schnell genug ausweichen und prallte mit ihr zusammen, trat ihr mit seinen staubigen Sohlen auf die blank polierten Schuhe.

«Entschuldigung», murmelte er und wollte sich an ihr vorbeischieben, weiter die Artilleriestraße hinauf.

An ihrem Blick, missbilligend und ein wenig eindringlicher, als man das bei einem zufälligen Zusammenstoß auf der Straße erwarten sollte, merkte er, dass sie ihn erkannt hatte. Vielleicht hatte sie ihn schon aus dem Fenster ihrer Wohnung gesehen, wenn er vor dem Haus Wache stand.

Willem setzte sein schönstes Lächeln auf, zog die Mütze und sagte, diesmal betont höflich: «Einen schönen Tag noch, Frau Keller.»

Wenn er Glück hatte, dachte sie, sie müsse sich erinnern, wo sie sich kennengelernt hatten, das war besser, als wenn sie misstrauisch würde. Frau Keller lächelte unsicher zurück, drehte sich aber noch einmal nach ihm um, bevor sie ihre Schritte beschleunigte und Richtung Bodemuseum davonging. Willem blieb vor dem Briefkasten stehen, wartete, bis sie außer Sicht war.

Der Kasten war aus Eisen, die Oberfläche mit noch mehr Eisen verziert, Kreise, Rauten, Flügelstäbe, Schlangen, Kronen. Es war mehr eine Säule als ein Gefäß, mit Piedestal und Kapitell und so massiv, dass man ein Haus damit stützen könnte. Niemand befand sich in unmittelbarer Nähe. Ein schneller Griff, die Hand passte durch den Briefschlitz, ließ sich weiter hineinschieben, bis zur Mitte des Unterarms. Doch sie bekam nichts zu fassen, keinen Zipfel Papier.

Willem zog die Hand wieder heraus.

Irgendwo musste der Kasten eine Klappe oder Tür haben, wo man die Briefe herausholen konnte. Doch obwohl Willem ihn von oben bis unten abtastete, konnte er den Mechanismus nicht entdecken. Er musste in dem ganzen Zierrat versteckt sein, wahrscheinlich genau aus dem Grund, damit man nicht so leicht an den Inhalt herankommen konnte. Genau genommen war das Ding eine Festung, und Willem wünschte sich, er könnte ihr einen kräftigen Tritt verpassen, ohne Aufsehen zu erregen. Aber das würde auch nichts nützen. Besser, er machte sich auf den Weg zum Treffpunkt.

Charlie schaute auf die Uhr, kurz nach zehn, wie immer. Nur sah Willem heute besonders schlecht gelaunt aus. Er nahm seine Aufgabe sehr ernst, und offenbar wurmte es ihn, dass sie bisher keinen rechten Erfolg hatten. Charlie beunruhigte es ebenfalls, aber er bemühte sich, optimistisch zu bleiben. Wenn er selbst nicht daran glaubte, dass sie etwas Wesentliches herausfinden würden, dann konnte er es von dem Jungen auch nicht erwarten.

«Sie hat wieder einen Brief abgeschickt», sagte Willem zur Begrüßung und ließ sich auf den Stuhl Charlie gegenüber fallen. Er nahm die Mütze vom Kopf und legte die Ellenbogen auf den Tisch.

«Du bist hier nicht zu Hause, Willem», sagte Charlie ruhig.

Willem besann sich und setzte sich anständig hin.

«Hast du diesmal rausgekriegt, an wen?»

Er schüttelte den Kopf.

«Hab ihn nicht zu sehen gekriegt. Sie haben einen neuen Postbriefkasten, da hat sie ihn versenkt, bevor ich auch nur in der Nähe war.»

Charlie winkte dem Kellner, damit er Willem seine übliche Tasse heiße Schokolade brachte.

«Verstehe.»

Es musste doch möglich sein, an einen dieser Briefe heranzukommen. Immerhin schickte sie jeden Tag einen ab.

«Wir müssten sie direkt im oder vor dem Haus abfangen», überlegte er laut. Aber das würde einem Überfall gleichkommen. Charlie seufzte.

«Sonst irgendwelche neuen Erkenntnisse?»

Willem zuckte die Achseln.

«Neu nicht, aber ... ich wollte noch mal sagen, das Dienstmädchen hat mittwochs frei.»

«Stimmt.»

Heute war Mittwoch.

«Sie ist letzte Woche erst Donnerstag früh zurückgekommen.»

Charlie nickte, zog einen Zettel aus der Jacketttasche, entfaltete ihn und betrachtete den Wochenplan, den sie im Lauf der letzten Tage nach und nach erstellt hatten. Er musste nachdenken.

«Und Frau Keller bringt ihre Briefe immer selbst weg?»

«Immer.»

«Und sie hat ihrerseits immer noch keinen Brief bekommen?»

Willem schüttelte den Kopf.

«Nichts.»

«Wenn sie ihrer Tochter schreibt, dann sollte man doch meinen, dass sie auch zurückschreibt, oder nicht?»

Der Kellner brachte Willems Schokolade, und der Junge

schlürfte vorsichtig von dem dampfenden Getränk, bevor er antwortete.

«Vielleicht kann sie gar nicht schreiben?»

Charlie musste lachen.

«Natürlich kann sie schreiben. Sie ist eine Tochter aus gutem Hause, die Mutter hat Geld. Wahrscheinlich hat sie einen Hauslehrer.» Charlie hielt inne. «Oder hatte einen.»

«So meinte ich es auch nicht.»

«Wie meintest du es denn?»

«Na, vielleicht lässt man sie nicht», sagte er und verbrühte sich die Lippen an der Schokolade.

Charlie sah aus dem Fenster, betrachtete die Leute, die vorbeiflanierten, die Damen mit bunten Schirmen, die an ihren Armen baumelten, die Herren mit schwarzen Schirmen. Das Wetter war immer noch unstet, und Sonnenschein und Regen wechselten einander ab, als ob der April dieses Jahr beschlossen hatte, bis in den Juni anzudauern.

Der Gedanke, dass irgendjemand Hetti am Schreiben hindern könnte, war beklemmend, und Charlie wollte ihn von sich weisen. Doch Willem hatte recht, man musste jede Möglichkeit in Betracht ziehen.

«Ich werde zu ihrem Gesangslehrer gehen. Ich habe eine vage Idee, einen Plan vielleicht.»

«Gut! Was ist das für ein Plan?»

«Das sage ich dir, wenn ich es genauer weiß.»

«Kann ich mitkommen?»

«Und was ist mit Frau Keller?»

«Die läuft uns doch nicht weg!»

«Und wenn gerade heute der Mann mit dem Opernglas zurückkommt?»

Willem wollte etwas erwidern, nickte dann aber. Er wirkte enttäuscht.

Charlie stand auf. «Trink aus, ich muss gehen.»

Willem trank und wischte sich anschließend die Schokolade mit dem Ärmel vom Mund wie ein Kleinkind.

Charlie musste sich zusammennehmen, um den Jungen nicht ständig zurechtzuweisen. Der Unterschied zwischen Charlie und anderen ehemaligen Straßenkindern war, dass seine Mutter ihm vor ihrem Tod Manieren beigebracht hatte, an die er sich sein ganzes Leben gehalten hatte. Es war wichtig, auch unter schwierigen Umständen, seine Würde zu bewahren.

«Also dann, wir sehen uns zu Hause», sagte Willem. «Bei Frau Liese.» Er war offensichtlich stolz darauf, ein Zuhause zu haben.

«Warte!» Charlie war sich nicht sicher, wie Hettis Gesangsprofessor auf einen abgerissenen Jungen reagieren mochte, aber dennoch ...

«Ich kann dich vielleicht doch gebrauchen.»

Als er Willems Grinsen sah, spürte er eine Welle der Zuneigung und eine Verantwortung für diesen im Grunde fremden Jungen, stärker als es ihm lieb war. Er wollte ihm helfen.

«Hetti, was hast du bloß mit mir gemacht?», murmelte er.

«Wieso Hetti?»

«Das verstehst du noch nicht.»

«Ach, darum.»

Willem schlang die Arme um seinen Oberkörper und machte laute Kussgeräusche.

«Lass das», zischte Charlie und zahlte. «Du kannst mitkommen, aber du musst draußen warten.»

Als Willem nickte, setzte er hinzu, «du warnst mich, falls der Mann mit dem Opernglas auftauchen sollte.»

Er glaubte zwar nicht, dass das geschehen würde, aber warum sollte er mutwillig die Hoffnung zerstören?

Professor Altheim öffnete, nachdem es einen Moment lang dunkel hinter dem Spion in seiner Tür geworden war. Vor

Charlie stand ein alter Mann mit zittrigen Händen, doch seine Stimme war voll wie die eines Mannes in den besten Jahren.

«Ja, bitte?», sagte er.

«Professor Altheim?»

«Steht vor Ihnen.»

«Mein Name ist Charles Jackson. Ich ... komme aus London, vom *Alhambra*. Ich würde mit Ihnen gerne über Ihre Schülerin Henriette Keller reden. Hoffentlich verzeihen Sie, dass ich mich so unangemeldet an Sie wende, doch im *Wintergarten* hat man mir gesagt, sie sei zurzeit nicht in Berlin und Sie wüssten möglicherweise, wo sie zu erreichen sei.»

Altheim schüttelte den Kopf. Seine hellblauen Augen wirkten wässrig.

«Ich fürchte, ich kann Ihnen nicht weiterhelfen. Ich unterrichte Fräulein Keller nicht mehr.»

Er wollte die Tür schon wieder schließen, doch Charlie hielt sie fest.

«Bitte, Professor. Es ist wichtig.»

Der alte Mann schaute ihn an. Dann winkte er Charlie in seine Wohnung.

«Sie sind Brite?»

«Ja.»

Charlie befand sich in einem langen Wohnungsflur, dessen Wände bis zur Decke mit Büchern vollgestellt zu sein schienen. Er sah sich vergeblich nach einer Garderobe um, und Altheim schien ihm weder Hut noch Mantel abnehmen zu wollen.

«Dann trinken Sie Tee?»

Das ist nicht nötig, wollte er sagen, entschied sich dann aber anders. Eine Tasse Tee würde sein Aufenthaltsrecht hier möglicherweise verlängern.

«Ja, vielen Dank.»

Altheim lotste Charlie in einen kleinen Salon und räumte einen Stapel Notenhefte von einem Sessel auf den Teetisch.

«Bitte, setzten Sie sich.»

Dann verschwand er durch eine andere Tür in den Tiefen seiner Wohnung, die auf merkwürdige Weise über Eck gebaut zu sein schien.

Charlie legte Hut und Mantel auf die Sessellehne und sah sich um. Im Salon war es hell, obwohl überall dicke Teppiche lagen und sogar die Wände damit bedeckt waren. Auf Tischen und Sesseln lagen überall Noten verteilt, sowohl handgeschriebene als auch gedruckte, und auf dem Flügel in der Mitte des Raumes stapelten sich Hefte und Bücher zwischen gebrauchten Tassen, Nippes und Kerzenleuchtern. Es herrschte heilloses Chaos, aber immerhin war die Luft frisch und kühl, denn die Fenster standen weit offen. Als Charlie sich kurz hinausbeugte, sah er unten Willem stehen, den Blick auf die Fenster gerichtet. Er nickte ihm unmerklich zu und zog sich wieder auf den Sessel zurück, den Altheim ihm zugewiesen hatte. Er nahm ein paar Blätter vom Teetisch, eine Partitur mit kompletter Orchestrierung, und schaute nach dem Komponisten, doch es stand kein Name darüber, und überhaupt war es ein Blatt irgendwo aus der Mitte und nicht der Anfang der Komposition. Charlie legte die Seiten zurück. Nicht dass Hettis Gesangsprofessor noch auf die Idee kam, er hätte die Seiten in Unordnung gebracht.

«Wollen Sie mit Fräulein Keller arbeiten?», sagte Altheim, als er zurückkam. Er stellte eine Teekanne und zwei Gedecke zwischen den Noten ab.

Charlie hatte es versäumt, sich eine schlüssige Geschichte zu überlegen. Wenn nicht ausgerechnet heute Mittwoch gewesen wäre, hätte er sich einen Tag Zeit genommen, sich auf diesen Besuch vorzubereiten. Aber da ihm diese vage, noch kaum zu greifende Idee erst vor zehn Minuten gekommen war, blieb ihm nichts übrig, als zu improvisieren.

«Ja.»

«Haben Sie sie denn gehört?»

«Das habe ich.»

«Und was halten Sie von ihr?»

«Meiner Meinung nach ist sie ein einmaliges Talent, so jemand wird nur einmal in hundert Jahren geboren.»

Altheim nickte still vor sich hin. Dann besann er sich und schenkte kaffeeschwarzen Tee ein, bevor er aufstand, um zwischen den Blättern auf dem Flügel zu kramen.

«Ah. Hier ist er ja. Lesen Sie», sagte er und reichte Charlie ein einzelnes Blatt.

«Von ihrer Mutter?!»

Charlie hätte beinahe gelacht. Seit Tagen versuchten Sie, an Ada Kellers Post heranzukommen, und jetzt drückte ihm Altheim einfach einen Brief von ihr in die Hand.

... möchte ich Sie unterrichten, dass meine Tochter keine weiteren Gesangsstunden nehmen wird, da sie ihrer angegriffenen Gesundheit wegen ihre Gesangskarriere nicht weiter verfolgen kann. Ich möchte Ihnen für Ihre bisherigen Bemühungen danken und verbleibe ...

«Aber das kann doch nicht sein!» Der Brief war eine Enttäuschung. «Glauben Sie das?», wollte Charlie von dem alten Mann wissen.

«Dass sie das Singen aufgegeben hat?»

«Dass sie zu krank ist, um zu singen.»

Der Alte zog die Schultern hoch und ließ sie wieder fallen. «Ihre Stimme war letzthin ein wenig angegriffen. Aber von einer schlimmen Krankheit weiß ich nichts. Ich kann nur annehmen, dass es eine Ausrede ist.»

Das hoffte Charlie allerdings auch.

«Sie sind wütend», stellte Altheim fest.

«Einer solchen Mutter müsste man verbieten, Entscheidungen für ihr Kind zu treffen! Es ist ein Verbrechen!»

Hetti musste singen, das war eine kosmische Notwendigkeit. Wie konnte Frau Keller es wagen, dem Schicksal in die Quere zu kommen?

Altheim nahm einen Schluck aus seiner Teetasse und trank sie dann in einem Zug leer.

«Ihre Mutter hat bisher immer sehr viel Wert auf ihre Stimmausbildung gelegt. Es war, gelinde gesagt, ein Schock. Völlig unerwartet. Ich habe sie aufgesucht, um sie umzustimmen.» Altheim schüttelte den Kopf. «Ich hatte nie eine talentiertere Schülerin, in meinen ganzen siebzig Jahren nicht, die ich unterrichte.»

Charlie hatte Altheim auf etwa siebzig geschätzt, aber wenn er bereits so lange Lehrer war, dann musste er zumindest neunzig Jahre auf dem Buckel haben. Konnte das sein?

«Zweiundneunzig», sagte Altheim mit einem Lächeln, so als habe Charlie die Frage laut gestellt. «Singen hält jung.»

«Was hat Frau Keller geantwortet?»

«Sie hat mich des Hauses verwiesen und mir mit Staatsgewalt gedroht.»

«Mir auch!», sagte Charlie überrascht.

In seinem Fall war es nicht verwunderlich. Aber weshalb sollte sie Hettis Lehrer bedrohen?

«Die Sache stinkt doch», sagte er leise.

«Ich weiß nicht, was genau Sie damit ausdrücken wollen, Herr Jackson.» Altheim wiegte bedächtig den Kopf hin und her. «Doch wenn Sie mich fragen, ob hier alles mit rechten Dingen zugeht ... Frau Keller wirkte beunruhigt. Um nicht zu sagen hysterisch. Sie machte den Eindruck auf mich, als habe sie Angst.»

Charlie probierte seinen Tee. Er war zu bitter. Vorsichtig stellte er die Tasse wieder ab.

«Wovor Angst?»

Altheim sah ihn aufmerksam an.

«Junger Mann, ich habe erstens den Eindruck, Sie wissen darüber möglicherweise mehr als ich, und ich habe zweitens nicht den Eindruck, dass Sie hier sind, um Fräulein Keller zu einem Engagement in London zu verhelfen.»

Charlie merkte erst jetzt, dass er sich nicht die geringste Mühe gegeben hatte, wie ein überzeugender Musikagent zu wirken. Also schön. Die Wahrheit. Schlimmer als es bereits war, konnte es ja kaum werden.

«Sie haben recht. Ich bitte um Entschuldigung. In Wahrheit wollte ich um Henriette Kellers Hand anhalten, doch ihre Mutter hat mir das Mädchen radikal entzogen, hat ihrer Tochter schlimme Dinge über mich erzählt und mich mit dem Hinweis auf die Polizei der Tür verwiesen. Sie hat mir gesagt, Hetti sei dauerhaft ... verreist. Ich hatte gehofft, dass das eine Lüge sei, um mich von ihr fernzuhalten. Doch mittlerweile glaube ich, dass sie tatsächlich nicht mehr hier ist. Ihre Mutter verschickt täglich Briefe, und von Hetti sieht man gar nichts mehr.»

«Und was für Dinge hat sie erzählt, wenn ich fragen darf?»

Charlie zuckte innerlich zurück. Doch Altheims Augen blickten freundlich, seine Neugier entsprang offensichtlich echter Sorge. Er würde bei der Wahrheit bleiben. Diesmal würde er nicht davonlaufen.

«Dass ich ein Dieb und Betrüger sei.»

«Und das ist natürlich erfunden.»

«Es ist leider wahr. Dennoch bin ich kein Verbrecher.»

«Dann haben Sie Ihr erklärt, wie sich die Dinge wirklich verhalten?»

«Diese Chance habe ich leider verpasst. Ich hatte zu viel Angst, Hetti zu verlieren, wenn sie die Wahrheit kennt.»

Es lag Bitterkeit in Charlies Worten. Er wartete ab, wie Altheim reagieren würde.

Der lächelte und schenkte sich Tee nach. «Und was noch haben Sie mir über sich zu erzählen, junger Mann?»

Charlie sammelte sich. Altheims gelassene Reaktion verwirrte ihn. Er senkte den Blick.

«Ein Mensch ist mir unter den Händen gestorben, und aus Angst, dass man mich verantwortlich machen würde, habe ich mein Land verlassen.»

«Und macht man Sie verantwortlich?»

«Ich weiß es nicht.»

Der alte Mann sah ihn aus Augen an, in denen Charlie Weisheit und Güte sehen wollte, und Charlie war versucht, ihm alles zu erzählen.

«Aber ich bin der Meinung, dass ein gewisser Herr etwas mit Hettis Verschwinden zu tun hat.»

«Was für einen Herrn meinen Sie?»

«Ich kenne seinen Namen nicht, doch er hat Hetti über Wochen beschattet, im Theater, auf ihren Wegen durch die Stadt. Er hat asiatisch geschnittene Augen, spricht jedoch akzentfrei Deutsch, elegante Kleidung, weltgewandtes Auftreten. Wissen Sie vielleicht etwas über ihn, Professor Altheim?»

Altheim stellte die Teekanne ab.

«Es tut mir leid, dass ich rein gar nichts über einen solchen Herrn weiß. Aber es beunruhigt mich. Glauben Sie, Fräulein Keller ist entführt worden? Glauben Sie, die Mutter verbirgt diese Tatsache unter dem Druck einer Erpressung?»

Dieser Gedanke war Charlie in dieser Deutlichkeit noch nicht gekommen, doch jetzt, da er so klar zwischen ihm und Altheim in der Luft hing, wurde die vage Idee, mit der er hierhergekommen war, mit einem Mal zum Plan. Sie mussten etwas unternehmen, jetzt sofort, bevor es zu spät war. Beinahe wäre Charlie von seinem Stuhl aufgesprungen, um Altheim hinter sich her zu Ada Kellers Wohnung zu ziehen.

«Professor, um das herauszufinden, brauche ich Ihre Hilfe», sagte er stattdessen.

Altheim nickte, und Charlie fuhr fort.

«Ich muss in Frau Kellers Wohnung eindringen, um Hinweise auf Hettis Aufenthalt zu finden. Und es muss an einem Mittwoch sein, und sie darf selbstredend in diesem Zeitraum nicht zu Hause sein.»

«Und wie könnte ich Ihnen dabei helfen?»

«Indem Sie dafür sorgen, dass Frau Keller das Haus verlässt.»

«Heute noch?»

Charlie nickte entschlossen.

«Unbedingt. Wenn es sich wirklich um eine Entführung handeln sollte, so könnte jede einzelne Stunde zählen! Ich habe eine Idee. Hören Sie: Sie müssen Frau Keller eine Nachricht zukommen lassen. Sagen Sie ihr, Sie hätten einen Brief von Hetti erhalten, in dem sie inständig um Hilfe in der Not bittet. Ich habe Grund zu der Annahme, dass es Hetti nicht erlaubt wird, Briefe zu schreiben. Eine solche Nachricht wird Frau Keller also veranlassen, auf Sie zu hören. Geben Sie ihr einen Treffpunkt an.» Charlie dachte kurz nach. «Das *Café Bauer* wäre geeignet. Ich werde Ihnen einen Beobachter an die Seite stellen, der mich warnt, sobald Frau Keller wieder nach Hause aufbricht. Ihre Aufgabe ist es, sie so lange wie möglich in ein Gespräch zu verwickeln. Vielleicht gelingt es Ihnen sogar, sie zum Sprechen zu bewegen. Vielleicht ist sie bereit, sich Ihnen anzuvertrauen.»

Altheim blieb still, nachdem Charlie geendet hatte, und er fürchtete schon, dass er zu viel von dem alten Mann verlangte.

«Was sagen Sie?», fragte er atemlos.

Altheim seufzte.

«Es hört sich einerseits höchst unvernünftig an. Andererseits fällt mir auch nichts Vernünftigeres ein. Es ist machbar. Wenn auch ein wenig abenteuerlich. Gehen wir sofort?»

Charlie atmete auf.

«Ja, sofort.»

Er hatte einen Verbündeten, er hatte jemanden, der die Ernsthaftigkeit des Problems erkannte. Er hatte jemanden gefunden, der ihn nicht verurteilte und ihm vertraute.

Sie erhoben sich von ihren Sesseln, und Charlie drückte die Hand des Professors.

«Ich weiß nicht, wie ich Ihnen danken soll.»

«Wissen Sie, es gibt genau einen Grund, warum ich das tue.» Altheim reichte Charlie seinen Hut und Mantel. «Fräulein Kellers Gesang ... er ist vor ihrem kleinen stimmlichen Einbruch so viel ausdrucksstärker und leidenschaftlicher gewesen. Sie hat einen unglaublichen Sprung gemacht. Ich weiß jetzt auch endlich, warum.»

Altheim hob einen Finger, um anzuzeigen, dass Charlie warten sollte, kam kurz darauf fertig angezogen zurück.

«Warum hat sie solch einen Sprung gemacht?», wollte Charlie wissen.

«Ganz offensichtlich», sagte Altheim, als er die Wohnungstür hinter sich zuzog, «war sie verliebt. In einen leidenschaftlichen und mutigen jungen Mann.»

12

Zuerst hatte Henriette Tag um Tag verschlafen, und nun war es, als habe sie die Fähigkeit zu schlafen vollständig verloren. Sie hatte es versucht, doch sie hielt es nicht mehr aus im Bett, sie konnte nicht mehr stillliegen. Sie musste hinaus, etwas tun, musste die Zeit überbrücken, die sie zu warten hatte, bis Charlie ihren Brief erhielt und sie holen kam. Hier oben, allein in diesem Bett, würde sie sich wieder und wieder in den Abgrund stürzen wollen und wahnsinnig werden. Sie schlüpfte aus dem Bett, wusch sich, zog sich an und ging dann, wenn auch noch etwas wackelig auf den Beinen, in die Küche hinunter.

Die Tür stand offen, und Henriette klopfte vorsichtig an den Türrahmen. Tante Johanne steckte bis zu den Ellenbogen im Mehl, der Teig, den sie knetete, musste leicht für zehn Brote reichen.

«Tante?»

Johanne fuhr herum, als wäre der Leibhaftige in ihrer Küche erschienen, und bekreuzigte sich dreimal mit ihrer bemehlten Hand.

«Herr Jesus!», stieß sie hervor.

«Könnte ich etwas zu essen bekommen?»

Henriette sprach undeutlich, weil sie noch immer schlecht den Mund aufbekam, doch wenn sie um ein Frühstück bat und Appetit zeigte, würde Tante Johanne ihr vielleicht glauben, dass es nicht mehr notwendig war, das Bett zu hüten.

Johanne reagierte nicht auf Henriette. Sie öffnete das Küchenfenster und rief in den Hof hinaus.

«Ida! Dein Gast wünscht zu speisen.»

Damit schloss sie das Fenster, wandte sich wieder ihrem Teig zu und versenkte sich in die schweißtreibende Arbeit.

Henriette entfernte sich leise und wartete an der Seitentür zum Hof, durch die sie zum ersten Mal in dieses Haus hineingegangen war, auf Ida. Sie lehnte die schmerzende Stirn gegen das kühle, grün gestrichene Holz und beobachtete Hund, der sie von seinem Platz aus anblickte und traurig den Kopf hängen ließ. Sie wünschte, sie hätte ein Stück Käse für ihn gehabt.

Einen Augenblick später kam Ida hinter den Laken hervor, die sie im Hof aufgehängt hatte, strich Hund im Vorbeigehen über den ergrauten Kopf und winkte Henriette zu.

«Geht es dir besser? Guten Morgen! Worauf hast du Hunger?»

Henriette zuckte die Achseln. Sie hatte keinen Hunger, nicht den geringsten, aber das wollte sie lieber nicht sagen.

«Na, dann setz dich in die Essstube, ich hol dir was.»

«Kann ich dir nicht irgendetwas helfen? Bitte, Ida.»

«Unsinn. Du setzt dich hin. Du bist noch ganz bleich.»

Nachdem Henriette zehn Minuten in dem kühlen, absolut stillen Zimmer an einem glänzenden Nussbaumtisch gesessen und gewartet hatte, voller Fragen und Unbehagen, kam Ida und stellte eine Schale voll Hafergrütze mit Butter und Honig vor sie hin. Der Löffel stand halb aufrecht in der Grütze, und Henriette hatte keine Ahnung, wie es ihr gelingen sollte, davon mehr als zwei Löffel zu schlucken.

Ida setzte sich zu Henriette an den Tisch, blies die Backen auf und rollte mit den Augen.

«Es ist besser, du gehst Mutter aus dem Weg.»

«Was hat sie gegen mich?»

«Sie sagt, du hältst mich von der Arbeit ab.» Ida seufzte. «Was ja auch zutrifft.» Dann grinste sie. «Aber ich bin froh drüber, das kannst du mir glauben. Du hast mir immer noch gar nicht richtig von Berlin erzählt!»

«Glaubst du, dass sie mich hasst?»

Henriette rührte Honig und Butter unter den Haferbrei, aber davon wurde die Masse auch nicht flüssiger.

Ida zögerte. «Ehrliche Antwort?»

Henriette nickte.

«Ich glaube, dass sie dich nicht ausstehen kann», flüsterte Ida und beugte sich dabei weit zu Henriette hinüber.

Seltsamerweise verursachte diese Antwort einen Kloß in Henriettes Hals, den sie kaum hinunterzuschlucken vermochte. Sie war noch nie von jemandem gehasst worden, bisher hatten sie immer nur alle hübsch, rührend, ergreifend, erstaunlich und begabt gefunden, und sie hatte nicht geahnt, wie sehr Zurückweisung schmerzte.

«Aber warum?»

«Ich weiß es nicht. Wirklich nicht. Manchmal denke ich, in diesem Haus sind alle verrückt. Ich meine, stell dir mal vor, du hast einen Vater, der sich Tag und Nacht im Keller versteckt und an geheimnisvollen Dingen arbeitet.»

Ida machte kleine kreisende Bewegungen mit dem Finger neben ihrer Schläfe und verdrehte die Augen, und Henriette musste lachen.

«Darf ich den Haferbrei verdünnen?»

«Ist er zu fest geworden?»

«Ich kann noch nicht so gut schlucken.»

«Warte.»

Ida sprang auf und kam kurz darauf mit einem Krug Milch wieder. Henriette goss sich etwas davon in ihren Haferbrei und rührte kräftig um.

«Ida!», rief Tante Johanne aus der Küche. «Trödel nicht rum!»

Ida seufzte und stand auf.

«Ja, Mutter!»

Dann wandte sie sich Henriette zu. «Arbeiten, beten, arbeiten, beten, keine unzüchtigen Gedanken und Taten, arbeiten und beten. Ich sage ja, alle verrückt hier.»

Damit huschte sie hinaus, und Henriette sah, wie sie mit geraffter Schürze über den Hof zum Waschhaus lief. Dampfschwaden quollen aus der in das große Tor eingelassenen Tür hervor, als Ida sie aufriss, und sie verschwand darin wie in einem verwunschenen Nebel.

Obwohl Henriette Ida in dem Moment vermisste, in dem sie das Zimmer verließ, war sie froh, wieder allein zu sein. Niemand würde darauf achten, ob sie ihren Haferbrei aß. Sie stand auf, nahm die Schüssel und folgte Ida hinaus in den Hof. Zum Glück war Tante Johanne gerade nicht zu sehen, sodass sie nicht versuchen musste, die Schale vor ihr zu verbergen.

Hund verschlang den Haferbrei so hastig, als wüsste er, dass Henriette möglicherweise Ärger bekommen würde, wenn man sie bei dieser Fütterung erwischte. Als er fertig war, kraulte sie ihm die Ohren, doch als sie Tante Johanne aus der Remise kommen sah, stand sie schnell auf, um außer Sicht zu verschwinden. Es war sicher nicht verboten, sich im Hof aufzuhalten, wie könnte es verboten sein, doch Henriette hatte den Eindruck, dass es besser war, Tante Johanne nicht in die Quere zu kommen.

Henriette huschte an den verhängten Fenstern des Westflügels vorbei, ängstlich, dass jemand sie beobachten könnte, und verschwand durch die einzige Lücke, die zwischen Waschhaus und Westflügel aus dem Hof hinaus in die freie Landschaft führte.

Hinter dem Westflügel lagen zwei nebeneinandergebaute Abtritte. Henriette hatte sich schon gefragt, wo Ida die Nachttöpfe entleerte, hatte sich aber nicht zu fragen getraut. Sie trat die zwei hohen Stufen zum linken Abtritt hinauf, schob den alten Fassdeckel auf das Loch und setzte sich darauf, um ein wenig auszuruhen und alleine zu sein.

Durch das Guckloch in der Tür konnte sie weit in die Feldmark hinausblicken, und sie genoss den Moment, genoss das Singen des Windes, der um die Häuschen strich und zu den Ritzen zwischen den Brettern hereinpfiff. Nachdem sie eine Weile gelauscht hatte, nahm sie ihre Breischale, um sie im Waschhaus ausspülen zu gehen, dann konnte sie sie später heimlich in den Schrank zurückstellen.

Zwei Stunden nachdem Henriette Ida überredet hatte, im Waschhaus mitarbeiten zu dürfen, damit sie nicht allein und wie auf Kohlen in ihrem Zimmer sitzen und warten musste, warten, dass Heinz Graf kam und seinen Lohn einforderte, warten, dass Charlie kam, um sie zu holen, warten, dass Johanne an ihrem Bett erschien und mit barscher Stimme Anordnungen erteilte, hatte sie gelernt, dass die Lauge in Haut und Nase biss, dass man die Schleudern sorgfältig beladen und verschließen musste und dass die Hitze bei den Kesseln in der Mitte des großen Raumes am schlimmsten war.

Hier kochten sie die Wäsche noch nach alter Weise aus, der Dampf war heiß und beißend, immer wieder stieg Henriette drei hölzerne Stufen hinauf und warf Arme voll Tischwäsche in das kochende Wasser, während Maria sie mit einem langen Stecken unterstukte, bis die großen, bauchigen Luftblasen kleiner wurden und der Stoff endlich versank. Lebendige Maden krochen über Henriettes Hände, tote Maden trieben auf der kochenden Lauge, und immer wieder nahm Henriette eine Art übergroßen Schaumlöffel zur Hand und schöpfte sie ab.

«Salz», sagte Ida, und gab Henriette zwei Tabletten in die Hand und einen Becher Wasser dazu.

«Die musst du nehmen, weil dein Körper hier in der Hitze zu viel davon verliert.»

Henriette wischte sich mit der Schürze über ihr heißes, nasses Gesicht, sie wusste nicht, ob es Dampf war oder Schweiß oder Tränen, jedenfalls fühlte sie sich am Ende ihrer Kräfte, und ein Schluchzen entkam ihrer Kehle, als sie versuchte, die Tabletten hinunterzuspülen.

Es ging nicht, es tat einfach zu weh, ihr Gesicht, ihr Hals, alles war immer noch viel zu sehr geschwollen. Eine Tablette, geschweige denn zwei, im Ganzen zu Schlucken war einfach ein Ding der Unmöglichkeit, und als die Tabletten anfingen, in ihrem Mund zu zergehen, war der Salzgeschmack derart beißend, dass Henriette nichts übrigblieb, als zum Wasserfass zu stürzen, das neben der Eingangstür stand, und mehrere Becher hinterherzutrinken. Als sie wieder ein wenig zu Atem gekommen und die Tränen abgewischt hatte, die ihr aus den Augen geschossen waren, stand Ida neben ihr.

«Komm mal mit», sagte sie. «Du brauchst eine Pause, und ich will dir etwas zeigen.»

Sie führte Henriette zu einer Tür unter der Treppe, die nach oben in die Plättstuben führte. In der Kammer dahinter war es luftig und kühl, es gab ein vergittertes Fenster, das einen spaltbreit offen stand und wie die Abtritte in die Weite der Felder hinausblickte. Henriette atmete auf.

«Hier kann man eine Pause machen, ohne dass Mutter es mitbekommt», sagte Ida hinter ihr. «Ist das nicht phantastisch?»

Henriette drehte sich um.

Ja, phantastisch war es in der Tat. Die Wand hinter Ida war nicht mehr zu sehen, so viele Gegenstände lagen hier auf Brettern nebeneinander und übereinander. Henriette sah Teddybären, Puppen, Bücher, Schmuck, Uhren, Bestecke und Kannen, Laternen, Messer und Scheren, ein Klistier, Monokel und Brillen, Vasen, Soldatenmützen, eine Querflöte, Aschenbecher, Teller und Tassen und einzelne Schuhe ... Es sah aus wie in einem Pfandleihhaus mitten in Berlin.

«Wir finden oft etwas in den Wäschesäcken, Dinge, die beim Bettenmachen übersehen wurden. Man muss aufpassen, dass einem nichts ins Wasser fällt. Wir hatten mal ein schwarzes Mieder in der Kochwäsche, die haben wir nicht mehr weiß bekommen, und solch ein Chirurgenmesser in einem Waschautomaten könnte eine Katastrophe sein.»

Ida hatte eine blitzende Klinge aus dem Regal genommen und hielt sie sich dicht vor das Gesicht, so als könnte sie mit den Augen den Grad ihrer Schärfe erkennen.

Henriette setzte sich erschöpft auf einen Schemel und blickte staunend an den übervollen Regalen hinauf.

«Will diese Sachen denn niemand zurückhaben?», fragte sie.

«Manchmal ja. Wir heben die Sachen ein halbes Jahr lang auf, um zu sehen, ob jemand danach fragt. Danach spenden wir sie der Fürsorge. Manchmal suchen wir uns auch selbst etwas aus.»

Ida schien plötzlich ein wenig verlegen zu sein.

«Möchtest du dir etwas aussuchen?»

«Darf ich?»

«Ja, was du möchtest!»

In Henriette stieg eine ganz unerwartete Freude auf. Das war wie Weihnachten, nein, es war besser, weil an jedem dieser Gegenstände eine Geschichte hing, ein menschliches Schicksal, Henriette meinte beinahe, all die Gedanken und Gefühle und Erinnerungen zu spüren, die in den Gegenständen um sie herum aufbewahrt waren wie zitternde Seelen. Sie stand auf und strich mit den Händen bedächtig über einige der Gegenstände.

Wem mochte die Lammfellmütze gehört haben? Sie war klein und seidig, eine Kindermütze, und obwohl sie wunderschön gearbeitet war, tat Henriette der Gedanke leid, dass dafür einem Lamm das Fell über die Ohren gezogen worden war.

Sie legte die Mütze zurück und sah sich weiter um. Was würde Charlie aussuchen?

Plötzlich wusste sie, was sie wollte. Sie wollte etwas, das sie ihm schenken konnte, wenn sie sich wiedersahen, etwas, das Bedeutung für ihn haben könnte.

Und dann hatte sie es, es lehnte ganz oben rechts in der Ecke, stieß an die Treppenstufen über ihr. Ein schlanker Violinkoffer.

«Ida, ist dort eine Violine drin?»

«Ich weiß nicht. Sollen wir nachsehen?»

«Ja, bitte.»

Henriette stand auf, und Ida stellte den Schemel vor das Regal, stieg hinauf und räumte ein Spielzeugboot und einige Bücher beiseite, um an den Violinkoffer heranzukommen und ihn Henriette herunterzureichen.

Er war verstaubt und rissig, doch als Hetti die Verschlüsse öffnete, sah sie, dass innen alles in bester Ordnung war. Das Holz der Violine glänzte und war gepflegt, die Saiten waren ganz, und der violette Samt des Futters war weich, selbst der Bogen hatte kaum Haare gelassen. Nur das Kolophonium war bröckelig, das würde sie ersetzen müssen.

«Spielst du denn?», wollte Ida ehrfürchtig wissen.

«Nur kleine Etüden. Aber falls wir in den Wäschesäcken mal ein Pianoforte finden sollten ...»

Ida lachte.

«Möchtest du sie?»

«Darf ich wirklich?»

«Ich glaube, sie steht schon seit zwei oder drei Jahren hier.»

Henriette lächelte glücklich. Sie stellte sich vor, wie Charlie die Violine bekam, stellte sich sein Gesicht vor. Er hatte gesagt, er könnte spielen. Sie hoffte, dass das nicht eine von seinen Lügen gewesen war, doch sie glaubte es nicht. Sein

Gesicht hatte geleuchtet, als er von seiner Musik, von seiner Violine und den vom Mund abgesparten Notenblättern gesprochen hatte.

«Tante Johanne wird es bestimmt nicht erlauben.»

«Einfach», sagte Ida. «Wir warten, bis sie unten bei Vater ist. Dann hole ich sie und bringe sie nach oben. Wir können sie im Schrank im Flur verstecken, ganz unten unter den Wolldecken, die braucht vor dem Winter keiner mehr.»

Es klang, als habe Ida schon Erfahrung mit dieser Art von Schmuggel.

«Ida?»

«Ja?»

«Meinst du, ich könnte mich jetzt vielleicht doch einfach wieder ins Bett legen?»

«Natürlich! Unbedingt! Ich habe dir doch gleich gesagt, dass du zu krank für die Waschküche bist. Aber auf mich hört ja niemand.»

Henriette drückte dankbar Idas Hand. Obwohl Ida erst fünfzehn war, benahm sie sich wie eine Beschützerin. Sie war viel mehr als nur eine Freundin, sie war eine mütterliche, gute Seele, und Henriette fragte sich, wie es ihr gelungen war, sich ihr frohes Gemüt zu bewahren mit einer solch harten Mutter. Ihre eigene Mutter war immer weich gewesen, immer gütig. Bis auf ein oder zwei Gelegenheiten, wo sie gemeint hatte, Henriette erziehen zu müssen. Bis auf die Zeit, seit sie von Charlie erfahren hatte. Seitdem war sie anders geworden.

«Danke, Ida.»

«Ach, Unsinn!»

Als Ida am Abend auf ihr gemeinsames Zimmer kam, war es schon dunkel, und Henriette schälte sich mühsam aus einem tiefen, erschöpften Schlaf. Sie erinnerte sich an keine Träume, nicht einmal an fiebrige, und sie konnte sogar von dem köstlich säuerlichen Apfelmus essen, das Ida ihr mitgebracht hatte. Sie fühlte sich erstaunlich gut.

«Ist die Violine ...?»

«Sicher versteckt, ja.»

Idas Wangen waren gerötet, und sie wirkte nervös.

«Du, Hetti. Soll ich dir zeigen, was ich mal in einem Wäschesack gefunden habe? Ich habe es noch nie jemandem gezeigt.»

«Ist es etwas Gefährliches?»

Ida kicherte. «Mutter würde es sehr gefährlich finden. Vielleicht ist es das auch. Ich weiß nicht.»

«Was ist es denn?»

«Ein Buch.» Idas Stimme klang fast ehrfürchtig.

«Ein Buch?»

Ida zögerte. «Du darfst es niemandem verraten. Versprichst du es?»

Was konnte das schon für ein Buch sein, von dem niemand wissen durfte? Sie konnte es sich nicht vorstellen, aber so wie Ida sich benahm, musste es etwas sehr Besonderes sein. Henriette nickte.

«Ich verspreche es.»

«Es steckt voller Erkenntnisse und ... einer Art Freude, ich kann es nicht beschreiben. Am Anfang war ich sehr erschrocken ... willst du wirklich?»

Wieder nickte Henriette.

Ida gab sich einen Ruck und ließ sich vor ihrem Bett auf die Knie nieder, tastete mit der Hand darunter, streckte den Arm immer weiter aus, ihre Bewegungen wurden schneller. Schließlich legte sie die Wange auf die kleine Orientbrücke vor ihrem Bett und versuchte, die Dunkelheit darunter mit Blicken zu durchdringen.

«Oje», stieß sie schließlich hervor.

«Was ist?»

«Das gibt großen Ärger.» Ida war den Tränen nahe. «Hetti, es ist fort, jemand muss es entdeckt und genommen haben.»

Henriette durchzuckte ein Schrecken. Schuldbewusst zog sie das Buch unter ihrer Decke hervor, auf dessen Vorsatzblatt sie ihren geheimen Brief geschrieben hatte.

«Ist es dieses hier?»

Idas Kopf erschien über dem Rand von Henriettes Bett, feuerrot und mit Panik in den Augen.

«Ja!»

Sie griff danach und drückte es an sich.

«Hast du es etwa angesehen?»

Henriette schüttelte den Kopf.

«Ich habe nur ...»

Ida schien auf eine Antwort zu warten.

«Ida, ich habe es gesehen, es war nicht richtig versteckt, ich dachte, es ist dir sicher nur runtergefallen. Jedenfalls ... kannst du ebenfalls ein Geheimnis für dich bewahren?»

Ida nickte langsam.

«Wirst du mir auch nicht böse sein?»

Idas Antwort klang vorsichtig, abwartend. «Kommt darauf an. Ich versuche es.»

Nun gut, Henriette seufzte. Es würde ja ohnehin in dem Moment herauskommen, in dem Ida das Buch aufschlug.

«Ich habe einen Brief geschrieben. An einen Mann.»

«Einen Liebesbrief?»

Henriette zögerte. «Ja, es muss wohl ein Liebesbrief gewesen sein. Ich musste ihn heimlich schreiben, weil meine Mutter mich wegen dieses Mannes hierher geschickt hat. Ich soll ihn nie wiedersehen. Aber ich liebe ihn, und ich musste ihm einfach eine Nachricht zukommen lassen, wo ich bin, wo er mich ... ich konnte nicht nach Papier fragen, verstehst du?»

Ida schüttelte den Kopf.

«Ich habe zwei Seiten herausgerissen.»

«Was?!» Ida sprang auf die Füße, blätterte hektisch durch die Seiten. «Aus welcher Geschichte?»

«Es waren leere Seiten. Das Vorsatzblatt und eine der Restseiten hinten. Ich habe keine Geschichte ...»

«Puh!», entfuhr es Ida. Dann lachte sie. «Und du hast wirklich keine der Geschichten gelesen? Hast keines der Bilder betrachtet?»

Henriette schüttelte den Kopf.

«Ich hatte viel zu viel Angst, erwischt zu werden. Es musste ja schnell gehen.»

Ida setzte sich auf Henriettes Bettkante und lachte befreit vor sich hin. Dann nahm sie Henriettes Hand und drückte sie kurz.

«Weißt du, das ist sehr romantisch. Und es passt gut zu diesem Buch. Es hat sicher nichts dagegen.»

Sie streichelte über den Einband, als sei es ein treues Tier, das sie liebte und von dem sie wiedergeliebt wurde.

«Aber wie bist du den Brief losgeworden?»

«Der Wäschefahrer.»

«Oje.»

«Wieso?»

«Ich hoffe nur, er hat deinen Auftrag auch ernst genommen.»

Ida öffnete die Schleifen ihrer Schuhe und streifte sie von den Füßen, bevor sie Henriette zur Seite drängelte.

«Rutsch mal rüber.»

Henriette machte Platz und ließ Ida mit unter ihre Decke schlüpfen.

«Ich lese dir jetzt etwas vor. Hör gut zu.»

Aus dem Leben einer Musterschülerin

Erstes Kapitel

Ida blickte Henriette an und sie nickte zum Zeichen, das Ida fortfahren sollte.

Ich war siebzehn und viel gewachsen in diesem Jahr, meinen Beinen wollte die Schulbank gar zu eng erscheinen, und den ganzen Herbst über seufzte ich dem Weihnachtsfest entgegen, denn gleich nach diesem würden mein Lehrer und ich London und Paris bereisen, Moskau und Venedig; ganz Europa, und nicht mehr die stickige Bibliothek sollte mein Schulzimmer sein, so hatten meine Eltern beschlossen.

Ida las vor, wie das Mädchen neu eingekleidet wird und sich auf die Reise freut, auf die Feste, zu denen sie geladen werden, auf die Eisenbahnfahrten, die großen Städte und eleganten Gesellschaften, und Henriette stellte sich vor, wie es sein müsste, monatelang auf Reisen, immer Neues sehen, immer neue Menschen. Wenn Charlie sie holen kam, dann wollte sie mit ihm reisen und all die Dinge erleben, die die Heldin in Idas Buch erlebte.

Doch das Glück der Aufregung und des Neuen währte nur kurz, denn ich sehnte mich nach etwas Unbegreiflichem und wollte von jedem Ort, den wir erreichten, am liebsten gleich wieder fort. Vielleicht war es die Unruhe des Reisens selbst, die jenes Fieber in mir erweckte, vielleicht war es mein Alter, das meinen Fehlern aus Kindertagen neue, schwerwiegendere hinzufügte, Fehler, deren Verwerflichkeit ich erahnte und deren Süße ich nicht zu widerstehen in der Lage war, denn auf unserer Reise wurde ich außerordentlich wollüstig.

«Ida!», entfuhr es Henriette.

Ihr Herz hatte schon unangenehm heftig zu schlagen begonnen, als Ida von der unbegreiflichen Sehnsucht las, sie erinnerte sich an den Regentag, als sie von Professor Altheim fortgelaufen war, angetrieben von etwas ähnlich Drängendem und Unbeschreiblichem. Aber sie hätte es nicht gewagt, es mit einem Wort wie «Wollust» zu umschreiben. Das Wort trieb ihr das Blut in den Kopf, ihre Wangen brannten.

Ida ließ sich nicht beirren und fuhr fort.

Ich wusste nicht, weshalb mir so geschah, ich ahnte kaum, was ich tat – doch genug, kaum war ich allein mit mir, musste ich mir Linderung verschaffen. Ich zog mich aus, betastete meinen Leib, liebkoste meinen Busen, die Schenkel, spielte mit den Haaren, die bereits das Heiligtum der Liebe umschatteten, erkundete seinen Eingang. Er erschien mir verletzlich, sodass ich es nicht wagte, tiefer vorzudringen.

Ida blickte mit leuchtenden Augen und roten Wangen auf.

Henriette rauschte das Blut so laut in den Ohren, dass sie kaum verstand, was Ida sagte.

«Jetzt weißt du, warum ich es verstecken muss. Pass auf, jetzt wird es erst spannend.»

Henriette wollte Ida aus ihrem Bett werfen, wollte, dass sie aufhörte – und sie wollte wissen, wie es weiterging. Sie ahnte, dass hier der Schlüssel zu einem Geheimnis lag, das ihr ganzes Leben verändern würde. Und diesmal würde sie nicht davonlaufen.

«Lies weiter», sagte sie rau.

Zugleich fühlte ich gerade dort ein verzehrendes Feuer, und mit Entzücken brachte ich es dazu, höher und immer höher zu lodern, indem ich mich an allerlei Gegenständen rieb, an Bettpfosten, dem

Griff meiner Haarbürste, an meinen eigenen Händen, bis ich zusammenbrach.

Das Feuer war gelindert, mein Leib wurde ruhig, und doch wusste ich, es würde nicht lange dauern, bis diese Unruhe wiederkehrte, bis die Hitze mich erneut dazu trieb, all meine Kleider von mir zu werfen. Es konnte so nicht weitergehen, meine neue Gewohnheit raubte mir jede Konzentration, ließ mich kaum an etwas anderes noch denken und machte mich schwach und schwermütig.

«Das heißt, es ist gefährlich, sich dem Feuer zu überlassen?», fragte Henriette.

«Warte», sagte Ida, «das erfährst du schon noch.»

Sie las weiter.

Eines Abends in London waren mein Lehrer und ich zu einer Gesellschaft geladen. Mein Lehrer führte mich in den Tanzsaal und wachte wie gewohnt über mich. Ich tanzte, sammelte artige Komplimente, doch ich war nicht bei der Sache, mein Sinn stand danach, allein zu sein, allein mit meinen neuen Leidenschaften.

Als ich mich nach meinem Lehrer umsah, um ihn zum Aufbruch zu drängen, sah ich gerade noch seinen Rücken zwischen zwei Vorhängen verschwinden. Wohin?, dachte ich und folgte ihm nach. Wie konnte er mich einfach allein unter all den fremden Menschen lassen, wenn ich doch zu gehen wünschte?

Seine Schritte waren eilig, beinahe rannte er, im Laufen öffnete er das Tuch um seinen Hals, dann blickte er sich wachsam um, und es mag diese Andeutung eines Geheimnisses gewesen sein, die mir gebot, statt nach ihm zu rufen, mich besser nicht sehen oder hören zu lassen. So folgte ich ihm einige Treppen hinauf und in einen finsteren Gang, er entschwand durch eine Tür, die er hinter sich zuwarf, doch in seiner Eile nicht gründlich genug, sodass sie nicht ins Schloss fiel, sondern bloß angelehnt blieb.

Ich schlich näher und konnte eben durch die Öffnung einen Tisch erkennen und links einen großen Spiegel, neben dem zwei große Kerzen brannten.

«Emily, wo bleiben Sie?», hörte ich meinen Lehrer in strengem Ton rufen. «Sie kommen schon wieder zu spät zum Unterricht. Wenn Sie nicht gleich zur Stelle sind, werde ich Sie bestrafen müssen.»

Gleich darauf trat eine junge Frau vor den Spiegel, ihre Haare fielen in langen Wellen über ihre Schultern, und sie begann damit, die Strähnen zu greifen und hochzustecken.

Mein Lehrer trat herbei, griff in ihr Haar und bog mit festem Griff ihren Kopf zurück. «Sie wagen es, so unfertig zum Unterricht zu erscheinen?»

Nie hatte mein Lehrer mich grob angefasst, und so war ich höchst erstaunt über sein Benehmen.

«Sie sagten, ich solle sofort erscheinen, und so tat ich es.» Im Spiegel konnte ich das Lächeln sehen, das ihren Mund versüßte. «Wollen Sie das denn nicht von Ihrer Emily, dass sie schlampig ist?»

«Nur damit ich Sie strafen kann», sagte er. «Sie wissen, dass Sie es verdient haben?»

Sie schlug die Augen nieder. «Ja», hauchte sie.

Emily kehrte mir den Rücken zu, beugte sich willfährig nieder über den Tisch, und mich überfiel es so ängstlich, dass meine Beine schlotterten. Ich sank auf die Knie. Als mein Lehrer ihre Röcke hob, muss ich für einen Moment ohnmächtig geworden sein, denn als ich meine Sinne wieder beieinanderhatte, sah ich die nackten Hinterbacken meines Lehrers sich vor und zurück bewegen, seine Hand war auf unerklärliche Weise zwischen ihren Schenkeln beschäftigt, und ihr Atemholen ward lauter und lauter.

«Aber was tut er denn da?», rief Henriette aus.

«Weißt du es denn nicht?»

Henriette schüttelte den Kopf.

«Und gefällt es dir?»

Henriette wusste nicht, ob es ihr gefiel, aber sie wollte wissen, was es zu bedeuten hatte. Als Henriette nicht antwortete, las Ida weiter.

Was ist das?, dachte ich. Was ist es?

Diese Bewegungen, die Laute, ich spürte, dass das Feuer in mir sich dem Punkt näherte, an dem es in einem letzten, funkelnden Ausbruch verlöschen würden, hier, auf einem Gang in einem fremden Haus, die Augen dicht am Spalt einer unzulänglich verschlossenen Tür. Die Bewegungen meines Lehrers wurden schneller, und als Emilys Stöhnen in einem Schrei verebbte, geschah es auch mir. Schwer atmend trat mein Lehrer zurück. «Ich muss zurück in den Saal», sagte er und schloss seine Hosen.

Auch ich musste fort, bevor er mich fand. Dass mich meine erhitzte Einbildungskraft in dieser Nacht nicht ruhen ließ, ist leicht zu erraten. Was war es nur, was hatte er ihr getan?

Ida schlug das Buch zu und sah Henriette triumphierend an. Sie war eine gute Vorleserin, ihre Stimme war zusammen mit der der Figuren atemloser geworden.

Henriette schluckte. Sie kannte die Gefühle, die in dieser Geschichte beschrieben wurden, wenn auch nicht in diesem überwältigenden Ausmaß. War es das, was sie empfunden hatte, als Charlie sie geküsst hatte, war es das, wonach ihr Leib verlangt hatte?

«Ida, hast du schon einmal so etwas getan?»

«Was meinst du, das, was die Erzählerin an sich selbst tut? Oder das andere, was der Lehrer tut?»

«Beides.»

«Nur das Erste.»

«Und hast du schon einmal geküsst?»

«Den Heinz, unsern Wäschefahrer.»

«Und hast du dabei ... etwas empfunden?»

Ida schüttelte den Kopf.

«Nein. Hast du schon mal?»

«Ich habe den Mann geküsst, dem ich heimlich geschrieben habe.»

«Und?»

«Es war ... es ist schwer zu beschreiben. Ich habe kaum Luft bekommen, es war fast schmerzhaft, und es hatte etwas ... ich wurde plötzlich wie wild, ich habe mich wie ein Tier gefühlt, außer Kontrolle. Ich wollte ... mein Leib ... ich wusste nicht, was ich wollte. Aber was hier in dem Buch steht, ich glaube, das ist es, dieses Gefühl, dass nur Berührung das Brennen löschen kann.»

«Und brennt es jetzt?»

Henriette wagte es nicht, Ida anzusehen. Sie nickte.

«Bei mir auch», flüsterte Ida.

«Und du meinst ... es hilft, wenn man ...?»

Ida nickte eifrig.

«Und es ist nicht gefährlich?»

«Ich glaube nicht. Mutter würde natürlich ... Höllenfeuer, du weißt schon. Aber sie hält alles für Sünde, was nicht Beten und Arbeiten ist. Ich glaube nicht daran.»

«Du glaubst nicht an Gott und den Teufel?»

«An Gott schon. Glaube ich. Irgendwie. Aber nicht an den Teufel.»

Henriette nickte. Etwas Ähnliches hatte auch sie schon gedacht. Tief im Innern spürte sie, dass die Welt nichts anderes als ein monumentales Symphonieorchester war und dass die Schöpfung in ihrer ursprünglichen Form Klang war, nicht bloß zufälliger Klang, sondern Musik. Die Folge der Jahreszeiten, das Pulsieren des Herzschlags, das Schlagen der Flügel, wenn eine Schar Tauben von der Straße aufflog, die Meeresgezeiten ... Das alles war Musik, Rhythmus. Wenn sie sang, bedeutete das, der Schöpfung nahe zu sein. Und die Hölle, das war nichts weiter als die Abwesenheit von Musik.

«Ich glaube jedenfalls nicht, dass er etwas dagegen hat», sagte Ida. «Sonst hätte er uns doch nicht so ... gemacht, oder?»

Henriette nickte. In dem Pulsieren, das sie fühlte, in den Wellen des Gefühls, das sie umspülte, im beschleunigten Schlag ihres Herzens, da lag ebenfalls jener Rhythmus, den man Leben nannte.

«Und was war es nun, das der Lehrer mit Emily getan hat?»

«Willst du es sehen?»

Ohne eine Antwort abzuwarten, schlug Ida das Buch wieder auf und blätterte darin.

«Hier.»

Auf der Seite, die Ida ihr zeigte, war ein Kupferstich zu sehen.

Zwei Menschen, nackt, eine Frau, die in einem Sessel lag, die Beine links und rechts über die Armlehnen gelegt, und vor ihr kniete ein Mann. Etwas Großes ging von seinem Körper aus und verschwand zwischen ihren Beinen. Auf den Gesichtern der beiden lag ein seliger Ausdruck.

Henriette schnappte nach Luft, als ihr Unterleib sich zusammenzog.

«Was ist das?»

«Es ist ... sein Geschlecht. Es hat verschiedene Namen. Schlange oder Knüppel. Oder Glied. Es reckt sich auf, und dann steckt er es in das Geschlecht der Frau, und dann geht es immer rein und raus irgendwie, und irgendwann ... puff!»

Ida machte eine große Geste.

Das also war es, was Männer und Frauen hinter verschlossenen Türen taten? Das war es, was Charlie mit anderen Frauen getan hatte? Das war es, was er mit ihr tun würde, wenn sie ... Henriette konnte es nicht zu Ende denken. Es ängstigte sie. Und zugleich steigerte es diese Unruhe, dieses Brennen.

Plötzlich schlang Ida die Arme um Henriette, drückte sich fest an sie.

«Ach, ich wünschte, Professor Regenmacher würde das mit mir tun!»

«Leise!», stieß Henriette hervor, in Gedanken ganz bei dem Rhythmus dessen, was Ida rein und raus genannt hatte.

Und dann, in plötzlichem Einverständnis, rutschten sie gemeinsam unter Henriettes Decke.

«Ich zeig dir, wie es geht», flüsterte Ida.

Dann glitt ihre Hand unter Henriettes Nachthemd, suchte und fand die Stelle zwischen ihren Schenkeln, die brannte und pochte.

«Siehst du, so.»

Die beiden Mädchen lagen nebeneinander, bewegungslos und still, bis Henriette eine heiße Welle überrollte und sie nicht anders konnte, als sich aufzubäumen. Einen Moment später geschah dasselbe mit Ida.

Dann war es vorbei. Ida lächelte.

«Siehst du?»

Henriette wusste nicht, ob sie weinen oder lachen wollte. Das war so mächtig gewesen, ein Geschenk. Und zugleich wusste sie, dass es ihr wie dem Mädchen aus der Erzählung ergehen konnte und dass sie an nichts anderes mehr würde denken können.

Sie fühlte, dass Ida unrecht hatte. Es war doch gefährlich. Ihr Leib hatte Charlie schon vorher begehrt, ohne dass sie es wusste. Aber jetzt wusste sie es, jetzt wusste sie, wonach sie sich sehnte, und mehr noch, sie wusste, wie man das Verlangen entfachte, wie man es nährte und steigerte. Und das würde Charlies Abwesenheit so unendlich viel schmerzhafter machen.

Ida schälte sich aus der verschwitzten Decke.

«Gute Nacht», sagte sie und kroch hinüber in ihr eigenes Bett, wo sie das Buch sorgfältig zwischen Bett und Wand hinabgleiten ließ.

«Gute Nacht», sagte auch Henriette.

Es schien keine Minute zu dauern, bis Ida eingeschlafen war.

13

Das Licht war noch bleich, als Henriette am nächsten Morgen erwachte und zwischen den Gardinen hinaus auf die Straße spähte. Sie war noch nicht ganz wach, aber eine unbestimmte Traurigkeit ergriff von ihr Besitz, es fühlte sich an, als hätte sie etwas verloren, unwiederbringlich, als wäre jemand gestorben oder eine Welt für immer untergegangen. Henriette biss sich in die Hand, als ein Schluchzen in ihr aufstieg. Alles war durcheinander, Charlie, Ida. Was war gut, was war schlecht? Leise, weil sie Ida nicht wecken wollte, schlug sie die Decke zurück und stand auf. Sie musste allein sein, musste raus und sich bewegen.

Henriette schlich den Gang entlang, die Treppen hinunter. Ein Blick auf die Uhr in der Essstube sagte ihr, dass sie fast eine Stunde Zeit hatte, bevor die Mädchen aufstehen und sie vermissen würden. Aus irgendeinem Grund erschien es ihr besser, wenn sie nicht gesehen wurde. Sie tat nichts Verbotenes, doch sie wollte sich einfach nicht rechtfertigen müssen, wollte einfach mit niemandem reden.

Henriette schlang sich ihr Wolltuch fest um die Schultern und trat in den Hof hinaus. Die Luft war schneidend kalt, aber der Himmel war klar. Vielleicht würde es heute einen Sonnentag geben. Henriette wandte sich nach rechts.

Sie war bereit zu glauben, dass es nichts Schlechtes war, was sie und Ida getan hatten. Dennoch fühlte sie sich elend, leer, reuevoll. Es war, als ob diese Empfindung, in die Ida sie eingeführt hatte, ein schmerzvolles Übermaß an Realität erzeugte.

Sehnte Charlie sich nach derselben Berührung wie sie? Henriette ging durch die Lücke zwischen Waschhaus und Westflügel hinaus auf den Feldweg hinter dem Pflog-Hof, wandte sich nach links, Richtung Wald. Sie dachte an den Kuss in dem Zelt, dachte daran, wie Charlie sie von sich geschoben hatte. Vielleicht war es nicht das, was er für sie empfand, vielleicht stieß sie ihn sogar ab mit ihrem Verlangen?

Der Gedanke ließ sie stehen bleiben. Sie könnte umkehren, sich wieder hinlegen, weiterschlafen. Am besten so lange, bis Charlie endlich kam, um sie zu holen. Wie lange konnte es dauern, bis er den Brief bekam? Und wenn er ihn bekam, würde er zögern? Oder ihren Hilferuf gar ignorieren? Henriette ballte die Hände zu Fäusten, schritt weiter aus. Die kalte Morgenluft griff in ihr Haar, biss ihr in die Wangen, der Waldrand rückte näher, und seine Düsternis erinnerte sie daran, wie sie sich als Kind manchmal gefühlt hatte. Wenn sie zu Hause mit Mutter am Tisch gesessen und Mohnkuchen gegessen hatte oder abends am Herd, und sogar wenn sie spielte oder lachte, konnte es plötzlich sein, dass sie einen Blick auf etwas erhaschte, das jenseits von Kuchen, Wärme oder Spiel lag. Etwas Dunkles. Dann hielt sie inne, überwältigt von Heimweh, obwohl sie wusste, dass sie bereits zu Hause war und dass es keinen anderen Ort dieses Namens gab. Es war hoffnungslos. Wenn sie so empfand, konnte sie nichts essen, weil ein Schuldgefühl ihr, manchmal für Tage, die Kehle zuschnürte. Als ob ihr nicht zustand, was sie hatte. Aber sie hatte nichts getan, um sich schuldig zu fühlen, nichts, von dessen Verwerflichkeit sie gewusst hätte. Sie lebte, sie lernte, sie sang. Sie war freundlich, zuvorkommend, hilfsbereit. Der Lehrer lobte sie, Mutter umhegte sie. Sie war sich keiner anderen Sünde bewusst, als ... ja, dieser Sehnsucht, dieses Begehrens nach ... mehr. Mehr! Wovon auch immer.

Erneut blieb Henriette stehen, presste die Handballen auf

die Augen, bis bunte Blitze im Schwarz zu tanzen begannen. Sie fühlte sich wie in einer Zwischenwelt gefangen, sie war nicht Kind, war es auch irgendwie nie gewesen. Aber erwachsen war sie auch nicht, würde es vielleicht niemals sein. Dann fiel ihr ein, was sie geträumt hatte. Sie war nicht allein gewesen, sie war ohne Worte verstanden worden. Charlie war dort gewesen, und das Gefühl hatte sich vertieft bis zu einem Grad der Ruhe und Absolutheit … Das war es, wovon sie aufgewacht war. Henriette nahm die Hände von den Augen. Es gab nichts auf der Welt, was ihr dieses Gefühl zurückbringen konnte, das sie in Charlies Armen empfunden hatte. Es war viel tiefgehender als die Aufregung, die sie mit Ida erlebt hatte, kostbarer. Und vielleicht existierte es in Wirklichkeit gar nicht.

Es hatte keinen Sinn, darüber nachzudenken. Sie musste einfach gehen, und je schneller sie ging, desto mehr ließen die Gedanken nach. Zarte Melodieschleier zogen ihr durch den Kopf, unfertig noch, zerbrechlich. Wenn sie zu genau hinhörte, dann versteckten sie sich an den Rändern ihres Bewusstseins, aber wenn sie sich aufs Gehen konzentrierte, dann war es … eine Art Hymne. *Wenn wir vermissen, um was wir nicht wissen* … irgendetwas mit Kindern, die den Weg nach Hause nicht mehr finden können. Wenn sie noch ein wenig schneller ausschritt, dann kamen Melodien und Worte schneller und deutlicher. Henriette wünschte, sie hätte ein Piano hier, um auszuformen, was zu ihr kam, und Notenpapier, um es aufzuschreiben.

Dann begann der Wald. Hellgrüne Blätter schälten sich aus den Zweigen hervor, und es roch faulig nach dem Laub vom Vorjahr. Schnell wurde der Weg schmaler, wand sich um sumpfige Tümpel herum und tiefer in den Wald hinein.

Die Frische, die Henriette sich zwischen den grün werdenden Bäumen erhofft hatte, blieb aus. Die Luft stand, der Wald wirkte leer und nass, und ihre Schuhe wurden immer schwerer von den zähen Lehmklumpen, die an ihren Sohlen haften blieben.

Nachdem Henriette ein gutes Stück gegangen war, setzte sie sich auf einen umgestürzten Baum und suchte sich einen Stock, mit dem sie den Lehm von den Schuhen kratzen konnte. Dann legte sie den Kopf in den Nacken, sah in den Himmel, der sich erneut mit Dunst bedeckte, weiß und flüchtig noch, doch es sah so aus, als würde das Wetter sich schon wieder eintrüben.

«Wenigstens war ich früh genug draußen, um ein wenig Blau zu sehen», sagte Henriette laut.

Ihre Stimme klang ungewohnt rau und tief in ihren Ohren, und die Stille danach fühlte sich wachsam an, als warte sie darauf, dass sie weitersprach. Henriette fuhr zusammen, als hinter ihr Zweige brachen.

Sicher bloß ein Dachs. Vielleicht auch Wildschweine auf der Suche nach Schnecken. Oder gab es in dieser Gegend Wölfe? Henriette stand langsam auf und drehte sich um. Sie hatte Tiere bisher nur eingesperrt erlebt, in Menagerien, und dann waren es exotische Tiere gewesen, Affen, Schlangen, Tiger, und sie hatten ihr immer leidgetan. Während Henriette ins Unterholz spähte, fühlte sie plötzlich Freude in sich aufsteigen. Wenn sie die Tiere sehen könnte, wenn sie es vielleicht sogar zuließen, dass sie sie berührte ... Vorsichtig stieg Henriette über den Baumstamm hinweg, auf dem sie gesessen hatte, hob den Rocksaum und bewegte sich, so leise es ihr möglich war, dorthin, wo die Bäume dichter standen. Nach zwanzig Metern ging es steil abwärts, sie hatte den Rand eines großen Tobels erreicht, ein alter Erdeinsturz, den Bäume und Unterholz im Laufe der Jahre zurückerobert hatten. War so etwas nicht ein perfekter Platz für wilde Tiere, windgeschützt und dämmerig, weil weniger Licht den Waldboden erreichte? Hüfthoher Farn durchnässte Henriettes Rock mit Tau, als sie den Hang hinabstieg. Immer wieder blieb sie stehen und lauschte auf das Leben im Wald, erkannte hier den Ruf eines Kuckucks, dort das schnarrende Geräusch eines Spechts und gelegentlich ein Knacken, ein Rascheln. Etwas bewegte sich, und es war nah. Henriette ging in die Hocke, verbarg sich hinter einem großen Farn und wartete.

Zuerst erkannte sie zwei dunkle Säulen, die sich durchs Unterholz bewegten. Der Gang wirkte schleppend, ein Bein schien steif zu sein. Es dauerte Sekunden, bis sie begriff, dass es menschliche Beine in dunklen Hosen waren. Darüber kam ein rotbrauner Rock, ein breiter Rücken zum Vorschein. Was jedoch fehlte, war der Kopf. Der Mann hatte ihn so tief zwischen die Schultern gezogen, dass es von Henriettes geduckter Position so aussah, als hätte er überhaupt keinen.

Das war kein Förster und auch kein Jäger, er hatte es eilig, von hier fortzukommen. Hatte er Henriette gehört, hatte sie ihn bei irgendetwas überrascht? Sie erstarrte, als ihr klarwurde, dass er sie hätte angreifen können, während sie allein und schutzlos auf ihrem Baumstamm gesessen hatte. War es das, was sie hinter sich gehört hatte? Der Mann bewegte sich in Richtung des Pflog-Hofs. Was hatte er dort vor?

«Dummkopf», flüsterte Henriette.

Es war der einzige Weg Richtung Stadt, wohin sollte der Mann sonst gehen? Er hat eben auch einen Morgenspaziergang gemacht, dachte sie. Und sie sollte jetzt besser nach Hause gehen. Der Wald erschien ihr plötzlich nicht mehr verheißungsvoll, sondern fremd und gefährlich, und sie hatte auch keine Lust mehr, irgendwelchen Tieren zu begegnen.

Sobald der Mann außer Sicht war, stand Henriette auf. Ihre Füße waren eingeschlafen. Sollte sie besser warten, ihm einen Vorsprung lassen? Was, wenn er irgendwo auf sie wartete? Wenn er sie gesehen hatte und ... Unsinn! In dem Fall hätte er nicht erst vor ihr weglaufen müssen, dann wäre es für ihn viel einfacher gewesen, sie gleich hier unten in dem Tobel anzugreifen.

Dann überfiel Henriette ein Gedanke, der sie beinahe aufschreien ließ. War er es gewesen? Der Mann mit dem Opernglas? Stimmte die Statur? Hatte er sie beobachtet? Was wollte er von ihr?

Henriette spürte einen Anflug von Panik, dennoch bemühte sie sich um klare Gedanken. Ob dieses Phantom nun irgendwo auf sie lauerte oder nicht, sie musste den Weg zurück in jedem Fall gehen, und sie musste ihn in jedem Fall allein gehen. Henriette nahm ihren Mut zusammen, raffte den Rock und machte sich den steilen Hang des Tobels hinauf auf den Heimweg.

Heinrichs Rippen schmerzten, sein Gesicht schmerzte, die Hände schmerzten, das rechte Bein, die Furchen in dem frischgepflügten Feld machten ihm zu schaffen, und er kam viel zu langsam voran. Seit Jahren ging er kurz vor dem Morgengrauen hinaus, wenn niemand ihn sah, seit Jahren schaute er in den Himmel, wenn er noch ganz nackt war, wenn weder Sonne, Mond noch Sterne ihm ihr Licht aufzwangen. Er schaute zu, wie der Tag begann. In all den Jahren war er niemals jemandem begegnet, und in all den Jahren war er auch nicht ein einziges Mal gerannt. Sie durfte ihn so nicht sehen, nicht so!

Er hatte Regenmacher nicht geglaubt, dass Johanne ein neues Mädchen eingestellt hatte, er hatte diese Behauptung für ein weiteres Lockmittel gehalten. Seit dem Unfall hatte Regenmacher Heinrich gedrängt, unter Menschen zu leben, im Kreis der Familie. «Es gibt Masken, es gibt Schleier», sagte er immer. Doch Heinrich konnte es nicht. Die Vorstellung, seine Kinder könnten ihn so sehen ... Außerdem, Johanne hätte ihm davon erzählt. Sie hatte keine Geheimnisse vor ihm, hatte nie welche gehabt, so wenig wie er Geheimnisse vor ihr hatte. Sie vertrauten einander vollständig.

Heinrich lehnte sich an die feldseitige Wand des Waschhauses und hörte seinem Atem zu, wie er durch die Luftröhre pfiff, spürte, wie er sich zwischen den Rändern seines ausgefransten Fleisches hindurchwand, herein, hinaus, immer nass, immer rasselnd. Was er im Wald gesehen hatte, musste eine Wirkung von Regenmachers Einflüsterungen sein. Zusammen mit dem Morphium, das er nahm, wenn die Schmerzen ihm den Schlaf raubten, wenn er sich wie ein Hund winselnd auf dem Boden wand. Aber das Medikament hatte bisher noch nie die Wirklichkeit verändert, sein Verstand hatte unbeeindruckt davon mit absoluter Klarheit und Schärfe weitergearbeitet.

Doch was er heute früh im Wald gesehen hatte, was er glaubte gesehen zu haben, war schlicht unmöglich. Die Zeit selbst musste ihm einen Streich gespielt haben. Der Gedanke hakte sich in ihm fest. Die Zeit ... was, wenn es etwas mit der Maschine zu tun hatte? Konnte es sein, dass sie auf bisher unbekannte Weise in den Strom der Zeit eingriff? War so etwas, rein theoretisch, denkbar?

Als Heinrichs Atem sich ein wenig beruhigt hatte, öffnete er schnell die rückseitige Hoftür des Westflügels. Die Mädchen konnten jeden Moment herunterkommen, um mit ihrer Arbeit zu beginnen, das Licht sah nach Frühstückszeit und Katzenwäsche aus, und einen Moment lang sehnte er sich tatsächlich danach, an diesen alltäglichen menschlichen Verrichtungen teilhaben zu können. Doch wenn es etwas gab, was er nicht war, dann ein Mensch. Heinrich drückte die Tür hinter sich zu und verschloss sie von innen. Mit dem zweiten Schlüssel öffnete er die Kellertür, stütze sich mit beiden Händen an den Klinkerwänden ab, hielt inne. Seine Beine zitterten. Statt wie sonst hinabzugehen und auf Johanne zu warten, die kam, um ihm seinen Frühstücksbrei zu füttern, nahm er schließlich die Hintertreppe nach oben.

Der Westflügel gehörte ihm und seiner Arbeit, auch wenn

er die oberen Stockwerke kaum nutzte. Denn wenn das Tageslicht zu hell wurde, begann es in seinen Augen zu schmerzen. Er gehörte nicht in die Welt der Lebenden, er war dem Tod nur abgetrotzt, sein Reich war unter der Erde, und er wollte es so. Nur heute war es anders, mit diesem Schrecken im Leib brauchte er das Licht. Und vor allem brauchte er Gewissheit. Wenn es stimmte, dass die Maschine das Gefüge der Zeit durcheinanderbrachte … Die Möglichkeiten ließen Heinrich vor Erregung zittern. Es gab keinen allgemeingültigen Namen für den Ort, von dem die Energie für seine Maschine stammte. Er kannte den Ort nicht, hatte ihn nie gesehen. Er hatte nicht die geringste Ahnung, wie er in die Ordnung der Dinge eingriff, wenn er Energie von diesem Ort nahm. Und er nahm viel und ohne Unterbrechung. Konnte das einen Effekt auf die Welt haben, die ein Produkt dieses Ortes war, mit dem sie verflochten war? Konnte es sein, dass er ungeahnte Ströme im Gefüge der Lebenskraft schuf, dass er nicht Energie, sondern Zeit stahl? Wenn das, was er im Wald gesehen hatte, Wirklichkeit war, dann schien alles möglich. Vielleicht sogar … die Zeit vor dem Unfall heraufzubeschwören.

Heinrich öffnete die Tür zu einem der leeren Zimmer im Erdgeschoss. Auf dem Parkett lag eine dicke Staubschicht, der Luftzug von der Tür wirbelte die Partikel auf, und sie tanzten im Morgenlicht, das in schmalen Streifen zwischen den grünen Samtvorhängen hindurchfiel.

Heinrich trat an eines der Fenster, fasste den Rand des Vorhangs, schob ihn zur Seite, nur ein bisschen, nur so viel, dass er sehen konnte, ohne gesehen zu werden.

Als Henriette verschwitzt und fröstelnd zugleich den Pflog-Hof erreichte, war noch immer niemand im Waschhaus, doch sie wusste, dass jeden Moment die Seitentür aufspringen und ihre Cousinen herauskommen mussten, gefolgt von Tante

Johanne, die auf der oberen Stufe stehen bleiben und den Mädchen nachsehen würden, bis sie im Waschhaus verschwunden waren, bevor sie sich umdrehte, um ihren eigenen Geschäften nachzugehen.

Henriette kühlte sich Stirn und Nacken mit eisigem Wasser aus der Pumpe, trank. Dann riss sie eine Handvoll Gras aus, das sich am Fuß der Hofmauer zwischen den Steinen hervorgeschoben hatte, und säuberte ihre Schuhe, eine Hand an die Wand gestützt.

Sie kannte das Gefühl, es war weniger ein Ahnen als eine Lichtempfindung, eine Art Helligkeit, die von hinten in sie einsickerte und ihr sagte: Du wirst gesehen. Sie spürte die Blicke in ihrem Rücken als beinahe körperliche Präsenz, genau wie sie es zu Hause in Berlin gespürt hatte, wenn der Mann mit dem Opernglas sie beobachtete. Wenn er wirklich hier war, würde sie Tante Johanne von ihm erzählen, sie würde keine Heimlichkeiten mehr pflegen. Henriette richtete sich auf und blickte sich um, um dem Unvermeidlichen entgegenzusehen.

Die Seitentür war noch immer geschlossen, kein Mädchen im Hof, keine Tante Johanne in Sicht und auch kein Mann mit Opernglas. Henriette war allein. Es mussten die Nerven sein, die ihr einen Streich spielten. Sie wollte sich eben wieder umdrehen, um ihre Schuhe so weit zu säubern, dass sie damit ins Haus gehen konnte, als sie die Bewegung wahrnahm. Dort am Vorhang, das dritte Fenster des Westflügels. Dort stand jemand. Und plötzlich war Hund neben ihr, er riss an seiner Kette und bellte, als gelte es, den Teufel zu vertreiben.

Während Henriette noch versuchte zu begreifen, was sie sah, hörte sie den Wagen des Wäschefahrers, der durch das geöffnete Hoftor kam. Sie sah nicht hin, denn ihr Blick war gefesselt von einer Hand, nein, einer Klaue, die den Rand des Vorhangs am Fenster des Westflügels hielt, und von einem Paar brennend heller Augen. Das rhythmische Rollen, das ohne Unterlass Haus und Hof erschütterte, erschien Henriette plötzlich betäubend laut, und da waren diese Augen, und unter den Augen ...

Henriette fühlte sich gepackt, ein weiterer Körper verstellte ihr die Sicht, jemand stand vor ihr, hielt sie an den Schultern fest.

«Sie sind also endlich wieder gesund?», sagte Heinz Graf. «Ich habe mich schon gefragt, wo Sie geblieben sind.» Er ließ Henriettes Schultern los und salutierte. «Melde gehorsamst, Auftrag ausgeführt. Ich komme, um meinen Lohn zu holen.»

Henriette blickte in das Gesicht mit dem fliehenden Kinn, sah blassrosa Lippen, die auf ihr Gesicht zukamen, und verstand nicht, was diese Worte und die Bewegung zu bedeuten hatten, bis es geschah: Die Lippen pressten sich auf ihre Lippen, die Hände hielten ihre Schultern fest gepackt, und es schien ewig zu dauern. Dann fühlte sie eine Zunge, die nass über ihre Lippen leckte und versuchte, sich in ihren Mund zu schieben, sie fühlte kalten Speichel. Erst jetzt wehrte sie sich, riss sich los.

Heinz Graf lachte, als er einen Schritt zurücktrat, die Mütze zog und sich tief verbeugte.

«Tausend Dank, schönes Fräulein», sagte er. «Und wenn Sie mal wieder ein Geschäft machen möchten, stehe ich jederzeit zur Verfügung.»

Er ging mit federnden Schritten zu seinem Wagen, riss die Türen des Laderaums auf.

Henriettes Blick kehrte zu dem Fenster zurück, zu dem Vorhang. Die hellen Augen waren noch immer da. Was sie sah, konnte nicht real sein, musste ein Albtraum sein. Das Gesicht, das zu den Augen gehörte, besaß keine Nase, eine flammendrot glänzende Lippe spannte sich über die obere Zahnreihe, einen Unterkiefer gab es nicht, dort war nur ein klaffendes Loch und wildes Fleisch, das über die Wangen hinaufwucherte. Hund war noch immer neben ihr, bellte, und Henriette stand wie festgenagelt und hielt sich an seinem Halsband fest.

«Henriette!»

Die Stimme ihrer Tante kam wie aus weiter Ferne, aber sie nahm die Wut darin dennoch wahr. Beinahe reizte es sie zum Lachen, als sie bemerkte, dass dies einer der seltenen Fälle war, in denen ihre Tante sie direkt ansprach.

Henriette wollte sich abwenden, fortrennen. Fort von dem Monster hinter dem Vorhang, fort von der Wut, die ihr diese Augen entgegenbrachten, vor der Wut in Tante Johannes Stimme, dem wütenden Gebell des Hundes. Nur schienen ihre Füße nicht zu begreifen, was sie von ihnen wollte. Und dann explodierte ein Schmerz in ihren vom Ziegenpeter noch immer empfindlichen Wangen, erst rechts, dann links. Henriette schrie auf. Sie war noch nie im Leben körperlich bestraft worden, nie hatte ihre Mutter ihr ins Gesicht geschlagen. Der Schmerz schoss ihr bis ins Schlüsselbein hinab und in die Ohren hinauf.

«Dirne!», schrie Tante Johanne.

Selbst ihre Stimme schien zu schmerzen. Hund zog verschreckt den Schwanz ein und trottete zurück an seinen Platz unter dem Vordach der Remise, als erwarte er selbst Schläge.

«Ins Haus! Sofort!»

Johanne packte sie am Arm und zog sie hinter sich her, Henriette sah kaum etwas durch die Tränen, die ihr aus den Augen schossen, sie stolperte über die Stufen, wäre beinahe gefallen.

«In dein Zimmer! Über deine Strafe sprechen wir noch. Du kannst schon einmal anfangen zu beten.»

Tante Johanne gab sich nicht damit zufrieden, sie nach oben zu schicken, sie schleifte sie höchstpersönlich die Treppen hinauf.

Dann krachte die Tür hinter Henriette zu, und sie hörte, wie der Schüssel im Schloss umgedreht wurde.

Ohne nachzudenken, ließ Henriette sich gehorsam vor ihrem Bett auf die Knie fallen, faltete die Hände und legte ihre brennende Wange auf die kühle Tagesdecke. Doch ihre Gebete hatte sie vergessen. Sosehr sie sich anstrengte, ihr fiel keines ein.

Stattdessen begann sie zu dem langsam rollenden Herzschlag des Hauses die Melodie zu summen, die ihr auf dem Weg in den Wald geschenkt worden war ... *und wir vermissen, um was wir nicht wissen ...* Wie zur Begleitung setzte nach wenigen Takten eine zweite Stimme ein, die wortlos zum Himmel schrie.

Henriette wusste nicht, ob diese Stimme nur in ihrem Kopf existierte oder ob es sie tatsächlich gab. Sie schien aus den Wänden zu kommen, von weit unten. Vielleicht aus dem Westflügel. Vielleicht war es die Stimme des Monsters, das sie gesehen hatte. Falls es dieses Monster wirklich gab, falls sie es nicht bloß geträumt hatte.

Ida konnte nicht anders, als die mit Butter, Ei und Mehl verklebten Hände auf die Ohren zu pressen, als aus dem Westflügel ein Heulen wie von einem Werwolf heraufdrang. Es klang, als säße dort etwas Wildes und Böses gefangen. Als Erstes lief sie in den Hof hinaus, um nach Hund zu sehen, er hatte vorhin schon so aufgebracht geklungen.

Das alte Tier bot einen jämmerlichen Anblick, wie es sich mit eingeklemmtem Schwanz und angelegten Ohren an die Hofmauer drängte. Ida ließ Hund von der Kette und brachte ihn in die Remise, wo er sich dankbar in eine Ecke zurückzog.

«Nutzloses Vieh», sagte sie zärtlich, bevor sie die Tür schloss.

Sollten tatsächlich einmal Wölfe oder wilde Hunde in den Hof eindringen, wäre Hund ihnen keine Hilfe. Das alte Tier tat ihr leid.

Das Heulen war hier draußen leiser, aber es war deutlich genug vernehmbar, und mittlerweile waren auch Katharina und Maria herausgekommen, um zu sehen, was los war, und Ernestine und Hulda hatten die Köpfe oben aus den Fenstern ihrer Plättstube gesteckt. Nur von Henriette war noch immer nichts zu sehen, und Ida begann sich Sorgen um sie zu machen. Sie war heute früh beim Aufwachen nicht da gewesen, sie war nicht beim Frühstück gewesen, niemand hatte sie gesehen.

«Was ist das?», wollte Maria wissen.

Ida lief ins Haus zurück, um nach Mutter zu suchen. Etwas musste bei Vater im Keller sein, etwas, das dort nicht hingehörte.

Als sie ins Haus kam, schloss Mutter gerade die Tür zum Westflügel ab. Sie sah zerzaust aus, und auch wenn sie es zu verbergen versuchte, stand in ihren Augen deutlich die Angst.

«Was ist passiert?»

Mutter antwortete nicht.

«Ist er das?»

Mutter nickte. «Hör zu, ich ... werde ums Haus gehen und die Kellertür zuschließen. Ist Heinz noch da?»

Ida schüttelte den Kopf. «Der ist vor ein paar Minuten gefahren.»

«Dann musst du das Pferd nehmen. Du musst dem Professor telegraphieren, er muss kommen, sofort.»

«Wo ist Hetti?»

«Henriette hat Stubenarrest und wartet auf ihre Strafe. Sie ist ein anstandsloses, liederliches ... und, ach was. Beeile dich lieber.»

Idas Herz machte einen Satz. Hatte Hetti gebeichtet, was zwischen ihnen vorgefallen war? Sie lief in die Küche zurück, um ihre Hände vom Teig zu befreien. Hoffentlich hatte Hetti nichts von ihrem Schatz verraten. Bitte, bitte, Hetti, sei keine Verräterin.

Heinrichs Kehle war wund, und doch konnte er nicht aufhören. Er hatte nicht gewusst, wie es schmerzte, wenn einem das Herz zerriss. Und er wusste bei Gott, was Schmerzen waren. Aber keiner hatte je so tief in seinen Leib gegriffen. Er hatte sie gesehen, es war Johanne. Dieselbe Johanne, die er im Wald gesehen hatte. Doch diesmal war sie nicht allein gewesen. Sie hatten sich geküsst, sie hatte dagestanden, er hatte sich an sie gepresst, hatte sie in Besitz genommen, und sie hatte es geschehen lassen. Wie alt war sie? Wann war das gewesen? Wann hatte sie ihn betrogen? Geschah es jetzt, oder hatte er eine Szene aus der Vergangenheit gesehen? War es gewesen, bevor Heinrich sie kennengelernt hatte? Was, wenn sie ihn nie kennenlernen würde, weil er hier nicht rauskonnte?

Heinrich wollte all diese Fragen hinausschreien, wollte, dass sie antwortete, aber aus seiner Kehle kamen immer nur diese unmenschlichen Laute, und er hasste sich dafür, er hasste die Maschine dafür. Alles geriet aus den Fugen.

Und dann wurde Heinrich ganz ruhig. Es war im Grunde ganz einfach, er wusste, was zu tun war. Alles würde wieder an seinen richtigen Platz zurückfallen. Heinrich blickte die Maschine an, lauschte auf das Rollen der Walze, auf das Knarren und Reiben der Räder und Bolzen. Es war lächerlich einfach. Er musste sie nur abschalten. Das war alles. Wenn er die Verbindung zu jenem Ort unterbrach, an dem alles seinen Anfang nahm, dann würde es nicht mehr geschehen. Was immer es war, das geschah.

Heinrich ging hinüber, das überanstrengte Bein nachziehend, er fasste den Hebel, der die Energiezufuhr unterbrechen würde, löste den Sicherheitsriegel und legte sein gesamtes Gewicht in die Bewegung. Der Hebel bewegte sich nicht.

Erneut nahm Heinrich seine gesamte Kraft zusammen, schrie, als wolle er mit einem Ruck das ganze Haus hochheben. Putz bröckelte von der Decke und rieselte ihm auf den

Kopf und in den Kragen. Der Hebel musste sich durch die Bewegung der Maschine verzogen oder verkeilt haben. Die Walze rollte weiter. Am Ende jedes Walzgangs gab es einen Ruck, der die Maschine an ihren Verankerungen reißen ließ, und je mehr Heinrich sich anstrengte, den Hebel umzulegen, desto entschlossener schien die Maschine an ihren Fesseln zu zerren. Stirb, wollte Heinrich der Maschine befehlen, gib Ruhe, lass ab!

Die Maschine arbeitete weiter.

Heinrich fiel auf die Knie und schlug mit der Stirn auf den Boden. Es musste aufhören, es musste aufhören! Dann stand er auf, streifte suchend durch den Saal, warf Werkzeuge und Latten als unbrauchbar beiseite, er brauchte etwas, womit er den Mechanismus blockieren konnte. Schließlich bekam er einen guten Meter Stahlrohr zu fassen. Damit kehrte Heinrich zur Maschine zurück, rammte es in die sich drehenden, pumpenden, pendelnden Eingeweide.

Die Maschine schrie auf, kam ins Stocken, nur nicht für lange, denn dann hatte sie das Stahlrohr zerkaut und verdaut und schien mit umso mehr Kraft fortfahren zu wollen.

Heinrich schrie die Maschine an. Schrie und schrie sie an.

Es fiel ihm nicht ein, was er sonst hätte tun können.

14

Es war vier Uhr siebzehn am Nachmittag. Der Bote betrat das Haus und verließ es kurz darauf wieder. Charlie wartete im Schatten des nächsten Eingangs. Um vier Uhr fünfundzwanzig verließ Ada Keller die Wohnung, eilte die Straße entlang und bog Richtung Linden ab, wo sie sich wahrscheinlich eine Droschke nehmen oder in den Bus steigen würde, der Richtung Friedrichstraße fuhr. Charlie kümmerte es nicht. Sobald er außer Sicht war, glitt er aus dem Hauseingang hervor, drückte die Tür der Nummer sieben auf, ging durch den Hausflur und zur Hoftür wieder hinaus. Im Hof wandte er sich nach links. Die Tür des Seitenflügels stand offen und war eingehakt, die Dunkelheit dahinter roch kalt und klamm, als sei das Haus noch nicht richtig trockengewohnt, die hölzernen Treppenstufen waren nicht mit Teppich ausgekleidet, die Türen waren schmaler als im Vorderhaus. Erster Stock, der Dienstboteneingang.

Charlie zögerte. Er wusste nicht, wie viel Zeit ihm Altheim verschaffen konnte. Er wollte es auch gar nicht wissen. Er musste sich einfach beeilen. Charlie zog den Schürhaken, den Altheim ihm für diesen Zweck geborgt hatte, oben aus dem Hosenbund und zwängte das abgeplattete Ende knapp über dem Schloss zwischen Tür und Blatt. Ein kurzer, viel zu lauter Ruck, dann noch einer, diesmal kräftiger, und das Schloss brach heraus. Die Tür schwang nach innen.

Charlie lauschte, alles blieb still im Haus. Er schlüpfte in die Wohnung, drückte die Tür in ihre Ausgangsposition und stellte, damit sie nicht von allein wieder aufschwang, einen kleinen Tisch davor, der als Ablage für Hut und Handschuhe diente.

«Bitte, setzen Sie sich.»

Professor Altheim kam Willem viel zu gebrechlich vor, eine dürre Gestalt, wie ein Strichmännchen, das er mit Holzkohle auf die Steinplatten im Hof gezeichnet hatte, wo er als kleines Kind gespielt hatte. Nur dass Altheim weiß war, weiße Haut, weißes Haar.

Frau Keller war das glatt Dreifache von ihm, und ihre Bewegungen wirkten fahrig, so als könnte sie jeden Moment die Fassung verlieren. Sie setzte sich, und kurz glaubte Willem, sie habe ihn entdeckt hinter seiner Erdbeertorte mit Schlag und einer Zeitung, in die er, wie ein Profi, mit nassem Finger ein kleines Loch gebohrt hatte, durch das er schauen konnte.

«Sie haben einen Brief von Henriette erhalten?», fragte Frau Keller atemlos. Ihre Wangen waren rotscheckig, sie war außer Atem.

«So ist es, werte Frau Keller.» Altheims Rücken war schmal, aber er saß aufrecht. «Obwohl Sie mir mit der Polizei gedroht haben, sollte ich mich zu Handlungen hinreißen lassen, die Sie als Belästigung empfinden, habe ich mich entschlossen, das Wagnis in diesem besonderen Fall einzugehen.»

«Ja, schon gut», sagte Frau Keller umstandslos, und als ein Kellner an den Tisch kam, bestellte sie Zitronenlimonade und Altheim einen Cognac.

«Wo ist der Brief?»

Altheim zog ein Taschentuch aus dem Jackett und schnäuzte sich umständlich, bevor er antwortete.

«Nun, Sie werden verstehen, dass dieser Brief an mich gerichtet war.»

«Ja, und Sie ließen mich herbestellen, weil dieser Brief mich etwas angeht. Also?»

Frau Keller streckte eine behandschuhte Hand aus, als erwarte sie, dass ihr der Brief ausgehändigt werde.

«Der Brief ist privater Natur. Ich kann ihn Ihnen nicht geben.»

«Ich bin die Mutter.»

«Und ich bin der Lehrer in einer Profession, deren Tiefe und Bedeutung nicht jeder Mensch zu begreifen imstande ist. Ihre Tochter und mich verbindet ein ... spirituelles Band, das, Sie verzeihen, Sie einfach nichts angeht.»

«Unerhört!»

Willem war fasziniert von Frau Kellers wütendem Starren, sie sah wirklich aus, als ob sie jeden Moment vor Wut explodieren könnte. Schnell raffte Willem die Zeitung wieder vor sein Gesicht, die er, ohne es zu merken, hatte sinken lassen.

Das war ein Fehler. Das plötzliche Rascheln erregte Frau Kellers Aufmerksamkeit, und sie schoss einen scharfen Blick zu ihm herüber, bevor sie sich wieder dem Professor zuwandte.

«Was also haben Sie mir zu sagen?»

«Wenn Sie sich erst einmal ein wenig fassen wollen, liebe Frau Keller», sagte der Professor jetzt in versöhnlichem Ton. «Ich habe ja nicht nach Ihnen schicken lassen, um Sie zu ärgern, sondern um Ihnen eine wichtige Mitteilung zu machen.»

Der Professor schnäuzte sich erneut auffallend lange und umständlich und steckte dann das Tuch wieder weg.

«Ich habe Grund zu der Annahme, dass Ihre Tochter, meine beste Schülerin, Berlin nicht aus freien Stücken verlassen hat.»

Frau Keller sagte nichts und wartete ab.

«Ich habe des Weiteren auch Grund zu der Annahme, dass es ihr verwehrt wird, Briefe zu schreiben.»

Frau Kellers Blick schweifte zu Willem, verlor sich dann irgendwo am Fußboden, bevor er wieder zum Professor zurückfand.

«Sie schreibt, dass sie den Brief an mich nur unter größten Vorsichtsmaßnahmen auf den Weg schicken konnte. Sie schreibt auch, dass sie zurück nach Berlin möchte.»

«Gut, und weiter.»

«Mehr sagen Sie nicht dazu?»

«Es geht Sie im Grunde nicht das Geringste an, Herr Professor Altheim, aber es ist wahr, dass Henriette Berlin nicht ganz freiwillig verlassen hat. Doch als ihre Mutter habe ich entschieden, dass es das Beste für sie ist.»

«Aber Sie wissen noch nicht alles.»

«Also bitte?»

«Sie schreibt auch, dass ein gewisser fremdländisch erscheinender Herr in diese Sache verwickelt ist, sie kennt ihn nicht, aber sie fürchtet ihn.»

«Gut, und weiter?»

«Ja, werte Frau Keller, beunruhigt Sie denn gar nichts davon?!»

«Ob es mich beunruhigt oder nicht, ist nicht von Belang. Sie entschuldigen mich für einen kurzen Moment.»

«Natürlich.»

Frau Keller stand auf und verschwand im hinteren Teil des Cafés. Willem war hin- und hergerissen. Sollte er ihr folgen? Vielleicht wollte sie gehen? Aber dann wäre sie zur Tür hinausgegangen und nicht nach hinten. Und wenn es einen Hinterausgang gab?

Der Professor drehte sich zu ihm um, und Willem ließ die Zeitung sinken. Vielleicht wusste er, was zu tun war.

Altheim zeigte unter der Tischplatte mit dem Daumen nach hinten ins Café, von wo Frau Keller zusammen mit jemandem zurückkam, der wichtig aussah. Vielleicht der Geschäftsführer.

Schnell hob Willem die Zeitung wieder vors Gesicht und ließ seine Augen über die rätselhaften Buchstaben wandern, deren Sinn er nicht begriff. Die Lagen der Zeitung waren verrutscht, sodass das Loch, dass er in das Papier gebohrt hatte, verdeckt war, und er schüttelte und ruckelte sie zurecht, um wieder Durchblick zu erhalten.

Er kam nicht mehr dazu, sich einen neuen Überblick über die Situation zu verschaffen. Eine haarige Männerhand griff energisch von oben über den Rand der Zeitung und entzog sie ihm.

«Hey!», entfuhr es Willem.

«Nun?», fragte der Mann.

«Ja, das ist der Junge, der mich verfolgt. Auf Schritt und Tritt. Ich habe ihn an den Schuhen erkannt.»

«Was hast du dazu zu sagen, Junge?»

Willem hatte gar nichts zu sagen. Hilfesuchend blickte er Professor Altheim an.

«Werte Frau Keller, kann ich Ihnen in irgendeiner Weise behilflich sein?»

«Ach», stieß sie nur ärgerlich hervor.

Willem ließ sich vom Stuhl gleiten, um einen Haken um den vermutlichen Geschäftsführer und Frau Keller herum zu schlagen und das Café auf dem schnellsten Weg zu verlassen. Er musste vor allem Mister Jackson warnen.

Doch Willem hatte nicht mit Frau Kellers Entschlossenheit gerechnet. Schon hatte sie ihn gepackt und hielt ihn fest.

Als der Kellner mit Limonade und Cognac kam, trug der Geschäftsführer ihm auf, die Polizei zu verständigen.

«Aber das ist doch nur ein Junge», meldete sich Professor Altheim zu Wort. «Da muss man doch nicht gleich mit der Polizei kommen, Frau Keller.» Er drohte ihr ein wenig mit dem Finger und zwinkerte. «Sie sind recht schnell damit bei der Hand, wenn ich das so sagen darf.»

Die Geste misslang, die Nervosität war ihm deutlich anzusehen.

«Erneut, Herr Professor, Sie mischen sich in Dinge, die Sie nichts angehen. Dieser Junge verfolgt mich. Es steckt eine Absicht dahinter, und die werden wir nun herausbringen.» Sie wandte sich an den Kellner, der noch immer unschlüssig mit der Limonade dastand. «Worauf warten Sie denn noch?»

Der Kellner nickte und machte sich auf den Weg, und Willem gab das Kämpfen auf.

«Willst du vielleicht jetzt gleich reden?»

Willem presste die Lippen aufeinander und schüttelte den Kopf. So weit kam es noch, dass er den besten Arbeitgeber verriet, den er je gehabt hatte. Mister Jackson vertraute ihm.

Professor Altheim war aufgestanden und nahm seinen Hut und seinen Stock.

«Frau Keller, es sieht so aus, als seien Sie an weiteren Informationen nicht interessiert?»

«Bitte, wenn Sie mir irgendetwas von Belang zu sagen haben, dann reden Sie um Himmels willen. Nur, wenn es geht, nicht länger um den heißen Brei herum.»

«Sie kennen Charles Peter Jackson?»

Willems Herz machte einen Satz. Professor Altheim sollte lieber zusehen, dass er loskam, um Mister Jackson zu warnen. Er würde ihn doch nicht etwa verraten? Oder doch? Zumindest hatte er jetzt Frau Kellers volle Aufmerksamkeit.

«Was ist mit ihm?»

«Nun, das werde ich Ihnen erzählen, wenn die Polizei hier ist.»

Willem schüttelte den Kopf. Er konnte es nicht glauben.

«Keine Sorge», sagte der Professor an Willem gewandt.

«Es wird alles gut, Junge.»

Frau Kellers Griff tat Willem weh, sie hatte ihm einen Arm herumgedreht, die andere Hand kniff ihn in den Nacken.

«Au!», entfuhr es ihm. «Nicht so fest.»

«Halt den Mund», sagte der Mann, der möglicherweise

der Geschäftsführer war, und übernahm es, Willem festzuhalten.

So standen sie schweigend, von den anderen Cafégästen mit neugierigen Blicken bedacht, und warteten. Willem überlegte, wie er am besten abhauen konnte, aber als schließlich der Kellner mit einem Polizisten im Schlepptau das Café betrat und vom Geschäftsführer herangewinkt wurde, gab Willem den Gedanken an Flucht vorerst auf. Der Mann war zwar einen halben Kopf kleiner als Frau Keller, dafür war er aber doppelt so breit, und er hatte riesige Hände.

«Guten Tag», sagte er knapp. «Wo haben wir denn den Burschen?»

Als Frau Keller und der Geschäftsführer auf Willem zeigten, packte er ihn ohne weitere Fragen oder Umstände am Kragen und wollte ihn mitnehmen.

«Warten Sie», sagte Professor Altheim. «Er hat nichts getan. Außerdem sollten Sie sich anhören, was ich Frau Keller zu sagen habe. Ich gebe einen Kaffee aus. Setzen Sie sich bitte wieder. Ich bitte Sie.»

Frau Keller blickte unbehaglich drein, als Altheim sie am Ellenbogen nahm und sie sanft zu ihrem Stuhl zurück bugsierte.

«Na, Kaffee lasse ich mir nicht zweimal sagen», sagte der Polizist, setzte sich ebenfalls, ohne dabei Willems Kragen loszulassen. «Keine Fisimatenten, Bürschchen.»

«Klar», sagte Willem, begann aber wieder, sich nach Fluchtmöglichkeiten umzusehen.

«Nun denn.» Professor Altheim schien sich zu sammeln.

Dann wandte er sich an den Kellner, der noch immer diensteifrig dabeistand.

«Drei Tassen Kaffee bitte.»

Alle Augen waren erwartungsvoll auf ihn gerichtet, selbst die des Geschäftsführers.

«Vier Tassen», sagte dieser zum Kellner, setzte sich ebenfalls an den Tisch und fügte hinzu, «der Kaffee geht aufs Haus.»

Altheim nickte und begann. Seine Stimme war fest, sein Blick unerbittlich.

«Charles Peter Jackson und ich sind gemeinsam zu der Ansicht gelangt, dass Sie, Frau Keller, eine Entführung vertuschen. Ihre Tochter ist in Gefahr, und Sie werden von dem Entführer erpresst. Dies ist der Grund für all Ihre Drohungen, Ausflüchte und Lügen. Wir sind der Ansicht, dass in Ihrer Wohnung die entscheidenden Beweise zu finden sind, die Sie verheimlichen, in der Hoffnung, das Ihrer Tochter nichts geschehen wird, solange Sie die Bedingungen des Entführers erfüllen.»

Frau Keller sagte nichts, aber sie zwinkerte nervös, und um ihren Mund zuckte es.

«Meine Aufgabe, Frau Keller, ist es, Sie zu beschäftigen, bis Mister Jackson die entsprechenden Beweise ausfindig gemacht hat. Mit diesen wären wir dann zur Polizei gegangen, um für die Befreiung Ihrer Tochter zu sorgen.»

Frau Keller war bleich geworden, und Willem frohlockte innerlich. Professor Altheim hatte sie, es gab kein Entkommen!

«Uns ist natürlich mehr als deutlich, dass Sie selbst diesen Gang nicht tun konnten, das liegt in der Natur einer Erpressung. Dennoch, und da wird mir der Herr Wachtmeister sicher beipflichten, dennoch ist es im Falle einer Entführung absolut unumgänglich, die Behörden einzuschalten.»

Altheim blickte den Polizisten an. Der nickte und bedeutete Altheim fortzufahren.

«Der Junge sollte uns bei unserer Unterredung beobachten, um Mister Jackson warnen zu können, sobald Sie von hier aufbrechen, und ...»

Frau Keller hatte sich zu voller Größe und Breite aufgerichtet.

«Wollen Sie damit sagen, es gibt gar keinen Brief?»

«Er war lediglich ein Vorwand, um Sie aus dem Haus zu locken.»

«Das bedeutet, dass dieser Jackson, bewiesenermaßen ein Dieb und Betrüger, sich ebenjetzt in meiner Wohnung befindet und meine privaten Sachen durchwühlt?»

«So ist es, Frau Keller.»

Frau Kellers Miene war schwer zu deuten, Willem wusste nicht, ob sie einen Wutanfall bekommen oder anfangen würde zu weinen.

Zu seiner Überraschung brach sie in schallendes Gelächter aus.

«Herr Professor Altheim, Sie sind, ebenso wie meine Tochter und wie offenbar auch dieser Junge, einem gewieften Betrüger auf den Leim gegangen! Henriette wurde nicht entführt. Ich selbst habe sie, zu ihrem eigenen Besten und um sie von diesem Subjekt fernzuhalten, zu meiner Schwester aufs Land gebracht. Zu ihrer leiblichen Tante. Wenn Sie verstehen wollen.» Frau Keller wandte sich an den Polizisten. «Er ist gefährlich, er hat meiner Tochter unverhohlen nachgestellt.»

Der Polizist räusperte sich, die Pranke immer noch an Willems Kragen.

«Wo wohnen Sie, Frau Keller?»

«Brüderstraße sieben.»

«Dann schlage ich vor, wir nehmen einen Dienstwagen. Das geht am schnellsten.»

Er zog Willem hinter sich her, und der sah seine letzten Chancen, Mister Jackson warnen zu können, schwinden. Vor der Tür stand ein nagelneues schwarzes Automobil mit einer Kurbelsirene vorne. Zu jedem anderen Zeitpunkt wäre Willem überglücklich gewesen, mitfahren zu dürfen.

Aus der Wohnung schlug Charlie ein verlassener Geruch entgegen, und als er an der Mädchenkammer, der Wäsche- und der Speisekammer vorbei war und durch die hintere Flurtür in eine große, lichtarme Küche trat, wurde ihm klar, woran das lag. Es roch nach Staub und Papier, weil überall Kisten herumstanden, in die Töpfe und Pfannen, Teller und Tassen verstaut worden waren.

Die Arbeit war noch nicht ganz vollbracht, aber es war deutlich, dass Frau Keller im Begriff war, die Wohnung zu wechseln. Sie schien mit Hettis Rückkehr nicht zu rechnen. Oder vielleicht wollte sie den Umzug ohne sie bewältigen und sie dann zurückholen? Nein, Frau Keller hatte eindeutig gesagt, ihr Mädchen käme nicht zurück. Warum nicht, was hatte es damit auf sich?

Von der Küche aus kam man in einen weiteren Flur, links befand sich die vordere Wohnungstür, vor der Charlie bereits zweimal gestanden hatte, gleich daneben ein separater Waschraum. Weitere fünf Türen gingen von dem Flur ab, drei Zimmer nach vorne und zwei nach hinten hinaus. Charlie begann hinten.

Ihm war klar, dass er sich beeilen musste, dass jeden Moment Willem angelaufen kommen und wie verabredet dreimal gegen die Vordertür pochen konnte, um ihn zu warnen. Oder schlimmer, dass Nachbarn aufmerksam wurden und ihn ertappten.

Dennoch war er nicht gleich in der Lage, den Raum zu betreten, dessen Tür er zuerst geöffnet hatte. Ein Duft strömte ihm entgegen. Ihr Duft, Rosen, Seife und eine unbestimmbare Komponente, die einen beinahe körperlichen Schmerz auslöste. Er hatte sich so intensiv damit beschäftigt, Hettis Aufenthaltsort zu ermitteln, dass ihm beinahe entgangen war, wie sehr er sie vermisste.

Hetti hatte die beiden hinteren Zimmer für sich allein belegt, der Raum, den Charlie zuerst betrat, war eine Mischung aus kleinem Salon und Studierzimmer. Ein Pianoforte stand hier, ein Schrank aus dunklem Holz, in dem Bücher standen, über Beethoven, Bach, über Gregorianik, über Komponisten, von denen er noch nie gehört hatte, ein Werk über die Musik der Sphären ... Charlie suchte nach den typischen Romanen, die junge Frauen lasen, Erbauliches und Romantisches, doch es war nichts davon zu finden. Stattdessen fand er Noten. Anders als bei Professor Altheim war hier jedoch alles alphabetisch sortiert, Hetti schien ihre kleine Bibliothek wie ein Heiligtum zu behandeln.

Auf dem Tischchen neben einem großen Lesesessel stand eine Vase mit fast verwelkten altenglischen Rosen. Charlie brach eine der cremeweißen Blüten ab und steckte sie sich ans Revers.

Durch eine Doppelflügeltür ging Charlie in den zweiten Raum. Hettis Schlafzimmer. Der Duft war hier noch intensiver. Die Vorhänge, halb zugezogen, sperrten den Tag aus, sodass Zwielicht blieb und Charlie sich wie in einer Traumwelt fühlte, in einem Zwischenreich, wo alles möglich sein konnte. Vielleicht musste er nur die Augen schließen und sich vorstellen, dass Hetti hier vor ihm lag, die schwarzen Locken breiteten sich über das Kissen, umflossen ihre Schultern, Schultern in einem reinweißen Nachtkleid, mit Rüschen an Dekolleté und Ärmeln. Charlie schüttelte die Enttäuschung ab, dass das Bild nicht Wirklichkeit geworden war, als er die Augen wieder öffnete. Das Zimmer war nach wie vor leer.

Mit einem Ruck zog er die Vorhänge auf, ließ Licht herein und sah sich um. Irgendetwas, das ihm einen Hinweis geben konnte? Das Einzige, was ihm auffiel, war, dass von Hettis Sachen bisher nichts eingepackt worden war. Alles war aufgeräumt und an seinem Platz, Kleidung, Bücher, eine Uhr aus Meißner Porzellan stand auf dem Nachttisch, ein kleiner Faun mit Ziegenhufen hielt das Zifferblatt und spähte neugierig darauf. Charlie musste lächeln, diese Uhr passte zu Hetti, sie entsprach ihrer Faszination für das Seltsame und Abwegige, und er stellte sich vor, dass das Staunen des Fauns über die Exaktheit, mit der die Uhr die Zeit in Scheiben schnitt, dasselbe sein musste, das Hetti bei den kleinsten und banalsten Dingen dieser Welt empfand. Über Erdbeeren, Rummelbuden ... Charlie zog seine eigene Uhr aus der Tasche und verglich die Zeit. Es war auf beiden Uhren exakt vier Uhr vierzig. Er hatte schon zu lange getrödelt.

Die anderen Zimmer waren chaotisch, überall lagen und standen Bündel, Koffer und Kisten herum, die Hälfte des Hausrats war bereits verpackt, die andere Hälfte schien wahllos in den Zimmern verteilt. Charlie ließ den Blick schweifen, lief ins nächste Zimmer, fing dann wieder von vorne an.

Nach welcher Systematik sollte er hier zu suchen beginnen? Wonach suchte er überhaupt? Nach Sesseln, die ihm zuflüsterten, wo Hetti war? Nach Wolldecken, nach Zimmerpflanzen, nach ... sein Blick fiel auf einen Korb neben dem Kamin. Auf dem Anfeuerholz lagen zusammengeknüllte Obsttüten und alte Zeitungen. Und, halb darunter verborgen, ein Stapel sorgfältig gefalteter Zettel. Es waren Briefe, ohne Umschläge.

Alte Briefe würden ihm nichts verraten, er brauchte neue Briefe. Vielleicht enthielten sie Hinweise auf Hettis Aufenthaltsort. Hier war einer, vom 27. Mai 1900.

... Ada, Heinrich ist außer sich. Ich fürchte, dass er unser aller Leben zerstört. Schwester, ich bitte Dich, in Gottes Namen: Hol das Kind zurück! Ich werde Deinen Wechsel wieder einsetzen, ich werde ihn Dir auch erhöhen, aber hol sie zurück. Ich ...

Ein Poltern ließ Charlie aufschrecken. Das war nicht das Zeichen, dass er mit Willem verabredet hatte. Es war das Tischchen an der Dienstbotentür. Charlie steckte den Brief in die Jacketttasche, griff eine weitere Handvoll Briefe aus dem Korb und noch eine ... er hörte Stimmen, Männer, eine Frau. Er musste fort, bevor sie durch die Küche und in den vorderen Flur kamen. Charlie stopfte die Briefe im Laufen tiefer in die Tasche, damit sie nicht herausschauten. Er musste einfach hoffen, dass er nützliche Informationen erwischt hatte.

Die Wohnungstür war verschlossen. Natürlich, wer ging schon aus, ohne seine Wohnungstür abzuschließen? Charlie schlüpfte in den Waschraum und hinter den Paravent, keinen Moment zu früh, denn jetzt waren sie im vorderen Flur und rissen Türen auf.

«Mister Jackson, stellen Sie sich, oder wir sind gezwungen, jedes Mittel einzusetzen, das notwendig ist.»

Es bestand eine Chance, eine winzige Chance, dass man ihn übersah. Jetzt waren sie an der Wohnungstür, es konnte nur noch Sekunden dauern, bis sie hier waren, er zählte sie, zwei, drei, vier, fünf, die Tür des Waschraums flog auf. Charlie wartete, wartete, bis sie ganz nahe waren, bis er sie beinahe fühlen konnte. Erst dann rannte er los, einfach vorwärts, stieß den Paravent um, das japanische Papier riss, der Rahmen splitterte, als Arme und Beine sich darin verhedderten und er einen Satz darüber hinwegmachte, er fühlte ihre Fingerspitzen am Rücken, an den Armen, riss sich los, erreichte die Tür. Er konnte es schaffen. Und dann prallte er auf etwas Weiches, Schwarzes. Ada Keller schrie auf, Charlie stieß sie gegen die Wand, verlor zwei wertvolle Sekunden. Und dann hatten sie ihn. Ein Polizist verdrehte ihm den Arm, bis er Sterne sah.

«Bitte! Seien sie nicht so grob mit ihm», hörte er eine vertraute Stimme. Altheim. Neben ihm stand Willem. Beide mit betretenen Gesichtern.

«So, Mister Jackson. Diebstahl, Einbruch, Betrug. Und wie uns Professor Altheim verriet, haben Sie möglicherweise sogar einen Menschen auf dem Gewissen? Ich nehme an, die britische Botschaft wird sich über unseren Fang freuen.»

Charlie blickte Altheim ungläubig an, während der Polizist ihm die Hände zusammenband.

«Tut mir leid», sagte Altheim.

Willem sagte gar nichts, er zog die Nase hoch und versuchte, die Tränen zurückzuhalten. Er war fast noch ein Kind, und statt ihm zu helfen, hatte Charlie ihn noch mehr in Schwierigkeiten gebracht.

«Ich werde keinen Widerstand leisten», sagte er. «Aber bitte lassen Sie den Jungen gehen, er hat mit dieser Sache gar nichts zu tun.»

«Das lassen Sie mal unsere Sorge sein», sagte der Polizist.

Frau Keller mied Charlies Blick, als er an ihr vorbei abgeführt wurde. Der Polizist griff nach der Türklinke und machte ein verdutztes Gesicht, als er feststellte, dass abgeschlossen war.

«Sie erlauben», sagte Frau Keller und wühlte einen Schlüssel aus der großen Tasche hervor, die an ihrem Arm hing.

Frau Keller ging voran, dann kamen Charlie und der Polizist, und Altheim und Willem bildeten die Nachhut.

Charlie hatte keine Zeit, darüber nachzudenken, doch die Briefe in seiner Tasche machten ihm Sorgen. Wenn man ihn durchsuchte, würde man sie finden.

Auf halber Treppe blieb er vor einer Tür stehen, hinter der sich hoffentlich keine Besenkammer, sondern eines der modernen Wasserklosetts verbarg, die in Neubauten zwischen den Stockwerken eingebaut wurden.

«Entschuldigen Sie, die Aufregung», sagte er und deutete mit dem Kopf auf die Tür. «Es ist mir peinlich, aber ich müsste austreten.»

«Was, muss das sein?»

«Ich fürchte, es muss», sagte Charlie mit einem entschuldigenden Lächeln.

Der Polizist öffnete die Klosetttür und schaute hinein. Das Fenster war so schmal wie ein Kinderbein, da würde nicht einmal Willem hindurchpassen, es bestand also keine Möglichkeit, dass Charlie sich davonmachen könnte.

«Umdrehen», sagte der Polizist und nahm Charlie die Fesseln ab.

«Keine Fisimatenten, verstanden?»

«Natürlich nicht.»

Charlie schloss die Tür hinter sich, riegelte zu und blickte sich um.

Der Raum war winzig, man konnte sich kaum herumdrehen. Unter dem Fenster ging die Hauswand glatt hinab, keine Kerben im Gemäuer, kein Regenrohr lief hier entlang.

Charlie schloss das Fenster und setzte sich auf den Klosettdeckel. Er musste nachdenken, nur hatte er nicht viel Zeit dafür. Nach einer kleinen Weile, die ihm angemessen erschien, stand er auf und wollte an der Kette ziehen, die oben am Spülkasten hing. Charlie steckte versuchsweise die Hand zwischen Spülkasten und Wand. Die Lücke war groß genug.

«Verstopfung, oder was?», schnarrte die Stimme des Polizisten vor der Tür.

«Gleich fertig!», rief Charlie.

Er zog die Briefe aus der Tasche, schob sie vorsichtig zu einem kompakten Stapel zusammen und stieg auf den Toilettendeckel. Dann zog er die Kette und nutzte das Rauschen des Wassers, um die Briefe zwischen Wand und Spülkasten zu stecken, ohne dass man es draußen rascheln hörte. Vielleicht konnte er später wiederkommen, um sie zu holen. Oder Willem.

Charlie schloss auf und ordnete seine Kleidung, bevor er die Hände nach hinten streckte, um sie sich wieder zusammenbinden zu lassen.

Auf der Straße vor dem Haus stand ein Automobil mit einer

Fahrerbank vorne und einem schwarzen Kasten hinten. Der Polizist öffnete die hintere Tür.

«Bitte einzusteigen, der Herr», sagte er mit einem Grinsen.

Charlie wusste nicht, ob das ein Scherz sein sollte oder Sarkasmus oder einfach Höflichkeit.

«Ich werde Ihnen einen guten Anwalt besorgen», rief Professor Altheim ihm zu, als der Polizist die Klappe schloss. Durch ein schmales Fenster in der vorderen Wand des Wagens fiel ein wenig Licht in den Innenraum.

«Den besten!»

«Sie und der Junge können vorerst gehen. Aber halten Sie sich zur Verfügung, wir werden sicher noch Fragen an Sie haben.»

Das Gesicht eines zweiten Beamten spähte durch das Fenster zu ihm herein. Charlie versuchte zu lächeln.

«Frau Keller, halten Sie sich bitte ebenfalls zur Verfügung. Für den Moment empfehle ich einen Magenbitter und eine Stunde Ruhe. Sie sehen blass aus.»

«Danke, Herr Wachtmeister. Auf Wiedersehen.»

Charlie spürte, wie der Motor angekurbelt wurde, und dann fuhren sie mit einem kräftigen Ruck los.

15

Zuerst war Henriette erleichtert gewesen, dass die Strafe so milde ausfiel, aber mittlerweile fragte sie sich, wie lange Tante Johanne vorhatte, sie hier zu lassen. Ihre Knie begannen zu schmerzen auf der harten Betbank, und der lebensgroße hölzerne Heiland vor ihr an der Wand, fleckig vom Alter, hatte eine bedrückende Wirkung auf sie. Das Holz war schwarz wie die Haut des Negerkönigs in dem Zelt damals, aber das war ein Leben her, mindestens. Wenn Henriette lange genug in sein Gesicht starrte, Licht und Schatten in sich einließ, und dann an die weiße Wand daneben blickte und schnell blinzelte, dann sah sie – wie durch Magie – sein Abbild auf der Wand. Was dunkel war, erschien nun hell und andersherum. Der verkehrte Heiland, der auf der Wand erschien, litt nicht, er lachte laut, mit weit aufgerissenem Mund und blitzenden Zähnen. Er lachte sie aus.

Henriette sog den Geruch von Weihrauch und Wachskerzen in sich ein. Es war kalt in der Betstube, und sie hätte sich gerne die Beine vertreten, doch sie wagte es nicht aufzustehen. Johanne riss in unregelmäßigen Abständen die Tür auf und überprüfte, ob sie noch immer auf der Bank kniete, den Rosenkranz zwischen den gefalteten Händen, das Haupt gebeugt, die ihr aufgegebenen Ave-Maria aufsagend. Nach einer Weile fiel Henriette in einen schwebenden Zustand, in dem die Zeit verschwand. Ruhe breitete sich in ihr aus, gleichgültig wie lange es noch dauern würde. Wenn sie einfach immer weiter fortfuhr, dann war es, als ob gar keine Zeit verging oder als ob dasselbe

Stückchen Zeit immer wieder ablief, in einer endlosen Schleife. Die Ave-Maria passten sich dem Rhythmus an, der unter Henriettes Füßen bebte, die Schritte im Haus, die Geräusche, die aus Küche und Hof hierherfanden, selbst das immer wieder aufbrandende Wüten, das aus dem Westflügel herüberdrang ... das alles waren bloß Arabesken über dem Thema, und Henriette lauschte der Musik mit wachsender Freude. Das Hufgetrappel im Hof ließ sie kurz an Ida denken, die vom Amt zurück sein musste, wo sie nach Professor Regenmacher telegraphiert hatte, doch sie blickte nicht einmal aus dem Fenster, um sich zu vergewissern. Eine kurze oder auch lange Zeit später wurde die Tür erneut aufgerissen. Henriette sah nicht auf.

«Pssst. Hier. Damit es nicht so langweilig ist.»

Henriette fuhr zusammen, als sie die Stimme dicht an ihrem Ohr vernahm. Ida hielt ihr ein kleines Buch hin. Es sah aus wie das Gesangbuch, das vor Henriette auf der Bank lag, unscheinbar und schwarz. Dennoch erkannte Henriette es auf den ersten Blick. Es war *das* Buch.

«Ida!»

«Niemand wird etwas merken.»

Ida legte das Buch neben das Gesangbuch, huschte zur Tür, öffnete sie einen Spalt und spähte hinaus, um zu sehen, ob die Luft rein war. Dann drehte sie sich noch einmal um.

«Hetti, er kommt zum Abendessen, heute kriegst du ihn zu sehen. Ich bin so aufgeregt!»

Ida winkte kurz, dann war sie wieder draußen.

«Ida!»

Ida hatte sie nicht gehört oder nicht hören wollen, und Henriette wagte es nicht, lauter zu rufen. Ihr Blick fiel auf das Buch. Von außen waren sie gleich, viereckig und unschuldig und mit einem roten Lesebändchen versehen. Wenn Tante Johanne sie damit erwischte ... und dann auch noch hier, in ihrem Heiligtum.

«Oh, Charlie. Hol mich doch endlich hier weg!»

Oder ... sie konnte versuchen, in die Stadt zu laufen und dort den Zug zu nehmen. Doch wohin konnte sie fahren? Und von welchem Geld?

Henriette griff nach Idas Buch, um es unter ihrer Kleidung zu verstecken. Sie ließ die Finger durch die Seiten gleiten. Sie waren etwas dicker, griffiger als in einem richtigen Gesangbuch. Und zu jedem Kapitel gab es ein Bild mit einem Titel darunter.

Der Succubus ... Ein Mann lag wie tot auf dem Bett, mit geschlossenen Augen, und auf seiner nackten Hüfte saß, das Nachtkleid hochgeschürzt, eine Frau mit wildem Haar.

Und wieder war dort diese Brücke zwischen den beiden, etwas, das sie miteinander verband, das Etwas, das Ida «Schlange» genannt hatte. Sie fand das Wort auf der dem Bild gegenüberliegenden Seite.

Der Lehrer sprach mit rauer Stimme. «Sie dürfen die Schlange nicht berühren, egal wie verlockend sie Ihnen erscheint. Zuerst scheint sie harmlos, doch dann richtet sie sich auf und zeigt ihren roten Kopf und stößt in Sie hinein, und ...

Henriette hörte Schritte auf dem Flur. Schnell schlug sie das Buch wieder zu und legte es auf die Bank, keinen Moment zu früh, denn die Tür ging auf, und Tante Johanne steckte den Kopf ins Zimmer.

«Warum betest du nicht?»

Schnell faltete Henriette die Hände, senkte den Kopf und begann mit einem neuen Ave-Maria. Johanne beobachtete sie.

«Du kannst doch singen, oder?»

Henriette blickte auf.

«Ja, Tante.»

«Deine Mutter schreibt, du seist etwas Besonderes, ein Talent.»

«Ich ...»

«Dann lass dir gesagt sein, Mädchen, dass es in diesem Haus keine Besonderheiten gibt. Wenn du singen willst, dann etwas Christliches.»

«Hat Mutter geschrieben?»

Tante Johanne nickte.

«Ida hat Post aus der Stadt mitgebracht. Ich soll dir Grüße bestellen.»

Henriette fühlte den Stich in der Brust. Warum schrieb Mutter ihr nicht, warum schrieb sie nur ihrer Schwester?

«Wenn du willst, darfst du singen», sagte Tante Johanne barsch und schloss die Tür.

Henriette war sich nicht ganz sicher, aber es mochte sein, dass sie soeben von ihrer Tante ein Privileg erhalten hatte, eine Milderung der Strafe. Aber wollte sie überhaupt singen? Oder wollte sie ...?

Henriette strich über die Einbände der beiden Bücher vor ihr. Beide Bücher waren in Leder gefasst, das Gesangbuch war abgegriffen, Idas Buch glänzte, das Leder war feiner. Es war ein teures Buch.

Ein Succubus ... das war ein weiblicher Dämon, der über einen Mann kommt und sich von seiner Lebenskraft ernährt, eine Art Vampyr. Henriette hatte sich bisher über Incubi und Succubi keine Gedanken gemacht, das waren bloß Schauergeschichten, die die alte Frau Suhrkopp erzählt hatte. Sie hatte zwei Etagen höher gewohnt und manchmal auf Henriette aufgepasst, als sie noch kleiner gewesen war, und vor zwei Jahren war sie gestorben. Doch wie tut ein Succubus das, wie gelangt er an diese Lebenskraft? Woraus bestand sie? In dem Moment, wo mit Idas Hilfe dieses Gefühl über Henriette gekommen war und sie durchgerüttelt hatte, da hatte sie sich zugleich stark und unsagbar schwach gefühlt. Was war in diesen Momenten geschehen? Hatte sie Lebenskraft erhalten, oder war sie ihr genommen worden? Wenn es Antworten auf solche Fragen hab, dann waren sie in dem Buch zu finden ... Henriette warf einen schnellen Blick zur Tür. Sie hatte die Erlaubnis bekommen zu singen. Also würde sie singen.

Henriette stand auf, streckte die steifen Knie und setzte sich auf einen der sechs Stühle, die Tante Johanne in zwei Reihen vor ihrer Betbank und dem kleinen Altar für die häuslichen Andachten aufgestellt hatte. Einen siebten Stuhl für Henriette hatte sie bisher noch nicht dazugestellt. Henriette hatte ja auch die meiste Zeit krank im Bett gelegen.

Sie hatte die Tür im Blick, und wenn sie beim Lesen leise sang, dann würde es aussehen, als ob sie ins Gesangbuch schaute. Henriette atmete durch, öffnete das Buch bei dem Kapitel über den Succubus und begann mit einem getragene Pie Jesu.

Der Anfang des Kapitels schilderte, wie die Erzählerin versucht, den Lehrer durch absichtliche Schlampigkeit und Nachlässigkeiten dazu zu bewegen, dass er sie ebenso hart bestraft wie jene Emily, mit der sie ihn im ersten Kapitel beobachtet hatte. Doch der Plan geht nicht auf.

So begann ich, mit voller Absicht Ungehörigkeiten und Dummheiten zu begehen, um härtere Strafen herauszufordern. Als auch dies zu nichts führte, tat ich es schließlich Emily gleich. Ich erschien mit offenem Haar zum Unterricht. Mein Lehrer sah mich nur kurz an, verzog missbilligend den Mund und widmete sich dann wieder meinen Heften und korrigierte. Es war nicht zu begreifen, warum er mich nicht mit derselben Aufmerksamkeit beachtete wie Emily. Obgleich mein Herz mir zum Halse hinausschlagen wollte und meine Stimme zitterte, rief ich aus: «Oh, bitte, ich muss Sie etwas fragen!»

Zum ersten Mal an diesem Morgen blickte mein Lehrer mich richtig an. «Sie sind ja ganz aufgelöst. Ist etwas geschehen?»
«Bitte, können Sie mich nicht bestrafen?»
«Wofür sollte ich Sie denn bestrafen?»
«Dafür, dass ich Ihnen und Emily zugesehen habe, in London. Ich möchte wissen, was Sie ihr getan haben. Bitte, erklären Sie es mir.»
Ich war vor ihm auf die Knie gefallen, meinen Blick zu ihm erhoben, flehend, die Hände nach den seinen tastend.
Mit einem Ruck war er auf den Füßen, starrte auf mich herab, und ich hoffte, dass ich ihn wütend genug gemacht hatte. Wie von selbst streckte meine Hand sich aus, um ihn zu dort zu berühren, wo sich auch bei mir der Ort meiner täglichen Freude befand.
Ich fühlte etwas Hartes.

Henriettes Atem stockte, und es fiel ihr schwer, die gleichmäßigen Harmonien des Pie Jesu fortzusingen. Stattdessen stimmte sie ein Kyrie an, das sie zur Stimmübung wegen der himmelhoch kletternden Tonleitern oft bei Professor Altheim gesungen hatte. Ihre Stimme schwankte, doch sie kannte das Material so gut, dass sie über Tonfolgen und Worte nicht nachzudenken brauchte, während sie weiterlas.

Mein Lehrer stöhnte auf, doch dann stieß er mich von sich.
«Setzen Sie sich auf Ihren Platz! Sofort!»
Er zog mich auf die Füße, ungewohnt grob, schob mich auf einen Stuhl, dann setzte auch er sich wieder hin, um mit den Korrekturen fortzufahren.
Ich fühlte einen ganz ungewohnten Zorn in mir aufsteigen.
«Sind Sie denn nicht mein Lehrer?»
Er antwortete nicht.
«Sollten Sie mir nicht meine Fragen beantworten?»
Seine Stimme klang belegt. «Was wollen Sie denn wissen?»

«Was ist es, das Sie mit Emily getan haben?»

«Das ist etwas, was einem jungen Mädchen wie Ihnen zu wissen nicht zusteht.»

«Wenn Sie es mir nicht erklären, werde ich jemand anderem schildern, was ich gesehen habe, und danach fragen.»

«Nein!», sagte er schnell. «Sie müssen mir versprechen, dass Sie das nicht tun.»

«Warum?»

Mein Lehrer sah mich lange an, bevor er sprach. «Als Adam und Eva das Paradies verlassen mussten, versteckten sie die Schlange hinter Adams Feigenblatt und nahmen sie heimlich mit sich. Sie dürfen die Schlange nicht berühren, egal wie verlockend sie Ihnen erscheint. Zuerst scheint sie harmlos, doch dann richtet sie sich auf und zeigt ihren roten Kopf und stößt in Sie hinein, und ... verspritzt ihr Gift.» Der Lehrer verstummte.

«War das die Strafe, die Emily erhielt?», fragte ich atemlos.

«Ja.»

Henriette schüttelte irritiert den Kopf. Diese Geschichte stand nicht in der Bibel, sie war sich dessen ziemlich sicher. Sie glaubte, dass der Lehrer entweder log oder selbst nicht verstand, was es mit dieser Versuchung auf sich hatte. Henriette war erleichtert zu lesen, dass auch die Erzählerin mit der Erklärung des Lehrers nicht zufrieden war und daher beschließt, auf eigene Faust mehr über die Schlange herauszufinden.

Ich musste sie genauer in Augenschein nehmen, musste sie noch einmal berühren. Und ich würde mich nicht abweisen lassen. Ich stand auf, nahm meine Kerze und schlich barfuß über den Flur zu der Tür, hinter der mein Lehrer schlief. Leise drückte ich die Klinke hinab, es war nicht abgeschlossen. Dort lag er, auf dem Rücken, ein Arm hinter dem Kopf, der andere unter der Decke. Mein Herz

schlug schneller, als ich zu ihm hinüberschlich, die Kerze auf den Nachttisch stellte und mein Forschungswerk begann.
Zuerst schlug ich vorsichtig die Decke auf. Mein Lehrer rührte sich nicht. Seine Hand lag locker auf seinem Bauch, und unter seinem Nachthemd zeichnete sich ein Schatten ab, eine Form, die ich durch den Stoff hindurch vorsichtig berührte, weich, nicht hart. Ebenso vorsichtig, wie ich die Decke bewegt hatte, schob ich nun sein Nachthemd hinauf, bis ich die Schlange sehen konnte. Sie schlief, hingebettet in ein Nest aus schwarzem Haar, und ich spürte die Verlockung, die von ihr ausging, ganz wie der Lehrer es gesagt hatte, spürte, wie sie das Feuer entfachte, das Begehren und den Willen zu wissen. Sie sollte erwachen. Doch wie weckte man sie? Sachte berührte ich ihren Kopf, streichelte sie, rüttelte sie sanft, und mein Lehrer seufzte im Schlaf, als sie sich regte. Ich umfasste ihren weichen, biegsamen Körper, und da wuchs sie, gewann an Kraft, schob einen glänzenden Kopf hervor, ein kleiner Mund blickte mich erstaunt an. Mein Lehrer stöhnte, doch schlief er weiter. Als sein Becken sich mir entgegenreckte und die Schlange in die Höhle meiner Hand zu stoßen begann, wurde auch mein Drang übermächtig, und mein Leib wusste, was zu tun war. Ich ließ die Schlange los, raffte mein Nachthemd und stieg zu meinem Lehrer ins Bett. Als ich den Kopf seiner Schlange am Eingang meiner noch unerforschten Höhle fühlte, war ich einer Ohnmacht nahe. Sie drängte in mich, und ich drängte mich ihr entgegen, um sie aufzunehmen, den Schmerz ignorierend, als sie mich biss, ich glitt auf ihr auf und ab, und meine Hände halfen mit, bis mein Lehrer sich aufbäumte und ein tiefes Stöhnen sich seiner noch immer schlafenden Kehle entrang. Dann bewegte er sich nicht mehr, lag still, sein Atem kam zur Ruhe, und auch ich hielt inne, plötzlich voller Furcht, er könnte doch noch erwachen.
Zitternd stieg ich von ihm herunter, sah das Blut des Schlangenbisses und ihr Gift, das wie geronnene Milch aussah. Ich bedeckte meinen Lehrer und verließ ihn so leise, wie ich gekommen war.

Erst als ich in meinem Zimmer war, wurde mir bange. Was würde nun geschehen, wie würde das Gift in mir wirken? Ich erforschte mein Höhlenreich, konnte nicht aufhören, meine Finger tief in die Höhle zu stecken, die feucht war von Gift und Blut, und ich wusste, dass ich etwas Teuflisches getan hatte. Und ebenso wusste ich, dass ich es wieder tun würde, wieder und wieder. Vielleicht war eben dies die Wirkung des Gifts. Nun, mein liebster Herr Studienrat, dachte es in mir, wenn du deine Schlange nicht herauslassen willst, ich werde sie schon zu locken wissen.

Henriette klappte das Buch zu und hörte auf zu singen. Sie hatte noch nie zuvor von diesem Gift gehört oder gelesen. Enthielt es die Lebenskraft, von der Frau Suhrkopp gesprochen hatte? Doch wie konnte Lebenskraft giftig sein? Sie musste Ida danach fragen, es ergab keinen Sinn. Henriette wollte gerade weiterlesen, da öffnete sich erneut die Tür.

«Bist du fertig?»

«Ja, Tante Johanne.»

«Du singst wirklich schön. Du solltest in der Kirche singen.»

Mit Überraschung sah Henriette etwas, was sie noch nie an ihrer Tante erblickt hatte: ein Lächeln. Beinahe war ihr Gesicht hübsch, als für diesen Moment die Bitterkeit daraus verschwand.

«Danke», sagte Henriette.

«Du hast ganz rote Wangen bekommen. Es scheint dir gutzutun, hier ein wenig mit den wesentlichen Dingen des Lebens allein gelassen zu sein.»

«Danke, ich fühle mich tatsächlich besser.»

«Noch ein Ave-Maria auf der Bank, dann kannst du in die Küche kommen und essen und danach auf die Kammer gehen. Ab morgen früh nimmst du wieder an der Arbeit teil.»

«Ja, Tante Johanne.»

Henriette hielt das Buch fest in den Händen, ging nach vorne und legte es ab, um ihr letztes Ave-Maria zu absolvieren. Sie wartete, dass Tante Johanne ging, doch sie rührte sich nicht.

«Du kannst anfangen», sagte sie und setzte sich auf einen Stuhl.

Henriette senkte den Kopf und begann.

«Ave Maria, gratia plena, gegrüßt seist du, Maria, voll der Gnade, dominus tecum, der Herr ist mit dir» ... Was bedeutete das eigentlich, der Herr ist mit dir? «Benedicte tu in mulieribus, du bist gebenedeit unter den Frauen, et benedictus fructus ventris tui, Iesus, und gebenedeit ist die Frucht deines Leibes, Jesus» ... wenn Gott der Vater von Jesus ist, bedeutete das nicht, er war das Gegenstück zum Succubus aus Idas Buch, ein Incubus, der Maria nächtens heimgesucht und ihr das Kind eingepflanzt hatte? «Sancta Maria, Mater Dei, heilige Maria, Mutter Gottes» ... und war Jesus, halb Mensch, halb Gott, dann nicht so etwas wie ein göttlicher Wechselbalg? «Ora pro nobis peccatoribus, bitte für uns Sünder» ... vielleicht war das der Grund, warum Maria wie keine andere Frau in der Lage war, für die Sünder zu bitten – weil sie gesündigt hatte, ohne davon zu wissen. «Nunc et in hora mortis nostrae, jetzt und in der Stunde unsere Todes» ... schließlich konnte sie nichts für die Sünde, die sie begangen hatte, es war nicht sie gewesen, die ihren Mann hintergangen hatte, es war über sie gekommen, und sie hatte keine Wahl gehabt. «Amen.»

Ob Maria wohl dabei dasselbe empfunden hatte, dasselbe Brennen, dieselbe Seligkeit? Henriettes Schenkel zitterten vor Anspannung, während sie auf der Bank kniete und Gedanken dachte, die Tante Johanne sündig gefunden hätte. Sie wusste, dass ihre Überlegungen verboten, nichtsdestotrotz aber richtig waren, und sie wusste, dass es genau zwei Menschen gab, mit denen sie über diese Dinge würde reden können. Ida und Charlie. Oh nein, Charlie, mein Herz ist nicht kalt. Es ist nur klein und ängstlich. Aber ich verspreche, dass es wachsen wird. Es ist schon gewachsen. Wenn ich nur eine Chance bekomme, das zu beweisen ... ich habe den Fehler gemacht, auf Frauen zu hören, die vermutlich nie geliebt haben, vermutlich nie die Freude gefunden haben, die zur Liebe gehört. Ihr betet zu Gott und sagt, dass ihr ihn liebt. Aber ihr habt nicht begriffen, dass Maria letztlich doch eine von uns ist. Eine Heilige, ja. Aber ihre Heiligkeit lag doch im Leib, sie hatte doch ein Kind geboren, und sie hatte es empfangen, von einem übernatürlichen, heiligen Wesen, von dem größten und mächtigsten, das es gab. Und wenn einfache Dämonen dem Menschen schon solches Verzücken bereiteten, wie unermesslich musste es dann erst sein, wenn Gott es einem tat!

«Nun komm», sagte Tante Johanne.

Henriette wartete, dass Tante Johanne sich der Tür zuwandte, bevor sie im Aufstehen nach dem Buch griff und es schnell unter ihr Mieder steckte.

In der Küche warteten warme Mehlklößchensuppe und frisches Brot auf sie. Henriette hatte Hunger, und zugleich lag ein Stein in ihrem Magen. Sie musste sich überlegen, wie sie hier fortkam, zur Not auch ohne Charlie.

Es wurde schon dunkel, als Henriette ein Pferd in den Hof traben hörte. Der Professor war da. Sie wusste, dass sie nicht hinunterdurfte, sie war vom Gemeinschaftsleben ausgeschlossen und hatte bis morgen in der Kammer zu bleiben. Dabei hätte sie zu gerne einen Blick auf den Mann geworfen, für den Ida so schwärmte. Vielleicht sollte sie einfach noch ein wenig weiterlesen. Wenn sie Charlie wiedersah, dann wäre es gut, Bescheid zu wissen, und sie war allein und würde es für die nächsten Stunden auch bleiben. Henriette setzte sich mit Idas Buch auf den einzigen Stuhl im Zimmer und schlug es auf. Nur, es war nicht Idas Buch. Es war das Gesangbuch.

Als Henriette nach unten kam, hatten sich Tante Johanne und die Mädchen bereits in der Diele versammelt. Alle liefen durcheinander, Katharina löste die Schleife ihrer Küchenschürze, die Zwillinge eilten zwischen Küche und Essstube hin und her. Idas Wangen hatten eine rosa Färbung angenommen, und selbst Tante Johanne schien nervös.

«Henriette», sagte sie, als sie sie erblickte. «Sofort wieder nach oben! Und lass dich ja nicht blicken!»

Henriette starrte auf die Tür der Betstube. Sie musste irgendwie dort hinein. Oder zumindest Ida Bescheid geben. Sie ging die Stufen wieder hinauf. Oben blieb sie stehen, hockte sich hinter das Geländer.

Johanne öffnete die Tür.

«Guten Abend, komm herein, Felix», sagte sie.

«Guten Abend, die Damen.»

Eine volltönende Stimme, ein tiefer Bariton vermutlich, wenn er singen würde.

Henriette zischte Idas Namen, doch die hatte nur Augen für den Professor, der noch immer nicht in Henriettes Blickfeld erschienen war. Ein Mantel wurde in den Schrank gehängt, ein Hut abgelegt, Begrüßungen wurden ausgetauscht.

«Ein Notfall, Johanne?», hörte Henriette den Professor sagen.

«Ja, wir sprechen im Büro.»

Die Mädchen verschwanden in der Küche, ihre Stimmen wurden leiser, Tante Johannes und des Professors Schritte entfernten sich den unteren Gang entlang dorthin, wo sich Tante Johannes Geschäftsräume befanden. Man erreichte sie auch durch den Haupteingang des Hauses, während die Pflogs stets durch den Hof gingen, um in die Wohnbereiche zu gelangen. Als es still war, blieb nur das allgegenwärtige Grollen aus den Tiefen des Hauses.

Dann ging die Küchentür noch einmal auf, Ida kam herausgeschossen und lief in die Essstube. Henriette ging ein paar Stufen tiefer, und als Ida zurückkam, eine große Terrine im Arm, passte Henriette sie ab.

«Ida!»

«Gott, hast du mich erschreckt!» Als Ida sich gefasst hatte, lachte sie. «Fast hätte ich das Porzellan fallen gelassen.» Dann raunte sie: «Ich wette, sie ist in ihn verliebt.»

Henriette war in diesem Moment einerlei, wen Ida meinte. Sie hörte eine Tür klappen, wahrscheinlich die Bürotür.

«Ida, das Buch ist noch in der Kammer. Johanne, du ...»

«Was?!»

Ida wurde ganz weiß im Gesicht.

«Ich habe das falsche mit nach oben genommen.»

«Aber ...»

Schritte. Herrenschuhe.

Ida stellte die Terrine auf den Fliesenboden. «Ich hol's schnell! Du musst es hochbringen!»

Ida fasste die Klinke, drückte sie hinunter. Die Tür zur Betstube war verschlossen.

«Oh nein! Oh nein!»

Die Schritte kamen näher, jeden Moment musste der Professor um die Ecke kommen.

«Ich muss hoch, sonst gibt es nur noch mehr Ärger», zischte Henriette.

Während sie nach oben eilte, hörte sie unten den Professor sprechen.

«Kann ich dir helfen, Ida?»

«Nein! Ich hab nur ... die Terrine ... »

«Gut, dann bring mir doch bitte Kaffee ins Büro.»

«Ja, natürlich.»

Henriette erreichte die Kammer, setzte sich mit klopfendem Herzen aufs Bett. Wenn Tante Johannes Geschäftsräume zur Straße hinaus lagen, dann hieß das, dass sie unter den Kammern der Mädchen liegen mussten. Henriette lauschte, hörte den Professor, der zurückkam. Hörte dann Stimmen, unterbrochen von einem erneuten Aufheulen, das aus dem Westflügel drang. Es klang wie ein waidwundes Tier, wie etwas, das den Gnadenschuss erwartete, und die Vorstellung, dass diese Geräusche von dem Monster verursacht wurden, das sie hinter dem Vorhang gesehen hatte, die Vorstellung, dass dieses Monster Idas Vater war, ihr Onkel, jagte Henriette einen Schauer über den Rücken.

Als das Heulen verklang, setzte unter ihr das Murmeln wieder ein, Henriette konnte deutlich Tante Johannes Stimme und die des Professors unterscheiden, die eine hell und hektisch, die andere ruhig und tief, doch sie konnte keine einzelnen Worte verstehen, auch nicht als sie sich auf den Boden legte und ein Ohr auf die Dielen legte. Ihr Blick fiel auf den Waschtisch und die emaillene Waschschüssel darauf. Sie enthielt noch Wasser von heute Morgen, trübe von der Seife, die sie und Ida benutzt hatten. Henriette versuchte, das Wasser in die Kanne zurückzugießen, und als sich herausstellte, dass sie die Hälfte verschütten würde, stellte sie die Schüssel ab, öffnete das Fenster über ihrem Bett und schüttete das Wasser in einem Schwall aus dem Fenster. Die Stimmen unter ihr verstummten für einen Moment, bevor sie wieder einsetzten. Hoffentlich hatte Henriette noch nichts Wichtiges verpasst. Warum hatte Tante Johanne sie heraufgeschickt? Warum wurde sie, ebenso wie Onkel Heinrich, vor den Augen der Außenwelt verborgen gehalten? Und vor allem, was war das für ein Notfall, wegen dem der Professor gerufen worden war?

Leise schloss Henriette das Fenster, legte die Schüssel mit der Öffnung nach unten in die Mitte des Fußbodens, nahm das Wasserglas, stülpte es ebenfalls um und stellte es auf den Boden der Waschschüssel. Als sie jetzt das Ohr an das Glas legte, war es, als ob sich eine Tür öffnete.

Sie hörte Schritte, hörte, wie jemand Johannes Geschäftsräume betrat, und dann, wie durch einen Schleier von fließendem Wasser, gedämpft Idas Stimme.

«Der Kaffee.»

«Danke, Ida», sagte der Professor.

Henriette konnte sogar hören, wie der Kaffee in die Tasse floss, hörte den Professor mit klingendem Löffel umrühren.

Ida ging wieder, einen Moment lang herrschte Schweigen.

«Und du weißt wirklich nicht, was ihn in diesen Zustand versetzt hat? Du hast nicht die leiseste Ahnung?»

«Ich weiß es nicht. Er muss verrückt geworden sein. Er behauptet ... nun ... er behauptet, er hätte gesehen, wie ich mich im Hof mit unserem Fahrer ... vergnügt hätte.»

Der Professor schien diese Vorstellung sehr erheiternd zu finden.

«Du und der kleine, blasse Fahrer mit dem fliehenden Kinn? Hanne, mach dich doch nicht lächerlich.»

«Es ist ja auch natürlich nicht das Geringste geschehen!»

Henriette hörte den Löffel in der Kaffeetasse.

«Aber etwas ist geschehen», sagte der Professor dann, und es war keine Frage, sondern eine Feststellung.

«Was auch immer es ist, Felix, er wütet mit mir, und ich wage mich nicht zu ihm hinein. Ich war seit heute früh nicht dort, er hat keine Injektion bekommen, gegessen und getrunken kann er auch kaum haben – ohne meine Hilfe. Ich mache mir Sorgen um ihn. Sicher leidet er Qualen.»

Wieder hörte Henriette eine Weile lang nichts, und dann, völlig unvermittelt, ein Schluchzen.

«Ich ertrage es nicht mehr, ich ertrage ihn nicht. Ich habe ihm fünf Kinder geboren, ich führe ihm die Geschäfte, ich arbeite, ich pflege ihn, und mein einziger Trost liegt in Gott. Doch manchmal genügt das nicht, verstehst du? Manchmal wünschte ich, es wäre endlich abgegolten.»

Schritte, und dann sanft:

«Hanne, *was* soll denn abgegolten sein?»

Langes Schweigen, dann wieder der Professor.

«Wir sind Freunde, seit zwanzig Jahren, wir waren sogar einmal mehr als das, oder hast du das vergessen? Ich kenne deine Seele, Hanne, und ich ahne, nein, ich weiß, dass es mehr ist als dein alter Heinrich da unten im Keller, was dich bedrückt. Johanne, ich weiß von dem Mädchen in Berlin. Was ist mit ihr? Vertrau dich mir an, öffne dein Herz.»

«Ich kann nicht, ich kann nicht!»

In Henriette zog sich etwas zusammen.

«Wenn ich in den Westflügel gehen und helfen soll, meinst du nicht, es wäre wichtig, dass ich alles weiß, was es zu wissen gibt?»

Das Schluchzen hörte schlagartig auf, Tante Johanne putzte sich die Nase, dann sagte sie mit fester Stimme:

«Es gibt nichts, was du wissen müsstest, Felix. Nichts.»

«Dann gib mir jetzt bitte die Schlüssel. Ich möchte Gott um Rat fragen. Danach suche ich Heinrich auf.»

Henriette hörte das Rasseln von Tante Johannes Schlüsselbund.

«Felix, es ist manchmal besser, nicht alles zu wissen.»

Der Professor antwortete nicht und ging.

Henriette nahm das Ohr vom Glas. Und wenn er in der Betstube beten wollte? Was, wenn er das Buch entdeckte? Sie musste versuchen, es zu holen. Bevor er es entdeckte. Das Gesangbuch an sich gedrückt, eilte Henriette den Flur entlang, schlich die Treppe hinunter und blickte vorsichtig um die Ecke. Die Tür zur Betstube war keine drei Meter entfernt, und die Türen zur Küche und zur Essstube waren geschlossen. Gerade als Henriette sich entschließen wollte, die entscheidenden Schritte zu tun, trat der Professor aus der Betstube. Wie hatte er so schnell sein können? Ihr Schrecken wurde noch größer, als sie sah, wie er sich umwandte. Sein Gesicht war in der Düsternis des Flurs nicht zu erkennen, doch sie kannte seine Körperhaltung, seine Statur, seinen Gang. Es war der Mann mit dem Opernglas! Wie eine Erscheinung stand er da und steckte den Schlüssel ins Schloss der Tür zum Westflügel. Er sah Henriette nicht, doch sie sah ihn. Der Mann mit dem Opernglas war Professor Regenmacher.

Sie hatte ihn also doch gesehen, neulich nachts. Er war nicht bloß eine Fieberphantasie gewesen. Oder war er jetzt wieder nur eine Phantasie, ein Produkt ihrer gesteigerten Vorstellungskraft in einer Situation der Angst und Anspannung? Henriette hatte keine Zeit, darüber nachzudenken. Sobald der Mann im Westflügel verschwunden war, huschte sie über den Flur, betrat die Betstube, in der außer Weihrauch und Kerzenwachs nun auch ein schwacher, aber deutlich männlicher Geruch hing. Sie legte das Gesangbuch auf seinen Platz auf der Bank und wollte es gegen Idas Buch austauschen. Doch Idas Buch war nicht mehr dort, wo sie es liegengelassen hatte. Henriettes Herz begann heftiger in ihrer Brust zu hämmern. Sicher war es bloß heruntergefallen! Sie schaute hinter und unter der Bank, doch es war zu dunkel, und Licht zu machen, wagte sie nicht, aus Angst, entdeckt zu werden. Sie schaute auch bei den Stühlen, wo sie gesessen hatte, auf dem kleinen Altar. Das Zimmer war ansonsten schlicht und leer, es gab keinen Platz, wo es noch hätte liegen können. Es war fort. Henriette war übel vor Angst, doch es blieb ihr nichts übrig, als wieder hinaufzugehen.

Als sie auf den Flur trat, standen plötzlich die Zwillinge hinter ihr. Wie identische Gespenster starrten sie Henriette an, in ihren gestärkten Schürzen, dampfende Schüsseln mit Kartoffeln und Rübchen in den Händen.

«Ich habe nur das Gesangbuch zurückgebracht, ich hatte es aus Versehen mitgenommen», sagte Henriette.

Die Zwillinge antworteten nicht und starrten sie weiter an, während sie ihren Weg in die Essstube fortsetzten. Sicher würden sie Henriette bei Tante Johanne anschwärzen. Und auch der nächste Tag würde eine Strafe für sie bereithalten. Henriette konnte sich nicht daran erinnern, je ernsthaft bestraft worden zu sein. Und doch begann sie nach so kurzer Zeit, sich daran zu gewöhnen und es als notwendige Begleiterscheinung ihres Lebens hinzunehmen. Schnell lief Henriette hinauf, schloss die Tür, zog nur die Schuhe aus, legte sich angezogen ins Bett und zog sich die Decke über den Kopf. Sie musste nachdenken, wie sie hier wegkommen konnte. Morgen wollte sie hier weg.

«Ich denke, es ist Zeit für einen Toast», sagte Professor Regenmacher, und Idas Mutter warf ihr einen Blick zu, der nicht nötig gewesen wäre. Sie wäre auch so gleich aufgestanden, um eine Flasche guten Wein zu holen und die Chance zu nutzen, die Hand des Professors zu streifen, wenn sie ihm die Flasche zum Entkorken reichte.

Vaters Heulen und Wüten im Westflügel war verstummt, seit der Professor bei ihm gewesen war, keine Viertelstunde hatte es gedauert, ihn zu beruhigen, und der Professor war guter Dinge. Er schenkte ein, und sogar Ida bekam ein ganzes Glas.

«Wir sind übereingekommen, dass ich noch diese Woche eine erste Serie von Geräten in Produktion gebe und zum Patentamt gehe.»

Dann hob er das Glas mit dem im Lampenschein rubinrot leuchtenden Wein, es sah aus wie eine heilige Flüssigkeit, und der Toast kam Ida vor wie ein Zauber. Etwas Großes wurde hier begangen, und sie war freudig erregt. Vielleicht lag es auch nur an der Nähe des Professors oder daran, dass ihr zum ersten Mal im Leben erlaubt wurde, Wein zu trinken. Sicher hätte Mutter es nicht erlaubt, nur schien sie abwesend und fast ängstlich heute, vielleicht widersprach sie dem Professor darum nicht.

«Auf das große Werk!», sagte der Professor, und sie hoben alle ihre Gläser.

«Auf das große Werk», sagte auch Mutter, doch klang es bei ihr viel weniger begeistert.

Der Wein rann heiß und kalt zugleich Idas Kehle hinab, er schmeckte süß, und sie spürte, wie ihre Wangen zu glühen begannen.

«Nun brauchen wir nur noch das nötige Kleingeld», sagte der Professor. «Dabei wird es doch keine Probleme geben, Johanne?»

Ida bemerkte, dass es so aussehen sollte, als sei ihm dieser Gedanke erst in diesem Moment gekommen, doch der Professor war ein schlechter Schauspieler. Er spielte ein Spiel. Er wollte provozieren. Irgendetwas lag im Argen, und Ida wollte wissen, was es war.

«Natürlich nicht», sagte Mutter. «Und Heinrich ist wirklich wieder ganz bei Sinnen?»

«Ich sagte es ja, es war nichts als ein Anfall ungewöhnlich heftiger Schmerzen. Er hat mehr Morphium genommen als sonst. Die Eigenschaften der Droge sind noch wenig erforscht, und er hat Dinge gesehen, die ganz offensichtlich nicht existierten.»

Der Professor leerte sein Glas.

«Noch jemand einen Schluck?», fragte er. «Sollen wir noch eine Flasche opfern?»

«Ich denke, eine genügt», sagte Johanne mit Bestimmtheit. «Wir trinken sonst keinen Wein. Die Kinder schon gar nicht.»

Der Professor lächelte. «Nun, dann werden sie heute Nacht besonders gut schlafen, nicht wahr?»

«Vermutlich.»

Der Professor stand auf. «Ich hoffe, die Damen sind nicht enttäuscht, wenn ich mich nun zurückziehe. Ich habe einen langen Tag hinter mir und sehne mich nach meinem Bett.»

Ida sprang auf und musste sich an der Tischkante festhalten. Ihr war schwindelig von dem Wein.

«Ich bin noch gar nicht dazu gekommen, es zu beziehen, Herr Professor. Wenn ich mit hinaufkommen darf, dann mache ich das jetzt sofort.»

«Dann bitte ich darum», sagte er, und Ida meinte, ein amüsiertes Funkeln in seinem Blick sehen zu können, etwas, das ihr ein Flattern im Magen und Hoffnung im Herzen machte.

Als der Professor hinter ihr die Treppe hinaufstieg, fühlte Ida sich unsicher auf den Beinen. Es konnte am Wein liegen oder auch an den Blicken, die sie in ihrem Rücken spürte. Sie öffnete den Wäscheschrank im Flur, ihr Blick streifte die Decken, die über dem Violinkasten lagen, den sie für Hetti heraufgeschmuggelt hatte. Sie holte frisches Bettzeug heraus und trug es an den Zimmern der Mädchen vorbei und um die Ecke zum letzten Zimmer neben der Hintertreppe, die nie jemand benutzte außer dem Professor, wenn er hier wohnte, Glücksfälle, die mit den Jahren immer seltener geworden waren. Am Anfang, nach Vaters Unfall, war er praktisch pausenlos hier gewesen. Ohne seine Pflege, seinen Glauben und Zuspruch hätte Vater nicht überlebt, sagte Mutter.

«Das Bett ist fertig», sagte Ida, als schließlich das Kissen dick und bauschig und die Decke einladend aufgeschlagen auf dem großen Bett lagen.

«Soll ich es Ihnen auch anwärmen?»

«Eine Wärmflasche wäre in der Tat zu begrüßen. Dieser Teil des Hauses ist doch immer etwas klamm und kalt, nicht wahr?»

Der Professor zog sein Jackett aus und hängte es über den Stuhl. In Hemdsärmeln sah er noch viel begehrenswerter aus, und Ida stellte sich vor, die nackte Haut seiner Brust zu berühren. Sicher war sie ganz glatt.

«Es würde viel schneller gehen, wenn ich mich einfach hineinlegte.»

Jetzt legte er die Manschettenknöpfe ab.

«Wie bitte?»

«Sie ... ich ...»

Ida wusste plötzlich nicht mehr, was sie sagen sollte. Vor einer Sekunde hatte sie sich noch vollkommen sicher gefühlt, sie kannte alle wichtigen Sätze auswendig, die man in solchen Situationen sagen konnte, sie hatte viel aus dem Buch der Meisterschülerin gelernt. Ihre Worte waren ihr wie eine unfehlbare Magie erschienen. Doch was tat man, wenn der Mann die Bannsprüche nicht verstehen wollte? Das Buch ... irgendetwas war doch damit ... später. Sie sammelte sich und nahm einen neuen Anlauf.

«Wollen Sie denn die Schlange nicht herauslassen, Herr Professor? Ich werde sie schon zu locken wissen.»

Seine dunklen Augen waren auf sie gerichtet, sein Gesicht war ernst, und ein Schauer der Erwartung durchfuhr Ida.

«Bitte», flüsterte sie. «Ich weiß genau, wie ich es anstellen muss. Sie werden es nicht bereuen.»

Erst jetzt wandte er sich ihr voll zu, nahm ihr Kinn in seine große Männerhand.

«Ida, ich weiß dein Angebot zu schätzen. Aber ich weiß nicht, woher du diese Ideen nimmst. Du bist nicht nur die Tochter meines besten Freundes, du bist auch ein Kind. Wie könnte ich dich anrühren?»

Ida drängte sich an ihn.

«Ich bin kein Kind! An mir ist alles dran, was eine Frau haben muss. Sie können sich selbst überzeugen.»

Er schob sie von sich.

«Ida, selbst wenn es stimmt, es kommt nicht in Frage. Ich

möchte solche Ansinnen von dir nicht mehr hören. Und es wäre schön, wenn ich eine Wärmflasche bekäme.»

Ida stand da und wusste nicht, was sie tun sollte. Sie schämte sich zu sehr, um sich überhaupt bewegen zu können.

«Vielleicht gehst du jetzt in die Küche hinunter, um Wasser aufzusetzen?», fragte der Professor, ohne sie anzusehen.

Ida bemühte sich, die Tür möglichst geräuschlos zu schließen.

Als sie eine halbe Stunde später mit einem Teller mit kaltem Braten und Obst zu Hetti hinauf in ihre Kammer ging, kämpfte sie noch immer gegen Tränen der Enttäuschung und Scham.

Hetti setzte sich im Bett auf und schlug die Decke zurück. Sie war vollständig angezogen und sah verschwitzt und rot im Gesicht aus, aber nicht so, als ob sie geschlafen hätte, sondern eher so, als hätte sie geweint.

«Ida, ich habe schon so sehr auf dich gewartet, ich muss dir etwas sagen!»

Ida stellte das Essen auf den Waschtisch, ließ sich auf den Stuhl fallen und tat endlich, was sie unter den Augen der Mutter und Schwestern nicht konnte, und ließ den Tränen freien Lauf.

«Ida! Was ist los, was ist geschehen?»

«Er liebt mich nicht, er will mich nicht.»

«Wer?»

«Felix.»

«Professor Regenmacher?»

Ida nickte.

Hettis Blick wanderte unstet im Raum umher. Sie zögerte, und in Ida keimte ein schrecklicher Verdacht.

«Hetti? Was musst du mir sagen?»

«Professor Regenmacher.»

«Ja …?»

«Er ist der Mann mit dem Opernglas. Er ist der Mann, der mich seit Wochen beobachtet hat. Ich kann ihm nicht entkommen, nicht einmal hier. Und er macht mir Angst. Was will er von mir? Warum bin ich hier?»

Idas Verdacht, ein lächerlicher, alberner Verdacht, dass Hetti ihr Regenmacher wegnehmen könnte, verwandelte sich in blankes Erstaunen.

«Ist das dein Ernst? Du meinst, es ist tatsächlich derselbe Mann? Nicht nur eine Ähnlichkeit?»

«Ich bin mir vollkommen sicher, dass er derselbe ist. Ohne jeden Zweifel. Er ist es. Zuerst dachte ich, ich bilde ihn mir nur ein, ich habe ihn schon einmal gesehen, nachts, vom Fenster aus, als ich Fieber hatte. Und dann heute unten im Flur.»

Ida wollte nachdenken, aber ihr Kopf war noch immer zu schwer vom Wein.

«Wieso Flur? Du hattest doch Stubenarrest.»

«Ich wollte das Buch holen, aber ... Ich fürchte, ich muss dir noch etwas Wichtiges sagen, Ida.»

Ida schlug sich vor die Stirn. «Das Buch! Ich bin noch gar nicht dazu gekommen, es zu holen.»

«Ida.»

«Wir müssen es sofort holen. Wenn abgeschlossen ist, kann ich vielleicht durchs Fenster rein. Genau!»

Ida sprang auf, um nach unten zu eilen.

«Ida!»

«Was denn?»

«Es ist weg.»

Ida hatte schon die Zimmertür aufgerissen. Jetzt hielt sie inne, blickte Hetti über die Schulter an.

«Wie, weg?"

«Ich war unten, um die Bücher auszutauschen, das Gesangbuch gegen das andere. Dabei habe ich den Mann mit ... Professor Regenmacher gesehen. Er kam gerade heraus. Er hat die Tür offen gelassen. Jemand muss es genommen haben.»

Ida schloss die Tür und setzte sich wieder, das Schwimmen in ihrem Kopf wurde nicht besser, sondern immer schlimmer.

«Mutter war es bestimmt nicht, sonst hätte es schon eine Inquisition gegeben», murmelte sie. Beim nächsten Gedanken setzte ihr Herz einen Schlag aus. «Und wenn *er* es hat?»

Hetti sah sie aus großen Augen an.

Dann schüttelte Ida den Kopf. «Nein. Dann hätte es auch eine Inquisition gegeben. Bestimmt eines von den Mädchen. Ich hoffe nur, sie behalten es für sich! Oh, Hetti!»

Hetti hatte Tränen in den Augen, als sie aus dem Bett kam, um Ida zu umarmen.

«Es tut mir so leid. Ich wünschte, ich könnte es wiedergutmachen.»

«Da fällt mir so schnell nichts ein», sagte Ida finster.

Dann bemühte sie sich, nicht mehr daran, sondern an das andere zu denken.

«Und mein Professor soll wirklich dein Mann mit dem Opernglas sein? Das ist doch zu merkwürdig.»

«Absolut.»

«Dann müssen wir herausfinden, warum er dich verfolgt hat und ob es Zufall ist, dass du ihn hier wiedersiehst, oder ob eine Absicht dahintersteckt. Ich verwette meine Granatkette, dass es eine Absicht gibt. Eine Verschwörung.»

Hetti nickte. «Ich glaube auch, dass mehr dahintersteckt. Ich habe gehört, wie deine Mutter und er über ein Mädchen in Berlin gesprochen haben. Und ...» Hetti setzte sich wieder auf ihre Bettkante, als wäre plötzlich jegliche Kraft aus ihr gewichen, «... ich habe deinen Vater gesehen.»

«Wie, du hast meinen Vater gesehen? Aber den habe ich seit dem Unfall nicht mehr gesehen. Wie kannst du ihn da gesehen haben? Du warst doch nicht etwa im Westflügel?»

«Nein. Er war oben an einem der Fenster vom Westflügel.»

Hetti blickte ins Leere und schien vergessen zu haben, was sie sagen wollte.

«Und weiter?»

Hetti schauderte. «Ida, glaub mir, du willst ihn gar nicht sehen. Er sieht grausam aus, und er hat mich angeblickt ... Auf eine Art ... Er hat Johanne in mir gesehen, ich bin mir ganz sicher. Er hat gedacht, ich sei sie. Was kann denn das nur bedeuten? Ist er wahnsinnig?»

Ida schüttelte langsam den Kopf. Es fühlte sich an, als ob ihr Hirn in einer Schale hin und her schwappte wie eine Portion Rote Grütze mit zu wenig Sago drin, das Ganze war viel zu flüssig.

Sosehr sie sich auch wünschte, dass der Professor ihr und nicht Hetti seine Aufmerksamkeit schenke, so spannend war es auch. Hetti war Teil eines Rätsels. Vielleicht sogar eines romantischen Rätsels, aber das war auf den ersten Blick schwierig zu erkennen.

«Hast du vielleicht ein Glück, Hetti», sagte Ida matt und gähnte.

Hetti lachte auf. «Ich weiß nicht, ob ich das ein Glück nennen soll. Ich finde es unheimlich. Und Ida, sei mir nicht böse, ich will nach Hause, ich will zurück nach Berlin. Kannst du mir nicht helfen?»

«Helfen.» Ida hielt inne. «Ja, wenn du unbedingt willst.»

Hetti nickte heftig.

«Na gut. Aber erst mal muss ich jetzt schlafen. Mein Kopf ...» Ida presste die Hände gegen die Schläfen, die in den letzten Minuten heftig zu pochen begonnen hatten. Sie konnte nicht mehr denken. «Morgen sehen wir weiter.»

«Ja, morgen. Danke, Ida», sagte Hetti und drückte sie noch einmal fest an sich. Ida zog sich aus, streifte ihr Nachthemd über und schlief sofort ein.

16

Der Wagen fuhr die Invalidenstraße entlang und hinter dem Lehrter Bahnhof vorbei. Wenn Charlie den Mann mit dem Opernglas hier erwischt hätte, dann wäre alles gut geworden. Dann kam die Lehrter Straße, und sie hielten vor einem großen weiß getünchten Gebäude.

Charlie wartete, dass die hintere Tür geöffnet wurde, und musste in dem plötzlich hellen Licht blinzeln.

Die beiden Polizisten nahmen ihn in die Mitte und führten ihn durch den Haupteingang in ein Verwaltungsgebäude, wo man seine Personalien aufnahm, ihm seine Brieftasche wegnahm – zehn Mark und vier Sechser waren noch darin –, so wenig war von seinem Reichtum nach nur wenigen Wochen übrig geblieben, ohne dass er Arbeit gefunden hatte, und dann musste er auch die Uhr abgeben, ein letzter Blick darauf verriet ihm, dass es kurz vor sechs am Abend war. Seine Kleidung wurde gegen einen grauen Drillichanzug eingetauscht, noch schäbiger und abgewetzter als die Kleidung, mit der er in Berlin durch die Straßen gezogen war, bevor er die Brieftasche an sich genommen hatte. Charlie quittierte die Liste, auf der seine persönlichen Gegenstände aufgelistet waren, dann kam alles in eine große braune Papiertüte und verschwand irgendwo in dem riesigen Gebäude.

Weiter ging es durch verschiedene Türen, die ein untersetzter Wärter vor ihnen auf- und hinter ihnen wieder zuschließen musste, in einen zentralen Raum, von dem strahlenförmig vier Zellentrakte abgingen. In der Mitte des Raumes befand sich ein Wärterhäuschen, von dem aus man einen Rundblick auf alle Zellentrakte hatte. Sollte sich ein Häftling tatsächlich aus einer Zelle davonstehlen können, würde man es von hier aus sofort sehen.

Charlies Wärter grüßte die beiden Männer in dem Häuschen und bedeutete Charlie mit dem Schlüsselbund in der Hand, dass er in den linken vorderen Trakt kommen würde.

«Wahrscheinlich geht's ja bald weiter Richtung Heimat», sagte er, während er die Gittertür aufschloss, Charlie hindurchgehen ließ und hinter ihnen wieder abschloss.

Jetzt befanden Sie sich in einem endlos erscheinenden Gang, von dem links und rechts ebenfalls mit Gittertüren versehene Zellen abgingen. Lauter Einzelzellen, und in keiner von ihnen schien es Raum zu geben, um sich den Blicken zu entziehen. Alles war preisgegeben, als Charlie an den Zellen vorbeilief, der Schlaf der Gefangenen, ihre Stumpfheit oder das Feuer in ihren Augen, ihre Langeweile. Ihre Einsamkeit. Die Zellen waren kahl, nur mit einer Pritsche und einem Stuhl ausgestattet. Keine Lampen, keine Kerzen, keine Vorhänge, um sich ein wenig Privatsphäre zu verschaffen.

«Frau Liese», murmelte Charlie, als ihm seine Wirtin einfiel. Hoffentlich kümmerte sich Willem darum, seine Habseligkeiten dort abzuholen und zu Professor Altheim zu bringen.

«Hier gibt's keine Weiber», sagte der Wärter mit einem hässlichen Lachen und schloss die fünfte Zelle links für ihn auf. Charlie nahm einen tiefen Atemzug und trat über die Schwelle. Der Gedanke, hier allein gelassen zu werden, schreckte ihn mehr, als er sich vorgestellt hatte. Schnell drehte er sich um, blickte den Wärter an, sah in sein graues Gesicht. Er sah selbst wie ein Gefangener aus.

«Wann bekomme ich einen Anwalt?»

«Jetzt ist Abend. Morgen sehen wir weiter.»

«Aber ...»

«Wünsche angenehme Ruhe», sagte der Wärter und verschwand aus Charlies Blickfeld.

«He!» Er drückte das Gesicht ans Gitter und versuchte, den Gang hinunterzusehen.

«Neu hier?»

Der Mann in der Zelle gegenüber, der ihn angesprochen hatte, trug Anstaltskleidung. So sehe ich also aus, dachte Charlie.

«Ja. Guten Abend.»

«Ausgefressen?»

«Ich habe nichts ausgefressen.»

Der Mann, drahtig und mit Halbglatze, winkte ab und legte sich mit hinter dem Kopf verschränkten Armen auf seine Pritsche.

Er schien das angefangene Gespräch nicht fortsetzen zu wollen.

Charlie zog die flachen, etwas zu kurzen Schuhe aus, die man ihm gegeben hatte und legte sich ebenfalls auf die Pritsche. Die grobe Wolldecke stank nach Desinfektionsmitteln und machte es ihm schwer, einen klaren Gedanken zu fassen, statt sich der Angst hinzugeben. Wie wurde im Deutschen Reich mit Diebstahl umgegangen, mit Einbruch? In der Brieftasche waren immer noch die Visitkarten des Braumeisters. Es würde schwer werden, sich da herauszureden. Besonders wenn man den Braumeister befragen würde. Oder wenn er bereits Anzeige erstattet hatte, was wahrscheinlich war. Und der Fall Ada Keller lag ohnehin klar. Und dann war da noch ein Gedanke, Charlie wollte ihn aussperren, aber er klopfte immer wieder an die Tür seines Verstandes, und er schaffte es nicht, ihn wegzuschicken: Was, wenn man mich nach Hause schickt? Was, wenn ich zurück nach London muss? Lieber wollte Charlie hier eine Strafe absitzen, als zurückzugehen. Was, wenn man ihn in London bereits erwartete, vielleicht mit einer Kugel aus einer Adams? Einer Kugel aus einem Lauf, den man an seine Schläfe drücken würde, kalt und hart, die in seinen Kopf eindringen, vielleicht an der anderen Seite wieder austreten würde ... Ob sie bei Hinrichtungen darauf achteten, die Umgebung nicht zu beschmutzen? Nein, sicher wurden sie in Räumen vorgenommen, die man hinterher leicht mit Wasser ausspritzen konnte ... und dann würde er Hetti nie wiedersehen. Ruckartig setzte sich Charlie auf. Er wollte nicht daran denken! Er wollte an Lösungen denken.

Charlie legte sich wieder hin, schloss die Augen. Er würde versuchen zu schlafen, und morgen würde man weitersehen, hatte der Wärter ihm gesagt. Und vielleicht suchte man ihn nicht einmal. Vielleicht warf man ihm gar nichts vor. Es war nicht seine Schuld gewesen.

Charlie wälzte sich von einer Seite auf die andere, unfähig, innerlich zur Ruhe zu kommen. Bisher hatte er immer ausweichen können. Nur diesmal nicht. Er saß fest, was auch immer geschah. Der Gedanke zwang Charlie aus dem Bett. Er lief auf und ab, doch auch das nützte nichts. Er konnte der Erinnerung nicht länger davonlaufen.

London, Dezember 1899, Tänzer, großes Orchester, *Alhambra*. Charlie saß mit schweißnassen Händen im Olymp und starrte ins Publikum hinab, sah und hörte jeden kleinsten Patzer, zuckte bei jedem Husten zusammen, wand sich zwei Stunden lang, bis die Tänzer sich verbeugten, die Musik verklang. Bis Stille einkehrte, die Charlie unendlich vorkam. Und dann.

Applaus! Bravorufe! Die Leute standen von ihren Sitzen auf, klatschten lauter. Und noch lauter, als die Tänzer sich verbeugten, noch lauter, als der Dirigent die Musiker anwies, sich zu erheben und sich ebenfalls zu verbeugen. Das waren nicht die Claqueure, die Postant bei Uraufführungen immer vorsorglich bestellte. Er dachte, das würde niemand merken, aber es war ein offenes Geheimnis, dass ein Teil des guten Rufs des *Alham-*

bra daher rührte, dass es Einheizer gab. Charlies Anspannung löste sich mit einem Schaudern, er fühlte sich wie ein Hund, der sich einmal kräftig schütteln musste, um das Wasser und die Flöhe in seinem Fell loszuwerden. Das hier war echter Applaus.

Charlie wartete auf den Freudentaumel, und da kam er auch schon, brandete in ihm hoch wie der Applaus, und dann deuteten die Musiker auf ihn, und die Streicher begannen mit den Bogen auf ihre Instrumente zu klopfen, Köpfe wandten sich ihm zu. Das war der Moment, in dem man als Komponist bei der Premiere aufstehen musste, er hatte es bei anderen so oft gesehen, und dieses Mal war er dran! Charlie stand auf, eine neue Applauswelle brandete heran, mit einer glitzernden Schaumkrone aus Jubel, und Charlie verbeugte sich, einmal, noch einmal und noch einmal. So fühlte sich das also an. Dafür ertrug man also die Nervosität, die Angst vor einem Reinfall, die Proben, die Zweifel. Charlie stellte fest, dass es sich lohnte. Er wollte mehr davon.

Nachdem das Publikum sich zerstreut hatte, gingen sie gemeinsam essen, Monsieur Debussy, Mr. Postant, Charlie, die Tänzer, das Orchester. Die Musiker waren zum Teil, wie auch er, Leute von der Straße, mit denen er früher schon zusammen musiziert hatte, auf billigen Geigen und löcherigen Akkordeons. Für sie hatte er das Konzert geschrieben, eine Romanze für die Hoffnungslosen. Alle Musiker waren herausgeputzt, aber man sah genau, welche an Premierenfeiern gewöhnt waren und welche Charlie mitgebracht hatte. Sie wirkten merkwürdig fehl am Platze mit ihren Fräcken, Kragen und Bindern, und sie hatten sich zusammengeschart und hielten sich fern von den anderen, und die besseren Herren und Damen betrachteten ihre von Armut gezeichneten Gesichter mit einer Mischung aus Abscheu und Faszination. Dennoch war Charlie froh, dass er auf seine kleine Truppe bestanden hatte, es war genau die richtige Entscheidung gewesen. Für diese Musiker war er nicht irgendein unwichtiger Neuer, sondern er war ihre große Chance.

Nachdem Mr. Postant seine Tischrede gehalten hatte, erhob Charlie sein Glas zu einem Toast.

«Freunde», sagte er, «ich mache es kurz. Ich danke euch, dass ihr an mich geglaubt und jede Faser eures Herzens in meine Musik gelegt habt. Niemand sonst hätte heute so tanzen und so spielen können wie ihr.»

Charlie nippte nur an seinem Wein, er trank nicht gerne, und setzte sich unter «Hört! Hört!»-Rufen wieder hin, um zu essen. Er hatte einen Bärenhunger und inhalierte voller Vorfreude die Düfte von gebratenen Nierchen, Ale und Zigarren, die seinen glückstrunkenen Kopf umschwirrten. Er würde aus seiner feuchten Kammer ausziehen, er würde in einer kleinen, möblierten Wohnung sitzen, die Füße auf einer gepolsterten Fußbank, die Hände abwechselnd auf den Tasten eines Klaviers und mit dem Stift auf den Notenblättern, jemand würde ihm Tee bringen ...

«Mister Jackson. Ein Herr wünscht Sie zu sprechen.»

Ein Kellner war neben ihn getreten, seine Miene war ausdruckslos. «Er wartet in der Lobby», sagte er schlicht und verließ ihren Tisch wieder.

«Ich bin gleich zurück», sagte Charlie.

Charlie sah zunächst nur den Rücken des Mannes, der über die Lehne eines Sessels hinwegragte. Ein fleischiger Rücken, über den sich ein abgeschabtes Jackett spannte, ein lockiger, grauer Schopf, und als er näher kam, der schwergängige Atem.

«Vater», sagte Charlie.

Charlies Vater drehte sich so weit zu ihm herum, wie sein verfetteter Zustand es ihm erlaubte. Seine blauen Augen verschwanden in aufgeschwemmtem Fleisch, die Haut war weiß und rotscheckig, und selbst auf einen Meter Entfernung stank er nach Gin und kaltem Rauch.

«Setz dich, Junge.»

Charlie blieb stehen.

«Was gibt es, Vater?»

Charlies Vater zuckte die Achseln.

«Ich wollte meinem Sohn zu seinem Erfolg gratulieren. Wer hätte das gedacht!»

«Ja, nicht wahr, wer hätte das gedacht?»

Charlie gab sich keine Mühe, den sarkastischen Tonfall zu verbergen.

Als ein Kellner vorbeieilte, hob Charlies Vater kurz die Hand.

«Einen doppelten Scotch.»

«Das ist nicht nötig», sagte Charlie. «Der Herr geht gleich wieder.»

«Wie Sie wünschen.»

«Na, nicht so schnell. Bringen Sie den Scotch.»

«Sehr wohl.»

«Ich werde ihn nicht für dich bezahlen, Vater.»

«Wer sagt, dass du zahlen sollst? Ich kann immer noch für mich selbst zahlen!»

Charlies Vater gab sich empört, doch Charlie kannte dieses Spiel bereits und wusste, was als Nächstes kommen würde. Es war das, was immer kam, wenn es ihm gelang, ein wenig Geld zu verdienen. Als hätte sein Vater einen besonderen Sinn dafür ausgebildet zu wissen, wann Charlie pleite war und wann nicht.

«Wobei, wenn ich ehrlich sein soll, es ist zurzeit ein wenig schwierig. Du kennst das ja.»

«Ja, ich kenne das», sagte Charlie.

«Ich hatte eine kleine Auseinandersetzung mit dem Direktor, und er hat mein Engagement nicht verlängert.»

«Hast du wieder getrunken und dann was angestellt?»

Der Kellner brachte den Scotch, und Charlies Vater trank ihn aus.

«Ich?!»

Charlie verschränkte die Arme.

«Was willst du?»

«Ich wollte dir gratulieren. Und dich besuchen. Ich möchte Zeit mit meinem Sohn verbringen. Wir hatten viel zu wenig Zeit, wir zwei, nicht?»

«Was nicht an mir gelegen hat, wenn du dich erinnern willst.»

«Jaja, schon gut. Also. Wo wohnst du denn derzeit?»

«Immer noch Kensington.»

«Ach, noch nichts Vornehmeres?»

«Ich bin noch nicht dazu gekommen.»

Charlie war sich sicher, dass sein Vater sich einfach nicht erinnern konnte, wo er wohnte, und darum gefragt hatte. Seine Stimme war zu einem Murmeln zusammengeschrumpft, es sah aus, als ob er gleich einschlafen würde. Charlie empfand Widerwillen, aber wenn er seinen Vater hier herausschaffen wollte, musste er mithelfen. Er fasste ihn mit beiden Händen um den verfetteten Oberarm und zog daran.

«Ich glaube, du gehst jetzt besser, du musst ins Bett.»

«Was? Ja, du hast recht.»

Mühsam stemmte Charlies Vater sich hoch. Das Wasser in seinem Gewebe machte ihn zu einem Koloss von wenigstens zweihundert Kilo, und es fiel ihm schwer, sich gerade zu halten.

«Ich lasse einen Wagen kommen.»

«Das ist anständig von dir, Junge», murmelte Charlies Vater.

Charlie ließ ihn stehen, bestellte an der Rezeption einen Wagen und ging zu seiner Feier zurück.

Nur dass ihm nun nicht mehr nach Feiern zumute war.

Er sah seinen Vater nicht oft, er vermied es. Doch auch wenn die Engagements seines Vaters seltener wurden, so liefen sie sich doch in Künstlerkreisen und in den Varietéhäusern immer noch drei- oder viermal im Jahr über den Weg. Und jedes Mal sah Charlies Vater schlimmer aus.

Charlie versuchte, an etwas anderes zu denken. Es war nicht seine Schuld, und er konnte auch nichts daran ändern. Sein Vater hatte ihn im Stich gelassen, als er noch ein kleines Kind gewesen war. Er hatte ihn geschlagen, wenn er besoffen war. Er hatte ihm sein mühsam auf der Straße verdientes Geld weggenommen, um es zu versaufen. Charlie schuldete seinem Vater nichts. Gar nichts.

Dennoch war ihm der Appetit vergangen. Der Abend seines ersten richtigen Erfolges, ein erster Schritt hinaus aus einem Leben mit der täglichen Frage, was es morgen zu Essen geben würde, das erste Mal genug Geld in der Tasche, um mehrere Monate gut über die Runden zu kommen und den nächsten Erfolg vorzubereiten. Das erste Mal, dass die Zeitung über ihn berichten würde, das erste Mal ein wenig blauer Himmel und klare Morgenluft. Charlie fühlte sich seltsam hohl, seltsam wehmütig. Es war wie eine Art Heimweh, vermischt mit dem Gefühl, einen Verrat begangen zu haben. Aber woran? Er wusste es nicht, konnte es nicht benennen. Aber es war in jedem Fall ein Gefühl, das ihn nach Hause trieb, unter die Bettdecke. Er wollte jetzt allein sein, wollte begreifen, was geschehen war. Oder vielleicht einfach nur schlafen. Sonst nichts.

Wahrscheinlich steckten ihm bloß die Anstrengungen der letzten Monate in den Knochen – das Komponieren, die Proben, seine Gruppe von äußerlich heruntergekommenen, aber hochtalentierten Straßenmusikern bei Mr. Postant durchsetzen. Natürlich auch die Demütigungen, mit denen er seit Jahren gelebt hatte. Und trotzdem immer zu wissen, ohne jeden Zweifel, dass er jemand war, dass er etwas konnte ... und jetzt fiel das mit einem einzigen Abend alles von ihm ab: die Anspannung, die Unsicherheit, die Zweifel. Übrig blieb einfach nur Charlie Jackson, der sich irgendwie nackter und dem Leben ausgelieferter fühlte als je zuvor. Vielleicht war es einfach die Angst, dass der Erfolg nicht anhielt, dass er zerrann, bevor er überhaupt richtig greifbar wurde. Charlie stand auf.

«Freunde, feiert ohne mich weiter. Ich kann nicht mehr. Ich muss jetzt schlafen.»

Die Musiker links und rechts von ihm klopften ihm anerkennend auf die Schulter, hoben noch einmal die Gläser auf Charlie. Dann ließen sie ihn gehen, den Mann, der an sie geglaubt und Licht in ihre Leben gebracht hatte.

Charlie ging zu Fuß nach Hause, eine gute Stunde lang. Er lief schon immer gerne die Straßen auf und ab und kreuz und quer, und er kannte London so gut wie kein anderer Gassenjunge, kannte die Schleichwege, die Lagerhallen, in denen man unbemerkt schlafen konnte, die Arbeiter, die einem ein Stück Brot abgaben und die, die einen mit einem Fußtritt verjagen würden. Er kannte die Kähne, auf denen man die Themse ein Stück mit hinauf- oder hinabfahren konnte, er kannte die Armenhäuser, die verlausten Kinderscharen in den Armenschulen, die Suppenküchen, die Pfandleihhäuser. Er war sein Leben lang zu Fuß gegangen, hatte alles genau angesehen, beobachtet, seine Schlüsse gezogen. Und irgendwann hatte er angefangen, diesen Gegenden davonzulaufen, war in bessere Gegenden vorgedrungen, wo die Leute ein paar Pennys fürs Vaudeville übrig hatten, ins Konzert oder Theater gingen. Und dann hatte er noch größere Kreise gezogen, hatte die besseren Häuser und die feinen Damen und Herren, die darin wohnten, erkundet. Irgendwann, gar nicht mehr so weit in der Zukunft, würde er nicht mehr in sein rußiges, stinkendes Kensington zurückkehren, würde er nicht mehr von Zwiebeln, Haferflocken, dünnem Tee und Rinderfett leben. Und heute war der Tag, mit dem es begann. Der erste Schritt war getan.

Charlie drückte die Haustür auf und kletterte die schmalen Stiegen hinauf, erster, zweiter, dritter Stock, vorbei an den Ascheneimern und ungeleerten Nachttöpfen der Nachbarn, und dann das letzte Stück in die rechte Mansarde unter der zugigen Dachschräge, in der es im Sommer unerträglich heiß und im Winter trotz des Kanonenofens bitterkalt wurde. Zurück in sein eisernes Bett mit den zwei Decken und dem neuen Daunenkissen, duftig und weich.

Charlie wollte die Tür aufschließen, doch sie war gar nicht verschlossen. Hatte er das in der Aufregung vorhin vielleicht vergessen? Er verzichtete darauf, die Lampe anzustecken, die achtzig oder neunzig Quadratfuß, die seine Wohnung maß, kannte er blind. Er streifte die Schuhe von den Füßen, tappte hinüber zu seinem winzigen Klappfenster, um die abgestandene Luft hinauszulassen, dann setzte er sich auf die Kante seines Bettes, tastete nach dem Wasserkrug auf dem Hocker daneben.

Der Krug war umgestoßen, das Wasser in sein Bett gelaufen, jetzt fühlte Charlie auch die Nässe in der Matratze, die sein Hosenbein durchdrang.

«Ach, verdammt!»

Er stand auf, ging zum Tisch hinüber, tastete nach Streichhölzern und Lampe, um nun doch Licht zu machen.

Der Krug lag auf dem Hocker, und daneben lag ein Arm, ein fetter, formloser Arm. Charlies Vater.

«Ach, verdammt!», wiederholte Charlie.

Er hatte nicht gemeint, dass sein Vater zu ihm nach Hause fahren sollte. Wahrscheinlich hatte die Wirtin ihm die Tür aufgemacht.

Charlies Vater lag auf dem Rücken, angezogen auf dem Überbett, mit Schuhen an den Füßen, nicht einmal den speckigen Mantel hatte er abgestreift. Er lag da und starrte an die Decke.

In seiner Hand ein Revolver, Marke Adams, silberfarben, schwarzer Griff, schlank, beinahe elegant.

Charlie kannte die Waffe, sein Vater sagte, dass er sie seit 1872 besaß. Damals hatte er das neue Modell aus einer Auslage mitgehen lassen, eine Heldentat, auf die er noch immer stolz war. Jedes Mal, wenn er Charlie als Kind die Waffe gezeigt hatte, war die Geschichte dazu ein wenig abenteuerlicher geworden, und jedes Mal hatte Mutter damit gedroht, sie in die Themse zu werfen, sollte sie sie noch einmal sehen. Die Mündung der Waffe steckte im Mund von Charlies Vater.

Doch seine Brust hob und senkte sich. Offenbar war er eingeschlafen, während er mit dem Gedanken spielte, sich das Hirn wegzublasen. In Charlies Bett.

Charlie ging hinüber und nahm seinem Vater die Ginflasche aus der Hand. Sie war offen, und der Inhalt war zum Teil in Charlies Bett und in sein neues Kopfkissen gelaufen.

«Ach, Vater!»

Charlie war wütend. Dennoch fasste er sanft den Lauf der Adams, um sie seinem Vater aus dem Mund zu ziehen. Er wollte ihn gegen die Decke richten und den Finger seines Vaters aus dem Abzug ziehen.

Sein Vater öffnete die Augen, der Blick unerwartet klar, und er öffnete die Lippen zu etwas, was wie ein unanständiges Grinsen aussah; gebleckte Zähne, die den Lauf der Waffe festhielten. Er packte zu, unvermutet schnell umklammerte er Charlies Hand, und bevor er es verhindern konnte, zog sein Vater den Abzug.

Charlie hatte noch immer den Lauf der Waffe in der Hand. Blut und graue Masse klebten rund um das Loch in der Schräge über dem Bett, rannen heiß über sein eigenes Gesicht, tropften auf sein Hemd, seine Arme. Sein neues Kopfkissen.

Charlie ließ den Lauf der Adams los und rannte.

17

Henriette hatte einen eigentümlich metallischen Geschmack im Mund, sie hatte sich auf die Lippe gebissen, Blut lief in ihren Mund, und sie spürte, wie die Lippe anschwoll und pochte. Der Schrecken packte sie in der Mitte der Brust, nahm ihr den Atem und vernebelte ihr den Kopf. Sie konnte nichts sehen, aber sie spürte den Blick als massive Präsenz, die sie körperlich berührte, und sie konnte seine Identität spüren, obwohl sie den Urheber nicht sah. Sie wusste, zu wem dieser Blick gehörte, sie wusste, dass er es war, und sie wagte, bis auf den Biss in die eigene Lippe, nicht die kleinste Bewegung. Wenn sie sich still verhielt und zugleich aufs äußerste wachsam war, dann konnte sie einen Angriff vielleicht vorausahnen, konnte sich wappnen. Dennoch, der Schrei braute sich in ihr zusammen, sie spürte, wie er hinauswollte, wie er in ihrer Kehle zu zittern begann wie ein Tier, das sich zum Angriff bereit machte. Schon öffnete sie den Mund, um Luft in die Lungen zu lassen, mehr Luft, als sie zu fassen vermochten, spürte, wie ihr Zwerchfell Druck aufbaute, und dann, am Punkt der höchsten Spannung, an dem es nur noch darum ging, die ausströmende Luft mit dem schrillsten Klang zu versehen, zu dem ihre Stimmbänder fähig waren, presste sich eine große, heiße Hand auf ihren Mund, schnell und unerbittlich. Sie roch Haut und Tabak und noch etwas, das sie nicht definieren konnte. Sie begann um sich zu treten, versuchte die Hand zu beißen, den Arm von sich zu schieben, den schweren Körper auf ihr, der sie niederhielt.

«Still! Still!», sagte die Baritonstimme dicht an ihrem Ohr, sie spürte den Atem. «Ich will Ihnen nichts tun. Ich werde Ihnen nichts tun. Ich will nur nicht, dass Ida aufwacht. Hören Sie! Ich tue Ihnen nichts. Still jetzt. Still ... Shhhhhh.»

Der Mann mit dem Opernglas machte Laute wie eine Mutter, die ihr Kind beruhigt, und schließlich kam Henriettes Körper zur Ruhe.

«Bitte stehen Sie auf und folgen Sie mir. Ich möchte Ihnen etwas zeigen, und ich will mit Ihnen sprechen.»

Er hatte noch immer die Hand auf ihren Mund gepresst, hielt sie immer noch mit dem Gewicht seines Körpers nieder.

«Versprechen Sie mir, nicht zu schreien?»

Henriette zögerte kurz, doch dann nickte sie. Welche Wahl hatte sie schon.

Er stand auf und wartete. Ida regte sich unruhig in ihrem Bett, doch der Mann achtete gar nicht auf sie.

Henriette schlug die Decke zurück. Nur in ihrem Nachthemd, fühlte sie sich seinen Blicken noch mehr ausgeliefert.

«Bitte, warten Sie draußen. Ich verspreche, dass ich komme.»

Der Mann deutete eine Verbeugung an und verließ die Kammer, und Henriette beeilte sich, Strümpfe, Schuhe, Morgenrock und Schultertuch anzulegen.

«Ich danke Ihnen», sagte der Mann, als sie vor die Tür auf den schwach erleuchteten Flur trat.

«Sie sind Professor Regenmacher?»

Aus der Nähe sah er weniger beunruhigend aus, als sie ihn sich vorgestellt hatte. Er war einfach ein Mann Ende dreißig, mit halbmondförmigen Augen. Ida hatte recht, er war attraktiv. Und sie selbst musste sich eingestehen, dass er nichts Unheimliches an sich hatte. Wenn man von seinem Habitus absah, junge Mädchen zu beschatten und nachts in ihre Zimmer einzudringen.

«Korrekt. Bitte verzeihen Sie, dass ich mich Ihnen nicht eher vorgestellt habe. Ich musste erst ganz sichergehen, dass ich mich in Ihnen nicht irre.»

«Warum verfolgen Sie mich? Was wollen Sie von mir?»

«Vorerst will ich Sie bloß jemandem vorstellen.»

Regenmacher ging voraus, und Henriette folgte ihm. Es ging die Treppe hinab und dann direkt auf die Tür zum Westflügel zu.

Henriette fürchtete sich davor, den verbotenen Trakt des Hauses zu betreten, und noch mehr fürchtete sie die Begegnung mit ihrem Onkel. Als Regenmacher einen Schlüssel aus der Hosentasche zog und aufschloss, wich sie zurück, und Regenmacher bemerkte ihr Zögern.

«Sie müssen sich nicht fürchten. Er ist nicht gefährlich. Ich bürge dafür.»

Beinahe hätte Henriette gelacht. «Wenn jemand wie Sie für meine Sicherheit bürgt, dann bin ich selbstverständlich in Sicherheit.»

Regenmacher ließ ein kleines, ironisches Lächeln sehen. «Ich verstehe Ihren Standpunkt. Hier entlang, bitte.»

Hinter der Tür folgte ein unbeleuchtetes Stück Gang, das diese kalte Schwärze atmete, die sie an ihrem ersten Fiebertag angezogen hatte wie ein offenes Grab eine Todgeweihte.

«Warum machen Sie kein Licht?»

«Keine Sorge, wir kommen gleich in lichtere Gefilde. Heinrich ist zwar sehr geschickt darin, komplexe Maschinen zu erfinden. Aber eine neue Glühbirne zu installieren, wenn die alte ausgebrannt ist, gehört nicht zu seinen Stärken. Vorsicht, hier kommen sechs Stufen abwärts.»

Henriette konnte sich gerade noch an der Wand abstützen, als ihr Fuß ins Leere trat.

Regenmacher schob einen Vorhang beiseite und drehte einen Lichtschalter. Die plötzliche Helligkeit blendete Henriette, und es dauerte einen Moment, bis sie erkannte, dass sie sich in einem Kellergang befand. Rechts ging ein weiterer Gang ab, und geradeaus befand sich eine Treppe, die sie in einen noch tiefer gelegenen Keller hinabführen musste.

Henriette hatte bemerkt, dass das rhythmische Grollen, das überall in Haus und Hof unaufhörlich präsent war, sodass man es nach einer Weile gar nicht mehr wahrnahm, hier unten lauter war. Offensichtlich näherten sie sich seiner Quelle, und Henriette verspürte einen ersten Anflug von Neugier. Vor einer grobgezimmerten Holztür machten sie halt. Die Mauern links und rechts atmeten Kälte und bebten von den Erschütterungen dessen, was immer sich hinter dieser Tür verbarg.

Regenmacher zog erneut einen Schlüssel aus der Tasche, und dann betraten sie einen weiten, von elektrischem Licht erleuchteten Saal.

Henriette begriff nicht gleich, was sie sah, ob es eine Maschine oder monströses Leben war, eingesperrt in einen metallenen Käfig. Es sah aus, als ob es atmete und einen Herzschlag hatte, und doch war fast alles daran aus kaltem Metall, und Metall fesselte es an Decke und Boden und hielt es an seinem Platz. Sie konnte beinahe spüren, wie es sich wand, wie es freizukommen versuchte. Endlich entlud sich die aufgestaute Angst des Tages, und sie schrie auf, unvermittelt und ungehemmt. Dennoch spürte sie den Schrei mehr, als dass sie ihn hörte, denn der Lärm, den dieses Wesen in der Mitte des Saals machte, war schräg und schrill und ohrenbetäubend.

«Das ist die Kaltmangel», schrie Regenmacher ihr ins Ohr. «Das Besondere an ihr ist nicht, dass sie mangelt, sondern ihre Energiequelle. Prinzipiell kann man jede Maschine damit antreiben.»

Henriette nickte, obwohl der Sinn seiner Worte kaum zu ihr durchdrang.

«Und dort hinten», Regenmacher wies zur rückwärtigen Wand des Saals, «erwartet uns Ihr Onkel.»

Heinrich hatte ihnen den Rücken zugekehrt. Henriette wollte nicht zu ihm hingehen, zu deutlich war ihr das grausam entstellte Gesicht in Erinnerung, zu lebendig war der Schrecken noch. Dann dachte sie an das, was sie Charlie in der Betstube versprochen hatte. Dass sie ihr Herz erweitern wollte, mutig sein. Er ist mein Onkel, und er leidet. Wann könnte ich die Stärke meines Herzens besser beweisen als jetzt?

Entschlossen schritt Henriette durch den Saal, um ihrem Onkel gegenüberzutreten. Als sie auf wenige Schritte herangekommen war, hob er die Hand. Sie verstand die Geste und blieb stehen.

Wie hatte er sie in all dem Lärm kommen gehört? Henriette betrachtet Onkel Heinrich aufmerksam, seinen breiten Rücken, leicht gebeugt, den grünen Samt seines Hausmantels, der im Lampenschein schimmerte, irgendwie kam dieser Rücken ihr vertraut vor, ohne dass sie hätte sagen können, woher. Ihr Blick wanderte weiter zu dem mit Papieren überladenen Tisch, an dem er saß, zur Wand dahinter, übersät mit Plänen und Graphen und technischen Zeichnungen, und in all dem Gewirre sah sie zwei helle Augen, die sie aufmerksam betrachteten. Henriette erkannte die Augen, sie hatte sie erst an diesem Morgen zum ersten Mal gesehen. Sie schienen sie direkt aus der Wand heraus anzublicken, doch dann erkannte Henriette, dass dort ein Spiegel hing, durch den Onkel Heinrich den Raum hinter sich beobachten konnte. Regenmacher legte Heinrich eine Hand auf die Schulter.

Heinrich nahm ein Stück Papier, tauchte eine Feder ins Fass, schrieb und reichte das Papier Regenmacher.

«Sie brauchen keine Angst zu haben. Ich möchte Ihnen nur ein paar Fragen stellen», las dieser vor.

«Ich bin bereit, deine Fragen zu beantworten, Onkel. Wirst du mir im Gegenzug auch meine Fragen beantworten?»

Henriette musste gegen den Lärm anschreien.

Heinrich schrieb erneut.

«Regenmacher wird dich über alles informieren, was du wissen möchtest, *Nichte.*»

Regenmacher betonte das letzte Wort mit unverkennbarer Ironie.

In den Sekundenpausen, wenn die Walze der Maschine sich auf ihren Rückweg von der einen Seite der Plattform auf die andere vorbereitete, war es beinahe still im Saal, und Henriette hörte das Rasseln, wenn ihr Onkel atmete, hörte das Ticken einer Uhr, das Kratzen von Heinrichs Feder, und sie spürte den harten, festen Schlag ihres eigenen Herzens, schneller als das Herz der Maschine, das mit der Gemächlichkeit und Gewalt eines Riesen zu arbeiten schien.

«Sag mir, Henriette Keller, wer ist deine Mutter, wer dein Vater? Was weißt du sonst über deine Familie?»

Henriette passte sich dem Rhythmus der Maschine an und setzte ihre Worte so, dass sie in die Pausen zwischen den Schlägen fielen.

«Meine Mutter ist ... ist Ada Keller ... meinen Vater ... habe ich nicht ... kennengelernt. ... Er starb als ich ... ein Säugling war. ... Sein Name war ... Generalmajor ... Friedrich Keller. Er starb bei ei... bei einem Duell ... bei dem es um ... die Ehre seiner ... Ehefrau ging.»

Henriette fand auf eine merkwürdige Art Gefallen daran, so zu sprechen. Man könnte es zu einer Kunst erheben, dachte sie, einer Kunst, die Worte aus den gewohnten Zusammenhängen riss, ihnen so vielleicht ganz neuen Sinn gab. Es war wie singen, nur dass es auf Rhythmus statt auf Melodie basierte.

«Meine Großeltern ... habe ich ebenfalls nie ... kennengelernt ... und von den Pflogs ... weiß ich erst ... seit ich hier ankam. ... Warum fragst du das ... Onkel?»

Nachdem Henriette geendet hatte, schrieb Heinrich.

«Ich werde mich jetzt umdrehen, um dein Gesicht richtig sehen zu können. Bitte versuche, nicht wegzusehen», las Regenmacher und fügte hinzu: «Heinrich, der Mundschutz.»

Heinrich nickte, und griff nach einem schwarzen Tuch, das über seiner Armlehne hing, und band es sich um die untere Hälfte seines Gesichts, wo Nase und Mund hätten sein sollen.

Als er sich umdrehte, wusste Henriette plötzlich, warum sein Rücken ihr so bekannt vorgekommen war.

«Du bist der Mann aus dem Wald!», entfuhr es ihr.

Heinrich nickte und blickte Henriette an.

Ein unbeschreiblicher Kummer lag in seinem Blick, und Henriette fühlte, wie die Trauer auf sie übergriff und Tränen über ihre Wangen liefen.

«Lass mich dein Gesicht sehen», bat sie, ohne zu wissen, warum sie das wollte. Es würde ihr Albträume bescheren. Dennoch fühlte sie die Verpflichtung, die Wahrheit zu sehen, sie anzuerkennen und mit ihr zu leben. Sie brauchte Mut und ein starkes Herz für das Leben, das sie noch vor sich hatte.

Heinrich zögerte, und Henriette wartete. Schließlich nickte er und nahm das Tuch ab, und Henriette hielt stand, betrachtete das wilde Fleisch, die in alle Richtungen ragenden Zähne, das grausige Loch dort, wo ein Kinn hätte sein sollen, sie sah die Tränen, die Heinrich aus den Augen liefen, sich ihren Weg über zerfurchte Narben suchten und ihm auf die verstümmelten Hände tropften, die er ihr entgegengestreckt hielt wie ein Junge, den man aufgefordert hatte zu zeigen, ob er sie auch gründlich gewaschen hatte.

Henriette trat auf Heinrich zu, zog ein sauberes Taschentuch aus der Tasche des Morgenrocks und gab es ihm.

«Tut es sehr weh?», fragte sie in der Pause zwischen zwei

Maschinenphasen. Sie sprach leise, doch er konnte ihre Lippen lesen. Heinrich nickte. Obwohl sein Gesicht keine Mimik besaß, schien es Henriette, als ob er lächeln wollte. Dann band er das Tuch wieder vor sein Gesicht und schrieb.

«Bevor du hier heruntergekommen bist, hatte ich mir vorgenommen, dich zu töten. Aber dein Herz ist gut, und du bist schön. Ich danke dir, dass du gekommen bist», las Regenmacher über den Lärm der Maschine hinweg.

«Heinrich!», entfuhr es ihm dann.

«Warum wolltest du mich töten?»

«Weil es eine Lüge ist», las Regenmacher und sagte dann, an Heinrich gewandt: «Glaubst du mir nun, was auch ich glaube? Glaubst du jetzt, worüber wir sprachen?»

Heinrichs Nicken war kaum wahrzunehmen, so knapp und schwach fiel es aus, doch es war da, und Henriette hatte es gesehen.

«Was für eine ... Lüge? Wovon ist ... hier die Rede?»

Niemand antwortete Henriette.

«Sie haben ... versprochen, dass ... Sie meine Fragen ... beantworten ... Professor!»

«Das werde ich», antwortete Regenmacher. «Wenn wir aus diesem Lärm hier heraus sind.» Dann wandte er sich wieder an Heinrich. «Alter Freund, soll ich diese Sache hier für uns alle zu Ende bringen?»

Erneut nickte Heinrich.

«Dann warte auf mein Zeichen.»

Damit drehte Regenmacher sich um und schritt auf die Saaltür zu, und Henriette folgte ihm halb laufend, um mit ihm mithalten zu können.

Ida war wach geworden, weil sie Stimmen gehört hatte.

«Bitte warten Sie draußen. Ich verspreche, dass ich kommen werde.»

Hetti. Und ihr Professor. Sie hatten Geheimnisse, etwas ging vor, und Ida wollte wissen, was es war.

Sobald Hetti angezogen und aus dem Zimmer war, war auch sie aufgestanden und den beiden gefolgt. Zuerst war es leicht gewesen, sie schlossen die Tür zum Westflügel nicht hinter sich ab, es war dunkel, und der Lärm aus dem Keller erübrigte fast jede Vorsicht.

Als der Professor Licht gemacht hatte, war Ida hinter dem Vorhang zurückgeblieben und hatte gewartet. Der Lärm schwoll an, als sich eine Tür öffnete, nahm dann wieder ab, als sie sich schloss. Erst dann war Ida weitergegangen.

Der risikoreichste Moment war der, als sie vor der Tür gestanden hatte und nur raten konnte, ob dahinter ein Raum oder ein weiterer Gang war, ob die Luft rein war oder ob jemand in dem Moment, wenn sie sich entschloss, die Tür zu öffnen, in ihre Richtung blicken würde. Doch wenn sie wissen wollte, was vor sich ging und warum Hetti ihren Vater sehen durfte, während sie selbst dieses Vorrecht nicht ein einziges Mal genossen hatte, dann blieb ihr nichts anderes übrig, als die Tür einen Spaltbreit zu öffnen. Und zwar möglichst bevor irgendjemand wieder herauskam und sie im Nachthemd hier stehen und bibbern sah. Ida fasste sich ein Herz. Der Lärm, der ihr entgegenschlug, war schier überwältigend.

Sie hatte Glück, Hetti und der Professor drehten ihr den Rücken zu, und als Regenmacher auf die Wand am anderen Ende des Saals wies, erkannte sie den so lange und schmerzlich vermissten Rücken ihres Vaters. Er saß dort, wie ein ganz normaler Mann, an einem Tisch. Von Krankheit oder Gebrechen war nichts zu sehen, und Ida fragte sich, warum er ihr all die Jahre vorenthalten worden war. Wieso hatte er seine Kinder verlassen, während er im selben Haus mit ihnen lebte? Am liebsten wäre Ida in diesem Moment einfach zu ihm gelaufen, hätte die Arme um ihn geschlungen. Sie wollte wieder wie als

Siebenjährige auf seinem Schoß sitzen und Multiplikationsreihen mit ihm lernen, wollte wieder seinen Vatergeruch in der Nase haben. Ida öffnete die Tür gerade weit genug, um hindurchzuschlüpfen. Dann verschwand sie schnell im Schatten der Maschine, die inmitten des Saals eine rätselhafte Arbeit verrichtete.

Henriettes Rippen schmerzten, als sie Professor Regenmacher hinterherstolperte, ihr Herz schlug zu schnell, und sie hatte das Gefühl, in den Kellergängen kaum Luft zu bekommen. Es kam ihr vor, als würden sie viel zu lange hier unten herumirren, mussten sie nicht längst die grüne Tür erreicht haben? Und dann, endlich, war es, als übertrete sie nach gefahrvoller Reise die Schwelle der Unterwelt, kehre aus einem düsteren Traum ins Leben zurück. Beinahe erwartete sie, helles Sonnenlicht durch das Dielenfenster hereinfallen zu sehen, so lang war ihr der Aufenthalt in Onkel Heinrichs Reich erschienen. Doch es war noch immer Dunkel draußen. Vielleicht war in Wirklichkeit überhaupt gar keine Zeit vergangen, vielleicht hatte sie sich in einem Bereich von Nichtzeit aufgehalten. Der Professor griff Tasche und Mantel, die er in der Diele bereitgelegt haben musste, bevor er Henriette geweckt hatte.

«Warum sagt er, dass ich lüge?», fragte Henriette atemlos.

«Ruhig!», flüsterte Professor Regenmacher und bedeutete ihr, ihm weiter zu folgen. Leise öffnete er die Tür zum Hof. Draußen war es kalt, und Henriette fror in ihrem Nachtzeug.

Professor Regenmacher führte Henriette in die Hofeinfahrt bis zum Tor. Schon wieder hatte sie das Gefühl, in einer Höhle zu stecken und die Wände drängten ihr unangenehm entgegen. Am Tor machte Regenmacher halt und zündete eine Lampe an, die dort an einem Haken hing, um besser in Henriettes Gesicht sehen zu können. Im flackernden Licht wirkten seine Züge weich und erstaunlich jung. Er lächelte.

Dann nahm er ihr Gesicht in die Hände, große, kühle Hände, auf jeder Wange eine. Henriette atmete aus, entspannte sich, als Professor Regenmachers ebenso kühle Lippen ihre Stirn berührten.

«Sie wissen, dass Sie außergewöhnlich schön sind?», fragte er.

Henriette schüttelte den Kopf.

Sie hatte das in den letzten Wochen so oft gehört. Vom Intendanten im *Wintergarten*, von Charlie, vom Wäschefahrer und nun auch noch von Professor Regenmacher, der ihr noch immer so rätselhaft und fremd erschien wie in Berlin, als er unvermutet an allen möglichen Straßenecken aufgetaucht war und sie beobachtet hatte.

«Ich bin weder besonders noch besonders schön. Ich bin ein Mensch.»

Ja, ein Mensch. Der mit anderen Menschen lachen und leben wollte und auch lieben. Singen. Freude schenken. Ja. Es gab Momente, in denen sie sich besonders fühlte. Wenn sie sang und sich das Bemühen um Ausdruckskraft plötzlich in etwas anderes verwandelte, wenn plötzlich eine Durchlässigkeit für das Größere, für das Dahinter entstand. Sie wusste, dass das die eigentliche Bestimmung des Menschseins war: diese Durchlässigkeit zu spüren und ihr Ausdruck zu verleihen.

«Warum verfolgen Sie mich?»

«Ich verfolge Sie nicht. Ich beschütze Sie seit dem Tag, an dem ich Sie entdeckt habe. Sie sind etwas Besonderes.»

Henriette wich einen Schritt zurück und lachte laut auf. Das Lachen hallte von den Wänden der Toreinfahrt zu ihr zurück. Das waren Charlies Worte. Wie konnte dieser Mann so einfach seinen Text stehlen?

«Ich bin nicht anders als jeder andere. Ich *bin* jeder andere. Wir sind alle eins, und niemand ist hervorgehoben oder besonders. Alles ist eins.»

Jetzt war es Professor Regenmacher, der lachte, aber sein Lachen klang erstaunt, fast ehrfürchtig.

«Liebe Henriette, genau das meine ich. Sie *sind* etwas Besonderes, denn dies sind Gedanken, die kaum jemand berücksichtigt und schon gar nicht so ein junges Mädchen wie Sie. Ein eingefleischter Romantiker dürfte ein wenig von dem begreifen, was Sie sagen, und es ist sogar ein hübsches Konzept, wenn man es mit dem Verstand denkt.» Regenmacher hielt inne. «Aber sagen Sie mir, wer außer Ihnen, den Sie persönlich kennen, kann das so *fühlen* wie Sie?»

Professor Regenmacher sah sie an und wartete.

Henriette antwortete nicht.

«Sie müssen sich manchmal sehr einsam vorkommen, habe ich recht?»

Woher konnte er das wissen? Sie hatte niemandem als Charlie je davon erzählt. Henriette sagte noch immer nichts.

«Man sieht es in Ihren Augen. Sie sind zu groß und offen für diese Welt. Viel zu offen. Sie lassen zu viel an sich heran, verstehen Sie?»

«Woher wollen Sie das wissen?»

«Ich weiß mehr über Sie, als Sie ahnen, Henriette.»

Plötzlich hatte sie das Bedürfnis, sich in den Armen des Professors auszuruhen, sich bei ihm geborgen zu fühlen, aber sie wagte es nicht aus Furcht vor dem, was einer Umarmung folgen könnte.

«Hören Sie, ich schulde Ihnen eine Erklärung.»

Henriette zitterte.

«Ist Ihnen kalt?»

Sie nickte, und er legte ihr den Mantel um, den er über dem Arm trug.

«Besser?»

«Ja, vielen Dank.»

Regenmacher setzte sich auf eine der Stufen, die zu einer

Tür gehörte, die aus der Hofeinfahrt in die Remise führte, und steckte sich eine kleine Zigarre an. Er klopfte mit der flachen Hand neben sich, und Henriette setzte sich.

«Ich kenne Heinrich schon von der Zeit an der Pariser Ingenieursschule. Wir waren damals beide in dasselbe Mädchen verliebt, unsere Freundschaft hat nur deshalb gehalten, weil wir zusammen fortgegangen sind. Heinrich hatte großes Talent und wollte in den Staatsdienst gehen.» Regenmacher lächelte und zuckte die Achseln. «Ich selbst habe immer nur Talent für die administrativen Anteile dieses Berufes gehabt. Nach der Ausbildung sind wir jedenfalls gemeinsam nach Berlin zurückgegangen. Dort ist mir klargeworden, dass das Glück für uns beide immer noch denselben Namen trug. Und dass wir es nicht würden teilen können. Eine Zeitlang habe ich sehr gelitten.»

«Sie haben Tante Johanne geliebt?»

«Ja. Sehr sogar. Und bevor wir nach Paris gegangen sind, da schien es Hoffnung für mich zu geben. Johanne war noch unentschieden. Wir wollten ihr Zeit geben. Als wir zurückkamen, habe ich versucht, sie umzustimmen, aber ihre Entscheidung war eindeutig, und ich habe erkannt, dass ich ein guter Verlierer sein musste, wenn ich die beiden wichtigsten Menschen in meinem Leben nicht verlieren wollte.»

«Das ist eine traurige Geschichte.»

Regenmacher zog an seiner Zigarre.

«Nicht mehr, ich bin darüber hinweg. Viel wichtiger ist: Heinrich ist ein Genie, seine Erfindung wird bald viel Geld einbringen. Dann muss keines seiner Mädchen mehr in einer Waschküche arbeiten. Ebenso wenig seine Frau.» Der Professor sah Henriette auf eine merkwürdige Art an. «Und meine Frau auch nicht.»

Henriette sah weg, und der Professor stand auf.

«Ich muss jetzt fort», sagte er. «Aber ich komme bald zurück. Und dann werde ich ganz offiziell um Ihre Hand anhalten.»

Henriette schüttelte den Kopf, doch der Professor sprach weiter.

«Lassen Sie mich Ihr Führer und Versorger sein, und vielleicht können Sie mich mit der Zeit sogar ein wenig lieben.»

Henriette wich zurück, einen Schritt nur, aber schon spürte sie die kalte Wand der Tordurchfahrt in ihrem Rücken.

«Nein.»

«Warum nicht?»

«Mein Herz ist schon vergeben.»

«An jenen Komödianten in Berlin?», fragte der Professor mit einer Verachtung in der Stimme, die Henriette schmerzte.

«Er wird mein Mann oder keiner», sagte Henriette mit einer Bestimmtheit, die das Ergebnis all der Überlegungen war, mit denen sie sich herumgeschlagen hatte, seit sie hier war. Die Geborgenheit, die sie eben noch in Professor Regenmachers Gegenwart empfunden hatte, zerbrach mit seinem nächsten Satz zu Scherben.

«Er ist nur ein Hochstapler, ein Taugenichts.»

«Er hat einen Fehler gemacht. Aber er ist ein guter Mensch.»

«Das können Sie nicht wissen.»

«Ich kann.»

«Aber er könnte Sie niemals versorgen. Er hat ihnen viel weniger zu bieten als das hier.» Professor Regenmacher machte eine umfassende Geste, die den Pflog-Hof meinte. «Und selbst hier gehören Sie nicht hin. Sie gehören in ein Leben voller Annehmlichkeiten, voller Kunst und Schönheit. Sie gehören nicht in eine Wäscherei und auch nicht an die Seite eines sogenannten Unterhaltungskünstlers.»

Henriettes Stimme war kalt.

«Warum meinen nur immer alle, sie wüssten besser als ich, wohin ich gehöre und was gut für mich ist?»

Wann würde sie endlich selbst über ihr Leben bestimmen können, wann würden Männer, Mütter, Tanten, Lehrer oder Intendanten aufhören, sie hin und her zu stoßen? Zum ersten Mal, seit Charlie sie an jenem Morgen verlassen hatte, war ihre Stimme stark und klar.

«Im Übrigen ist Charles Jackson Komponist.»

Der Professor schüttelte den Kopf und lachte. «Sie zumindest scheinen sehr genau zu wissen, was Sie brauchen.»

Er hob einen Finger, drehte sich um, tat ein paar Schritte aus dem Lichtkreis der Lampe hinaus ins Dunkel und kam dann zurück, mit einem weißen Leinenbeutel und etwas Schwarzem in der Hand.

«Vielleicht ist das hier das Beste für Sie? Ich nehme an, Sie werden den Inhalt höchst interessant finden.»

Damit drückte er ihr den Beutel in die Hand.

«Und dies hier habe ich in der Betstube gefunden.»

Damit überreichte er ihr das Buch. Idas Buch. Henriettes Herz machte einen Satz.

«Ich fand die Lektüre überaus interessant und aufschlussreich. Dennoch denke ich, dass junge Frauen wie Sie und Ida sich von solchen Dingen fernhalten sollten. Es schickt sich nicht für eine Frau und könnte erzieherische Konsequenzen nach sich ziehen.»

Damit zog er kurz den Hut.

«Auf Wiedersehen, Fräulein Keller. Ich hoffe, Sie gehen in sich und denken noch einmal gründlich nach. Und vergessen Sie nicht, meine Wäsche zu waschen. Ich bin bald zurück.»

Er öffnete das Tor und schlüpfte hinaus.

Henriette war allein.

Sie öffnete den Beutel und blickte hinein.

Er enthielt schmutzige Wäsche.

18

Der Rest der Nacht war kümmerlich kurz und voll wirrer Träume. Regenmacher hatte die Saaltür von außen abgeschlossen, als er mit Henriette gegangen war, und obwohl Heinrich einen eigenen Schlüssel um den Hals trug, hatte er sich plötzlich eingesperrt gefühlt. Seine Finger hatten immer wieder nach dem Schlüssel getastet, hielten ihn umklammert, während er unruhig vom Fallenstellen und einer wilden Jagd durch monddurchleuchtete Wälder träumte. Es war die Maschine, sie fraß den Wald, sie fuhr auf Rädern und pflügte sich wie ein urzeitliches Ungeheuer brennend und sengend durch Busch und Baum. Und dann spürte er einen sanften Windhauch auf der Stirn und eine Präsenz, so real, dass die Empfindung ihn hochschrecken ließ.

Vor seiner Liege stand ein Mädchen, nur ein weiterer Traum, ein zitternder, frierender Traum im weißen Nachthemd, die Hand nach dem Schlüssel ausgestreckt, der an seiner langen Kette auf der Matratze neben ihm lag. Ihr Haar war rötlich, ihr Gesicht rund, die Augen hell. Ida! Er hatte sie oft im Hof beobachtet, wenn sie Wäsche von den Leinen abnahm, von all seinen Töchtern schien sie die freundlichste, die mit dem sonnigsten Wesen zu sein. Ida! Wie kam sie hier herein? War sie real?

Heinrich wurde sich bewusst, dass er kein Tuch um Mund und Nase Trug, dass sie auf das starrte, was einmal sein Gesicht gewesen war. Mit einem Ruck setzte er sich auf, um nach dem Tuch zu greifen. Und Ida schrie auf, wich zurück. Ida!, wollte er sagen. Hab keine Angst! Ich werde ... er streckte die

Hände nach ihr aus ... Doch sie wich zurück, drehte sich um, rannte zur Tür, rüttelte daran.

Ihre bloßen Arme sahen bläulich aus, sie fror. Wie lange hatte sie hier unten zugebracht? Sie musste mit Henriette und Regenmacher gekommen sein. Wie lange hatte sie ihn im Schlaf beobachtet, wie lange versuchte sie schon, an seinen Schlüssel zu gelangen? Heinrich warf einen Blick auf die Uhr über der Tür. Es war fast acht Uhr. Er hatte doch noch geschlafen, die Nacht war vorbei. Und das arme Kind hatte die ganze Zeit hier bei ihm verbracht?

Ida!

In seiner Vorstellung klang das Wort zärtlich, beruhigend. Doch seine Ohren hörten nur einen schmatzenden Klang, als seine Kehle das Wort zu formen versuchte. Heinrich stand auf. Er musste ihr ja bloß die Tür aufschließen, dann würde sie schon verstehen, dass er ihr nichts tat.

Als er auf sie zuging, langsam, um sie nicht noch mehr zu erschrecken, blickte sie um sich, schien nach einer Möglichkeit zu suchen, ihm auszuweichen. Heinrich hob beschwichtigend die Hände, doch das schien sie noch mehr in Angst zu versetzen, ihre Augen waren weit, ihr Atem ging zu schnell. Als Heinrich auf kaum zwei Meter heran war, brach sie nach links aus.

Sie griff in die Schutzgitter der Maschine, zog sich hoch. Kletterte hinauf.

Nein! Das ist zu gefährlich!

Heinrichs Kehle entkam ein röhrender Laut.

Vorsicht, Ida!

Er lief, um sie aufzuhalten.

Sie verstärkte ihre Bemühungen, der Schutzkäfig schwankte und schepperte. *Dafür ist er nicht gemacht!* Er sollte doch nur verhindern, dass man versehentlich in den Walzbereich geriet.

Ida war außer Reichweite, bevor Heinrich nach ihr greifen konnte.

Du musst da runterkommen. Siehst du nicht die Risse in der Decke? Die Belastung!

Die Walze lief hin, lief her, jeder Weg ein Ruck, eine Erschütterung, die an der Maschine, dem Käfig, den Halterungen in Decke und Boden zerrte.

Heinrich lief zu den Arbeitstischen, um nach irgendetwas zu suchen, er musste sie absichern, vielleicht eine Stange, an der sie sich festhalten konnte, ein Seil ... irgendetwas.

Ida schwang ein Bein über den oberen Rand des Käfigs, klammerte sich fest. Mit jedem Ruck erzitterte auch sie, und die dünnen Stahlstreben, die oben ungeschützt aus dem Käfiggeflecht herausragten, mussten ihr ins Fleisch schneiden. Wenn sie abrutschte, konnte sie sich den Stahl in den Leib rammen, sieben Zentimeter tief, er wusste es – auch ohne seine Pläne zu konsultieren.

Heinrich packte ein Stück Rohr, das ihm lang genug erschien, und eilte damit zur Maschine zurück.

Ida, fass zu! Halt dich fest, komm vorsichtig runter!

Doch als Heinrich das Rohr zu ihr hinaufstreckte, schwang sie auch das zweite Bein über den Käfigrand, um sich ihm zu entziehen, sie hielt sich nur noch mit den Händen, er sah die Muskeln in ihren Armen zittern, sie suchte nach einer Möglichkeit, sich festzuhalten, den Abgrund vor sich zu überwinden, und dann kam der nächste Ruck, als die Walze das hintere Ende des Walzbetts erreicht hatte.

Sie schrie nicht, als sie fiel. Sie schrie erst, als die zurückkehrende Walze ihren ausgestreckten Arm erfasste. Doch sie schrie nicht lange, denn es war ihr Kopf, welcher der Walze am zweitnächsten lag.

Heinrich stand da, das Rohr in der Hand.

Und die Walze rollte, hielt inne, wendete und rollte. Rollte und rollte.

19

Charlie presste sich die Hände auf die geschlossenen Augen. Nachdem er lange in seiner Zelle hin und her gegangen und von dem Mann gegenüber angeschnauzt worden war, dass er endlich Ruhe geben sollte, hatte er sich hingelegt und versucht zu schlafen. Aber es war unmöglich gewesen. Das Laufen hatte ihn zumindest ein bisschen abgelenkt, doch liegend konnte er den Gedanken nicht ausweichen. Wieder in Anstaltskleidung zu sein, das erinnerte ihn ans Armenhaus, an die Stockhiebe, die er als Junge zur Strafe bekommen hatte. Sie wurden vor aller Augen zeremoniell ausgeteilt. Ein einziges Mal hatte es ihn getroffen, mit elf, und er war ohnmächtig geworden vor Schmerz. Als sein Vater ein neues Engagement hatte und ihn aus dem Armenhaus holte, hatte er sich geschworen, nie mehr dorthin zurückzugehen. Als sein Vater das nächste Mal die Miete nicht zahlen konnte, als er das nächste Mal zur Fürsorge gemusst hatte, da war Charlie davongelaufen, um für sich selbst zu sorgen. Eine Weile war er mit einer Theatertruppe durch England gezogen. Die relative Freiheit, die er und die anderen sechs Jungen genossen hatten, die ebenfalls mit dem Schaustellerehepaar in zwei großen Wagen umhergezogen waren, gehörte zu den besten Erinnerungen seines Lebens. Sie hatten genug zu essen gehabt, wurden im Singen und Tanzen und in den wichtigsten Schulfächern unterrichtet, und auch wenn Mister Landlord die Jungs geschlagen hatte, wenn sie ihre Schritte nicht konnten, so war es insgesamt doch ein gutes Leben gewesen, voller Jungenstreiche und Gelächter. Aber auch voller Kämpfe um die besten Plätze, den meisten Applaus, den größten Anteil am Liebeskuchen.

Als man ihm ein Soloengagement anbot, hatte Charlie zugegriffen. Von da an war es langsam, aber stetig bergauf gegangen. Und trotzdem ... Warum hatte er nicht den Kontakt zu den anderen Jungen gehalten, warum war er ihnen nicht treu geblieben? Charlie wusste es. Weil sie neidisch auf ihn gewesen waren. Wenn sie ihn jetzt sehen könnten, auf seiner harten Pritsche.

Dass Charlie keinen Schlaf fand, lag nicht daran, dass die Matratze zu hart oder die Decke zu dünn war, er hatte schon weit unbequemer, feuchter und kälter geschlafen. Nur, wo immer er sich auch hingelegt hatte, er war vor fremden Blicken geschützt gewesen. Hier hingegen brannte die ganze Nacht grelles elektrisches Licht im Gang zwischen den Zellen, und in unregelmäßigen Abständen ging ein Wärter auf und ab, blieb bisweilen auch stehen, schien auf irgendetwas zu warten oder zu lauschen. Mehrmals hatte Charlie die Augen einen spaltbreit geöffnet, um zu sehen, was vorging. Doch das Gesicht des Wärters blieb im Gegenlicht immer unsichtbar. Blickte er in seine Richtung oder nicht? Sah er Charlies halb geöffnete Augen? Nicht zu wissen, ob er gesehen wurde, brachte ihn dazu, sich ruhig zu verhalten, obwohl ihm im Grunde danach war, das Eisenbett umzuwerfen, die Matratze herauszureißen, die Decke zu zerfetzen ... Dabei schämte er sich nicht für die Dinge, die er getan hatte. Er schämte sich für das, was man in ihm sehen könnte, was man vielleicht auch bloß in ihm sehen *wollte.*

Sieht der wie ein Verbrecher aus? Schaut ihn euch an! Was ist mit seiner Nase? Ist er ein Sittlichkeitsverbrecher? Seht euch die Hände an! Ist er ein Dieb? Die Augen, wie eng stehen sie beieinander, ist er ein Betrüger? Hat er eine fliehende Stirn, ein zurückweichendes Kinn? Oder zeugt sein Gesicht von klarem Verstand und starkem Willen?

Hetti hätte Mitleid mit ihm gehabt, wenn sie ihn so sähe. Und genau diese Vorstellung beschämte ihn noch mehr. Dann kam Charlie der Mann mit dem Opernglas in den Sinn, seine Blicke, von denen er ebenfalls nie gewusst hatte, wann sie ihn wieder treffen würden.

Doch dies hier war schlimmer. Hinzu kamen die Gedanken. Und die Erinnerung an den letzten, triumphierenden Blick seines Vaters. Warum hatte er ihm das angetan?

Charlie nahm die Fäuste von den Augen und blinzelte in die Helligkeit des Gangs. Silberne Sternchen blitzten in seinem Blickfeld. Er war kein Mörder. Es war nicht seine Schuld gewesen.

Warum bist du dann fortgelaufen, du Idiot? Warum bist du fortgelaufen?! Diese Frage hatte er sich heute Nacht unzählige Male gestellt. Die Antwort, die er schließlich fand, war so unwahrscheinlich wie selbstverständlich:

Damit du Hetti begegnen konntest.

Alles, was geschehen war, bekam auf diese Weise einen Sinn. Und zugleich war es so sinnlos, denn wenn man ihn nun nach London zurückschickte, würde Hetti für ihn so unerreichbar sein wie nie zuvor.

Wenn es stimmte, dass alle Ereignisse seines Lebens auf diesen einen Punkt zugelaufen waren, auf die Begegnung mit Hetti, dann durfte er es nicht zulassen, dass er sie nicht mehr wiedersah. Er musste hier raus. Charlie stand auf und drückte sein Gesicht an die Gitterstäbe der Zelle.

«He, Wärter!»

Charlie wartete, und als keine Antwort kam, rief er noch einmal, diesmal lauter.

Aus den anderen Zellen kam unterdrücktes Fluchen und die Aufforderung, das Maul zu halten und endlich zu schlafen, doch Charlie ließ sich davon nicht abhalten.

«Wärter!»

Endlich hörte Charlie Schlüssel, das Quietschen einer Tür, Schritte.

«Wer macht hier Krach?!»

Charlie streckte einen Arm aus dem Gitter heraus.

«Hier, ich!»

Der Wärter kam heran. Es war derselbe, der schon die ganze Nacht über Wachdienst hatte. Jetzt, da er so dicht am Gitter stand, sah Charlie sein Gesicht, einen gezwirbelten Bart, eine Brille mit silbernem Rand, kleine, müde Augen dahinter. Er sah nicht aus wie jemand, der besonders wachsam war. Aber das konnte täuschen.

«Was gibt es?»

«Wie spät ist es?»

«Kurz nach sechs. In einer halben Stunde ist Weckzeit.»

«Ich möchte eine Aussage machen.»

Charlie wollte von seinem Vater erzählen. Wenn man ihn nach Hause schickte, dann würde er unter Bewachung reisen, aber er würde etliche Male umsteigen müssen. Kutschen, Automobile, Eisenbahnen, Schiffe. Es würde zwei Tage dauern, bevor man ihn den britischen Behörden übergeben konnte. Zwei Tage mit vielfältigen Möglichkeiten zur Flucht. Nur musste er erst einmal hier heraus.

«Hm, ich sage Bescheid», brummte der Wärter und wandte sich zum Gehen. «Nach dem Frühstück», fügte er noch hinzu.

Zum Frühstück gab es dünnen Kaffee mit Zucker, Brot und genügend Butter, um satt zu werden.

Danach schien es noch Stunden zu dauern, Stunden, in denen Charlie nichts anderes tun konnte, als auf der Bettkante zu sitzen und zu warten, bis seine Zellentür aufgeschlossen wurde. Es musste einen Schichtwechsel gegeben haben, ein neuer Wärter stand vor der Zelle.

«Kann ich jetzt meine Aussage machen?»

«Ick weeß nichts von Aussage. Ich soll Se nur nach vorne bringen.»

Nun gut. Wenn er «vorne» war, was auch immer das bedeutete, musste er eben mit jemandem sprechen, der mehr Befugnisse hatte. Charlie lief vor dem Wärter her, blickte sich aufmerksam um.

Wieder kamen sie in den zentralen Raum, von dem die vier Zellentrakte abgingen. Sie waren von hier aus alle bis zu ihrem Ende voll einsehbar, es gab nicht die geringste Chance, ungesehen durch den Mittelgang dieser Zellenflügel zu kommen. Selbst wenn es keinen Wächter hier gegeben hätte, bei einem Ausbruchsversuch müsste er an jeder Zelle vorbei. Charlie war sich sicher, irgendein missgünstiger Mitgefangener würde sich immer finden, der Alarm schlug, so wie es im Armenhaus bei jeder Regelwidrigkeit immer jemanden gegeben hatte, der zu einem Verrat bereit war, um sich so ein paar Vorteile zu verschaffen.

Wieder wurden verschiedene Türen vor und hinter Charlie auf- und wieder zugeschlossen.

«Da könnse sich hinsetzen.»

In der Mitte des Raums standen ein Tisch, zwei Stühle. Sonst gab es nichts.

Der Wärter stellte sich neben die Tür. Einen Moment später wurde eine zweite Tür auf der anderen Seite des Raums aufgeschlossen.

Herein kam, mit seinem typischen Grinsen und sich verlegen am Kopf kratzend, Willem.

Charlie stand wieder auf und schloss den Jungen fest in die Arme. Er freute sich, ihn zu sehen, aber er hatte auch das Gefühl, Trost spenden zu müssen.

«Tut mir leid, dass ich dich in Schwierigkeiten gebracht habe, Willem», sagte er, als sie sich setzten. «Das war nicht meine Absicht.»

Willem winkte ab. «Weiß ich doch.»

«Wie ist es dir ergangen?», wollte Charlie wissen.

«Gut. Ich habe Ihnen etwas zu lesen mitgebracht. Damit es nicht so langweilig wird. Ich habe sie auf dem Abtritt gefunden, es sind Noten. Altheim sagt, dass Sie die besonders gerne lesen.»

Willem zog ein schlankes schwarzes Album unter seiner Jacke hervor und schob es über den Tisch.

In Charlies Magen begann es zu flattern, eine Ahnung, eine Hoffnung, er wusste nicht genau, worauf, aber es musste eine Bedeutung haben, wenn Altheim ihm Noten schickte.

Er nahm das Album entgegen, wagte aber nicht, hier unter den Augen des Wächters darin zu blättern.

«Und das hast du einfach so mit hereinnehmen dürfen?», fragte er.

Vielleicht hatte Altheim etwas zwischen den Seiten versteckt. Es würde ihm ähnlich sehen, unvorsichtig, wie er war.

«Na ja, sie haben es sich schon erst angeguckt. Aber es sind halt nur Noten. Der Professor sagt, Sie werden sie besonders interessant finden, wenn Sie auf die Akkorde und Interwellen achten, die er drübergeschrieben hat.»

«Er meint bestimmt Intervalle?»

Willem zuckte die Achseln.

«Kann schon sein. Was weiß ich.»

«Und wie geht es Professor Altheim?»

«Der fühlt sich schuldig, weil er sich so dumm benommen hat. Jetzt versucht er, Sie rauszuholen.»

«Und wie ist es mit Frau Liese? Hat sie dir gekündigt? Du kannst ja das Zimmer gar nicht zahlen.»

«Frau Liese ist schwer in Ordnung», sagte Willem und errötete leicht. Charlie fragte sich, ob sie dem Jungen vielleicht auch gewisse Dienste angeboten haben konnte. Aber nein, das war absurd. Der Junge war erst vierzehn. Und Hetti war erst siebzehn, erinnerte er sich. Fast achtzehn. Dennoch, sie war selbst fast noch ein Kind, und er hatte keinerlei Hemmungen gehabt, sie wie eine Frau zu behandeln.

«Sie lässt mich aushelfen. Dafür kann ich das Zimmer behalten, bis wir wissen, was ... mit Ihnen wird.»

Willem senkte den Kopf.

Einmal mehr hatte Charlie ein schlechtes Gewissen. «Ich kann dir leider nicht mal Geld geben, um Frau Liese weiter zu bezahlen», sagte er. «Sie haben mir alles abgenommen.»

«Ja, ist klar. Aber Altheim ist auch schwer in Ordnung, wissen Sie?»

Charlie seufzte. Ja, ein Gentleman war er bestimmt. Dennoch war Altheims erster Versuch zu helfen ziemlich gründlich danebengegangen. Hoffentlich legte er sich nicht zu sehr ins Zeug.

Die Tür hinter Willem wurde wieder aufgeschlossen, ein Beamter trat ein.

«So, Schluss für heute», sagte er.

Willem stand auf und reichte Charlie die Hand.

«Wiedersehen», sagte er. «Und viel Spaß beim Lesen.»

20

Henriette erwachte mit einem Ruck, als die Wasserkanne vom Waschtisch fiel und auf dem Boden zersprang.

«Ida?!»

Sie bekam keine Antwort.

Von ferne drang ein Geräusch herauf, Metall auf Metall, beinahe ein Kreischen, das Henriette eine Gänsehaut bereitete. Die Mangel im Keller, die sie letzte Nacht als Quelle des ständigen Rollens und Bebens unter ihren Füßen kennengelernt hatte, schien mit verstärkter Kraft zu arbeiten. Bei jedem Hin und Her erschien Henriette der Ruck, der durchs ganze Haus ging, stärker als sonst. Wahrscheinlich hatte die Wasserkanne sich auf der Marmorplatte des Waschtisches selbständig fortbewegt, mit jedem Rucken ein weiteres winziges Stückchen.

«Ida?»

Idas Bett war noch immer genauso leer wie letzte Nacht, als Henriette von ihrem Ausflug mit Professor Regenmacher zurückgekehrt war. Und jetzt war es längst heller Morgen. Sicher hatten die Mädchen bereits gefrühstückt und waren drüben im Waschhaus. Ein leichter Ärger mischte sich in Henriettes Schrecken.

Tante Johanne und die Mädchen mussten sie für ein kränkliches, verzärteltes Wesen halten, unfähig zu richtiger Arbeit. Dabei hatte sie gearbeitet, seit sie ein Kind war. Wäsche waschen war schmutziger, schweißtreibender als ihr Beruf. Aber auf eine bestimmte Art war es auch so viel einfacher als die

Arbeit, die sie verrichtet hatte und bei der jeden Tag ihre Seele auf dem Spiel stand.

Henriette schlug die Bettdecke zurück, und ihr Blick fiel auf den Beutel, der darunterlag. Sie hatte mit der schmutzigen Wäsche von Professor Regenmacher im Arm geschlafen. Auch Idas Buch lag im Bett, aufgeschlagen, mit verknickten Seiten. Sie trug auch immer noch ihr Schultertuch und die Hausschuhe. Sie musste wirklich verwirrt gewesen sein. Vorsichtig nahm Henriette das Buch in die Hände, strich die Seiten glatt und legte es zurück in Idas Versteck.

Der Gedanke an Professor Regenmacher bereitete ihr ein flaues Gefühl im Magen, sie wollte nicht an ihn denken. Letzte Nacht hatte sie sich einen Moment lang an ihn lehnen wollen, um nicht mehr so allein zu sein. Mutter schrieb nicht, Tante Johanne lehnte sie ab. Und Charlie war nicht gekommen. Es war Zeit, den Tatsachen ins Gesicht zu sehen: Er hatte auf ihren Brief nicht reagiert. Er hatte nicht geantwortet. Vielleicht war Professor Regenmacher nicht die schlechteste Alternative.

Henriette kämpfte die Tränen nieder, zog sich an, nahm den Beutel mit der Wäsche und ging nach unten. Die Tür zum Westflügel stand sperrangelweit offen, und von Tante Johanne war nichts zu sehen. Vielleicht war sie in ihrem Büro. Was sie wohl zu Professor Regenmachers Antrag sagen würde? Und noch wichtiger – was würde ihre Mutter dazu sagen?

Im Waschhaus stand schon alles unter Dampf.

«Wo ist Ida?», fragte Henriette Katharina über das Pumpen der Automaten hinweg.

Katharina strich sich eine feuchte Haarsträhne aus der Stirn und zog die Schultern hoch.

«Du schläfst doch mit ihr zusammen.»

Es klang, als sei es Henriettes Schuld, dass Ida noch nicht zur Arbeit gekommen war.

«Aber wo kann sie denn sein?»

«Keine Ahnung», sagte Katharina und wandte sich einer Schleuder zu, die singend zum Stillstand kam und entladen werden wollte.

Henriette stand daneben, ihre Sinne verstrickten sich erneut in die Rhythmen und Klänge dieses nebligen Zauberlands mit seinen Maschinen, sie lauschte auf die Musik wie auf den Gesang von unterirdischen Feen, die den Wanderer ins Unheil ...

«Du stehst im Weg», sagte Katharina, einen großen Korb in den Armen, in dem die Wäsche aus der Schleuder aufgetürmt war. Henriette trat zur Seite und besann sich. Wenn sie Professor Regenmachers Wäsche losgeworden war, würde sie Ida suchen. Es entsprach ihr nicht, einfach zu verschwinden und niemandem Bescheid zu sagen.

Henriette ging zu den Einweichbecken, zog das Band des Wäschebeutels auf und schüttelte die Wäsche in die blau-milchige Lauge. Beinahe hätte sie das Glucksen überhört, beinahe hätte sie übersehen, wie etwas Kleines, Dunkles sich aus dem Beutel löste und in der Lauge verschwand.

Ihre Hand folgte dem Gegenstand reflexartig, ihr Arm tauchte tief in die Lauge, ihr Ärmel wurde nass. Am Boden des Beckens fühlte sie etwas Hartes und zog es heraus, es war oval und passte leicht in Henriettes geschlossene Faust. Eine feingliedrige Kette hing daran, das Silber war angelaufen. Es war ein Medaillon von der Größe eines Wachteleis, Blüten rankten sich über den Deckel, und am Rand fand sich eine Einkerbung für den Daumennagel, damit man es öffnen konnte. Henriette trocknete das Medaillon an ihrer Schürze ab und öffnete es.

Lauge war eingedrungen und hatte die Tinte auf dem gelblichen Papier verlaufen lassen, das in der linken Seite steckte. Henriette tupfte es vorsichtig ab und drehte sich ins Licht, das durch eines der hochgelegenen Fenster hereinfiel.

Henriette richtete den Blick auf die rechte Seite des Medaillons, tupfte auch hier die milchige Flüssigkeit fort. Darunter kam eine Miniatur zum Vorschein, ein winziges Ölgemälde. Ein Porträt.

Es zeigte Henriettes Gesicht.

«Zeig mal, was ist denn das?»

Plötzlich stand Katharina hinter Henriette und machte einen langen Hals, und auch Maria kam, angezogen von Katharinas Neugier. Katharina griff nach dem Medaillon, doch Henriette zog es weg und klappte es zu.

«Nur etwas von meiner ... Mutter. Es ist mir ins Becken gefallen.»

Henriette steckte das Medaillon in die Schürzentasche und tauchte beide Arme ins Einweichbecken, um Professor Regenmachers Wäsche gleichmäßig zu verteilen. Die Nässe kroch ihr die Ärmel empor und kribbelte auf der Haut. Sie würde das Medaillon im Violinkasten oben im Flur verstecken. Am besten jetzt gleich. Und dann würde sie Ida suchen gehen. Sie zog die Arme aus der Lauge und wandte sich um. Ein Schreckenslaut brach aus ihr hervor.

Heinrich war hier.

Er stand in der Tür zum Waschhaus, nur ein Schattenriss vor dem Licht, das aus dem Hof hereinfiel, doch seit letzter Nacht würde Henriette seine Silhouette unter Tausenden erkennen. Heinrichs Gesicht blieb schwarz im Gegenlicht.

Katharina und Maria folgten Henriettes Blick.

«Vater?»

Katharina ging auf ihn zu.

Heinrich kam herein, ging mit schnellen Schritten auf seine älteste Tochter zu, streckte die Hände nach ihr aus.

Katharina schrie nicht, doch wich sie unwillkürlich zurück,

und als Heinrich sie an den Schultern fasste und unverständliche Laute ausstieß, kniff sie die Augen zusammen und presste die Hände auf die Ohren.

Heinrich ließ von ihr ab, wandte sich suchend um.

Als sein Blick auf Maria fiel, hielt er inne. Henriette sah die Tränen, die sich in seinen Augen sammelten.

«Was ist geschehen?», fragte sie. «Soll ich dir etwas zum Schreiben besorgen, Onkel?»

Heinrich nickte.

«Ich bin gleich zurück», sagte Henriette und zog die schreckensstarre Maria an der Hand hinter sich her, als sie sich auf den Weg machte. Hinter sich hörte sie Schritte auf der Treppe, Ernestine und Hulda kamen aus der Plättstube herunter, um, neugierig wie immer, nachzusehen, was unten los war.

Als sie sich umblickte, sah sie, dass Heinrich ihr und Maria folgte, der Ausdruck in seinen Augen zeugte von unsagbarem Schmerz, und plötzlich stieg Angst in Henriette auf. Etwas stimmte nicht, etwas war fürchterlich falsch. Maria klammerte sich an ihren Arm. Sie sagte nichts, doch sie war weiß wie die Laken, die im Hof auf den Leinen flatterten.

Als sie durch die Seitentür ins Haupthaus kamen, fiel Henriette auf, dass die Mangel erneut ihre Arbeit intensiviert zu haben schien, in der Essstube klirrte leise der Kristalllüster. Die Tür zum Westflügel stand noch immer offen.

Henriette lief geradeaus den unteren Flur entlang, der zu Tante Johannes Geschäftsräumen führte, um Papier und Bleistift zu holen. Heinrich folgte ihr und drängte sich, als sie die Tür erreichten, an ihr vorbei und riss sie auf.

Tante Johanne saß hinter ihrem Tisch, den Kopf in die Hände gestützt, in der Rechten den Federhalter, über einem großen blauen Buch brütend.

«Kannst du nicht klopfen, Ida?», fragte sie mit müder Stimme. Dann erst blickte sie auf.

«Heinrich!»

Tante Johanne stand auf, klappte das Buch zu, in dem Henriette von ferne lange Zahlenkolonnen erkannte, legte den Federhalter in eine längliche Schale aus Speckstein, damit keine Tinte auf den Tisch tropfte.

«Entschuldige, Tante. Er stand plötzlich im Waschhaus. Er braucht etwas zum Schreiben.»

Die Sekunden, in denen nichts zu hören war außer dem Kratzen von Heinrichs Feder auf dem Papier, erschienen Henriette wie eine Ewigkeit. Heinrichs Hände zitterten, er musste mehrmals neu ansetzen, und Henriette hielt Marias Hand noch ein wenig fester, ließ den Blick durch den Raum schweifen – polierte Eichenmöbel, ein Kruzifix an der Wand, keine Teppiche, schlicht und zweckmäßig, bis auf eine kleine Porzellanvase mit halb verwelkten Frühlingsblumen auf Tante Johannes Schreibtisch. Und an der Wand dahinter ein Riss, die helle Tapete hatte sich gelöst, ein wenig abgebröckelter Putz lag auf den Dielen davor.

Heinrich übergab Johanne das Geschriebene.

Johanne las, ließ das Papier fallen, stürzte aus dem Büro und rannte mit gerafften Röcken den Flur hinab.

Heinrich stützte sich schwer auf Johannes Schreibtisch ab, der Atem pfiff durch sein zerstörtes Gesicht, während über ihm Putz von der Wand rieselte. Dann ließ er sich auf den Boden nieder, legte die Stirn auf die Dielen wie ein Muselman beim Beten, und sein Hausmantel breitete sich um ihn aus wie die Schwingen eines großen Vogels.

Henriette ließ Marias Hand los und griff nach dem Blatt, das auf dem Fußboden lag.

Ida ist tot. Die Maschine hat sie – – –

Der Satz brach ab, aber es hätte auch nichts geändert, wenn mehr dort gestanden hätte, Henriettes Geist vermochte es nicht zu fassen.

Sie spürte die Erschütterungen unter den Füßen, sie dachte an die Walzen, an die Gewalt, an den Lärm dort unten. Was hatte Ida dort zu schaffen? Was sollte das heißen?

Henriette legte den Zettel zurück auf den Tisch.

«Komm», sagte sie zu Maria, die ihre Kinderhand wieder in Henriettes Hand legte, eiskalt war sie.

Als sie Heinrich im Büro zurückließen und hinauf zu den Schlafkammern gingen, fand Maria ihre Sprache wieder.

«Was ist los, Henriette?»

Henriette antwortete nicht.

«Was machst du denn da?»

«Ich gehe weg.»

Henriette holte den Violinkasten aus dem Schrank hervor, legte das Medaillon aus ihrer Schürze hinein, trug den Kasten in ihr Zimmer und legte auch Idas Buch dazu.

«Wohin denn?»

Henriette setzte Maria auf Idas Bett, holte ein Taschentuch aus der Schublade des Waschtisches und wischte dem Mädchen die Tränen ab.

«Wo ist Mutter denn hingerannt?»

«Ich weiß es nicht, Maria.»

«Ich will zu Ida.»

Ja, zu Ida. Ida war das einzige warmherzige Wesen gewesen in diesem Haus. Niemand wollte zu Katharina oder zu Tante Johanne oder zu den immer misstrauischen Zwillingen.

Marias Weinen war lauter geworden, und endlich fing auch Henriette an zu weinen.

«Ida ...» Henriette wusste, dass sie dem Mädchen die Wahrheit sagen musste. «Ich fürchte, ihr ist etwas zugestoßen, Maria.»

«Was heißt zugestoßen?»

Henriette kam nicht dazu zu antworten, denn der Lärm, der aus dem Erdgeschoss heraufdrang, war unbeschreiblich. Heinrich brüllte wie ein Tier, Maria fuhr zusammen und presste sich die Hände auf die Ohren.

Dann gingen Dinge zu Bruch, Scheiben klirrten, und das Poltern und Krachen klang, als sei Heinrich mit einer Axt zugange. Henriette stand still und lauschte. Erst war er im Büro, dann tobte er durch den Flur, warf etwas an die Wand. Was, wenn er heraufkam? Dann würde sie mit Maria die Hintertreppe nehmen, raus aus dem Haus, raus auf die Straße. Oder wäre es besser, sich auf dem Dachboden zu verbergen, von wo sie mit Ida ihr Bett heruntergeschleppt hatte? Dann war Heinrich in der Essstube, in der Küche. Und es nahm kein Ende.

Henriette hörte ein Poltern auf der Hintertreppe. Aber er war doch in der Küche? Mit klopfendem Herzen wagte sie einen Blick in den Flur hinaus. Es war nicht Heinrich, es waren Katharina und die Zwillinge, die mit fliegenden Schürzen um die Ecke gestürzt kamen.

«Wo ist Maria?», rief Katharina.

«Bei mir.»

«Bring sie mit rüber!»

Katharina und die Zwillinge verschwanden in Katharinas Kammer.

Hand in Hand folgten Henriette und Maria. Henriette war noch nie in Katharinas Kammer gewesen. Sie war größer als die von Ida, und es gab Spielsachen und einen Tisch, auf dem Bücher lagen. Sobald alle im Zimmer waren, schloss Katharina die Tür.

«Schließ ab», sagte Hulda, «bitte!»

Katharina nickte, drehte den Schlüssel, der im Schloss steckte.

«Er hat die Geschirrschränke umgeworfen, in der Essstube und in der Küche. Alles kaputt», sagte Hulda.

«Und in der Betstube hat er die Stühle durch die Fenster nach draußen in den Hof geworfen», fügte Ernestine hinzu. «Wenn Mutter das erfährt ...»

Gemeinsam lauschten sie, und jedes Mal, wenn etwas zu Bruch ging, zuckte Maria zusammen und hielt sich die Ohren zu. Sie war es auch, die schließlich das Thema auf Ida brachte.

«Hetti, was hast du damit gemeint, dass Ida etwas zugestoßen ist? Was bedeutet das?»

Alle Blicke wandten sich Henriette zu.

Henriette hatte, bis auf Idas Buch, nichts ausgelassen. Sie hatte alles erzählt, was in der letzten Nacht geschehen war. Auch das, was in Tante Johannes Büro passiert war. Sie schloss mit denselben Sätzen, die sie auf Heinrichs Papier gelesen hatte.

Ida ist tot. Die Maschine hat sie – – –

Danach herrschte Schweigen, unterbrochen nur vom Schluchzen der Mädchen und von Heinrichs Zerstörungswut.

Henriette wartete, die bitterlich weinende Maria auf dem Schoß, bis das Wüten unten im Haus nachließ, bis Heinrich sich erschöpfte, nicht mehr weiterkonnte, vielleicht zusammenbrach.

«Katharina, lass mich bitte hinaus», sagte sie schließlich.

Sanft nahm sie Maria in den Arm, drückte sie noch einmal an sich.

Das Mädchen weinte, wenn das überhaupt möglich war, noch heftiger als zuvor.

«Du darfst nicht gehen!», schluchzte sie.

«Ich muss, Maria. Glaub mir, ich muss.»

«Kommst du denn wieder?», wollte sie wissen.

Henriette wollte Maria nicht anlügen und schüttelte den Kopf.

«Nicht so bald jedenfalls. Aber du kommst mich in Berlin besuchen, ja? Versprochen?»

Maria nickte, und Henriette löste sich von ihr und stand auf.

«Auf Wiedersehen», sagte sie.

Die Zwillinge und Katharina gaben ihr die Hand und verabschiedeten sich, und trotz ihrer verweinten Augen erkannte Henriette Anerkennung in ihren Gesichtern.

«Und ihr kommt mich auch besuchen, ja?»

Die anderen Mädchen nickten und versprachen es, und dann ließ Katharina sie hinaus und schloss gleich hinter ihr wieder ab.

Kurz überlegte Henriette, die Scherben des Wasserkrugs, der durch die Erschütterungen im Haus vom Waschtisch gefallen war, fortzuräumen, ihr Bett zu machen, ihre Kleider in die Reisetasche zu packen. Doch im Grunde spielte das alles keine Rolle, das Haus lag ohnehin in Scherben, und ihre Reisetasche würde sie auf dem Weg nach Hause nur unnötig beschweren. Henriette nahm den Violinkasten mit Idas Buch und Professor Regenmachers Medaillon, zog Hut und Mantel an und atmete ein paarmal tief durch, um Mut für den Weg nach unten zu sammeln, dorthin, wo Onkel Heinrich war.

21

Heinz wollte wie gewohnt in den Hof fahren, wollte das Dröhnen des Motors in der Einfahrt in den Ohren haben, er lenkte scharf nach rechts und konnte gerade im letzten Moment noch anhalten. Das Tor war geschlossen. Heinz ließ den Motor laufen und stieg vom Fahrersitz, um es zu öffnen. Verwundert stellte er fest, dass abgesperrt war. Das war neu. Auch der vordere Eingang, der in Frau Pflogs Geschäftsräume führte, war verschlossen. Heinz lief ein paar Meter an der Hofmauer entlang in die eine Richtung, dann in die andere Richtung, aber er fand keine Stelle, an der er leicht hätte hinüberklettern können, und er hatte keine Lust, um das ganze Anwesen herumzulaufen. Also griff er eine Handvoll nassen Kies vom Straßenrand und warf ihn gegen ein Fenster im ersten Stock.

Keine Reaktion.

«Da kommt man extra den weiten Weg hier raus ...»

Heinz probierte es noch ein paarmal, lauschte, aber außer den gewohnten regelmäßigen Maschinengeräuschen war nichts zu hören. Gerade als er gehen wollte, öffnete sich oben doch noch ein Fenster.

Heinz hatte das Mädchen seit dem Kuss nicht gesehen. Normalerweise vergaß man einen Kuss, sobald er zu Ende war. Er konnte jeden Tag zehn Küsse haben, wenn er wollte. Aber diesen hatte er nicht vergessen. Wie sie sich gegen ihn gewehrt hatte! Ein geraubter Kuss war viel aufregender als ein verdienter.

«Warum ist das Tor geschlossen?», rief Heinz.

Das Mädchen legte einen Finger an die Lippen und bedeutete ihm zu warten. Sie führte sich wie eine Gefangene auf, genau wie damals, als er ihren Brief mitgenommen hatte. Vielleicht gingen in diesem Haus tatsächlich seltsame Dinge vor. Konnte man so etwas mit Sicherheit wissen? Zumindest schien das Mädchen Geheimnisse zu haben.

«Bitte, fahren Sie nicht weg!», sagte sie, kurz ihren Kopf am Fenster zeigend, und verschwand erneut.

Ganz sicher würde er nicht wegfahren. Was immer sie ihm für ein Schauspiel bieten würde, er war entschlossen, es sich nicht entgehen zu lassen.

Henriette hatte einfach das Haus verlassen, über den Hof und hinaus auf die Straße gehen wollen, um sich zu Fuß auf den Weg nach Gramstett zu machen. Doch die Tür zum Hof war verschlossen gewesen und alle anderen Türen im Haus ebenfalls, die Bürotür, Küche, Essstube, Betstube. Selbst die grüne Tür zum Westflügel war wieder zugeschlossen worden. Henriette wusste nicht, ob Onkel Heinrich oder Tante Johanne dafür verantwortlich war, aber das spielte auch keine Rolle. Was entscheidend war: Sie kam nicht hinaus.

Also war sie zurück auf ihr Zimmer gegangen, hatte sich hingesetzt und den Riss beobachtet, der hinter Idas Bett an der Wand erschienen war und der stündlich wuchs und sich verästelte wie ein kahler Winterbaum auf der schneeweißen Wand. Er musste sich wegen der Erschütterungen, die unaufhörlich durchs Haus liefen, von Tante Johannes Büro heraufgefressen haben. Henriette lauschte auf die Maschine im Keller, auf die Geräusche in Katharinas Zimmer nebenan, auf Schritte oder Stimmen weiter unten im Haus. Doch es blieb gespenstisch still, keine Stimmen, keine Schritte, und Henriette begann sich zu fragen, ob Heinrich Tante Johanne etwas angetan haben konnte. Oder vielleicht sogar andersherum? Henriette saß, den Violinkoffer auf dem Schoß, mit schweren Lidern da, schreckte auf, wann immer sie ein neues Instrument im Orchester zu hören meinte, die jedoch immer zu verschwinden schienen, sobald sie die Ohren spitzte. Irgendwann würde der Moment kommen, die Gelegenheit zu entwischen, sie musste nur aufpassen. Als ein Schauer kleiner Steine an ihr Fenster prasselte, wusste sie, dass der Moment gekommen war.

Als sie hinausblickte, sah sie den Wagen von Heinz Graf. Es musste bereits später Nachmittag sein, wenn er jetzt wegen der Wäsche kam, sie musste Stunden auf dem Stuhl zugebracht haben, ohne es richtig zu merken. Vielleicht war es gut so, dass sie nicht zu Fuß hatte losgehen können. Mit Heinz Grafs Automobil würde sie viel schneller und sicherer nach Gramstett kommen.

Nachdem sie Heinz Graf auf sich aufmerksam gemacht hatte, zog Henriette ihr und Idas Bett ab. Das Leinen war steif, und es war schwierig, die Knoten so fest zu ziehen, dass noch genügend Stoff übrig blieb, an dem sie aus dem Fenster hinabklettern konnte. Es wäre besser gewesen, die Laken erst der Länge nach zu zerschneiden, aber sie hatte keine Schere, sie hatte gar nichts hier, nicht einmal frisches Wasser, und plötzlich spürte Henriette, wie stark ihr Durst war. Sie steckte ein zweites Mal den Kopf aus dem Fenster, um sich zu vergewissern, dass der Fahrer noch da war.

«Ich bin gleich so weit», sagte sie und hoffte, dass niemand sonst sie hörte. «Bitte warten Sie!»

Sie band die zusammengeknoteten Laken ans Fensterkreuz und ließ zuerst den Violinkoffer hinab, den sie ans andere Ende gebunden hatte. Dann schwang sie die Beine aus dem Fenster. Obwohl es nicht tief war, vielleicht vier Meter, überkam sie ein flaues Gefühl.

«Ho, warten Sie», rief der Wäschefahrer. «Was soll denn das werden?»

Henriette hörte nicht hin, sie musste sich konzentrieren. Sie wickelte das Laken um ihren linken Unterarm, packte mit beiden Händen fest zu, ließ sich aus dem Fenster gleiten, bis ihre Füße den Knoten fanden, der das erste mit dem zweiten Laken verband. Das Fensterkreuz ächzte unter ihrem Gewicht. Sie ließ sich ein Stückchen tiefer hinab, versuchte ihre Beine um die Laken zu schlingen, fand jedoch keinen richtigen Halt.

«Sie müssen sich mit den Füßen an der Hauswand abstützen», sagte der Fahrer, der jetzt direkt unter ihr stand, die Arme ausgestreckt, bereit, sie im Notfall aufzufangen.

Henriette tat, was er sagte.

«Genau. Und jetzt laufen Sie sozusagen an der Wand hinab. Schritt für Schritt. Und mit den Händen nachkommen. Ja, so!»

Henriette kam schwitzend und mit klopfendem Herzen unten an, und dann musste sie lachen, musste sich geradezu krümmen vor Lachen. Sie war aus dem Fenster geklettert wie ein Verbrecher. Oder wie ein Kind, das von zu Hause fortläuft. So war es ja in gewisser Weise auch. Nur dass sie eben nach Hause wollte und nicht in die Ferne.

Heinz Graf sah sie mit in die Seiten gestemmten Fäusten kopfschüttelnd an. Er schien nicht zu wissen, was er von ihr halten sollte, doch Henriette meinte auch, eine gewisse Bewunderung in seinem Blick zu sehen.

«Ich muss nach Gramstett. Nehmen Sie mich mit?»

Sie bückte sich nach ihrem Violinkasten und band ihn los.

«Und dann kriege ich Schwierigkeiten mit Frau Pflog? Oder wie stellen Sie sich das vor? Was ist denn hier überhaupt los?»

Henriette schüttelte den Kopf und zog ihn am Arm hinter sein Automobil, dessen Motor noch immer lief, damit man sie vom Haus aus nicht sehen konnte.

«Die Wäscherei ist geschlossen. Und ich glaube nicht, dass sie in nächster Zeit wieder öffnet. Es hat einen Unfall gegeben.»

Henriette schloss die Augen und schluckte. Sie hatte den ganzen Tag lang beinahe erfolgreich nicht daran gedacht, und sie hatte auch jetzt keine Zeit, das Grauen, die Traurigkeit und das Mitleid an sich heranzulassen. Professor Regenmacher hatte recht, ihre Seele lag oft viel zu bloß. Alles, worauf es jetzt ankam, war, dass sie fortkam. Sie musste Charlie finden. Sie musste ihm die Violine geben. Und sie musste sein, wer sie war, auch wenn sie sich im Augenblick nicht sicher war, was das bedeutete.

Heinz Graf blickte sie skeptisch an.

«Ein Unfall?»

«Sie haben doch selbst gemerkt, dass das Tor geschlossen ist. Und niemand weiß, dass Sie mich mitgenommen haben, wenn Sie es niemandem sagen. Die sehen nur die Laken und denken, dass ich fortgelaufen bin.»

«Warum laufen Sie denn fort?»

«Was Sie nicht wissen, können Sie auch niemandem verraten, richtig?»

Henriette blickte Heinz Graf herausfordernd an. Sein Gesicht glich dem einer großen Maus, spitz, die Augen ausdruckslose Knöpfe. Was dachte er, was würde er tun? Ein Grinsen huschte über sein Gesicht.

«Und die Gegenleistung?»

Der Gedanke bereitete Henriette Übelkeit, dennoch sprach sie ihn aus:

«Sie wollen einen Kuss?»

«Na, wenigstens!»

Ohne auf ihre Erlaubnis zu warten, griff der Fahrer nach Henriette, ein Arm umschlang ihre Taille, der andere ihre Schultern, und dann war sein Mund auf ihrem.

Sie wollte ihn nicht verärgern, doch sie hatte ihre Reaktion nicht unter Kontrolle, sie ertrug seine Berührung ganz einfach nicht. Ihre Finger krümmten sich von ganz allein, und dann zog sie ihm die Fingernägel mit einer schnellen Bewegung mitten durchs Gesicht.

«Meine Herrn» war alles, was er sagte, als er sie losließ.

Henriette packte ihren Violinkasten fester, davon ausgehend, dass sie sich ihre Mitfahrgelegenheit gerade verspielt hatte, und machte sich ohne weiteres Zögern zu Fuß auf den Weg Richtung Gramstett. Egal wie lange es dauerte, sie ging lieber zu Fuß, als dieses Rattengesicht noch einmal zu küssen. Sie hoffte nur, dass Tante Johanne ihr nicht Katharina mit dem Einspänner hinterherschickte. Sie hoffte, dass ihr Fehlen lange genug unbemerkt bleiben würde. Und sie hoffte, dass es Maria gutging. Sie blickte sich nicht um, als sie Heinz Grafs Automobil hinter sich herankommen hörte.

«He!», sagte er. «Stehen geblieben!»

Henriette lief weiter.

«Soll ich Sie bis zum Bahnhof fahren?»

Erst jetzt blieb Henriette stehen.

«Ich würde sehr gerne mit dem Zug nach Berlin fahren. Nur habe ich kein Geld.»

Der Fahrer atmete langsam ein, dann wieder aus. Er hatte vier leuchtend rote Striemen im Gesicht.

«Nicht mal Geld also. Sie sind mir eine. Wie stellen Sie sich das denn vor?»

«Wenn Sie mich nach Berlin bringen, kann meine Mutter Sie entschädigen.»

Henriette wartete, Heinz Graf ließ sich Zeit mit der Antwort.

«Na gut, springen Sie rauf. Mal sehen, wie weit wir zwei miteinander kommen.»

Henriette nahm die Hand, die der Fahrer ihr entgegenstreckte, und ließ sich von ihm hinaufhelfen. Den Violinkasten zog sie hinter sich her und legte ihn neben sich auf die Bank. Noch bevor sie sich richtig festhalten konnte, schoss der Wagen los.

Henriettes Magen machte einen Satz, aber nach ein paar Minuten gewöhnte sie sich an die wilde Fahrweise von Heinz Graf und genoss es, wie die Bäume der Allee links und rechts vorbeiflogen, wie das Gras am Straßenrand zu einem einheitlich grünen Streifen verwischte, wie sie auf der Bank auf und ab hüpfte, wenn der Wagen über Unebenheiten auf der Straße hinwegraste. Sie achtete nicht auf den Violinkasten neben sich, und sie bekam ihn nicht zu fassen, als er abstürzte und auf die Straße schlug.

«Oh! Nein! Halten Sie an!»

Henriette lief die Strecke bis zu der Stelle zurück, wo der Kasten heruntergefallen war.

Der Kasten war aufgesprungen, die Violine lag nicht mehr in ihrem violetten Samtbett, sondern einige Meter weiter. Vorsichtig nahm Henriette sie auf, betrachtete sie von allen Seiten, während Heinz Graf vom Wagen stieg und auf sie zuschlenderte. Bis auf einen abgebrochenen Stimmwirbel und paar hässliche Schrammen, die man ausbessern konnte, schien die Violine unversehrt. Henriette legte sie zurück in den Koffer. Zwei Meter weiter fand die das Medaillon. Dann sah sie sich nach dem Buch um. Es konnte nicht weit sein. Hoffentlich war es nicht in den Graben gefallen, der mit Wasser und Entengrütze gefüllt neben der Straße entlanglief. Gerade als sie es entdeckte, bemerkte Heinz Graf es ebenfalls. Es lag, den dunklen Buchrücken nach oben, auf der Straße genau zwischen ihnen.

Gott, lass ihn nicht hineinschauen, betete Henriette, während sie auf ihn zulief. Vielleicht konnte sie es verhindern. Heinz Graf hob das Buch auf, wendete es um. Sein Gesichtsausdruck veränderte sich nicht. Sicher hatte er nichts bemerkt. Als Henriette ihm das Buch aus der Hand nehmen wollte, sah sie, dass sie sich geirrt hatte. Heinz Graf hielt das Buch fest, und es war ein Bild aufgeschlagen, das zwei Schülerinnen zeigte und den Lehrer, der ihnen zusah und Anleitung gab.

Als er das Buch schließlich losließ, blickte Heinz Graf Henriette auf eine Weise an, die sie zum Wegsehen zwang. Schnell verstaute sie das Buch im Violinkasten.

«Sie steigen jetzt besser hinten ein», sagte Graf mit einem seltsamen Flackern in den Augen. War er wütend? «Wenn Sie auf der Flucht sind, dann ist es wohl besser, wenn niemand Sie mit mir sieht.»

Henriette war froh, dass sie nach diesem Zwischenfall nicht wieder neben Heinz Graf Platz nehmen musste, und stieg bereitwillig in den Laderaum des Wagens. Dort war es dunkel und roch muffig nach der alten Wäsche, die Heinz Graf heute nicht losgeworden war, und die Säcke bedeckten die gesamte Ladefläche. Henriette blieb nichts übrig, als hinaufzuklettern und es sich zwischen deren Ausdünstungen bequem zu machen.

«Schön weich», sagte Heinz Graf. Dann schloss er die Tür, und Henriette saß im Dunkeln.

Der Wagen fuhr an. Sie konnte nicht hinaussehen, aber die schwankenden Bewegungen waren gleichförmig, es ging immer geradeaus. Es war, als ob sie im Innern einer stinkenden Schmeißfliege reiste. Die Dunkelheit war matt, sie hatte nichts von der subtil durchleuchteten Schwärze des Nachthimmels, es war die Höhlendunkelheit, die sie während ihrer Fieberträume so geängstigt hatte. Es ist wie in jeder anderen Kutsche, sagte Henriette sich, als sich erste Anzeichen von Übelkeit bemerkbar machten. Aber es war eben doch anders. Statt des rhythmischen Geklappers von Pferdehufen war hier nur stetes Brummen zu hören. Statt Leder und Tier roch sie Öl und Dreckwäsche. Sie saß in einer Maschine, die lebendig geworden war, mit einem Herz, das sich zu drehen schien wie ein rasender Kreisel. Wenn der Kosmos ein Symphonieorchester war, in dem alles auf Rhythmus basierte, dann musste dies ein anderer Kosmos sein, eine andere Welt, in der alles auf Klang basierte. Die Vorstellung machte Henriette Angst. Ohne Rhythmus gab es kein Licht, das der Dunkelheit gegenüberstand, keinen Wind, der den Gestank verwehte, keine Ankunft am Ende der Reise. Ohne Rhythmus würde alles für immer so weitergehen, gleichförmig und ohne Ausweg. Henriette bekam nicht mehr genügend Luft in die Lungen, es war zu stickig, und die Übelkeit nahm zu. Sie wollte wieder vorne mitfahren. Sicher waren sie längst weit genug vom Hof der Pflogs entfernt, niemand kannte sie hier, niemand konnte sie erkennen, wenn sie vorne mitfuhr.

Henriette tastete sich zur vorderen Wand des Laderaums durch, schlug mit der Faust dagegen und wartete. Der Wagen wurde langsamer, zog dann nach links hinüber und schien ein Stück weit über eine Lehmstraße oder einen Feldweg zu holpern. Henriette schlug noch einmal gegen die Wand, und endlich hielt der Wagen an. Die hintere Tür öffnete sich, blauer Abenddämmer flutete herein, zusammen mit kühler Luft, die Henriette erleichtert in ihre Lungen sog.

Heinz Graf sagte nichts, sah sie nur mit diesem immer noch flackernden Ausdruck in den Augen an, der Henriette so wenig gefiel. Sie saß auf den Wäschesäcken, blickte an Heinz Graf vorbei in ein klammes, schnell dunkel werdendes Nirgendwo, auf Bäume, Büsche, tropfende Düsternis.

«Sie haben mich da vorhin auf eine Idee gebracht», sagte Heinz Graf.

Henriette wollte nicht wissen, was für eine Idee das gewesen sein konnte, nicht wenn der Mann mit dieser kurzatmigen, rauen Stimme sprach.

«Lassen Sie mich aussteigen.»

Sie wollte an ihm vorbei aus dem Wagen klettern, doch er stieß sie zurück, sodass sie rücklings auf die Wäschesäcke fiel.

«Schön weich», sagte er, genau wie vorhin, als sie eingestiegen war, doch diesmal hatten die Worte einen bedrohlichen

Unterton. Dann stieg Heinz Graf zu ihr in den Laderaum. Als er die Tür schloss, war Henriette erneut von dieser drückenden Finsternis umgeben, nur dass diesmal keine Armeslänge von ihr etwas bei ihr war, das nicht menschlich war, sondern wild, tierisch, unkontrollierbar. Henriette wusste, dass es keinen Sinn hatte zu schreien. Es war niemand hier, der sie hören könnte. Stattdessen versuchte sie auszuweichen, an Heinz Graf vorbeizugelangen und die Wagentür zu erreichen. Ihre Finger spürten schon das Metall, sie musste nur den Griff finden, gleich ... Als er ihr von hinten eine Hand auf den Mund presste, spürte sie seinen knochigen Unterarm an der Kehle, und als er sie bäuchlings auf die Wäschesäcke warf, trat sie um sich. Sie fand keinen Halt in den weichen Stoffbergen, rutschte tiefer zwischen die Säcke und begriff, was gleich geschehen würde. Sie hatte genug von Idas Buch gelesen, und sie hatte selbst erlebt, dass es die Macht besaß, im Leser das Verlangen zu wecken nachzuleben, was es beschrieb. Es weckte das Feuer, und für Heinz Graf schien es zu genügen, es kurz in der Hand gehalten, nur kurz einen Blick auf eines der Bilder geworfen zu haben. Dass es so schmerzhaft sein würde, so trostlos und grauenvoll, hatte Henriette sich jedoch nicht ausgemalt. Heinz Graf war schwer, und sie war zwischen den Wäschesäcken eingeklemmt, das Gesicht in Berge von stinkendem Stoff gepresst. Sie hörte Stoff reißen, sie fühlte ihr eigenes Fleisch reißen, der Schmerz sengte sich durch ihren Leib bis in die Brust hinauf, und als es kein Ende nahm, wusste Henriette, dass sie ihre Angst vergessen musste. Alles, worauf es ankam, war der nächste, mühsame, unmögliche Atemzug durch Berge von Stoff.

22

Erst hatte Charlie am Gottesdienst teilgenommen, dann war er mit anderen Gefangenen im Nieselregen in einem von drei kreisrunden Höfen umhergegangen, bis er das Gefühl hatte, nie wieder geradeaus gehen zu können, er hatte Kohlsuppe gegessen und sich zwei Verhören unterzogen, bei denen er sich strikt an die Wahrheit gehalten und man ihm dennoch nicht geglaubt hatte. Es war absurd, im Gefängnis zu sein, dem Hort der tödlichen Langeweile, dem Inbegriff des Nichtstuns und Wartens, und dann den ganzen Tag herumgeschickt zu werden. Erst als alle Gefangenen in ihren Zellen waren, das Licht grell hereinschien und der wachhabende Mann in unregelmäßigen Abständen den Gang heraufkam, um nach dem Rechten zu sehen, fand Charlie Gelegenheit, sich das Album anzuschauen, das Willem ihm gebracht hatte. Vorsichtig schlug er es auf. Was er sah, war nichts Kompliziertes. Lediglich Melodien im Viervierteltakt, rhythmisch anspruchslos, alles im Violinschlüssel. Begleitung war in Form von Akkordbezeichnungen über den Notenzeilen lediglich angedeutet. Gut, wenn man ein Gesangsstück einstudierte. Charlie blätterte das Album durch. Dann schüttelte er es vorsichtig, um zu sehen, ob nicht doch etwas aus den Seiten fiel, er tastete den Umschlag ab, ob hier vielleicht etwas eingeklebt war. Nichts. Was wollte Altheim ihm mit diesen Noten sagen? War es etwas, was Hetti gesungen hatte?

Charlie las den Anfang des ersten Stücks. Die Intervalle schienen ihm ungewöhnlich, und Charlie begann, die Melodie vom Blatt zu summen. Es, g, b, d, e, b, e, f, e, e, e. Sehr gewöhnungsbedürftig. Und dann noch merkwürdiger: H, eis, e, a, f, h, eis, a, f, e, h, a ... Das war nicht völlig ohne Schönheit. Aber es ergab dennoch überhaupt keinen Sinn.

Charlie blätterte weiter. Es war überall dasselbe, und er war sich nicht mehr sicher, dass Altheim ihm überhaupt eine Nachricht hatte zukommen lassen wollen. Er schloss das Album, legte es neben die Pritsche und versuchte zu schlafen. Er musste akzeptieren, dass es für ihn hier nichts zu tun gab als zu warten, es hatte keinen Sinn, sich verrückt zu machen.

Trotzdem war es merkwürdig. Warum schickte Altheim ihm solch schräge Noten? Allein die Namen der Stücke waren seltsam. *Kein Ort. Die Sängerhochzeit. Geheimnisvolle Waise. Bald.* Wieso schrieb Altheim die Weise mit ai? War es einfach ein Fehler, oder ... plötzlich saß Charlie kerzengerade auf seiner Pritsche. Sängerhochzeit?!

Noch einmal schlug er das Album auf. Das erste Stück, *Kein Ort.*

Da war die Melodie. Über der Melodie standen Akkordbezeichnungen. Nur, solche Akkorde gab es überhaupt gar nicht. Charlie wünschte, er hätte einen Bleistift gehabt, um eine Vermutung zu überprüfen. Andererseits durfte er natürlich nichts aufschreiben, was irgendwie Verdacht erregen konnte. Er würde es im Kopf versuchen müssen.

Es, g, das war Melodie. Die Akkordbezeichnung darüber lautete «I». Dann kam ein b mit der Akkordbezeichnung «T».

«Es gibt!», sagte Charlie laut.

Seine Hände zitterten vor Aufregung, Altheim hatte gar keine Musik geschrieben, er hatte Sprache verschlüsselt.

Akkorde «I» und «N», dann ein d, ein e, und wieder «N» ... Nachdem Charlie das Prinzip erst einmal erkannt hatte, war es fast so einfach, Altheims Nachricht zu entziffern, wie eine Zeitung zu lesen.

Es gibt in den Briefen leider keine Hinweise auf Hettis Aufenthalt.

Das war nicht gut, aber das nächste Stück hatte noch Schlimmeres zu vermelden.

Sängerhochzeit – Felix Regenmacher wird um Hettis Hand anhalten. Ada Keller wird erpresst, der Hochzeit zuzustimmen. Er droht mit Unterhaltsentzug + Skandal.

Am rätselhaftesten war die dritte Nachricht:

Geheimnisvolle Waise – Frau Kellers Schwester deutet Geheimnis um Hettis Vater an.

Und zuletzt:

Bald Freiheit.

Charlie blätterte das Album wieder und wieder durch, doch das war alles, mehr fand er nicht.

Bald Freiheit. Er hoffte, dass Altheim ihn damit meinte, denn die Vorstellung, dass Hetti irgendwo dort draußen war, gezwungen, einen anderen Mann zu heiraten ... Charlie hätte keine Beweise gehabt, und Altheim hatte auch nichts davon geschrieben, aber er wusste, dass dieser Regenmacher der Mann mit dem Opernglas war. Es konnte überhaupt nicht anders sein. Die Frage, ob er nach England zurückgeschickt wurde oder nicht, verblasste hinter einer anderen Frage, die so viel drängender wurde: Wie kam er hier heraus? Charlie rollte sich wieder in seine Decke und drehte das Gesicht zur Wand, damit das Licht aus dem Gang nicht so blendete. Er brauchte einen Plan. Jetzt.

23

Heinz Graf hatte den Wagen voller Schmutzwäsche, seit gestern war eine komplette Ladung hinzugekommen. Es war notwendig, dass die Wäsche bald gewaschen, am besten richtig gekocht wurde, weil das Blut des Mädchens auf einigen der Säcke war. Er war übermüdet, hatte in der Nacht schlecht geschlafen, erinnerte sich mit Schaudern daran, wie schwer der Körper des Mädchens gewesen war, wie leblos und bleich er ausgesehen hatte. Und sie hatte wirklich geblutet, er hatte gar nicht gewusst, wie stark das beim ersten Mal bluten konnte. Hoffentlich hatte er keine Spuren hinterlassen, als er sie ins Unterholz getragen und mit Laub und loser Erde bedeckt hatte. Heute hatte er einen Spaten und zur Sicherheit auch eine Spitzhacke eingepackt, falls viele Steine im Boden waren. Als er dem Feldweg näher kam, war er versucht, gleich wieder einzubiegen und das Notwendige zu erledigen. Nicht auszudenken, wenn jemand sie fand, bevor er sie richtig eingegraben hatte.

Heinz schüttelte den Kopf. Nein. Es wäre zu auffällig, wenn er verschwitzt, voller Erde und möglicherweise Stunden zu spät bei den Pflogs auftauchte. Zuerst die Arbeit. Und es gab keinen Grund, sich Sorgen zu machen, er hatte sie gut versteckt. Dennoch wurde Heinz' Automobil langsamer. Es war beinahe dunkel gewesen gestern, und jetzt war es taghell. Vielleicht sollte er zumindest nach ihr sehen, sich vergewissern? Entschlossen schüttelte Heinz den Kopf und beschleunigte, als er an dem Feldweg vorbeifuhr, in den er gestern eingebogen war, um sich seinen Lohn von dem Mädchen zu nehmen. Es gab keinen Grund anzuhalten. Henriette Keller war fortgelaufen, zum Beweis hingen die Bettlaken aus ihrem Fenster. Niemand würde Verdacht schöpfen, er hatte genügend Zeit. Andererseits konnte vielleicht gerade das heißen, dass man bereits nach ihr suchte ... Heinz fluchte und beschleunigte, er musste einfach zusehen, dass er es hinter sich brachte. Das Automobil erreichte fast zweiundfünfzig Stundenkilometer. Ein neuer Rekord!

Als Heinz bei den Pflogs ankam, hingen Henriette Kellers Bettlaken noch immer aus dem geöffneten Fenster. Entweder hatte bisher niemand ihre Flucht bemerkt, oder es scherte niemanden, dass es hineinregnete. Beide Möglichkeiten erschienen ihm merkwürdig. Im Gegensatz zu gestern war heute das Tor jedoch geöffnet. Heinz fuhr den Wagen auf den Hof, direkt vors Waschhaus, sprang vom Fahrersitz und öffnete den Laderaum, um schnell die Säcke hineinzubringen. Immerhin hatte er heute die doppelte Portion dabei.

«Die kannst du gleich wieder einpacken», rief jemand hinter ihm.

Das war Katharina. Sie hatte ein Küchenfenster geöffnet.

«Guten Morgen», rief Heinz mit seinem üblichen, möglichst gutgelaunten Zwinkern und winkte. Katharinas Gesicht blieb ernst.

«Warum denn wieder einpacken? Was ist denn los», fragte Heinz unsicher.

Frau Pflog trat aus der Seitentür. «Sie brauchen vorerst nicht wiederzukommen», rief sie zu ihm herüber.

Hatte er die Pest, warum blieben sie alle so offensichtlich auf Distanz? Heinz wurde ein wenig mulmig zumute. Nicht wiederkommen war schlecht, das würde seinen Verdienst nicht nur schmälern, es würde ihn praktisch zu einem Nichts zusammenschrumpfen lassen. Über so etwas redete man am besten nicht, indem man sich über den ganzen Hof hinweg anschrie. Hier war Emotion gefragt. Heinz ging zu Frau Pflog hinüber. Wenn sie unzufrieden mit ihm waren, würde er sie schon wieder weichreden. Er wusste, wie man so etwas angehen musste.

«Habe ich ...», setzte er an.

«Wir haben einen Trauerfall in der Familie.»

Heinz blinzelte irritiert. Aber sie konnten sie doch nicht gefunden haben, nicht so schnell. Dort war doch nichts, nur unwegsamer Wald voller Unterholz, kein Bauer, der dort etwas zu schaffen hatte, keine lächerlichen Freizeitwanderer, die romantische Lieder in die Landschaft plärrten, und es konnte doch seit gestern Abend auch kein Jäger oder Förster ...

«Ida ist tot.»

Frau Pflogs Stimme klang vollkommen ausdruckslos, und ihrem Gesicht war nichts anzumerken, kein Schmerz, keine Trauer. Allenfalls eine gewisse Erschöpfung. Ja, sie sah ein wenig müde aus. Heinz ließ den angehaltenen Atem entweichen.

«Das ist ja ... Mein Beileid.» Das war tatsächlich schade, mit Ida hatte man Spaß haben können. «Wie ist das denn geschehen?»

«Ein Unfall», sagte Frau Pflog knapp. Dann wiederholte sie: «Sie brauchen vorerst nicht wiederzukommen.»

«Natürlich, das verstehe ich vollkommen.» Heinz streckte Frau Pflog die Hand entgegen. «Noch einmal mein allergrößtes, tiefempfundenstes Beileid. Bitte lassen Sie es mich wissen, wenn Sie mich wieder brauchen.»

Frau Pflog nickte, und Heinz wandte sich zum Gehen.

«Warten Sie!», sagte Frau Pflog.

«Ja?»

«Könnten Sie bitte dem Pfarrer in Gramstett Bescheid geben?»

Kurz überlegte Heinz, wie viel er dafür wohl nehmen konnte, besonders jetzt, da sein sonstiger Verdienst ausfiel. Aber dann besann er sich anders, man musste in solch einem Fall schließlich ein wenig Pietät zeigen.

«Ich werde ihn selbst herbringen. So schnell es geht.»

Die Andeutung eines Lächelns erschien auf Frau Pflogs Gesicht.

«Danke.»

«Brauchen Sie auch einen Sarg?»

Frau Pflog verzog den Mund, und einen Moment lang fürchtete Heinz, sie würde gleich anfangen, zu greinen wie ein Waschweib. Nun, eigentlich war sie ja auch ein Waschweib. Aber sie schüttelte bloß den Kopf.

«Wir haben nichts, was wir beerdigen könnten», presste sie wie unter Schmerzen hervor. «Es ist nichts ...»

Dann drehte sie sich abrupt um und verschwand im Haus, und Katharina schloss ebenso plötzlich das Küchenfenster. Merkwürdig, wie sich die Leute hier benahmen. Unter seinen Füßen meinte Heinz ein Beben zu spüren, etwas, das ihm sonst in dieser Deutlichkeit nie aufgefallen war. Ida war also tot. Manchmal gab es Zufälle, die waren beinahe unglaublich. Heinz lud seine befleckte Wäsche wieder ein. Er musste sie anders loswerden. Vielleicht verbrennen. Vielleicht eine andere Wäscherei ...

Erst als Heinz eine Weile gefahren war, begriff er sein Glück. Wenn Ida tot war, dann würde niemand nach Henriette Keller fragen, die Pflogs hatten jetzt wahrhaft andere Sorgen als eine ausgebüxste Nichte aus der Stadt. Und er würde sich als brauchbare Hand erweisen, ihnen Unterstützung anbieten, wo er nur konnte, ein wahrer Samariter sein. Genau. Und damit die Sache auch ganz sicher war, würde er jetzt dafür sorgen, dass niemand Henriette Keller finden konnte. Er würde nicht nur sie ordentlich vergraben, sondern auch die blutigen Säcke verschwinden lassen. Das brachte ihn dann nur in Erklärungsnot gegenüber den Auftraggebern ... Aber ihm würde schon etwas einfallen.

Als Heinz in den Feldweg einbog, war ihm ein wenig flau im Magen, es behagte ihm nicht, das Mädchen noch einmal ansehen, es gar berühren zu müssen. Er war ja kein Unmensch, er hatte nur einfach Pech gehabt, und der Anblick eines Toten war etwas, das er noch nie gut vertragen hatte. So ein Körper, das war kein Mensch mehr, das war nur noch Abfall, die widerlichste Art Abfall, die er sich denken konnte, und wer wühlte schon gerne im Müll.

Heinz stellte den Wagen ab, holte zuerst seine Arbeitsgeräte heraus und legte dann die drei Säcke dazu, die eindeutig Blutspuren trugen. Er musste zweimal gehen, um die Sachen weit genug in den Wald hineinzutragen, damit sie vom Feld aus nicht zu sehen waren. Er schwitzte und schnaufte, wie hatte er es nur gestern, als es schon fast dunkel war, so weit geschafft mit seiner Last? Einen bangen Moment lang dachte Heinz, er würde die Stelle jetzt am Tag nicht wiederfinden, alles sah anders aus, die Proportionen waren verschoben, die Entfernungen kamen ihm kürzer vor.

Dann sah er die Stelle: Ein umgestürzter Baum, die aus dem Boden gebrochenen Wurzeln hatten ein tiefes Loch hinterlassen, aus dem Farn herauswucherte und Brombeerranken sich hervorschlängelten. Noch ein halber Sommer, und diese Stelle würde völlig unzugänglich und voller Dornen sein. Es war wirklich ein guter Platz, um eine Leiche zu vergraben. Heinz fand seine Spuren von letzter Nacht, abgeknickte Zweige links und rechts, aufgewühltes Laub am Boden, wo die Füße des Mädchens entlanggeschleift waren, ein richtiger Trampelpfad. Das war zu auffällig, aber es ließ sich nicht ändern. Vielleicht konnte er später den Boden noch ein bisschen mehr aufwühlen, dann würde es aussehen, als seien es Wildschweine gewesen.

Heinz warf die ersten beiden Säcke neben der Baumwurzel ab, ging die Strecke auf einem anderen Weg zurück, um seinen Pfad im Unterholz nicht noch deutlicher werden zu lassen, und kam mit dem dritten Sack, Spaten und Hacke zurück. Dann bog er den Farn beiseite und machte einen tiefen Schritt in die Senke hinein, bückte sich, um nach dem Mädchen zu tasten und es herauszuziehen, damit er dort unten ein gutes, tiefes Loch graben konnte.

Er fand sie nicht gleich, und auch als er ganz in die Senke hinabstieg, konnte er sie nicht ertasten. Selbst als er in die Hocke ging, um unter das dichte Blätterdach des Farns blicken zu können, fand er sie nicht. Henriette Keller war fort.

24

Der Mann ließ Charlie in dem kahlen Raum auf einem Stuhl an der Wand Platz nehmen, dann klopfte er an einen Fensterladen, der sich in der gegenüberliegenden Wand befand. Der Laden öffnete sich und gab den Blick auf einen weiteren Raum und einen weiteren Beamten frei.

«Nummer 777», sagte der Mann, der Charlie hergebracht hatte, und legte einen Zettel auf den Schalter. Sein Nacken schob sich wulstig über seinen Uniformkragen, und er schwitzte. Der andere Mann verschwand mit dem Zettel, zwischen vollgestopften Regalen, die bis unter die Decke reichten, und kam kurz darauf zurück, eine große Papiertüte in der Hand.

«Sie können sich umziehen», sagte der Wärter, als er die Tüte auf den Stuhl neben Charlie warf. «Sie gehen auf Reisen.»

Es ging also zurück nach England, so schnell? Das war schlecht, Charlie wollte im Deutschen Reich bleiben, er wollte Hetti suchen ... Also war es gut, wenn sie ihn hier rausbrachten. Die Reise war lang, es würden sich hundert Gelegenheiten zur Flucht ergeben. In der Tüte fand er seine Straßenkleidung und seine Uhr. Nur die Brieftasche war nicht dabei. Vielleicht war sie dem Braumeister schon zurückgegeben worden, oder man behielt sie als Beweisstück ein. Dennoch, Charlie war entschlossen, die eine, entscheidende Gelegenheit zu nutzen, auch ohne Geld. Er wusste ja, wie man sich durchschlägt.

«Werde ich denn in zivil weggebracht?»

Der Wärter brummte etwas, was Charlie als Zustimmung

interpretierte. Warum erlaubte man ihm zivile Kleidung? In England reisten Gefangene in Gefängniskleidung, das erschwerte die Flucht.

«Bekomme ich auch meine Brieftasche?», fragte Charlie.

«Wohl verrückt geworden!»

Charlie zuckte die Achseln. Er hatte es zumindest versuchen müssen, oder?

Als er sich umgezogen hatte, ließ der Wärter ihn durch eine weitere Tür in den nächsten Raum gehen, wo er bei einem weiteren Beamten hinter einem weiteren Schalter einen Stapel Papiere zu unterschreiben hatte. Charlie sah kaum hin, als er einmal, noch mal und noch einige Male seinen Namen unter verschiedene Papiere setzte. Was immer darin stand, es hatte nichts zu bedeuten. Sobald er eine Möglichkeit fand, würde er erneut gegen das Gesetz verstoßen, um Hetti zu holen. Falls sie mit ihm gehen wollte. Mit einem flüchtigen Gefangenen, Dieb, Betrüger und Habenichts ... Charlie musste sich zusammennehmen, um nicht mit der Faust auf den Schalter zu schlagen und Tinte über die Papiere zu klecksen. Verdammt!

«Na dann», sagte der Beamte, nachdem er alles sauber abgestempelt und weggeheftet und Charlie seinen Anteil des Papierstapels ausgehändigt hatte. Er tippte sich an die Mütze und verschwand durch wiederum eine andere Tür in den Tiefen des Verwaltungstrakts.

Charlie blieb allein zurück, er hatte mittlerweile nicht mehr die geringste Ahnung, wo im Gebäude er sich befand. Er faltete die Papiere, steckte sie in seine Jacketttasche. Und danach gab es nichts weiter zu tun, als sich erneut auf einen der an der Wand aufgereihten Stühle zu setzen und zu warten, dass es weiterging.

«Was machen Sie denn noch hier?», fragte ihn ein Beamter, der laut Charlies Taschenuhr siebenundvierzig Minuten später den Raum betrat.

«Gehnse mal schnell weiter, da wartet jemand auf Sie.»

Er wies mit dem Daumen auf die dritte Tür in diesem Raum, während er weitereilte. Wartete jemand auf ihn ... Charlie wagte nicht zu hoffen, aber er konnte es auch nicht ganz verhindern.

Er stand auf. Eine ganz normale Tür. Er hatte ihr keinerlei Beachtung geschenkt. Warum auch, es gab hier unendlich viele Türen, und eine war wie die andere. Aber diese hier nicht. Sie besaß weder Sicherheitsschlösser noch Metallbeschläge, und es war auch kein Sichtfenster darin. Es war einfach bloß eine hölzerne Amtszimmertür, hellblau lackiert. Versuchsweise drückte Charlie auf die Klinke. Nicht verschlossen.

Und dahinter saßen Frau Liese, Professor Altheim und Willem auf den gleichen an der Wand aufgereihten Stühlen wie im Zimmer zuvor. Charlie blickte zurück in den Raum, aus dem er gekommen war, dann wieder in den Raum, in dem Frau Liese, Altheim und Willem saßen. Die Zimmer waren einander so gleich, dass Charlie kurz das irritierende Gefühl hatte, über eine geheime Schwelle von einer möglichen Wirklichkeit in eine andere zu wechseln. In der einen Welt existierten die drei Menschen, die sich um ihn sorgten, in der anderen nicht. Er entschied sich für die Welt, in der Frau Liese, Altheim und Willem auf ihn warteten.

«Da sind Sie ja endlich!», sagte Altheim vergnügt, stand auf und schüttelte Charlie die Hand. «Gehen wir?»

Willem grinste wieder einmal über das ganze Gesicht, und Frau Liese tupfte sich mit dem Zipfel ihres Ärmels eine Träne aus dem Augenwinkel.

«Gehen?», fragte Charlie.

«Ja, sicher.»

Eben hatte Charlie sich noch mit der Frage beschäftigt, wie er Hetti ein Leben bieten konnte und ob das alles nicht eine völlig unmögliche, hirnverbrannte Illusion war, und nun … Aber Altheim hatte es doch angekündigt. Freiheit. Bald. Das war in der Tat bald.

«Wie haben Sie das nur geschafft?»

Altheim lachte, wahrscheinlich machte Charlie ein selten dummes Gesicht.

«Mein lieber Mister Jackson, ich habe mich, ebenso wie die Polizei, beim Auswärtigen Amt erkundigt. Ihnen wird nichts zur Last gelegt. Ihr Vater hat einen Abschiedsbrief hinterlassen. Gesucht hat man Sie allerdings tatsächlich. Wegen der Beerdigung.»

Charlie nickte und wartete, dass ihm die schwersten Steine vom Herzen fielen, die er in seinem Leben bisher mit sich herumgetragen hatte. Dass die Information in ihn eindrang. Dass er begriff: Wäre ich nicht so Hals über Kopf davongelaufen, dann hätte ich den Brief vielleicht gefunden, dann hätte ich … aber er begriff es noch nicht.

«Aber der Diebstahl und der Einbruch?»

Frau Liese und Altheim schoben Charlie an den Ellenbogen Richtung Ausgang, so als sei dieser der Greis und nicht Altheim.

«Nun kommen Sie doch erst einmal hier heraus», sagte Frau Liese. «Es ist ja nicht so, dass es besonders gemütlich wäre. Und dann können wir das alles bei einem anständigen Nachmittagsimbiss bei Professor Altheim zu Hause klären, nicht wahr?»

«Selbstverständlich», sagte Altheim.

Willem sagte nach wie vor nichts und grinste immer nur übers ganze Gesicht.

Als sie auf die Straße traten, kam es Charlie vor, als wäre er wochenlang eingesperrt gewesen. Erst jetzt begriff er, dass er nicht nur frei war, nach Hetti zu suchen. Es war viel mehr als das: Er war frei.

Altheim schenkte Charlie eine Tasse von seinem buchstäblich schwarzen Tee ein, und er hob schnell die Hand, um anzuzeigen, dass es genug war. Willem hatten sie losgeschickt, um frische Schrippen, Schinken und Pfannkuchen mit Kirschmarmelade zu besorgen, und nun warteten sie darauf, dass der Junge zurückkam, während Frau Liese sich in Professor Altheims unaufgeräumter Küche zu schaffen machte. Charlie hörte sie von ferne vor sich hin schimpfen: wegen des dreckigen Geschirrs, den gesprungenen Tellern und all den anderen Unzulänglichkeiten eines Junggesellenhaushalts.

«Und erzählen Sie mir jetzt, wie Sie mich aus dem Gefängnis befreit haben?»

Altheim setzte sich mit einem zufriedenen Seufzen in einen ledernen Ohrensessel und nippte an seinem Tee. Offensichtlich genoss er es, Charlie warten zu lassen.

«Wieso haben Sie mir überhaupt diese verschlüsselten Botschaften geschickt, wenn Sie mich so kurz darauf schon abholen kommen? War das nicht ein viel zu großes Risiko?»

Altheim hob die Brauen. «Sicher war das ein Risiko. Aber ich wusste ja selbst nicht, ob und wie schnell wir Sie herausholen können. Ich wollte nicht, dass Sie zu viel grübeln.»

Jetzt war es Charlie, der lachte. «Sie haben mich mit Ihren Noten schon ganz schön zum Grübeln gebracht.»

«Aber Sie haben es herausgefunden?»

Charlie nickte.

«Meinen Glückwunsch», sagte Altheim.

«Sie schrieben unter anderem *Bald Freiheit*.»

«Reiner Optimismus.»

«Aber gerechtfertigt. Bitte, spannen Sie mich nicht länger auf die Folter.»

Altheim stellte seine Tasse auf einen Notenstapel. «Nun schön. Es gibt gar nicht so viel zu erzählen. Den Braumeister habe ich ausgezahlt und noch eine großzügige Entschädigung draufgelegt, damit er die Anzeige zurückzieht.» Altheim lächelte. «Ein verständiger Mann, wenn es um Zahlen geht. Er macht eine Menge Geld mit seinem Bier.»

Charlie war nicht wohl bei dem Gedanken, dass Altheim Geld für ihn ausgab. Er hatte keine Möglichkeit, es zurückzuzahlen.

«Und Frau Keller ... nun, die habe ich ebenfalls überzeugen können, alles für ein dummes Missverständnis zu erklären, was es ja schließlich auch ist, und die Anzeige zurückzunehmen.»

«Aber wie ist Ihnen das gelungen?»

«Ich habe ihr gewisse Informationen versprochen, wenn sie mit uns zusammenarbeitet.»

«Was für Informationen?»

«Informationen, die ihr helfen, Henriette zu beschützen.»

Altheims Lächeln war breit und selbstzufrieden, seine Augen verschwanden fast vollständig in dem Netz winziger Falten um seine Augen.

«Ich werde Ihnen etwas zeigen», sagte Altheim und stand auf.

In dem Moment bollerte Willem gegen die Tür. Frau Liese öffnete und holte Teller, Butter und Messer aus der Küche und verteilte murrend das Geschirr auf den Notenstapeln, bevor sie wieder verschwand. Altheim überreichte Charlie einen kleinen Packen Papier.

«Die Briefe!», entfuhr es Charlie.

«Exakt», sagte Altheim. «Willem hat sie geholt.»

Charlie entfaltete den ersten Brief und las, während Frau Liese, Altheim und Willem mit zufriedenen Gesichtern zu essen begannen.

Hochverehrte Frau Keller,

Sie kennen mich nicht, und auch ich hatte noch nicht das Vergnügen, Ihnen zu begegnen. Ich kenne jedoch Ihre Tochter, Henriette. Bitte erlauben Sie mir, Ihnen zu berichten, warum Ihr Fräulein Tochter mich so sehr aus der Fassung brachte, dass ich mich gezwungen sehe, Ihnen zu schreiben.
Meine Arbeit besteht darin, für einen angesehenen, wenn auch zurückgezogenen Erfinder die Handelsvertretung zu erledigen. Ich melde Patente an, lasse produzieren, schließe Verträge ab, lauter Dinge, die Sie als Frau kaum interessieren werden, die uns jedoch, dessen dürfen Sie versichert sein, ein Einkommen bescheren, das nicht nur die siebenköpfige Familie meines Geschäftspartners, sondern ganz offenbar auch Ihre kleine Familie aufs wunderbarste erhält.

Mit Erstaunen las Charlie, dass Frau Keller und Henriette offenbar heimlich vom Geld dieses Erfinders ausgehalten wurden, und wie der Briefschreiber auch wollte er wissen, wie und warum es dazu kam.

Zuerst konnte ich nichts weiter feststellen, als dass Sie gut leben und ansonsten keiner Beschäftigung nachzugehen scheinen.
Doch dann traten Sie zum ersten Mal mit Ihrer Tochter vor die Türe, ich erinnere mich genau daran, dass Ihre Tochter einen blauen Mantel trug und gegen das feuchtkalte Wetter Schal und Muff aus weißem Kaninchenfell. Der Anblick Ihrer Tochter brachte mich, kurz gesagt, außer Fassung, sodass ich darüber beinahe vergessen hätte, Ihnen zu folgen.
Sicher möchten Sie erfahren, was mich so aus der Fassung brachte, werte Frau Keller. Es war nicht allein Henriettes Schönheit, es war auch nicht ihr außerordentliches Talent, das ich seit jenem Tag fast jeden Abend auf der Bühne bewundern darf.
Was mich aus der Fassung brachte – und ich bin ein Mann von gut vierzig Jahren, weit gereist, meine Augen haben viel gesehen –, ist

dieses: Noch nie habe ich ein Mädchen gesehen, das einem anderen Mädchen aus einer anderen Zeit bis aufs Haar gleicht.
Sie werden verstehen, dass ich, als jemand, der es gewohnt ist, mit Zahlen und Verträgen umzugehen, eins und eins zusammenzuzählen begann und zu dem einzig möglichen Schluss kommen musste: dass es sich nämlich bei Henriette mitnichten um Ihre Tochter handeln kann, sondern dass sie vielmehr die Tochter jener Dame ist, in deren Geschäftsbücher ich Einsicht nahm, der Frau des Erfinders.
Nicht nur die unfassliche Ähnlichkeit brachte mich zu diesem Schluss, sondern auch das Faktum, dass Johanne Pflog Henriettes Existenz vor mir und vor ihrem Ehemann mehr als siebzehn Jahre zu verheimlichen suchte. Was ihr auch – bis vor einigen Wochen – gelungen ist.
Ich habe Johanne Pflog über meine Entdeckung nichts gesagt, sie lebt weiter in dem Glauben, allein um die Wahrheit zu wissen. Ich habe nicht vor, ihr Leben zu zerstören oder ihre Ehre zu beflecken, dazu habe ich sie in einem früheren Leben zu sehr geliebt.
Doch der Anblick von Henriette hat all den alten Schmerz, die Erinnerungen und auch die Liebe zurückgebracht. Darum möchte ich Sie ganz offiziell um die Erlaubnis bitten, Henriette den Hof machen zu dürfen. Eine Frau wie Henriette muss eines jeden Mannes Herz glücklich machen, doch um wie viel mehr das meine, das in ihr einen Schatz wiederfindet, der vor Jahren verloren ging.

Hochachtungsvoll, Ihr Prof. Dr. Felix Regenmacher

Charlie nickte stumm, natürlich hatte er recht gehabt. Der Mann mit dem Opernglas war Professor Regenmacher. Und Frau Keller hatte von Anfang an von ihm gewusst und Hetti im Unklaren gelassen. Charlie fühlte Wut in sich aufsteigen.
«Lesen Sie weiter», forderte Altheim ihn auf.
Charlie entfaltete den nächsten Brief, überflog die höflichen

Anfangsfloskeln und blieb an einem Absatz hängen, der seine Wut noch steigerte.

Es gereicht Ihnen zur Ehre, dass Sie die Authentizität Ihrer Mutterschaft verteidigen. Um weitere unnötige Kämpfe zu vermeiden, möchte ich Ihnen jedoch mitteilen, dass ich weitere Erkundigungen eingezogen habe. Sie waren niemals verheiratet, wie Sie Ihrer «Tochter» gegenüber behaupten. Und wenn Sie tatsächlich leugnen wollen, das Henriette lediglich Ihre Pflegetochter ist, für deren Unterhalt Sie von Ihrer Schwester Geld erhalten, so muss ich – denn das ist die einzig denkbare Alternative – davon ausgehen, dass Sie ein uneheliches Kind bekamen und Ihre Schwester Sie aus reiner Großzügigkeit so umfangreich aushält. Das würde wiederum Ihrer Schwester zur Ehre gereichen, doch ließen sich in diesem Fall kaum all jene erwähnten Heimlichkeiten erklären.
Es bedeutet mir sehr viel, die Wahrheit zu kennen, werte Frau Keller, und für mich besteht die einzige andere Möglichkeit darin, dies zu erreichen, indem ich Johanne direkt danach frage. Oder vielleicht auch meinen Geschäftspartner, ihren Mann. Ich fürchte nur, es könnte ihn sehr aufregen, er ist nicht bei bester Gesundheit, und letztlich ist es seine Arbeit, die uns alle erhält. Auch könnte eine Unterredung mit Heinrich Pflog möglicherweise dazu führen, dass er sich entschließt, Sie und Henriette nicht weiter zu unterstützen.
Um unnötige Aufregungen zu vermeiden, schlage ich daher vor, dass Sie mich persönlich in Augenschein nehmen und sich von meinen allerbesten Absichten Ihrer Pflegetochter gegenüber überzeugen.

Hochachtungsvoll, Ihr Prof. Dr. Felix Regenmacher

«Aber das ist Erpressung!»

«Wie ich Ihnen bereits mitgeteilt habe», sagte Professor Altheim und nickte. «Und wie Sie wissen, ist er damit auch durchgekommen.»

Charlie nickte, der nächste Brief bestätigte das.

Ich freue mich, dass wir zu einer Übereinkunft gelangt sind. Nun will es aber das Schicksal, dass unseren Plänen Steine in den Weg gelegt werden. Seit einigen Tagen – ob Henriette Ihnen wohl davon erzählt hat? – tanzt ein junger Mann um sie herum. Es wird Sie mit Besorgnis erfüllen zu erfahren, dass dieser Mann, ein Ausländer, am ersten Tage in abgerissenen Lumpen erschienen ist, um dann zu gediegenen Anzügen zu wechseln. Er wohnt bei einer liederlichen Wirtin zur Untermiete, die ihren Schlafgängern zu einem warmen Bett auch noch andere Dienste anbietet. …

Charlie fühlte, wie er rot wurde, als er daran dachte, dass Professor Altheim die Briefe alle gelesen, sie vielleicht auch Willem und möglicherweise sogar Frau Liese vorgelesen hatte. Er konnte schlecht erklären, dass er diese Dienste nicht in Anspruch genommen hatte, denn dann hätte er Frau Liese als eine Person bloßstellen müssen, die diese tatsächlich anbietet.

Dieser Mann und Henriette verbringen täglich mehrere Stunden miteinander. Da ich mit den Anzeichen von jugendlicher Schwärmerei vertraut bin, muss ich Sie warnen: Henriette himmelt diesen Aufschneider und Prahlhans mit aller Kraft ihres noch flatterhaften Herzens an. Wenn Sie nicht einschreiten, so wird sie sich bald einbilden zu lieben. Ich werde selbstverständlich mehr über dieses fragwürdige Subjekt in Erfahrung bringen, bitte Sie aber einstweilen, ein sehr wachsames Auge auf Henriette zu haben.

Charlie legte den Brief beiseite und griff nach einer belegten Schrippe, die Frau Liese ihm reichte, biss hinein, nachdenklich. Wenn er es recht bedachte, dann musste Charlie dem Mann mit dem Opernglas ebenso bedrohlich erschienen sein wie dieser ihm.

Doch seine Art der Erpressung hatte etwas höchst Unanständiges, es machte ihn unsympathisch und ließ ahnen, dass er möglicherweise auch zu Schlimmerem fähig war. Was Charlie jedoch noch immer nicht verstand: Welche Art von Information meinte Altheim? Was sollte Ada Keller in den Stand setzen, sich Regenmachers Drohungen zu entziehen und ihre Tochter, vielmehr ihre Ziehtochter, zu schützen? Was hatten sie gegen ihn in der Hand? Charlie nahm sich den nächsten Brief vor.

Es mag schwerfallen, die Konsequenzen dessen zu akzeptieren, was ich Ihnen heute mitzuteilen habe, aber ich fürchte, es gibt keinen anderen Weg. Der junge Mann, mit dem Henriette verkehrt, heißt Charles Peter Jackson. Zu seinem Geld ist er durch einen gemeinen Diebstahl gekommen, selbst die Identität des Bestohlenen ist bekannt: Brauereimeister Gustav Faust. Doch damit nicht genug, Frau Keller. Ich bin heute Zeuge einer Szene geworden, deren Details ich Ihnen aus einem grundlegenden Anstandsgefühl heraus verschweigen muss. Nur so viel: Henriettes Unschuld ist ernstlich in Gefahr. Sie wissen, wozu solcher Leichtsinn im Fall Ihrer Schwester geführt hat. Ich sehe die einzige Lösung darin, Henriette dem Einfluss dieses Mannes zu entziehen: Schicken Sie sie aufs Land zu Ihrer Schwester. Sobald wie möglich! Ich werde dort ein Auge auf sie haben und mich ihr angemessen und mit Anstand nähern.

Charlie las den Brief ein zweites Mal und schüttelte verwirrt den Kopf.

«Vielleicht ist mein Deutsch nicht so gut, wie ich glauben möchte, Herr Professor Altheim, doch bisher entdecke ich nichts, was ich nicht schon durch eigene Beobachtung oder durch Ihre Mitteilung wüsste.»

«Lesen Sie nur weiter, Junge», sagte Altheim mit einem verschmitzten Lächeln.

Natürlich hat Johanne keine Raison mehr, Ihnen Geld zukommen zu lassen, wenn sie selbst sich um ihre Tochter kümmern muss. Sie werden jedoch weiterhin ein gutes, wenn auch etwas angemesseneres Auskommen haben, Sie werden lediglich in eine kleinere Wohnung umziehen. Ein Vorteil von Henriettes Anwesenheit bei Ihrer leiblichen Mutter wird sein, dass Johanne sich unseren Wünschen fügen wird, und die bestehen letzten Endes in Henriettes Wohlergehen. Sie werden Henriette alsbald zu Ihrer Schwester begleiten und sie dort zurücklassen, während ich mich um alles Weitere kümmere. Die Alternative, zu der ich mich ansonsten gezwungen sähe, kennen Sie, und es würde mir sehr leidtun, wenn Sie als alleinstehende Frau plötzlich ganz ohne Einkommen dastünden.

Mit zitternden Fingern entfaltete Charlie den letzten Brief. Wenn jetzt nicht die entscheidende Information kam, würde er an seinem Verstand zu zweifeln beginnen.

... ich danke Ihnen sehr für die Informationen, die Sie mir zukommen ließen. Ja, auch ich habe bemerkt, dass Jackson nach Henriette sucht. Das Beste wird sein, Sie ziehen alsbald in Ihr neues Quartier und vernichten auch unsere Korrespondenz. Ich bin mit meinen Vorbereitungen fast am Ende. In naher Zukunft werden wir beide gemeinsam zu Ihrer Schwester fahren, klare Verhältnisse schaffen, und dann werde ich Henriette mit mir nehmen. Nur noch ein wenig Geduld.

Ihr Prof. Dr. Felix Regenmacher

Charlie starrte den letzten Brief an.

«Ich fürchte, ich verstehe immer noch nicht», sagte er zu Professor Altheim. «Hier steht nichts drin, was wir nicht schon geahnt oder gewusst haben. Ada Keller wird erpresst, Regenmacher will Hetti heiraten, und wir erfahren leider rein gar nichts über Hettis Aufenthaltsort.»

Altheim nickte.

«Richtig. Aber Sie haben ja den letzten Brief noch nicht gelesen.»

«Welchen letzten Brief?»

Charlie blätterte den kleinen Papierstapel noch einmal durch, entdeckte aber nichts, was er nicht bereits gelesen hätte.

«Willem, darf ich bitten?»

Der Junge wirkte zufrieden wie eine satte Katze.

«Meinen Sie den Brief, den ich dem Postboten aus der Tasche gezupft habe, als er bei Frau Keller geklingelt hat?»

«Ich denke, den meine ich.»

«Also den, den Frau Keller überhaupt gar nicht zu Gesicht bekommen hat?»

«Ja, der muss es wohl sein.»

«Ach so, der», sagte Willem und zog gemächlich einen weiteren Brief aus seiner Hosentasche, einen zerknitterten Zettel, den er entfaltete und Charlie reichte. Er war in einer krakeligen Kinderschrift geschrieben. Altheim lachte über Charlies Gesichtsausdruck.

«Du hast einen Brief geklaut?»

«Ja», sagte Willem gedehnt und grinste.

«Respekt», sagte Charlie und starrte auf die schiefen Buchstaben.

«Der ist von Frau Kellers Schwester», sagte Willem stolz.

«Ich habe den Jungen angewiesen, das Original abzuschreiben», erklärte Altheim.

«Dabei kann ich gar nicht schreiben.»

«Aber so lernst du es.»

«Lesen Sie», sagte Willem, «na los!»

Charlie blickte in Altheims nun ernstes Gesicht. Er nickte.

Teure Schwester,

ich schrieb Dir bereits, das Mädchen muss fort, Heinrich ist außer sich. Aber da ist noch etwas, das ich Dir mitteilen muss. Es gibt hier jemanden, der ein Auge auf Henriette geworfen hat, ich konnte es nicht verhindern, obwohl ich es versucht habe. Er machte nur

Andeutungen bisher, aber an seinen Blicken habe ich gesehen, was er empfindet. Ada, sie könnte jeden Mann nehmen, doch nicht diesen, niemals ihn, es wäre gegen Gottes Gesetz, es wäre die böseste Unzucht. Er ist mehr als zwanzig Jahre älter als sie. Verstehst Du, was ich sagen will?

Deine verzweifelte Schwester Johanne

P. S.: Bitte schreibe keine Briefe mehr an Henriette. Ich verbrenne sie alle, ohne sie ihr auszuhändigen. Du hast mir das Mädchen aufgezwungen, und ich stelle fest, dass sie weich und schwächlich ist. Sie muss lernen, sich unserem Leben anzupassen, und es hilft ihr nicht, ihr verzärtelnde Briefe zu schreiben, die in Tränen schwimmen. Das Mädchen ist zu weich, genau wie ich es damals war!

Der Gedanke saß dicht unter der Oberfläche, aber Charlie konnte ihn noch nicht fassen.

«Von wem spricht Johanne Pflog?»

«Wissen Sie es nicht?»

Doch, Charlie wusste es, es bereitete ihm nur eine fast körperliche Pein, die Erkenntnis laut auszusprechen.

«Regenmacher?»

Altheim nickte. «Er weiß es offenbar nicht.»

Charlie wand sich auf seinem Stuhl. Wie konnte ihnen das helfen? Was hatte Ada Keller damit in der Hand?

«Wenn Regenmacher Henriette nicht heiraten kann», überlegte er, «gibt es keinen Grund mehr für ihn, Frau Kellers Leben zu finanzieren. Als Schwiegersohn hingegen wäre er in der Pflicht. Es macht immer noch keinen Sinn. Es gibt in diesem Brief nichts, womit Sie Frau Keller unter Druck setzten könnten, Professor.»

«Das ist richtig, aber wer hat gesagt, dass ich sie unter Druck gesetzt hätte?»

Charlie war irritiert. «Nicht?»

«Sagen Sie mir, Mister Jackson, würde irgendjemand es in vollem Wissen zulassen, dass der Vater die Tochter heiratet?»

«Ich hoffe nicht!»

Altheim machte eine Geste, die so viel heißen konnte wie *Sehen Sie?* oder *Daraus folgt?*

Charlie fühlte sich wie eine zerlumpte Vogelscheuche mit nichts als Stroh im Kopf. Er hätte letzte Nacht im Gefängnis versuchen sollen zu schlafen, dann wäre er jetzt vielleicht weniger begriffsstutzig.

«Sie hat es nicht gewusst, und Sie haben es ihr gesagt?»

«Ich habe ihr den Originalbrief gegeben, wir haben nur die Abschrift behalten. Sie ist zutiefst besorgt und wird natürlich eine Hochzeit verhindern. Ganz egal, wie sie am Ende dabei dasteht, ob mit oder ohne Wohnung, mit oder ohne Kind.»

Charlie war fassungslos. Er wäre nie darauf gekommen, dass Frau Keller für Hetti wie eine Mutter empfand. Dass es ihr tatsächlich um ihr Wohl ging.

«Aber warum hat sie sich dann überhaupt erpressen lassen?», wandte er ein und wusste selbst, dass dies ein letzter kläglicher Versuch war, sich ins Recht und Frau Keller ins Unrecht zu setzen.

«Sie hatte Angst, alles zu verlieren und nicht mehr für Henriette sorgen zu können. Sie war in einer schlimmen Zwickmühle, und Regenmacher ist eine gute Partie. Ich nehme sogar an, er würde Henriettes Karriere aufs gewissenhafteste unterstützen. Vielleicht wird er das ohnehin, wenn er erfährt, dass er ihr Vater ist.»

Charlie lehnte sich endlich in den Sessel zurück, auf dessen Kante er die ganze Zeit angespannt gesessen hatte. Die unmittelbarste Gefahr war also gebannt, Hetti würde nicht heiraten.

«Dann hat Frau Keller Ihnen sicher auch gesagt, wo Hetti ist? Damit wir sie endlich holen können?»

Altheim zog die Augenbrauen hoch.

«Das hat sie selbstredend nicht.»

Weshalb selbstredend? «Sie zieht die Anzeige zurück, verweigert uns aber weiterhin die Adresse?»

Altheim sagte nichts, biss stattdessen lieber in einen Pfannkuchen, Marmelade quoll heraus und lief ihm über das Kinn.

«Es war ein Handel. Sie zieht die Anzeige zurück, dafür hat sie den Brief von uns bekommen», sagte Willem betont langsam, als sei Charlie ein begriffsstutziges Kind.

Altheim wischte sich das Kinn ab und fügte hinzu: «Sie will Sie nach wie vor nicht in Henriettes Nähe lassen.»

Charlie schüttelte den Kopf, beinahe musste er lachen. Natürlich, warum auch? Altheim und er hatten ebenfalls versucht, Spiele mit ihr zu treiben, hatten sie aushorchen wollen, waren bei ihr eingebrochen. Eine Weile war nichts weiter zu hören als Altheims Kauen und Frau Lieses Geklapper aus der Küche. Charlie blickte auf das Schinkenbrötchen auf dem Teller vor ihm. Ihm war der Appetit vergangen.

«Und? Was sollen wir jetzt machen?», wollte Willem schließlich wissen.

Charlie stützte den Kopf in die Hände. Er konnte nicht mehr denken. Er hatte in den letzten zwei Nächten einfach zu wenig geschlafen. Er sehnte sich nach Dunkelheit, in der seine brennenden Augen und sein schmerzender Kopf sich erholen konnten.

25

Heinrich fühlte die Nadel an der Innenseite der Vene und wartete auf die Erleichterung, die einsetzen musste. Gleich. Jetzt. Er lehnte sich zurück, wartete. Durch die feinen Muster des Spitzenstoffes, den Johanne ihm über das Gesicht gelegt hatte, sah ihre Gute Stube wie ein traumverlorenes Märchenreich aus, alles wirkte verklärt, verschönt. Doch das Biedermeiersofa, auf dem er lag, war zu kurz, die Rückenlehne zu steil, die Armlehnen zu schmal und hart. Um den polierten Tisch standen sechs Polsterstühle, ebenso vornehm und aufrecht mit ihren lindgrün schimmernden Bezügen, und an der Wand gegenüber hing eine Pendeluhr, deren beruhigendes Ticken er so gerne gehört hätte. Nur, die Maschine im Keller ließ ihn nicht, Heinrich hatte nicht gewusst, wie laut sie im ganzen Haus zu hören war. Vielleicht war das auch erst so, seitdem die Walze sich vierzigmal in der Minute über ein Hindernis hinwegschob, das zwar mit jedem Mal geringer wurde, aber die Mechanik dennoch an ihre Grenzen bringen musste. Wieder spürte Heinrich ein Klagen aus seiner Brust aufsteigen, das er nicht unterdrücken konnte. Johanne zog die Injektionsnadel aus seinem Arm und wandte sich ab. Heinrich riss sich zusammen, presste sein Taschentuch auf die Einstichstelle und beugte den Arm.

Johanne hatte kaum ein Wort gesagt, seit sie vorgestern aus dem Keller heraufgekommen war, durch den Schleier über seinem Gesicht sah sie wie ein Gespenst aus, weiß, fadenscheinig. Klaglos und aufrecht ging sie ihren Verrichtungen nach, erschien, verschwand wieder, stumm und mit starrem Blick, der nirgends Halt zu finden schien. Sie hatte ihm seitdem nicht einmal in die Augen geblickt. Vielleicht war sie wirklich ein Gespenst, vielleicht war sie in Wirklichkeit noch dort unten bei Ida. Vielleicht sollte auch er hinuntergehen. Sich neben sie legen, schlafen.

«Ich bin gleich zurück», sagte Johanne tonlos. «Schlaf ein bisschen.»

Ja, das wollte er. Heinrich schloss gehorsam die Augen, hörte, wie sie die Tür hinter sich schloss. War das eine Kutsche im Hof? Er konnte sich täuschen, und es interessierte ihn auch nur für die Andeutung eines Moments. Lieber ließ er sich vom Morphium davontragen, fort von den Schmerzen, nicht nur den körperlichen, auch von denen, für die es kein Gegenmittel gab. Er roch den Docht der Lampe, die Johanne angezündet hatte, damit er lesen konnte, und die Lavendelsäckchen, die im Schrank bei den guten Tischtüchern und Servietten lagen, um die Motten fernzuhalten. Er roch sogar Pfeifentabak. Das Seltsame war, dass er gar keine Nase mehr besaß. Es waren Gerüche aus Zeiten, in denen er in dieser Stube mit Regenmacher gesessen und im Lampenschein Pläne geschmiedet hatte. Sie hatten geraucht, geredet, gegessen. Er hatte gerochen.

Die Gute Stube war das einzige Zimmer im Erdgeschoss, das Heinrich nicht verwüstet hatte. Die Tür war abgeschlossen gewesen, der Raum wurde nur zu festlichen Anlässen benutzt. Im Moment war er allerdings das einzige bewohnbare Zimmer. Heinrich zog es vor, hier unten auf dem unbequemen Sofa zu schlafen, statt das Zimmer im oberen Stockwerk zu beziehen, in dem Ida gewohnt hatte, und er stand nur auf, wenn er an dem winselnden Hund im Hof vorbei den Abtritt aufsuchen musste.

Gestern hatte Johanne in diesem Raum in Heinrichs Beisein die Fragen der Beisetzung mit dem Pfarrer besprochen. Sie hatte ihm erklären müssen, weshalb Ida nicht beigesetzt werden konnte. Sie hatte ihn hinabgeführt in den Keller, in den süßen, dicken Gestank nach Blut und Fleisch, der dort unten herrschte, seit die Maschine sich einen Menschenkörper genommen hatte. Sie hatte ihm gezeigt, wie ihr Kind ganz gleichmäßig über das Walzbett verteilt wurde, hatte ihm erklärt, dass es nicht möglich war, die Maschine anzuhalten, um die Masse abzutragen und wie einen menschlichen Urteig in den Sarg zu werfen.

Als der Pfarrer aus dem Keller wieder heraufgekommen war, hatte er eine Flasche Wein geleert, bevor er sich in der Lage fühlte, über Alternativen zu einer Beisetzung nachzudenken, ohne zu einer Lösung zu gelangen. Schließlich hatte der Pfarrer Heinrich ins Gewissen geredet.

«Du musst beichten, alter Freund, um deiner Seele willen. Und wenn du dein Gewissen erleichtert hast, musst du das Ding dort unten zerstören», hatte er mit schwankender Stimme gesagt und mit dem Finger gedroht. «Das ist nicht die Arbeit eines großen Mannes, das ist ein Werk unseres großen Versuchers. Du bist verführt worden, Heinrich.»

Heinrich hätte gelacht, wenn er gekonnt hätte. Er hatte recht, er war einer Versuchung erlegen. Und dennoch war dieser Mann lächerlich.

Johanne hatte für ihn geantwortet.

«Heinrich wagt es nicht, sie zu zerstören. Er weiß nicht, welche Energien dadurch entfesselt werden könnten.»

«Und ich sage, wir reißen sie nieder! Morgen!» Der Pfarrer war aufgestanden, etwas unsicher auf den Beinen, aber entschlossen. «Ich gehe jetzt. Aber ich komme wieder. Mit den stärksten Männern der Gemeinde.»

Heinrich hatte genickt. Sollten sie kommen. Sollten sie es versuchen. Es bedeutete ihm nichts mehr. Der Pfarrer hatte noch einmal sein Beileid ausgesprochen und war, begleitet von Johanne, hinausgewankt.

Eine Nacht war vergangen, bisher waren keine Männer gekommen, aber es war auch noch früh am Morgen. Nur seine Frau und seine Töchter waren schweigend hereingekommen, hatten schweigend gefrühstückt, hatten ihn mit vorsichtigen Seitenblicken bedacht, schweigend abgeräumt und waren wieder verschwunden. Sie hielten ihn für das Monster, das ihre Schwester auf dem Gewissen hatte, besonders Maria. Natürlich hatten sie recht.

Er hörte, wie sie das Haus aufräumten, Scherben zusammenkehrten, Möbel herumtrugen, Schäden beseitigten. Reden oder lachen hörte er sie nicht. Nur die Maschine war immer zu hören. Sie war das Einzige, was noch lebendig war in diesem Haus.

Als Johanne das nächste Mal kam, war sie nicht allein. Noch in ihren Mänteln, die Handschuhe von den Fingern zupfend und den Regen von den Hüten schüttelnd, stand plötzlich Besuch in der guten Stube. Regenmacher und eine Frau, die Heinrich vage bekannt vorkam. Vor vielen Jahren war er ihr begegnet, sie war füllig geworden und nicht mehr ganz jung, und sie trug schwarz. Keine starken Männer also, um sein Teufelswerk zu zerstören.

«Kennst du Ada noch, Heinrich? Meine Schwester.»

Ada kam auf ihn zu, streckte ihm eine Hand entgegen, und Heinrich packte sie mit seiner Klauenhand, drückte fest zu. Er konnte den verängstigten Ausdruck in ihrem Gesicht sehen, einen Moment lang genoss er seine Macht. Wenn er jetzt noch den Schleier über seinem Gesicht abschüttelte und ein wenig grunzte und greinte, würde er sie vermutlich zum Schreien bringen können. Doch der Gedanke verblasste, bevor er zu einer Handlung führte. Das Morphium machte ihn müde, und fast ganz fremde Leute zu erschrecken war nicht wichtig.

«Felix und Ada sind gekommen, um etwas mit mir zu besprechen.»

Johanne klang beunruhigt.

«Im Grunde ist es ganz gut, wenn Heinrich dabei ist», sagte Regenmacher.

Heinrich wurde so wachsam, wie das Morphium es zuließ. Die Augen halb geschlossen, lag er da, den Kopf entspannt zurückgelegt, und wartete auf mehr. Er hatte nicht zum ersten Mal das Gefühl, dass sein alter Freund eine geheime Agenda verfolgte, dass hinter seinem Rücken etwas vorging. Es gefiel ihm nicht, und er nahm sich vor, wach zu bleiben. Regenmacher zog sich einen Stuhl heran und setzte sich neben Heinrich.

«Ich weiß, was mit Ida geschehen ist, Heinrich. Es tut mir entsetzlich leid. Ich werde mit Johanne noch darüber reden, wie ich euch in diesen schlimmen Zeiten am besten beistehen kann. Gekommen sind ihre Schwester und ich heute aber aus einem anderen Grund. Ich werde euch von dem neuen Mädchen befreien, das eine solche Last für Johanne ist. Ich habe vor, Henriette zu heiraten.»

Ada Keller hatte sich zu einem der Fenster zurückgezogen, sie blickte auf die Straße, die am Haus vorbeiführte, aber Heinrich spürte, wie sich ihre gesamte Aufmerksamkeit auf den Raum hinter ihr richtete. Auch sie schien auf etwas zu lauern.

Johanne schloss die Augen und atmete langsam ein und wieder aus.

«Du kannst das Mädchen nicht abholen, Felix», sagte sie.

Ein Lächeln huschte über Ada Kellers Gesicht, und dann setzte auch sie sich auf einen der unbequemen Biedermeierstühle.

«Ich bin froh, dass du das so siehst, Johanne», sagte sie.

«Wieso geht es nicht?», fragte Regenmacher mit äußerster Ruhe.

«Weil sie nicht hier ist», sagte Johanne schlicht. Nach einigen Sekunden erwartungsvollen Schweigens fügte sie hinzu: «Sie ist fortgelaufen.»

«Johanne!»

Ada Keller stand halb auf, doch ihre Beine gaben nach, und sie fiel auf den Stuhl zurück.

«Kurz nachdem Ida ... Sie muss sich mitten in der Nacht hinuntergeschlichen haben. Am Morgen ist es geschehen. Sie ist ...»

Johanne sprach nicht weiter.

Nur Heinrich wusste, dass sie von Ida sprach – und nicht etwa von Henriette.

«Wann?», fragte Regenmacher.

«Vorgestern», sagte Johanne.

«Habt ihr sie denn nicht suchen lassen?» Regenmacher klang alarmiert.

«Ich dachte, sie sei längst wieder in Berlin bei dir, Ada. Ich wollte dir schreiben, wenn ...», sagte Johanne.

«Nein, sie ist nicht in Berlin.» Frau Keller klang hysterisch. «Herrgott noch mal, Johanne! Willst du denn gleich zwei Kinder auf einen Schlag verlieren?»

Johannes Ausdruck wechselte von Zerknirschung zu Zorn. «In meinem Haus wird nicht geflucht!»

Ada Keller bekam kaum Luft.

«Tu doch nicht so fromm ... so scheinheilig. Wenn ich sie dir nicht großgezogen hätte, was hättest du denn dann mit ihr gemacht? Sie verschwinden lassen, damit niemand von ihr erfährt? Mit Gottes Hilfe und nach seinem Willen?»

Heinrichs Verstand schwamm in Morphium, und es dauerte, bis die Bedeutung von Ada Kellers Worten zu dem wachen Kern in ihm durchzudringen vermochte. *Wenn ich sie dir nicht großgezogen hätte ... ich ... sie ... dir ...*

Regenmacher hatte also recht gehabt. Es hatte nicht das Geringste mit seiner Maschine zu tun, die Zeit war nicht aus den Fugen. Aber die Wahrheit, jetzt da sie bestätigt war, erschien ihm noch viel ungeheuerlicher als die Möglichkeit zeitlicher Verwerfungen. Johanne hatte ihn wirklich betrogen. Wenn Heinrich doch nur hätte lachen können.

«Du konntest und wolltest sie nicht haben, Johanne, das habe ich damals verstanden, und das verstehe ich auch heute. Aber mir ist sie ein Kind geworden. Sie ist mein Kind. Und jetzt sagst du mir, du hast sie verloren. Vor zwei Tagen schon. Und niemand – ich frage dich –, niemand hat nach ihr gesucht?»

«Ich habe dich nicht darum gebeten, sie herzubringen.»

«Nein, das war ich», sagte Regenmacher. Seine Stimme machte deutlich, dass er keine weiteren Diskussionen dulden würde. «Wir werden sofort einen Suchtrupp zusammenstellen. Johanne, und du erzählst mir alles, was du weißt. Jetzt.»

Ada Keller lachte. «Ich fürchte aber, das wird sie nicht», sagte sie, Bitterkeit in der Stimme. «Fragen Sie sie doch mal nach dem Vater des Kindes.»

«Johanne?»

Regenmacher fragte nicht, er befahl.

«Sie können Sie nicht heiraten, Professor Regenmacher», sagte Ada Keller.

Regenmacher beachtete sie nicht, sein Blick war auf Johanne gerichtet.

«Warum nicht?»

Johanne schwieg, unfähig, sich zu einer Antwort durchzuringen.

Es war erneut Ada Keller, die antwortete.

«Weil sie Ihre Tochter ist.»

Regenmacher stutzte. Dann löste sich seine Anspannung. Er lachte.

«Unsinn. Werte Frau Keller, ich bitte Sie. Johanne, Heinrich, wir alle sind erwachsene Menschen. Wir wissen, was es zu einer Vaterschaft braucht. Und ich kann versichern, dass diese Umstände mit Sicherheit niemals ...» Regenmacher stutzte erneut.

Johanne stand stocksteif da, das Gesicht ausdruckslos.

«Johanne? Was hast du deiner Schwester denn erzählt?»

«Ich habe ihr gar nichts erzählt.»

«Aber ich müsste es doch wissen, wenn wir miteinander ...»

Heinrich konnte beinahe zusehen, wie die Gedanken in Regenmachers Kopf einander jagten, einer den anderen, und immer im Kreis. Endlich schien einer von ihnen einen Ausweg gefunden zu haben.

«Succubus», murmelte Regenmacher. Dann laut: «Johanne, was hast du getan?»

«Succubus!?» Jetzt lachte Johanne, doch es klang schrill. «Was geschehen ist, geschah ganz sicher nicht auf mein Betreiben. Du konntest es nicht ertragen, dass ich mich für Heinrich entschieden habe. In der Nacht bevor du und Heinrich nach Paris an die École gegangen seid. Er war längst im Bett, aber du hast weitergetrunken. Und dann ... », das Nächste kam leise, «hast du dir einfach genommen, worauf du ein Recht zu haben meintest.»

Johanne sah Heinrich zum ersten Mal seit Idas Tod in die Augen.

«Am nächsten Tag habt ihr euch verabschiedet, du und Felix. Felix hat sich an nichts mehr erinnert. Oder wollte sich nicht erinnern. Und ich habe entschieden, es dabei zu belassen. Die Konsequenzen allein zu tragen. Bis ihr zurückkamt und Heinrich und ich endlich geheiratet haben, verging mehr als ein Jahr. All die Jahre ist nie auch nur ein einziges Wort darüber verloren worden.» Johanne stieß einen Laut aus, irgendwo zwischen Schnauben und Lachen. «Ich hatte genügend Zeit, darüber hinwegzukommen.»

Johanne schien erschöpft nach diesem Geständnis. Schweißperlen standen ihr auf der Stirn.

Heinrich sah, wie sich eine Antwort auf Regenmachers Lippen zusammenbraute wie giftiger Schaum. Noch nie hatte er mit solcher Deutlichkeit Regenmachers Lippen wahrgenommen. Er sah aus wie eine Eidechse, und Heinrich schauderte. Er wollte nicht hören, was dieser widerwärtige Mann zu sagen hatte. Jemand musste ihn stoppen. Heinrich hatte sich vom Sofa auf den Boden bewegt, schon stand er, schon hatte er seine Hand ausgestreckt, spürte den silbernen Griff des Tortenhebers, der auf der Anrichte lag, kühl in der Hand. Wut fühlte er nicht, nur die Notwendigkeit zu tun, was zu tun war. Heinrichs Hand traf auf Fleisch, Johanne schrie, Regenmacher hatte sich ihm entgegengeworfen, der Tortenheber traf ihn unter dem linken Arm, schnitt sich in seine Seite, und Heinrich entglitt der Griff.

Regenmacher stöhnte. Müsste er jetzt nicht sterbend am Boden liegen, mit dem kalten Metall im Herzen?

Stattdessen ließ Regenmacher sich auf einen Stuhl sinken, schwer atmend zwar, aber unzweifelhaft am Leben. Heinrich stand da und schaute ihn an, unfähig zu begreifen, was er sah. Es war doch jetzt vorbei. Es *sollte* vorbei sein.

26

Aber das kann doch nicht alles gewesen sein, meine Herren», sagte Frau Liese, und sie klang ärgerlich. «Schließlich geht es hier um die große Liebe. Da gibt man nicht auf.»

Sie saßen in Professor Altheims mittlerweile aufgeräumter Küche und aßen, nachdem Charlie ein paar Stunden geschlafen hatte, ein spätes Abendbrot.

Charlie seufzte. «Nein, kann es nicht», sagte er schließlich. «Willem, wann hat Frau Keller zuletzt einen Brief eingesteckt?»

Willem zuckte die Achseln. «Na, vorhin. Sie bringt jeden Tag einen weg. Weiß nicht, was das bringen soll, wenn die doch alle verbrannt werden.»

«Das wusste sie ja bis gestern nicht», sagte Altheim zu dem Jungen. «Und vielleicht ist der von heute auch gar nicht an Henriette, sondern an Frau Pflog. Davon würde ich sogar ausgehen.»

«Wann wird der Postbriefkasten das nächste Mal gelehrt?», wollte Charlie wissen. Er stand auf und begann, unruhig in der Küche auf und ab zu gehen.

«Alle zwei Tage morgens früh um sechs. Also ... morgen früh.»

«Dann ist der Brief von heute noch drin.»

«Ja», sagte Willem gedehnt. «Aber wir kommen ja nicht ran.»

Der Postbriefkasten. Das unüberwindliche Hindernis ... Am liebsten wäre Charlie hinausgerannt und hätte auf dem Weg die Bücher- und Notenstapel, die überall herumlagen, mit den

Füßen weggetreten, hätte auf dem Papier herumgestampft und geschrien wie ein Urwaldtier.

«Wenn ich an den Brief käme», sagte er gepresst, «dann würde ich sofort hinfahren. Ich weiß, dass sie auf mich wartet. Ich spüre es ganz einfach.»

Willem ließ den Kopf hängen, und auch Frau Liese und Professor Altheim schwiegen. Und plötzlich wusste er, wie er an den Brief herankommen würde. Er hob den Kopf und sagte fest:

«Wir werden den Postbriefkasten abtransportieren.»

Willems Augen wurden größer denn je, aber er wirkte eher beeindruckt als ängstlich. «Wenn wir dabei erwischt werden, dann gehen wir alle ins Gefängnis!», sagte er.

Charlie wandte sich an Altheim. «Können Sie mir eine Sackkarre und einen Handwagen mit Plane besorgen?»

Altheim nickte. «Die Kohlenhandlung im Hinterhof dürfte mit solchen Dingen reichlich ausgestattet sein.»

«Eine Metallsäge, Brecheisen, Schaufeln», Charlie zählte die Dinge, die er möglicherweise brauchen würde, an den Fingern ab. «Es könnte doch knapp werden mit der Zeit, oder?»

Willem nickte nachdrücklich. «Ziemlich knapp.»

«Ich gehe gleich hinunter und sehe, was ich besorgen kann», sagte Altheim.

«Wie ist die Straßenbeleuchtung dort, Willem?»

«Viel zu gut, man kann meterweit gucken.»

«Gas oder elektrisches Licht?»

«Elektrisch.»

«Gut. Kannst du gut werfen?»

Der Junge nickte.

«Dann darfst du mitmachen. Du läufst vor, nimmst dir ein paar Eierkohlen mit. Mit denen wirfst du die Laternen links und rechts des Postbriefkastens aus.»

Willem nickte eifrig und Charlie hoffte, dass das Ergebnis die Vorfreude des Jungen rechtfertigen würde.

«Na, das nenne ich einen Plan», sagte Frau Liese gut gelaunt. Sie stand auf und holte eine Flasche Obstler und Gläser aus dem Küchenschrank – offenbar hatte sie sich Altheims Küche innerhalb eines Nachmittags Untertan gemacht – und schenkte ein.

Charlie schluckte die scharfe Flüssigkeit wie eine Medizin und schüttelte sich.

«Kann es losgehen?», fragte er.

Professor Altheim und Willem nickten.

Um zwei Uhr morgens war Charlie zum ersten Mal dankbar für Altheims überstarken Tee. Er stand mit einem Handwagen und einer Sackkarre in pechschwarzer Dunkelheit vor der metallenen Säule, die vielleicht bis zum Rand, vielleicht auch nur mit einer dürftigen Schicht am Boden mit Briefen gefüllt sein mochte.

Der Kasten war mit zwei Eisenstreben in der Hauswand verankert, schien ansonsten aber einfach auf dem Straßenpflaster zu stehen. Also kein Stemmen und Ausbuddeln, sondern bloß Sägen. Das war gut.

Charlie blickte sich um. Unten an der Oranienstraße stand Willem Wache, oben an der Auguststraße hatte sich Altheim postiert. Er konnte nicht pfeifen wie ein Gassenjunge, darum hatten sie ausgemacht, dass er einen zotigen Gassenhauer singen würde, irgendetwas Betrunkenes, sollte sich jemand nähern. Seine trainierte Stimme würde weit genug tragen, und beinahe wünschte Charlie sich, in den Genuss einer solchen Vorstellung zu kommen. Er nahm die Säge vom Wagen und setzte sie an.

Das Geräusch kam ihm vor wie das Kreischen einer bremsenden Eisenbahn auf den Gleisen. Wenn davon nicht die ganze Nachbarschaft erwachte, dann mussten sie alle taub sein in Berlin. Charlie hielt inne, lauschte. Nichts.

Er gab sich einen Ruck. Je schneller er arbeitete, desto eher war er fertig, und desto geringer war die Gefahr, entdeckt zu werden. Charlie sägte mit voller Kraft, und doch würde es Minuten dauern, bis er durch war, und es dauerte weniger als eine Minute, bis ihm der Schweiß über die Stirn und brennend in die Augen lief. Würde Willem pfeifen oder Altheim singen, Charlie würde bei diesem Lärm nichts davon hören können. Er musste blind und taub da durch, es gab kein Zurück. Als die erste Strebe mit einem lauten Klingen nachgab, hielt Charlie inne, sah sich um. Willem und Altheim waren näher gerückt, in einem der Fenster gegenüber war ein Licht angegangen. Charlie machte weiter, schneller. Als auch die zweite Strebe nachgab, fühlte er sich in der plötzlichen Stille fast taub. Das beleuchtete Fenster hatte sich geöffnet, Charlie sah die Silhouette eines Mannes im Unterhemd, der sich, die Hände aufs Fensterbrett gestützt, nach draußen beugte und die Dunkelheit zu durchdringen suchte. Charlie wartete, dass er ihn anrufen würde, doch nichts geschah, und nach einer Weile schloss der Mann das Fenster, zog die Vorhänge zu, löschte das Licht.

Charlie holte die Sackkarre, nahm seine ganze Kraft zusammen, um den eisernen Kasten ein wenig nach hinten zu kippen, bis er an die Hauswand stieß. Dann schob er die Sackkarre darunter. Der Haken des Plans wurde ihm bewusst, als er mit der Sackkarre vor dem Handwagen stand. Er konnte den zentnerschweren Postbriefkasten unmöglich hoch genug heben, um ihn auf den Wagen zu bekommen. Charlie überlegte nicht lange, warf die mitgebrachten Kohlensäcke über den Kasten, ließ den Handwagen stehen und marschierte mit der Sackkarre Richtung Auguststraße. Hinter sich hörte er Schritte näher kommen. Ruhig, sagte Charlie zu sich selbst. Das ist nur Willem, der von der Oranienstraße heraufkommt, um zu helfen.

Der Junge schloss zu Charlie auf und brachte Handwagen und Werkzeug mit. Sobald sie auf Altheim trafen, übernahm dieser die Vorhut und Willem die Nachhut, und so gelang es ihnen, still und ungesehen durch die Straßen zu laufen, erste Passanten abwartend, die sich schon um drei Uhr morgens auf den Weg in Backstuben, Fabriken und, ja, Postämter machten.

Als sie das Haus in der Krausnickstraße erreichten, wo der Professor wohnte, brannten Charlies Arme, und er hatte das Gefühl, den Kasten keinen Meter weiter mehr schieben zu können. Die Aussicht, ihn die Treppen hinaufzuwuchten, nur mit der Hilfe eines Knaben und eines Greises, erschien ihm unmöglich.

«Wie lange haben wir noch?», fragte er Altheim atemlos. «Bis der Kohlenhändler kommt, meine ich.»

«Lange genug. Wir bringen ihn in den Hof und machen ihn dort auf.»

«Dann wird man hier im Haus nach dem Täter suchen.»

Altheims Lächeln verjüngte sein Gesicht um Jahrzehnte.

«Ich sagte Ihnen doch, ich bin reif für ein Abenteuer. Außerdem werde ich zu Frau Liese ziehen, das ist beschlossene Sache.» Charlie meinte, Professor Altheim erröten zu sehen, aber er war sich in der Dunkelheit nicht sicher. Ob die Andeutung gewisser Dienste in Felix Regenmachers Brief ihn zu diesem Entschluss bewogen hatte? Charlie verwarf den Gedanken. Professor Altheim war bemerkenswert jung für sein Alter, aber dennoch ...

«Nehmen Sie die Brechstange, damit kriegen wir die Klappe auf», sagte er, und Willem brachte eine Lampe, die am Schuppen gehangen hatte, und steckte sie an.

«Hoffentlich ist er nicht zu voll», sagte er. «Sonst suchen wir zu lange.»

«Hoffentlich ist der Brief überhaupt an die Schwester adressiert», sagte Charlie.

«Vielleicht sollten wir darum beten», schlug Altheim vor, schloss die Augen und faltete die Hände, während Charlie sich an die Arbeit machte.

27

Sie saßen zu acht auf dem Boden hinten in einem Automobil, Charlie, Altheim, Willem und noch fünf mit Beilen bewaffnete Männer. Ein Pfarrer fuhr auch mit, doch der saß vorne auf der Bank und nicht in dem muffig riechenden Laderaum. Charlie und die anderen wurden auf der holperigen Straße hin und her geworfen, gelegentlich blitzte in dem spärlichen Licht, das durch einen schmalen Schlitz unter der Tür hereinfiel, ein Auge, eine Zahnreihe oder die Klinge einer Axt auf. Die Männer wirkten grimmig. Zugleich strahlten sie eine Vorfreude aus, die Charlie beinahe noch beunruhigender erschien.

«Fahren Sie in den Wald zum Holzmachen?»

«Nein, wir müssen was in Ordnung bringen», antwortete einer der Männer.

Charlie, Altheim und Willem hatten alles stehen und liegen gelassen und den ersten Frühzug nach Gramstett genommen, sobald sie den Briefumschlag gefunden hatten, nach dem sie suchten. Adressiert an Johanne Pflog, Weißwäscherei im Wiesenweg, Gramstett.

Am Bahnhof von Gramstett angekommen, erfuhren sie, dass es zum Wiesenweg gut eineinhalb Stunden Fußmarsch waren. Aber man empfahl ihnen, zur Pfarrei zu gehen. Der Pfarrer würde demnächst mit dem Automobil in die Richtung fahren.

«Bei den Pflogs draußen gibt's nämlich ein Problem», setzte der Mann hinzu, und es sah aus, als hätte er am liebsten vor sich auf den Boden gespuckt, wagte es im Innern des Automobils aber nicht.

Charlie fühlte sich unbehaglich. Er wusste von keinem Problem, das den Einsatz von Beilen erfordern könnte.

«Entschuldigen Sie, wenn ich neugierig erscheine», sagte er. «Aber wir wollen auch zu den Pflogs. Was gibt es denn für Schwierigkeiten?»

«Der Pfarrer sagt, sie haben eine Mangelmaschine da draußen, die verrücktspielt. Die ist vom Teufel besessen. Wir zerlegen sie.»

Charlie lächelte erleichtert. Er glaubte nicht an den Teufel, und Mangelmaschinen interessierten ihn nicht.

«Kennen Sie Henriette Keller?», fragte er.

«Nein.»

«Sie wohnt bei den Pflogs.»

Der Mann zuckte die Achseln. «So gut kenne ich die Leute nicht.»

Fünfzehn Minuten später schwenkte der Wagen nach rechts ein, und dann hielten sie so abrupt, dass Charlie und die anderen durcheinanderkollerten wie Kartoffeln. Sie blinzelten in die plötzliche Helligkeit, als die Türen geöffnet wurden, und stiegen steifbeinig aus. Willem half Altheim, der tatsächlich ein wenig mitgenommen aussah.

Der Hof war groß, nahezu quadratisch und überall von Mauern und Gebäuden umgeben. An einer Kette lag ein alter graubärtiger Hund, der aufmerksam den Kopf hob, als Charlie in seine Richtung blickte.

«Bitte folgen Sie mir, meine Herren», sagte der Pfarrer und ging durch eine Seitentür voraus ins Haus.

Vielleicht lag es nur an den vielen Füßen, die durch die Diele stampften, aber Charlie meinte ein Beben unter den Sohlen zu spüren, ein wiederkehrendes Zittern, und die Lampe, die unter der Decke hing, schwankte. Vielleicht nur der Luftzug, den die geöffnete Hoftür hereinbrachte. Ein Riss zog sich von der Lampe an der Decke entlang und endete über einer grünen Tür. Die Uhr, die mit zersprungenem Glas und gebrochenem Kasten davor lag, musste vor kurzem noch darüber gehangen haben, neben einer elektrischen Klingel, die genauso aussah wie die, die Charlie aus dem Gefängnis kannte. Das Zittern unter Charlies Füßen wurde von einem tiefen Grollen begleitet. Es hörte sich an, als läge ein schlafender Riese in einer Höhle unter ihnen.

Der Pfarrer führte die Gruppe einen Gang entlang. Die Männer bewegten sich mit ihren Beilen wie Krieger, als erwarteten sie hinter jedem Baum einen Feind, den es niederzumähen galt. Auch Charlie war nervös. Er war jetzt in dem Haus, in dem Hetti wohnte, und jeden Moment mochte sie ihm inmitten einer Horde Männer mit Äxten gegenüberstehen.

Die Tür des Zimmers stand offen, und sie drängten hinein wie in einen Theatersaal. Nur waren zu viele Menschen in dieser Stube, sodass Charlie die Szene nicht gleich erfassen konnte. Doch dann erkannte er Ada Keller, die auf einem Stuhl am Fenster saß.

Auf einem anderen Stuhl saß Regenmacher, noch weißer im Gesicht als Frau Keller, die Hand auf die Seite gepresst, das Hemd blutig. Der Griff eines Messers ragte ihm unter der Achsel aus der Brust. Ein junges Mädchen mit rotgelocktem Haar stützte ihn, und eine Frau in mittleren Jahren schnitt ihm mit einer großen Schere Jackett und Hemd vom Leib. Das musste Johanne Pflog sein.

Sie wandte sich ihnen zu, neun Männern und einem Jungen, die herumstanden und betroffen von einem Bein aufs andere traten.

«Heinz», sagte Frau Pflog, als ihre suchenden Blicke den Mann gefunden hatten, der sie hergefahren hatte. «Bitte, fahren Sie sofort zurück in die Stadt und holen Sie Dr. Pfeiffer. Sagen Sie ihm, er muss operieren. Beeilen Sie sich.»

Der Mann nickte und machte auf dem Absatz kehrt.

«Herr Pfarrer?»

«Ich bringe die Männer, um das Teufelswerk zu zerstören», sagte der Pfarrer. «Wir steigen gleich hinab.»

«Warten Sie», presste Regenmacher hervor. «Die Männer haben jetzt Wichtigeres zu tun.»

Alles schwieg, bis er wieder zu Atem gekommen war.

«Sie müssen ein Mädchen suchen. Henriette Keller. Sie ist vor zwei Tagen verschwunden. Ich wollte sie ... heiraten. Wir müssen ...» Regenmacher war drauf und dran aufzustehen, doch Johanne hielt ihn zurück.

«Du musst jetzt gar nichts als auf den Arzt warten, Felix. Es ist ein Wunder, dass du überhaupt lebst.»

Regenmacher lachte und verzerrte schmerzvoll das Gesicht.

«Kein Wunder», sagte er. «Das Herz ... ist bei mir auf der rechten Seite. Eine anatomische ... Kuriosität. Eigentlich gehöre ich ... ins Panoptikum.» Er hustete krampfhaft. «Aber ich fürchte, die Lunge ...» Die Schmerzen schienen ihm fast die Besinnung zu rauben, sein Atem kam stoßweise.

Plötzlich rauschte Charlie das Blut in den Ohren. Er befand sich wieder auf dem Rummelplatz, Hetti war bei ihm. Das Zelt, der weiße Neger, die Riesenkinder. Jener gestohlene Moment, jener Kuss und seine Hand auf Hettis Busen, ihr Herzschlag unter seiner Hand, zu schnell, und er hatte ihn in der linken Handfläche gespürt, nicht in der rechten. Jetzt wusste er, was ihn damals so irritiert hatte.

«Sie können sie doch nicht heiraten», hörte Charlie sich sagen.

Er meinte die Andeutung jenes ironischen Lächelns in Regenmachers Gesicht zu sehen, das er schon aus Berlin kannte.

«Sie ist Ihre Tochter. Ihr Herz sitzt ebenfalls auf der rechten Seite.»

«Das ist ja wirklich mal was Neues», sagte Regenmacher mit einem sarkastischen Unterton.

«Und jetzt will ich sofort wissen, was mit Hetti geschehen ist», fuhr Charlie fort.

«Johanne», sagte Regenmacher. «Bitte setze die Männer in Kenntnis.»

Eine Viertelstunde später standen sie im Hof und warteten darauf, dass Johanne Pflog und ihre Töchter sie mit Lampen, Verbandszeug, Wolldecken, Tee, Honig und Brot versorgten. Der Fahrer kehrte mit dem Arzt zurück, der sogleich zu Regenmacher ging.

Der Fahrer selbst stellte sich und seinen Wagen für die Suchaktion zur Verfügung. Sobald Decken und Proviant in leeren Wäschebeuteln verstaut waren, stiegen sie alle bis auf den Pfarrer erneut hinten in den Wagen. Als Charlies Blick auf den alten Hund an seiner Kette fiel, beschloss er, ihn ebenfalls mitzunehmen.

«Habt ihr hier etwas, was Hetti gehört?», fragte er ein Mädchen, das vielleicht zehn oder elf Jahre alt war. Sie zog ein benutztes Taschentuch aus der Schürze.

«Das hab ich von ihr gekriegt.»

«Danke, das wird gehen.»

Charlie steckte das Taschentuch ein und hoffte, dass noch genug von Hettis Duft darin hing.

«Wie heißt der Hund?»

«Hund», sagte das Mädchen. «Und ich heiße Maria», sagte sie und streckte ihm mit einem Knicks die Hand hin.

«Gut, vielen Dank, Maria.»

«Sie bringen Hetti zurück, oder?», sagte sie.

Charlie nickte. «Ich verspreche es.»

Dann stieg er zusammen mit dem Hund als Letzter in den Wagen.

Der Fahrer setzte an jedem Dörfchen, Flecken oder Gehöft rund um den Pflog-Hof einen Mann mit Lampe, Decke und Proviant ab. Sie wollten erst in Erfahrung bringen, ob jemand Hetti gesehen hatte, und weitere Helfer rekrutieren, und so warteten sie an jeder Station gespannt, ob das Mädchen vielleicht schon gefunden worden war, bevor sie weiterfuhren. Doch bisher war Hetti nirgends aufgetaucht.

Charlies Unruhe wuchs mit jeder Station, sein Herz wurde schwerer. Zwei Tage. Vielleicht war sie längst in Berlin, vielleicht war sie dort eingetroffen, während Ada Keller und er selbst sich auf den Weg nach Gramstett gemacht hatten. Vielleicht stand sie in Berlin vor verschlossenen Türen. Aber dann könnte sie zum *Wintergarten* gehen, dort würde man sie nicht im Stich lassen.

Und wenn nicht? Was, wenn ihr etwas zugestoßen war?

Charlie verbot sich jeden Gedanken in diese Richtung. Hetti lebte, er fühlte es, denn wenn er die Augen schloss und sich an jenen Bergsee versetzte, der nur ihnen gehörte, dann hörte er noch immer ihren Gesang. Willem und Altheim waren die Einzigen, die gemeinsam gingen, sie wurden an einem Hof westlich der Pflog'schen Wäscherei hinausgelassen.

Schließlich war nur noch Charlie übrig, und er stieg lieber zu dem Fahrer auf die Bank, als allein hinten im Wagen zu bleiben. Der streckte ihm die Hand entgegen.

«Wir hatten noch keine Gelegenheit, uns bekannt zu machen», sagte er. «Heinz Graf.»

Der Blick aus blassblauen Augen hatte etwas Berechnendes, und Charlie stellte fest, dass er Heinz Graf auf Anhieb nicht mochte.

«Charles Jackson», sagte er.

«Ach, dann sind Sie Charlie?» Heinz Graf blickte ihn neugierig an.

«Hat Hetti von mir gesprochen?»

Graf schien seine Frage zu bereuen. Er zuckte die Achseln und sagte gleichgültig: «Sie hat Sie möglicherweise mal erwähnt.»

«Kennen Sie sie gut?»

«Nein! Gar nicht. Ich habe sie nur ab und zu auf dem Pflog-Hof gesehen.»

Charlie kam es merkwürdig vor, dass die Erwähnung seines Namens eine solch starke Reaktion in Heinz Graf hervorgerufen hatte, wenn er Hetti gar nicht richtig kennen wollte. Er hatte den Eindruck, dass Heinz Graf etwas zu verbergen versuchte, und er nahm sich vor, es herauszufinden.

Die Straße führte auf einen Ortseingang zu, in einer Minute würden sie ihn erreicht haben.

«Wo werden Sie mich absetzen?»

«Eigentlich haben wir alles abgeklappert, was es in der Umgebung gibt. Wir fahren nach Gramstett und fragen dort nach dem Mädel rum. Die Stadt ist groß genug für zwei. Außerdem will ich auch die Polizei verständigen.»

Charlie nickte. Das erschien in jedem Fall sinnvoller, als ziellos durch eine fremde Landschaft zu streifen und darauf zu hoffen, zufällig auf eine Spur zu stoßen. Außerdem würde Hetti sicherlich eine größere Ortschaft suchen, wenn sie zurück nach Berlin wollte. Aber war das überhaupt ihr Ziel gewesen? Wie konnte er das mit Sicherheit wissen?

Heinz Graf stellte den Wagen vor dem Bahnhof ab, sie wünschten einander viel Glück, und dann verschwand Graf in einer Bäckerei.

Charlie lief mit Hund an der Kette unentschlossen ein Stückchen in die Richtung, aus der sie gekommen waren. Die Hauptstraße war schmal, die Häuser nur zweigeschossig, und an den Fassaden fehlte Farbe, sie wirkten ebenso abweisend wie die Gesichter, die Charlie entgegenkamen. Am besten fing er mit der einfachsten Möglichkeit an. Er zog das Taschentuch hervor, das Maria ihm gegeben hatte, und ließ Hund daran schnuppern.

«Such», sagte er. «Such Hetti!»

Hund stellte die Ohren auf und blickte Charlie aufmerksam an.

«Hetti», wiederholte Charlie. «Wo ist Hetti?»

Nachdem er noch einmal an dem Taschentuch geschnuppert hatte, hielt Hund die Nase in den Wind und setzte sich tatsächlich in Bewegung.

Eine Minute später standen sie erneut vor der Laderaumtür von Heinz Grafs Wagen, und Hund winselte und kratzte daran, setzte sich dann aufs Hinterteil und sah Charlie erwartungsvoll an. Charlie seufzte. Er konnte verstehen, dass das Tier wieder nach Hause wollte. Nur würden sie Hetti dort nicht finden.

Heinz Graf trat aus dem Bäckereiladen heraus, eine Papiertüte in der Hand. Charlie zog sich weiter hinter den Wagen zurück. Ohne ihn zu bemerken, setzte Heinz Graf sich wieder auf seinen Fahrerthron, zwei Mädchen kamen vorbei und warfen ihm bewundernde Blicke zu. Und dann geschah erst einmal nichts weiter. Charlie hörte lediglich das Rascheln der Papiertüte. Heinz Graf aß. Besonders eilig schien er es nicht zu haben, Hetti zu suchen oder zur Polizei zu gehen. Als er fertig war, warf er die zusammengeknüllte Tüte in den Rinnstein, dann stieg er wieder ab und ging nach vorne, um den Wagen anzukurbeln. Hund stand neben Charlie, blickte ihn immer noch aufmerksam und schwanzwedelnd an.

«Ja, fein gemacht», flüsterte Charlie.

Er dachte nicht darüber nach, folgte einfach dem Gefühl, öffnete die Tür des Laderaums und stieg ein. Unverzüglich begann Hund schnaubend und niesend im Wagen herumzuschnüffeln.

«Shhh», machte Charlie. «Leise.»

Der Motor sprang an, der Wagen setzte sich in Bewegung.

Hund begann zu fiepen und lief aufgeregt hin und her, bis er eine Stelle fand, von der er die Nase nicht lassen konnte.

«Was ist denn dort?», fragte Charlie. «Ist Hetti etwa hier gewesen?»

Hund stellte die Ohren auf.

«Hetti?»

Als Hund erneut die Nase gegen den Boden das Wagens drückte und zu fiepen begann, gab es für Charlie keinen Zweifel mehr, dass Heinz Graf ihm etwas verschwiegen hatte.

Als der Wagen nach kurzer Fahrt wieder hielt, wurde Charlie klar, dass er nicht weit genug gedacht hatte. Wenn Heinz Graf jetzt, warum auch immer, den Laderaum öffnete, würde er ihn entdecken. Er hörte Schritte, knackende Zweige, was ihm seltsam erschien, denn Heinz Graf hatte doch gesagt, er wolle die Polizei verständigen. Es blieben ihm nur Sekunden, die Wolldecke aus seinem Rettungsbeutel zu zerren, sie sich überzuwerfen und, Hund an sich gedrückt, im hintersten Winkel des Laderaums regungslos liegen zu bleiben und zu hoffen, dass er wie ein Haufen alter Decken aussah.

Charlie hielt Hund die Schnauze zu und lauschte. Die Schritte entfernten sich.

Vorsichtig öffnete Charlie den Wagen und spähte hinaus. Sie standen an einem Waldrand, und Heinz Graf hatte seine Rettungsausrüstung im Wagen zurückgelassen. Er selbst war weit und breit nicht zu sehen.

«Such», sagte Charlie und hielt Hund erneut das Taschentuch unter die Nase. «Such Hetti.»

Seit gestern war Heinz ununterbrochen unterwegs gewesen, um nach dem Mädchen Ausschau zu halten, er war müde und gereizt und auch nach den beiden Brezeln, die er gegessen hatte, immer noch hungrig. Es kam ihm einfach zu unwahrscheinlich vor, dass sie nicht mehr in der Senke sein sollte. Sie hatte nicht geatmet, als er mit ihr fertig gewesen war, er war sich so sicher gewesen.

Heinz stellte den Wagen am Waldrand ab und arbeitete sich, jetzt schon zum dritten Mal, durchs Unterholz. Vielleicht hatte er nur nicht genau genug nachgeschaut, vielleicht hatte er sich einfach geirrt. Sicher gab es noch mehr umgestürzte Bäume in diesem Waldabschnitt, es war ja dunkel gewesen.

Ein Blick in das Erdloch hinter der herausgebrochenen Baumwurzel zeigte Heinz genau das, was er nicht sehen wollte: Das Mädchen war fort. Entweder lag sie an einem anderen Platz in der Nähe, dann bestand die Gefahr, dass jemand sie fand. Oder sie lebte. Und lief herum. Dann könnte sie alles Mögliche über ihn erzählen. Aber hätte sie dann nicht bereits irgendwo auftauchen müssen? *Nein, wir haben kein Mädchen gesehen.* Und wenn ein Tier sie geholt hatte? Was für Tiere gab es hier, die einen solchen Fang wegschleppen konnten? Für einen Fuchs wäre selbst das schmale Mädchen ein zu großer Brocken gewesen.

Heinz suchte sich einen großen Stock und fing an, rund um die Baumwurzel durch den Farn zu pflügen, mit zunehmender Wut, weil es einfach keinen anderen umgestürzten Baumstamm hier gab und auch keinen Mädchenleib. Und das hieß, er hatte fast gar keinen Vorteil gegenüber den anderen Männern, die nach ihr suchten. Außer dem Wissen, dass sie von hier aus losgelaufen sein musste. Heinz schlug mit dem Stock gegen einen Baum und fluchte, als er zerbrach.

Er musste nachdenken. Falls sie lebte, was konnte sie schon beweisen? Er würde ihre Geschichte einfach leugnen. Und wenn sie von hier weggelaufen und dann irgendwie gestorben war? Gab es irgendetwas, das den Verdacht auf ihn lenken würde? Er wusste es nicht, er konnte nicht sicher sein. Er musste das Mädchen einfach zuerst finden, egal in welchem Zustand.

Er hoffte, er fand sie tot, denn wenn er sie lebend fand, dann würde er die Sache auch zu Ende bringen müssen. Andererseits, wenn er sie lebend fand ... Er konnte es noch einmal tun. Er könnte ihr dabei die Kehle zudrücken. Er war sich ziemlich sicher, dass ihm das mehr Spaß machen würde als alles, was er bisher mit Mädchen getan hatte. Zusehen, wie ihr die Luft ausging, während er selbst den Gipfel des Lebens erklomm. Heinz stöhnte in einer Mischung aus Vorfreude und Frustration bei dieser Vorstellung. Doch zuerst musste er sie finden!

Dann entdeckte er einen Pfad im Unterholz, kaum benutzt, aber dennoch, es war ein Pfad. Wenn er sich allein in einem Wald wiederfinden würde, würde er nach einem Pfad suchen und ihm folgen, weil ein Pfad immer zu Menschen führte. Heinz beschloss, es in dieser Richtung zu versuchen.

Charlie hielt Hund am Halsband zurück, bis Heinz Graf tiefer im Wald verschwunden war. Ein kurzes «Shhh» hatte genügt, das Tier hatte begriffen, dass sie sich auf der Jagd befanden und sich still verhalten mussten. Charlie ließ dem Fahrer gut zehn Minuten Vorsprung, bevor er Hund frei laufen ließ.

Trotz seines Alters schoss das Tier davon wie ein Pfeil. Dort, wo die Wurzeln eines umgestürzten Baumes ein großes Loch im Boden hinterlassen hatten, machte er Halt, nahm eine Fährte auf und verfiel in einen leichten Trab.

Bald stießen sie auf einen schmalen Pfad, der über eine dicht bewachsene Hügelkuppe und schließlich aus dem Wald hinausführte.

Vor Charlie lag eine Wiese, die in sanftem Schwung abfiel und in eine Allee mündete. Dahinter begann eine Ebene, auf der sich Weiden und Felder in verschiedenen Farbtönen aneinanderreihten wie Flicken, mit Nähten aus Gräben und Buschwerk, verziert mit Kühen, Schafen und einzelnen Bäumen, die ihr Geäst unter dem blassblauen Himmel aufspannten.

Charlie musste Hund erneut am Halsband zurückhalten, als er den Fahrer jenseits der Allee über eine Schafweide marschieren sah. Am anderen Ende der Weide war ein Unterstand für die Tiere.

«Warte. Sonst sieht er uns noch», sagte Charlie.

28

Henriette wusste nichts, als dass es finster war, dass es schmerzte und dass sie atmete. Träge, wie in milchiger Einweichlauge treibende Wäschestücke, tauchten weitere Eindrücke auf. Das Brennen zwischen ihren Schenkeln, die Schmerzen in der gequetschten Kehle. Sie bewegte sich nicht, versuchte zu begreifen, wo sie sich befand und was sie fühlte. Unter ihr war es weich und nass. Das war keine Wäsche. Es roch nach Regen, nach Erde und faulendem Laub. Das Laub lag unter ihr, und es lag auch über ihr, über Armen und Beinen, über ihrem Kopf, und sie hatte bittere Erdkrümel im Mund. Ihre Zähne schlugen aufeinander, Arme und Beine zitterten unkontrollierbar, als ein Schüttelkrampf sie überkam. Dann lag sie wieder still. Stellte fest, dass sie die Augen öffnen konnte.

Über ihr zeichneten sich die gefiederten Blätter von Farnkraut gegen das Mondlicht ab. Sie fühlte eine Berührung in der Handfläche, zitternd, warm. Sie wollte schreien, doch sie konnte nicht. Das Etwas war weich, und es drehte sich in ihrer Handfläche. Es hatte Füße, kleine, trippelnde. Henriettes Panik ebbte ab. Das war nicht er, der sie berührte. Das war etwas anderes. Alles war gut.

Henriette schloss die Hand, beugte den Arm. Stützte sich mit der anderen Hand ab, Erde rutschte unter ihr weg, der Boden unter ihr war abfallend, um sie herum waren steile Wände aus Erde. Das weiche, kleine Etwas wand sich erst, dann hielt es still. Henriette hob die Hand dicht vor ihr Gesicht, öffnete sie vorsichtig.

Es war eine Maus, ein winziges Tier mit einer spitzen Nase und langen Barthaaren, das sie aus schwarzen Augenpunkten ansah. Sie musste Henriettes Hand für einen guten, warmen Schlafplatz gehalten haben. Vielleicht hatte sie sie für tot gehalten.

Henriette atmete schmerzhaft ein. War sie tot gewesen? War dort etwas gewesen? Ein Danach? Henriette forschte in ihrer Erinnerung, aber da war nichts, nicht einmal Finsternis. Sie erinnerte sich einfach nicht. Vorsichtig setzte sie die Maus auf den Boden und blickte sich um. Saß sie in ihrem eigenen Grab, in einer Grube, die *er* für sie ausgehoben hatte? Aber in einem Grab wuchs kein Farn.

Als Henriette aufstand, wurde das Brennen zwischen ihren Beinen stärker, und als sie aus der Grube zu klettern versuchte, rutschte sie ab und stieß mit dem Knie gegen etwas Hartes. Als sie danach tastete, erkannte sie die geschwungene Form sofort: ihr Violinkoffer!

Dass sie ihn noch hatte, ließ in Henriette eine Welle der Hoffnung aufsteigen. Aus irgendeinem Grund wusste sie: Solange sie Charlies Violine hatte, würde alles gut werden, sie würde ihn wiedersehen, und sie würde ihm die Violine geben. Nur darum hatte sie das Instrument in der Kammer unter der Treppe gefunden, damit sie es ihm geben konnte. Henriette packte den Koffer am Griff, prüfte die Verschlüsse und nahm einen neuen Anlauf. Diesmal schaffte sie es.

Der Mond leuchtete zwischen den Bäumen, beinahe voll. Henriette stand da, fühlte die Angst. Wohin sollte sie sich wenden, wohin musste sie gehen? Oder war es ganz egal, in welche Richtung sie ging? Irgendwann würde sie auf eine Straße, ein Haus, einen Ort stoßen, allzu weit konnte es in keine Richtung sein, denn als Mutter sie nach Gramstett gebracht und sie stundenlang aus dem Fenster der Kutsche gestarrt hatte, war alle zehn Minuten ein Gehöft oder ein kleines Dorf in Sichtweite vorbeigezogen. Die Gegend war dicht besiedelt. Henriette schloss die Augen, drehte sich langsam im Kreis, bis sie das bestimmte Gefühl verspürte: Da lang, dort werde ich Charlie finden.

Sie öffnete die Augen, blickte einen Hang hinauf, der dicht mit nachtschwarzen Bäumen bewachsen war, ging los, das Brennen ignorierend, einfach einen Fuß nach dem anderen auf den unebenen Waldboden setzend. Nach einer Weile stieß sie auf einen schmalen Pfad, dem sie folgen konnte, das war gut, ein Pfad führte immer dorthin, wo Menschen waren.

Nach einer Zeit, die ihr unendlich und zugleich unbedeutend erschien, erreichte sie den Rand des Waldes. Sie wusste nicht, ob sie Stunden oder Minuten gelaufen war, weil ihr Geist nicht richtig zu Hause war, sich immer noch an dem Ort zu befinden schien, an den sie sich nicht erinnerte, vielleicht war sie verrückt geworden, wundern würde sie das nicht. Ihr Blick fiel auf eine Allee am Fuß eines langgestreckten Hanges, und dahinter waren Wiesen, die im Mondlicht silbergrau schimmerten. Bis zum Horizont nichts als Felder und Weiden. Henriette atmete, ihre Brust öffnete sich, ihre Kehle wurde weicher, hier war Luft, hier war Raum, beinahe hätte sie gelacht vor Erleichterung, sie begann zu rennen, zu stolpern, auf die Allee zu. Wenn sie ihr folgte, dann musste sie Menschen finden, bald, noch in dieser Nacht. Als sie die Straße erreichte, rutschte sie mit den Füßen voran in einen Graben, der neben der Straße verlief, das Wasser war schmerzhaft kalt und reichte ihr bis zur Hüfte. Aber die Kälte betäubte das Brennen zwischen ihren Schenkeln, und sie war versucht, sich einfach hinzulegen und auch die anderen Schmerzen, die im Herzen und im Kopf, mit Kälte zu betäuben. Nur, dann würde sie Charlie niemals die Violine geben können. Und solange sie die Violine hatte ... Erst jetzt merkte sie, das ihre Hand, die den Griff des Koffers gehalten hatte, zur Faust geballt, aber leer war. Henriette begann im Wassergraben herumzutasten. Wenn der Koffer ins Wasser gefallen war, würde Charlie für die Violine keine Verwendung mehr haben. Aber der Koffer war nicht ins Wasser gefallen. Sie musste ihn im Reflex von sich geworfen haben, denn als sie sich umblickte, entdeckte sie ihn im Gras am Straßenrand.

Henriette hielt sich an den Zweigen eines Holunderstrauchs fest, zog sich hinauf, sammelte den Koffer auf, lief weiter, die Allee entlang, mit zentnerschweren Röcken, die ihr an den Beinen klebten, still und entschlossen und mit gegen die Kälte verschränkten Armen. Sie kam nur langsam voran, aber sie war nicht bereit aufzugeben. Und falls sie noch bei Verstand war, dann stimmte es, dass der Himmel vor ihr schon heller war als der hinter ihr. Der Morgen konnte nicht mehr lange auf sich warten lassen. Sie musste nur durchhalten, einen Schritt nach dem anderen tun. Während sie gegen den Drang ankämpfte, sich einfach hinzulegen und zu schlafen, flüsterte Charlie ihr ins Ohr: *Hetti, du musst singen!*

Das war ein Befehl, und egal wie erschöpft sie war, es hatte keinen Zweck, sich zu widersetzen. Henriette öffnete den Mund und begann zu singen, mit aller Kraft, die ihr geblieben war. Sie sang das Lied, das die Nacht für sie schrieb, es kam zu ihr, während ihre Füße den Rhythmus in die Straße stampften, immer lauter. Und dann sah sie in der Ferne ein Licht. Es kam näher. Sie hatte gar nicht gewusst, wie schnell sie lief, das Singen verlieh ihr anscheinend Siebenmeilenstiefel, so schnell wie das Licht näher kam. Zu schnell! Henriette sah Hufe aufsteigen, hörte das Wiehern eines Pferdes, das Knarren von Zaumzeug und warf sich neben der Straße ins Gras.

«Ho! Ruhig! Ho!»

Sie konnte sich nicht abstützen, wegen des Geigenkoffers in ihrer Hand. Ein scharfer Schmerz schnitt in ihren Kopf, als sie rücklings aufschlug. Durch den Nebel, der sie plötzlich umgab, hörte sie eine Frage:

«Was ist passiert?»

Durch den Nebel glaubte Henriette die Stimme ihrer Mutter zu erkennen. Träumte sie? Wenn ja, wann würde sie aufwachen?

«Können Sie irgendetwas sehen?»

Jetzt klang die Stimme wie Ida. In Ordnung. Es war nur ein Traum ...

Der Kutscher nahm seine Laterne vom Haken und schwenkte sie nach links, nach rechts, und Henriette wollte sich, Traum oder nicht, dem Licht entgegenstrecken, wollte gesehen werden. Obwohl sie bei Bewusstsein war, gehorchte ihr Körper ihr nicht, es war, als würde sie sich durch zähen Schlamm bewegen, der an ihr zog und sie im Dunkeln hielt.

«Muss ein Tier gewesen sein», sagte der Kutscher und hängte die Laterne wieder an ihren Haken. «Vielleicht ein Reh.»

Er schnalzte, Henriette hörte Hufe, Räder, dann nur noch ein wenig Wind im Gras, und weil sie danach nichts mehr hörte, nichts mehr fühlte, keine Kälte oder Wärme, keinen Schmerz, und auch nichts sah, nahm sie an, dass sie jetzt wirklich eingeschlafen war. Oder vielleicht war es auch einfach nur das Rollen der Maschine, das ihr fehlte, vielleicht hatte es sie taub gemacht. Henriette öffnete den Mund und probierte, ob sie noch singen konnte. Sie spürte die Bewegung in der Kehle, spürte die Zunge in ihrem Mund, die die ausströmende Luft zu Lauten formte, und wenn sie sich große Mühe gab, dann hörte sie sich auch, weit entfernt zwar, aber immerhin, sie war noch da, ein bisschen nur, aber wenn sie sang, wurde es besser. Langsam kehrte das Leben in sie zurück. Sie raffte sich auf, erst auf Hände und Knie, dann auf die Füße, der Geigenkoffer war noch da, alles würde gut werden. Dann lief sie weiter, sang sich querfeldein durch den heraufdämmernden Morgen. Sie würde einfach immer weitersingen.

Als Henriette einen Viehunterstand erreichte, war es bereits so hell, dass sie die die weichen Rücken der aneinandergeschmiegt schlafenden Schafe erkennen konnte. Vorsichtig stieg sie über die Tiere hinweg, bis sie mitten in der Herde stand, umgeben von atmenden, warmen Leibern. Henriette summte eine ruhige Melodie, und die Tiere schienen das zu mögen. Vorsichtig ging sie in die Hocke, zwei Schafe rückten ein wenig auseinander, machten ihr Platz. Sie wurde geduldet. Das Gras unter ihnen war trocken und weich. Aber noch durfte sie nicht schlafen. Erst musste sie die nassen Sachen ausziehen, sonst würde sie sich eine Lungenentzündung holen, und wie sollte sie dann singen, wie Charlie es ihr gesagt hatte? Singen war wichtig, Charlies Violine war wichtig.

Henriette zog die nassen Röcke aus und hängte sie über den Zaun, der den Unterstand umgab. Dann erst legte sie sich hin, drängte sich an die leicht fettige, raue Schafwolle, und während sie leise weitersang, stand ein Mutterschaf auf, von seinem Lamm gedrängt und in die Seiten gestoßen, und ließ es trinken. Als das Lamm fertig war, legte Henriette vorsichtig eine Hand ans Euter des Muttertiers.

«Wenn ich doch wüsste, wie man ein Schaf melkt», summte sie. «Sicher ist es nicht schlimm, wenn ich es versuche.»

Henriette strich die Zitze mit einer Hand aus und fing mit der anderen Hand einige Tropfen Milch auf und leckte sie sich von den Fingern. Es dauerte lange, aber es gelang ihr, von dem einen Tier und dann auch von einem zweiten zu trinken. Es reichte nicht, um satt zu werden, doch als der schlimmste Durst gestillt war, konnte sie sich endlich zwischen die wolligen Leiber schmiegen und schlafen.

29

Niemand bemerkte, dass Heinrich fortging, Johanne und Ada nicht, sie waren mit Regenmachers blutendem Leib beschäftigt, und die Mädchen nicht, denn die liefen aufgeregt hin und her und versuchten, die Gute Stube wieder in Ordnung zu bringen. Erstaunlich, wie wichtig solch ein kleiner Raum wurde, wenn alle anderen Räume nicht zu bewohnen waren. Wie sich dort alles konzentrierte, und wie die Frauen die Polsterstühle von dem Blut reinigten, die tapezierten Wände, wie sie ihn beäugten um sicherzugehen, dass er nicht auch hier noch den Schrank umreißen und das gute Geschirr zerschlagen würde. Aber Heinrich verhielt sich ganz ruhig, stand still an der Wand, dicht bei der Tür, und betrachtete die Szene. War es nicht seltsam? Wie er selbst schien auch Regenmacher unsterblich zu sein. Als er sich überzeugt hatte, dass der Mann, den er als seinen einzigen Freund gekannt hatte, nicht seine letzten Atemzüge tat, wandte er sich um und ging. Er wollte nicht länger zusehen, wie er seine kleinen, unwichtigen Schmerzen litt. Nichts litt er gegen das, was Heinrich gelitten hatte, den höchsten Preis hatte immer er gezahlt. All die Jahre hatte er auf Regenmacher gehört. Jetzt war er einfach nur müde, und Regenmachers Anblick machte ihn krank. Er würde sich schlafen legen, gleich neben Ida. Das wäre sicher angenehm.

Heinrich stieg über die kaputte Uhr vor der Tür zu seinem unterirdischen Reich, zu der kleinen Hölle, die er sich erschaffen hatte. Seine Schuhe knirschten über herabbröckelnden

Putz, und je weiter er vordrang, desto ohrenbetäubender wurde der Lärm der Maschine. In das Rollen mischte sich jetzt das Kreischen von Metall auf Metall.

Als Heinrich den Saal betrat, sah er die Maschine an ihren Verankerungen reißen wie ein gefangenes Tier. Feldsteine aus der Saaldecke lagen auf dem Boden, manche so groß wie sein eigener Kopf. Die Steine, die in die Maschine gefallen waren, wurden von der Walze zermalmt und mit Idas Überresten vermengt. Heinrichs Herz schlug schneller. Sie hatte Blut geleckt. Sie wollte mehr, und sie war zornig, denn Putz und Steine schmeckten ihr nicht.

Warte, dachte er, warte nur noch eine Minute. Ich gebe dir mehr. Sicher konnte der Weg, der jetzt vor ihm lag, nicht schwerer sein als der, den er bereits hinter sich gebracht hatte.

Heinrich machte sich nicht die Mühe, wie Ida über das hohe Schutzgitter zu klettern. Er griff in die Gitterklappe an der Stirnseite der Maschine und riss sie mit einem Ruck heraus, das Metall schnitt ins Fleisch seiner verbliebenen Finger, doch das kümmerte ihn nicht. Er würde sie gleich nicht mehr brauchen. Er stemmte sich hoch auf den Rand des Walzbettes. Dann wartete er einen Walzgang ab, vorwärts, Anschlag, Pause, rückwärts, Anschlag, Pause, ein Sechsachteltakt, er wartete noch einen Walzgang ab, einszweidrei, vierfünfsechs, bis der Rhythmus, der ihm so vertraut geworden war, noch tiefer in Fleisch und Blut überging. Nur noch ein winziger Moment, dann würde er sich mit ihr vereinen. Und mit Ida, mit den Steinen von der Saaldecke, mit allem, was war. Er würde Teil der gesamten kosmischen Materie werden, unterscheidungslos, Gleiches unter Gleichem, und der Geist seiner Schöpfung würde den seinen in sich aufnehmen, ihn wie einen lange Verschollenen zu Hause willkommen heißen. Als die Walze das nächste Mal auf ihn zukam, stellte Heinrich sich mit dem Rücken zum Walzbett. Als sie anschlug und sich wieder von ihm fortbewegte, breitete er die Arme aus, einszweidrei, und ließ sich rücklings auf das Walzbett fallen. Vierfünfsechs.

Das Letzte, was Heinrich sah, war ein scharfkantiger Streifen staubigen Tageslichts, das durch einen Spalt in der Saaldecke zu ihm herabfiel. Durch den Spalt erkannte er für den Bruchteil einer Sekunde einen der grünen Samtvorhänge im Erdgeschoss, vielleicht war es jener, hinter dem er gestanden hatte, als er Henriette und den Wäschefahrer beobachtet hatte. Gleich bist du frei, dachte Heinrich, und dann erfasste ihn die Walze.

Mit einem letzten, kreischenden Satz riss die Maschine sich endlich aus ihren Verankerungen. Steine, Balken und Dreck stürzten auf sie herab, fraßen sich zwischen Zahnrädern fest, blockierten Riemen und Kolben, verbogen Wellen und zerrissen Schläuche. Sie war frei, für wenige Sekunden, bevor auch sie unter dem einstürzenden Westflügel endlich Ruhe gab.

30

Das erste Mal erwachte Henriette am späten Nachmittag und stellte fest, dass sie nicht aufstehen konnte. Ihre Beine waren steif, ihre Muskeln schmerzten, sie war schwach, und sie fror. Die Schafe hatten sich über die Weide verteilt und grasten. Henriette massierte ihre kalten Beine, bis es ihr gelang, sich am Zaun des Unterstands bis zu ihren Röcken entlangzuhangeln. Sie waren noch immer nass. Nur in Mieder und langen Unterhosen wagte Henriette sich hinaus auf die Weide, trank Milch, kehrte dann erschöpft in den Unterstand zurück. Zwei Schafe begleiteten sie und schmiegten sich an sie, als ob sie wüssten, dass sie Henriette warm halten mussten.

Dann war es plötzlich schon wieder Nacht um Henriette, und dann schon wieder Vormittag, und er war schon so weit vorangeschritten, dass Henriette sich schwach fühlte vor Hunger und Durst. Es wurde jetzt wirklich höchste Zeit, sie musste weiter, sie konnte nicht tagelang von ein paar Schlucken Schafsmilch leben, sie musste Menschen suchen, und wenn hier Schafe waren, dann konnten Menschen doch nicht weit sein. Henriette nahm all ihre Kraft zusammen und begann leise vor sich hin zu summen. Es ging doch, sie konnte noch laufen, und sie durfte nicht vergessen, solange die Musik bei ihr war, lebte sie. Henriette zog ihre inzwischen getrockneten Röcke an, sie waren steif und schmutzig vom Grabenwasser, aber sie sorgten dafür, dass sie sich nicht mehr ganz so hilflos vorkam.

Sie trat aus dem Unterstand hervor, schirmte die Augen gegen die Sonne ab, genoss die Wärme auf ihrer Haut, endlich Wärme, endlich Licht, und ließ den Blick schweifen.

Zuerst war sie sich nicht sicher, ob sie sich die Bewegung nur einbildete, denn sie musste gegen die Sonne schauen. Sie wartete, ob der Eindruck sich verstärkte, und tatsächlich: Dort näherte sich etwas. Jemand, ein Mensch. Er kam den sanften Hang vom Wald her über die Wiesen herab, direkt auf sie zu. Henriettes Herz machte einen Satz. Sie hob einen Arm, winkte. Und der Mensch beschleunigte seine Schritte, fiel sogar in einen leichten Trab, um schneller bei ihr zu sein. Henriette kannte diese Art der Bewegung, sie hatte das schon einmal gesehen, ein wenig schlenkernd, mit weit ausholenden Armbewegungen. Als es zu regnen angefangen hatte, ihr erster Tag auf dem Pflog-Hof, die Wäsche war nass geworden, und alle waren gelaufen, um die Bezüge, Laken, Tischtücher von den Leinen zu reißen und ins Trockene zu schaffen. Da war er auch dabei gewesen. Heinz Graf.

Henriette drehte sich um und kehrte in den Viehunterstand zurück, nicht zu schnell, ganz normal. Sie war nur ein Bauernmädchen, das mit den Schafen beschäftigt war und einem Wanderer einen Gruß zugewinkt hatte. Ein Blick über die Schulter, wie zufällig. Er kam noch immer auf sie zu, noch immer hatte er es eilig. Sie konnte jetzt sein Gesicht erkennen, die bleiche Haut, das fliehende Kinn. Er hatte ihren Blick bemerkt, fixierte sie, als könne er sie so zwingen, an Ort und Stelle zu bleiben und auf ihn zu warten.

Henriette zögerte nicht länger. Fort von ihm! Die Röcke hochgerafft, rannte sie über die freie Fläche der Weide auf eine Baumgruppe zu, die ihr unerreichbar erschien. Sie fühlte sich wie ein Stück Wild, das auf die Kugel des Jägers wartet, wie in einem Traum, in dem man zu rennen versucht, doch die Füße nicht vom Boden bekommt oder auf der Stelle tritt, sosehr man sich auch anstrengt. Henriette öffnete den Mund zu einem

Schrei, einem wilden Gesang, und endlich löste sich die Lähmung ihrer Beine, endlich konnte sie richtig rennen, sie war genauso schnell wie Charlie, sie würde es schaffen. Der Gedanke an Charlie ließ ihr Herz für einen Schlag aussetzen. Der Violinkoffer! Er war noch in dem Unterstand. Ohne den Koffer würde sie Charlie nicht finden, sie war sich ganz sicher, dass sie ihn brauchte. Aber wenn Heinz Graf sie erreichte, würde sie Charlie ebenfalls nicht finden. Mit einem Schlag wurde Henriette bewusst, worum es hier ging. Heinz Graf war nicht gekommen, um sich zu vergnügen. Er war gekommen, um sie zu töten. Henriette hatte keinen Atem mehr zum Singen, ihre Beine brauchten jetzt alle Kraft, es war nicht mehr weit, ein letzter Sprint, wenn sie nur die Baumgruppe erreichte, dann konnte sie sich vielleicht vor ihm verstecken.

Heinz Graf hatte keinen Ton von sich gegeben, hatte sie nicht gerufen, aber jetzt war sein keuchender Atem dicht hinter ihr, fast spürte sie seine Hände, seine Versuche, nach ihr zu greifen, und die Baumgruppe war immer noch viel zu weit weg. Sie würde es nicht schaffen, so nicht.

Abrupt blieb Henriette stehen, ließ Heinz Graf von hinten in sich hineinlaufen, nutzte den Schwung, den er mitbrachte, um ihn zu stoßen und einen Haken zu schlagen und weiterzurennen. Schneller. Doch Heinz Graf stürzte nicht, er stolperte nur, fing sich wieder.

«Miststück», zischte er dicht hinter ihr.

Dann fühlte sie seine Finger an ihrer Hüfte, er griff in den Stoff ihres Rockes. Sie riss sich los, lief weiter. Jetzt war sie da, endlich, sie schoss zwischen Baumstämmen hindurch, sprang über abgebrochene Äste hinweg, rauschte durch das hohe Farnkraut, blieb mit den Röcken im Unterholz hängen, zerrte, zog, warf sich voran. Vor sich sah sie etwas Rotes zwischen den Stämmen hindurchschimmern, vielleicht eine Scheune, vielleicht ein ziegelgedecktes Dach. Hilfe war so nah gewesen, und sie hatte es nicht gewusst. Henriette schluchzte vor Verzweiflung, pflügte sich weiter voran zwischen Büschen hindurch, die ihr das Gesicht zerkratzten, und wieder fühlte sie sich wie in einem Traum, als schwämme sie durch eine zähe Masse, kurz davor unterzugehen, unfähig zu atmen. Silberne Lichter tanzten vor ihren Augen, und ihre Beine waren zu schwer, um weiterzulaufen. Dann ein Stoß im Rücken, Henriette schlug der Länge nach hin, das letzte bisschen Atem wurde aus ihren Lungen gepresst.

Als er sich auf sie warf, fuhr sie ihm mit den Händen ins Gesicht, in die Augen, die vor Wut starrten. Heinz Graf packte Henriettes Handgelenke, presste sie hart zu Boden, kniete sich auf ihre Oberarme. Henriette schrie vor Schmerz und vor Angst, doch sie schrie nicht lange, weil er seine Hände um ihren Hals legte und zudrückte. Das Letzte, was sie sehen würde, war Heinz Grafs schwitzendes, verzerrtes Gesicht, und das Letzte, was sie hören würde, sein Keuchen und Fluchen. Und das Bellen eines Hundes. Ein letztes Mal bäumte Henriette sich auf, ein Lächeln huschte über Heinz Grafs Gesicht, und sie wussten beide, gleich würde es vorbei sein. Etwas Schwarzes zuckte durch Henriettes Gesichtsfeld, wie ein Schatten, der sie holen kam, und Heinz Grafs Kopf flog zur Seite.

Plötzlich ließ er ihren Hals los, und Henriette würgte, bevor es ihr gelang, Luft in ihre Lungen zu zwingen. Sie rollte sich weg, lag im Laub, blickte durch einen Tunnel aus Nebel auf einen kleinen Flecken Welt. Und in diesem Fleckchen erkannte sie Hund. Mit den Zähnen hielt er Heinz Grafs Kehle fest und ließ ein tiefes, anhaltendes Knurren hören. Dann legten sich Arme um sie, richteten sie auf, und Henriette drückte ihr Gesicht in ein Jackett, das einen vertrauten Duft ausströmte.

«Charlie, wir müssen den Violinkoffer holen.»

Hetti saß gegen einen Baumstamm gelehnt auf einer Wolldecke, eine zweite Decke um die Schultern geschlungen. Ihre Stimme war kaum mehr als ein Flüstern.

Charlie blickte sich um, konnte aber keinen Violinkoffer entdecken. Dennoch nickte er. «Natürlich, das machen wir.»

Einige Bäume weiter saß der Fahrer, Charlie hatte das Zugband aus dem Wäschebeutel genommen, hatte es um sein eines Handgelenk gebunden und ihm den Arm auf den Rücken gedreht. Erst dann hatte er Hund erlaubt, seine Kehle loszulassen. Er hatte die Hände des Fahrers hinter dem Baumstamm zusammengebunden, und dort würde er sitzen bleiben müssen, bis Charlie Hilfe geholt hatte.

Er machte beruhigende Geräusche, flößte Hetti kleine Schlucke des inzwischen kaltgewordenen Tees ein. Sie zitterte unkontrolliert, kaum fähig zu sprechen, und dennoch wiederholte sie:

«Du musst den Koffer holen!»

Charlies Glück, Hetti gefunden zu haben, wurde von der Wut auf dieses Vieh getrübt, das sie beinahe umgebracht hatte, und von der Angst um sie. Da waren ihre Augen, nach denen er sich so gesehnt hatte, ihre schwarzen Augen, die sanft blicken konnten oder wütend, in denen das Lachen so lebendig funkelte, wenn sie fröhlich war. Doch jetzt waren ihm diese Augen fremd, sie hatte einen verzweifelten Ausdruck, und Charlie fürchtete, dass die Seele dahinter die Schwelle zum Wahnsinn überschritten hatte. Was hatte sie erlebt, was hatten diese Augen gesehen, dass sie so matt geworden waren? Das waren nicht die tiefen Brunnen, die er gesucht hatte, das waren nur noch schwarze Knöpfe, die ihn anblickten. Und ihre Wangen waren eingefallen, sie hatte abgenommen, viel zu viel.

«Ich werde den Koffer holen, keine Sorge», sagte Charlie, ohne zu wissen wovon sie sprach.

Hätte er oben am Waldrand nur nicht so lange gezögert, wäre er dem Fahrer nur sofort den Hang hinunter gefolgt, ohne

Sicherheitsabstand. In dem Moment, als Hetti aus dem Viehunterstand herausgekommen und Heinz Graf seine Schritte beschleunigt hatte, hatte er geahnt, was geschehen würde. Er war losgerannt, aber der Fahrer hatte einen großen Vorsprung gehabt.

«Lauf, Hund!», hatte er gerufen. «Fass!»

Als Hetti erschöpft die Augen schloss, stand Charlie auf und gab Hund ein Stück Brot und Käse aus dem Wäschebeutel, Hetti würde in den nächsten Tagen oder Wochen außer Brühe, Haferschleim oder Tee ohnehin nichts schlucken können.

«Das hast du gut gemacht, Hund», sagte er, «fein gemacht», und klopfte ihm anerkennend die Flanke.

Hund wedelte mit dem Schwanz und schien zu lächeln. Dann rollte er sich neben Hetti zusammen und legte seine graue Schnauze auf ihre ausgestreckten Beine, und Hetti legte ihre große, schöne Hand auf seinen Kopf.

«Danke, Hund», flüsterte sie mit geschlossenen Augen.

Als Charlie Hetti und Hund so zusammen an dem Baumstamm sitzen sah, das junge Mädchen und das alte Tier, beide erschöpft und an den Grenzen ihrer Kräfte und beide so ruhig und ergeben, da hatte er das sichere Gefühl, dass es gut werden und Hetti darüber hinwegkommen würde, was immer ihr geschehen war. Einen winzigen Moment lang war er eifersüchtig, fühlte sich ausgeschlossen, doch das Gefühl wich sogleich einer tiefempfundenen Dankbarkeit. Er hatte sie gefunden. Sie lebte. Alles andere war gleichgültig.

«Hund», sagte er.

Das Tier öffnete die Augen, hob den Kopf.

«Du musst auf Hetti aufpassen», sagte er. «Und auf den da», fügte er hinzu und deutete auf den Fahrer.

Hund schnaubte, er hatte verstanden. Er legte den Kopf wieder auf Hettis Beine, hielt die Augen aber geöffnet und wachsam auf den Fahrer gerichtet. Der saß mit hängendem Kopf an seinem Platz, bewegte sich nicht und hatte bisher auch noch kein Wort gesagt.

«Ich bin gleich zurück.»

Hund winselte, als Charlie sich auf den Weg machte, und nach wenigen Schritten hielt er inne und kam zurück. Er hatte kein gutes Gefühl dabei, Hetti nur von Hund beschützt zurückzulassen, und noch viel weniger wollte er Hetti und ihren Peiniger hier allein miteinander wissen.

«In Ordnung, du hast recht», sagte er zu Hund. «Gut aufpassen!»

Dann hob er Hetti hoch, um sie zu dem Gebäude zu tragen, dass zwischen den Bäumen hindurchschimmerte. Sie schien fast nichts zu wiegen, so leicht war sie geworden, und sie hatte kaum Kraft, ihre Arme um seinen Hals zu legen, aber jetzt lächelte sie und blickte ihn an, als ob sie immer noch nicht glauben könnte, dass er wirklich hier war.

«Hast du auch an den Koffer gedacht?»

«Den holen wir später, Hetti. Jetzt kümmern wir uns erst einmal um dich.»

Das Backsteingebäude gehörte zu einem kleinen Gehöft. Hier hatten sie zu Beginn der Suche niemanden gelassen, und Charlie begriff, dass der Fahrer sicherlich mit Absicht nur Gehöfte angesteuert hatte, die von dort, wo er selbst mit seiner Suche beginnen wollte, weit genug entfernt lagen. Er muss gewusst haben, wo ungefähr Hetti sich befand. Dennoch wusste der Mann, der ihnen die Tür öffnete, Bescheid.

«Haben Sie sie gefunden?», fragte er. «Ist sie das?»

Die Nachricht von Hettis Verschwinden schien sich wie ein Lauffeuer zu verbreiten, vielleicht hatte inzwischen doch noch jemand die Polizei in Gramstett verständigt, und sie waren bereits unterwegs, um überall die Bevölkerung zu alarmieren.

«Ja. Bitte helfen Sie mir.»

Der Mann, er mochte gute siebzig Jahre alt sein, zahn- und haarlos, bat sie in die Küche, und Charlie setzte Hetti auf der Ofenbank ab. Überall standen Körbe mit Wolle herum, teils gekämmt, teils schon gesponnen, die Schafe auf der Weide, über die er gekommen war, schienen zum Hof zu gehören.

Der Alte öffnete die hintere Küchentür und rief in den Garten hinaus, der dahinterlag.

«Hilde, komm her!»

Kurz darauf kam eine stämmige Frau herein, ließ die vor Erdklumpen starrenden Holzschuhe an der Schwelle stehen und wischte sich die Hände an der Schürze ab.

«Wir haben Besuch», sagte der Alte. «Ich fahre los und sage Bescheid, dass wir sie haben.»

«Warten Sie», sagte Charlie. «Da vorne zwischen den Bäumen ist ein Mann. Er hat versucht, das Mädchen zu töten.»

Die Frau schlug die Hände vors Gesicht, und der Alte fragte: «Er läuft dort frei herum?»

«Nein, ich habe ihn angebunden, und ein Hund passt auf ihn auf. Wir sollten ihn der Polizei übergeben.»

Zum ersten Mal ließ sich jetzt auch Hetti vernehmen.

«Er heißt Heinz Graf.»

«Der Bengel mit dem Automobil?», fragte die Frau.

Hetti nickte.

«Herr Jesus!»

«Ich sag doch immer, der taugt nichts», fügte der Alte hinzu und winkte Charlie hinter sich her zur Tür hinaus.

«Der Koffer», flüsterte Hetti und hielt Charlie an der Hand fest. Ihr Griff war fest, sie meinte es ernst.

«Von was für einem Koffer redest du, Hetti?»

«Er ist im Unterstand, bei den Schafen.» Dann wandte sie sich der Frau zu. «Entschuldigen Sie, ich habe mich dort versteckt und geschlafen, seit ...» Hetti überlegte, aber sie schien nicht zu wissen, wie viel Zeit sie draußen verbracht hatte, und

Charlie schnürte es die Kehle zu bei dem Gedanken, dass sie Tage und Nächte allein und voller Angst unter freiem Himmel zugebracht hatte.

«Es ... der Koffer. Er ist dort.»

«Gut, ich hole ihn.»

Charlie wollte gehen, doch Hetti hielt ihn noch immer fest.

«Nicht ohne mich reinschauen, bitte», sagte sie.

Charlie nickte. «Gut.»

«Versprich es.»

«Ich verspreche es.»

Hetti lächelte, dann gab sie Charlies Hand frei und ließ sich von der Hausherrin das Gesicht säubern.

Charlie warf einen Blick zurück, Hetti lächelte ihn an.

«Ich passe schon auf sie auf», sagte die Frau. «Gehen Sie ruhig.»

Charlie nickte und folgte dem Alten.

Charlie fand den Koffer dort, wo Hetti es gesagt hatte, an der Rückwand des Viehunterstandes zwischen Schafskötteln und trockenem Gras. Ein einfacher schwarzer Violinkoffer, feucht und abgestoßen, und er war neugierig, was sich darin befinden mochte. Aber er hatte versprochen, ihn geschlossen zu lassen, und er hielt sich daran.

Als er mit dem Koffer durch die Bäume zurückkam, hatte der Alte Heinz Graf schon losgebunden, und Charlie wunderte sich über diesen Leichtsinn, denn der Jüngere hätte ihn leicht überwältigen können. Doch Heinz Graf verhielt sich zahm, sprach kein Wort und glotzte bloß mit tränenfeuchten Augen vor sich hin. Vielleicht hatte er seine Niederlage akzeptiert,

«Du brauchst dir gar nicht so leidzutun», schimpfte der Alte ihn aus. «Ich hab deinen Vater gekannt, der Apfel fällt nicht weit vom Stamm, sag ich. Los jetzt, da lang.»

Und er trieb, ganz ohne Charlies oder Hunds Hilfe, Heinz

Graf vor sich her bis zu seinem Haus, ließ ihn die Kellertreppe hinabgehen und schloss hinter ihm zu.

«Und wehe, du vergreifst dich an Hildes Eingemachtem», rief er ihm durch die geschlossene Tür hinterher.

Charlie setzte sich neben Hetti auf die Bank und legte einen Arm um sie, und auch Hund und der Alte machten es sich bequem und ließen sich Schafskäse, Brot und Milch servieren.

«Und nun?», fragte die Hausherrin. «Was machen wir mit dem Bengel? Was ist überhaupt geschehen, Kindchen?»

Hetti hielt einen Becher warme Milch in den Händen und trank in kleinen Schlucken. Charlie saß neben ihr, sein Arm lag um sie und fühlte sich an wie ein undurchdringlicher Panzer. Sie war in Sicherheit.

«Ich wollte zurück nach Berlin», sagte sie und wandte sich halb zu Charlie um. «Zu dir.»

Charlie drückte sie noch ein wenig fester an sich.

«Heinz Graf hat mich mitgenommen, er wollte mich zum Bahnhof bringen, und dann ...»

Hetti sprach nicht weiter. Sie wusste nicht, wie sie das, was geschehen war, in Worte fassen konnte, wie man so etwas erklärte. Vielleicht hätte sie es Charlie erklären können, aber nicht zwei völlig fremden Menschen. Hetti senkte den Blick.

«Dann hat er mich angegriffen, und ich habe das Bewusstsein verloren. Als ich wieder zu mir kam, war es Nacht, und ich war allein im Wald. Ich habe mich auf den Weg gemacht, aber ...» Hettis Kehle schmerzte, und sie brachte nicht mehr als ein flaches Krächzen heraus. «Ich habe die ganze Zeit gesungen, damit du kommst, Charlie, ich habe für dich gesungen, wie du es mir gesagt hast, ich habe dich herbeigesungen.»

Der alte Bauer und seine Frau warfen sich einen Blick zu, den Hetti nur allzu leicht deuten konnte. Sie hielten sie für verrückt, aber sie war sich sicher, dass Charlie verstand, was sie meinte.

«Dann hat er mich gefunden, bei den Schafen, und ...»

Erneut verstummte Hetti.

«Und was dann passiert ist, wissen wir ja», ergänzte Charlie. «Schweig jetzt besser, du wirst deine Stimme noch brauchen.»

Er strich ihr zärtlich eine Haarsträhne aus dem Gesicht, dann wandte er sich an den Hausherrn.

«Können Sie mir einen Wagen leihen, damit ich ihn zur Polizei schaffen kann?»

«Sie können den Einspänner haben. Ich komme am besten gleich mit und bestätige die Geschichte.»

Die beiden Männer standen auf, und plötzlich fühlte Hetti sich wieder ängstlich. Sie wollte nicht noch einmal allein mit einer Fremden in einem fremden Haus bleiben, sie wollte nicht noch einmal zurückgelassen werden.

«Nehmt mich mit», bat Hetti.

«Willst du dich nicht lieber ausruhen, schlafen?»

Hetti schüttelte den Kopf, wild entschlossen, mit Charlie zu gehen, und ein Blick in seine Augen genügte, um zu wissen, dass es auch ihm schwerfiel, sie jetzt schon wieder loszulassen.

«Gut. Dann können wir auch zum Arzt fahren», sagte er.

Hetti nickte, stand auf, aber ihre Beine knickten ein. Charlie fing sie auf.

«Ja, zum Arzt», hörte sie ihn noch sagen, bevor sie sich erleichtert dem Schlaf überließ.

31

Sie hatten Heinz Graf bei der Polizei gelassen, die Suche nach Henriette Keller wurde abgebrochen. Dann wollten sie den Arzt aufsuchen, erfuhren aber, dass der Herr Doktor draußen beim Pflog-Hof sei. Charlie hätte Hetti am liebsten sofort mit nach Berlin genommen. Aber unter den gegebenen Umständen war es wohl besser, wenn sie sich gründlich untersuchen ließ und sich ein paar Tage erholte, bevor sie sich gemeinsam auf den Weg machten. Auf den Weg in ihr Leben. Außerdem wäre es nicht anständig gewesen, ohne Altheim und Willem zu fahren, der alte Gesangsprofessor machte sich bestimmt große Sorgen um seine Schülerin.

Schon von weitem sahen sie die dichte Staubwolke, die über dem Pflog-Hof in der Luft hing, und konnten sich keinen Reim darauf machen. Selbst als sie durch die Toreinfahrt in den Hof fuhren, war kaum zu begreifen, was hier geschehen war.

Der Westflügel existierte nicht mehr, er war nichts weiter als ein dampfender Trümmerhügel, über den hinweg man an zwei Abtrittshäuschen vorbei weit in die Feldmark hinausblicken konnte. Ein großer Teil der Trümmer war in den Keller des Hauses gestürzt, auch das Haupthaus hatte Schäden erlitten, stand aber im Großen und Ganzen noch.

«Meine Herrn», sagte der Alte und brachte seinen Einspänner zum Stehen.

Aus dem Tor des größten Nebengebäudes kam ihnen Maria entgegengelaufen. Sie winkte und nahm Hund freudestrahlend in die Arme, als er an ihr hochsprang und ihr das Gesicht ableckte.

«Was ist geschehen?», wollte Charlie wissen.

«Der Professor Regenmacher sagt, es muss die Mangel gewesen sein.»

«Die Mangel?»

Hetti nickte, sagte aber nichts.

«Im Keller.»

Charlie machte sich plötzlich Sorgen um Altheim und Willem. Waren sie von ihrer Suchmission schon zurück gewesen, als das passiert war, oder waren sie noch unterwegs?

«Ist jemand verletzt worden?»

Charlie stieg aus und hob Hetti aus dem Wagen.

«Ja. Nicht richtig. Ich meine, es gibt ein paar kleine Sachen. Aber ... wir konnten Vater nicht finden», sagte Maria. Sie schlug die Augen nieder. «Er ist eigentlich immer im Westflügel.»

Gemeinsam gingen sie zu dem großen Gebäude hinüber. Tausend Fragen brannten Charlie auf der Zunge, aber er entschied sich für die, die ihm jetzt am wichtigsten erschien.

«Ist der Arzt hier?»

Maria nickte. «Er ist oben in der Plättstube. Er hat zu tun.»

«Er bekommt noch mehr zu tun», sagte Charlie.

Jetzt kam auch Frau Keller aus der Tür des großen Gebäudes, sie lief ihnen entgegen und fing hemmungslos an zu weinen, als sie sah, dass Charlie Hetti brachte. Sie berührte die hohlen Wangen ihrer Pflegetochter, befühlte ihre Stirn, ihre Hände.

«Danke, danke, danke, lieber Gott, ich danke dir», wiederholte sie ein ums andere Mal. Dann sah sie zum ersten Mal Charlie an und sagte: «Und Ihnen danke ich auch. Bitte, bringen Sie sie ins Waschhaus, schnell.»

«Der Koffer», sagte Hetti, und der Alte, der sie hergefahren hatte und Hettis Besessenheit schon kannte, nahm den Violinkoffer und folgte der kleinen Prozession zum Waschhaus.

Als Charlie Hetti durch die in das große Tor eingelassene Tür getragen hatte, hielt er inne. Überall standen fremdartige Maschinen, sie waren an den Wänden und in der Mitte des riesigen Raumes aufgereiht, es sah mehr nach einer Fabrik als nach einem Waschhaus aus. Er fragte sich, wie es hier zugehen musste, wenn die Maschinen liefen, die Kessel kochten. Doch jetzt war der Raum von einer bedrückenden Stille erfüllt, die Menschen schwiegen ebenso wie die Maschinen.

«Bitte nach oben, in die Plättstuben», sagte Frau Keller schließlich.

Als sie die Treppe am hinteren Ende des Waschhauses hinaufstiegen, schwiegen sie erneut.

Erwartungsvolle Gesichter blickten ihnen entgegen, als sie die nach frischer Wäsche duftenden Plättstuben betraten. Charlie sah vier Mädchen, eines trug den Arm geschient und in einer Schlinge, Frau Pflog war da, und Regenmacher, dessen Brustkorb fest in einen Verband gewickelt war. Der linke Arm hing in einer Schlinge, und sein Gesicht war noch immer unnatürlich weiß. Aber Charlie sah weder Willem noch Professor Altheim.

«Wohin?», fragte Charlie, und plötzlich kam Bewegung in die Anwesenden.

«Machen Sie ein Lager für sie bereit», sagte der Arzt zu Frau Pflog.

Schnell breitete sie mehrere Lagen Bettwäsche auf einem großen Plätttisch aus, und Charlie legte Hetti sanft darauf ab. Sie war kaum bei Bewusstsein, und dennoch spielte ein Lächeln um ihren Mund. Während der Arzt ihren Puls fühlte, spannten Frau Pflog und Frau Keller eine Wäscheleine zwischen zwei Stützbalken und hängten für die notwendigen Untersuchungen einige Laken als Sichtschutz auf.

«Jemand soll mir frisches heißes Wasser bringen», sagte der Arzt, und das älteste der Mädchen lief los.

«Was ist hier geschehen?», fragte Charlie nun zum zweiten Mal. «Und sind Willem und Professor Altheim noch nicht zurück?»

Frau Keller schüttelte den Kopf. «Nein, noch nicht.»

«Es gab ein paar kleinere Verletzungen. Platzwunden und Abschürfungen. Und Hulda hat sich den Arm gebrochen», erklärte der Arzt. «Nichts Schlimmes, Glück im Unglück.»

Das war es nicht, was Charlie hatte wissen wollen, er wollte wissen, warum das Haus eingestürzt war, aber er kam nicht dazu weiterzufragen.

«Wo haben Sie sie gefunden?», wollte Ada Keller wissen.

Charlie begriff, dass die anderen mit ihrem Wissensdurst in der Überzahl waren, er würde zuerst erzählen müssen. Zumindest das, was er wusste, denn die ganze Geschichte kannte natürlich nur das Mädchen, das dort hinter einem Laken auf dem Tisch lag und keinen Laut von sich gab. Alle Gesichter waren Charlie zugewandt.

Er setzte sich auf einen freien Stuhl und schwieg. Er fühlte sich nicht in der Lage zu beschreiben, was er in den letzten Wochen, Tagen, Stunden erlebt hatte, und noch weniger vermochte er sich vorzustellen, wie es Hetti ergangen war. Er konnte es nicht verhindern, dass ihm die Tränen kamen, und als sie erst zu fließen begonnen hatten, rissen sie ihn einfach mit sich. Er weinte nicht für sich, sondern für Hetti, er fühlte sich schuldig, weil er nicht auf sie aufgepasst hatte. All das hätte nie passieren dürfen, es war alles seine Schuld, er hätte ...

«Ich fürchte, es ist meine Schuld», hörte er Regenmacher sagen.

Charlie blickte auf.

Das Mädchen kam mit dem heißen Wasser die Treppe herauf und brachte es dem Arzt. Regenmacher saß in einem großen Sessel, den man vom Haupthaus herübergeschafft hatte. Trotz seiner Verletzung wirkte er mehr wie ein Richter als wie jemand, der Schuld auf sich nahm.

«Sie sollten vielleicht die ganze Geschichte erzählen», sagte Regenmacher.

Er sah Charlie ernst an und nickte, und Charlie wusste die Geste zu schätzen. Er würde erzählen. Alles. Aber erst nachdem er etwas gegessen hatte, denn während der Arzt sich um Hettis Verletzungen kümmerte, hatten Johanne Pflog, Katharina und Ernestine dafür gesorgt, dass sie trotz der halb verwüsteten Küche alle ein warmes Essen bekamen. Auf einem der großen Wäschefalttische trugen sie Berge von Kartoffelstampf mit viel Butter, Ei und Salz auf, Sülzfleisch und eingemachte Kirschen vom Vorjahr.

Der Arzt kam hinter dem Vorhang hervor, er hatte Blut an den Händen, dass er sich an einem sauberen Handtuch abwischte. In Charlies Magen zog sich etwas zusammen. Er hatte nicht bemerkt, dass Hetti verletzt war. Woher kam das Blut?

«Sie schläft jetzt, ich habe ihr eine Spritze gegeben», sagte der Arzt. «Wenn sie im Leben noch mal singen soll», fügte er an Ada Keller gewandt hinzu, «dann schont sie ihre Stimme die nächsten Wochen besser. Konsequent. Sie hat nicht nur eine böse Quetschung am Kehlkopf, sondern auch eine hübsche Stimmbandentzündung, soweit ich das bei dem spärlichen Licht hier beurteilen kann. Sie soll aufschreiben, was sie zu sagen hat, wenn sie unbedingt etwas sagen muss.»

Der Arzt drehte sich ein paarmal um sich selbst, bis er alle seine Sachen beieinander- und in seiner Tasche verstaut hatte.

«Herr Doktor», sagte Regenmacher. «Bevor Sie gehen. Haben Sie auch Fräulein Kellers Herzschlag kontrolliert?»

«Selbstverständlich.»

«Und ist Ihnen dabei etwas Besonderes aufgefallen?»

«Ihr Herz schlägt den Umständen entsprechend recht schwach.»

«Sind Sie sicher, dass Sie korrekt abgehört haben?»

«Ich muss doch bitten.»

Regenmacher lächelte. «Bitte entschuldigen Sie, Herr Doktor. Ich stelle selbstverständlich nicht Ihre Kompetenz in Frage. Dennoch möchte ich Sie bitten, das Mädchen noch einmal gründlicher abzuhören. Auf beiden Seiten der Brust.»

Der Arzt zuckte die Achseln und tat, worum er gebeten worden war. Nachdem es hinter dem Vorhang eine Weile, die Charlie unendlich lang vorkam, still geblieben war, fragte Regenmacher:

«Sagen Sie mir, Herr Doktor, schlägt Henriettes Herz auf der rechten oder auf der linken Seite?»

Der Arzt antwortete nicht gleich, doch als er hinter dem Vorhang hervorkam, sagte er: «Der zweite Fall an diesem Tag, Professor Regenmacher. Es schlägt rechts.»

Man sah dem Doktor an, dass er seine Schlüsse daraus zog, doch Regenmacher schien nicht gewillt, seinen Verdacht zu bestätigen. Stattdessen blickte er Charlie in die Augen und nickte erneut.

«Kommen Sie, Herr Doktor, ich bringe Sie hinunter», sagte Johanne Pflog eilig.

Als sie wieder heraufkam, schenkte sie aus einer staubigen Flasche dunkelroten Wein ein, und nachdem Charlie einen Schluck getrunken hatte und alle Blicke fragend auf ihm ruhten, begann er.

Er erzählte davon, wie Regenmacher Ada Keller unter Druck gesetzt hatte, wie er ihn und Hetti unter Beobachtung gestellt hatte. Warum er Hetti nicht aufgeben konnte und wie es ihm gelungen war, sie zu finden. Er erzählte auch, dass es Hetti ebenso zu ihm hingezogen hatte, dass sie fortgelaufen war, sich in Gefahr begeben hatte, nur um bei ihm zu sein, und wie er im letzten Moment verhindert hatte, dass Heinz Graf sie tötete.

Hinter dem Vorhang blieb es still, Hetti schlief, und plötzlich hatte Charlie wieder Angst um sie. Wie schwach war sie? Würde sie durchkommen? Was, wenn nicht?

Hetti schlief lange, und Charlie saß neben ihr, unterbrochen nur von kurzen Pausen, in denen er sich die Beine vertrat oder Frau Pflog und den Mädchen half. An ernsthafte Aufräumarbeiten schien heute jedoch niemand denken zu wollen, und Charlie war froh darum, denn er war ebenfalls erschöpft.

Nach und nach trudelten auch der Pfarrer und seine Axtmänner wieder ein. Die Enttäuschung, dass es kein Teufelswerk mehr zu vernichten, dafür aber einen vermutlich verschütteten Mann aus den Trümmern zu bergen gab, war ihnen deutlich anzumerken.

Charlie hatte sich zunehmend Sorgen um Willem und Professor Altheim gemacht, doch gegen Abend trafen auch sie endlich ein. Professor Altheim wirkte mitgenommen, und er war sehr erleichtert, Hetti wohlauf zu sehen. Johanne Pflogs Einladung, bis zum nächsten Morgen zu bleiben und dann gemeinsam mit Ada Keller, Henriette und Charlie nach Berlin zurückzukehren, nahm er nur zu gerne an.

Nur Regenmacher wollte nicht zurückfahren, sondern hierbleiben und, sobald er sich etwas erholt hatte, Johanne und ihren Töchtern helfen. Es gab viele Entscheidungen zu treffen, geschäftliche wie auch private, und es gab noch viel mehr Arbeit zu erledigen.

Charlie schlief in dieser Nacht auf einer der Matratzen, die sie aus dem Haupthaus herübergeholt hatten. Niemand wagte es, über Nacht dort zu bleiben, solange sie nicht wussten, welche Teile des Hauses sicher und welche vom Einsturz bedroht waren.

Er baute sich sein Lager neben Hettis Krankenlager, und als alle anderen längst in den verschiedenen Räumen und Winkeln der Plättstuben schliefen, hielt er noch immer ihre Hand und betrachtete im Schein einer heruntergedrehten Lampe ihr blasses, aber friedliches Gesicht, bewunderte den leichten Schwung ihrer Nase, die hohen Wangenknochen, die in den letzten Wochen deutlicher hervorgetreten waren, die ausdrucksstarken Brauen. Ihre Züge waren nicht nur schmaler, sie waren auch erwachsener geworden.

Als er eine Hand auf ihre Wange legte, schlug sie die Augen auf. Ihr Blick war vollkommen wach, so als hätte sie überhaupt nicht geschlafen. Sie lächelte, legte den Finger an die Lippen, nahm die Lampe und stand auf.

Komm mit, bedeutete sie ihm mit einem funkelnden Blick und einem kurzen Nicken, die schwarzen Locken umspielten ihre Schultern, die in einem schneeweißen Nachthemd steckten. Mit bloßen Füßen tappte sie zur Treppe. Ihr Violinkoffer stand dort, Charlie hatte ihn vollkommen vergessen, doch offenbar hatte sie genau aufgepasst, wo er abgestellt worden war. Sie hob den Koffer auf, nahm Charlie bei der Hand und schlich mit ihm die Treppe ins Waschhaus hinab.

Unter der Treppe gab es eine schmale Brettertür. Hetti schob den Riegel zur Seite, und sie traten ein.

Die Kammer war nicht groß, und sie war vom Boden bis unter die Decke vollgestopft mit allen möglichen und unmöglichen Dingen. Hetti legte den Violinkoffer auf dem einzigen Stuhl im Raum ab und begann im Schein der Lampe die Regale abzusuchen.

Einen Moment später zog sie einen Federkasten aus einem Fach und schüttelte ein Tintenfass. Sie nickte, offenbar war noch Tinte darin enthalten. Dann griff sie willkürlich ein Buch von einem anderen Regalbrett, setzte sich im Schneidersitz auf den staubigen Boden, stellte die Lampe neben sich, schraubte das Tintenfass auf, öffnete das Buch und begann, den Text darin zu überschreiben.

In dem Geigenkoffer sind drei Dinge. Das erste ist ein Geschenk für Dich, das ich mit meinem Leben verteidigt habe. Das zweite ist eine Erinnerung für mich, niemals mein Herz zu verraten. Und das dritte ist ein Vermächtnis meiner Lehrerin an uns beide.
Ich werde Dir erzählen, wie ich zu diesen Dingen gekommen bin, bevor ich sie Dir zeige. Einverstanden?

Henriette lächelte, und Charlies Neugier auf das, was in dem Koffer sein mochte, stieg ins beinahe Unerträgliche.

«Einverstanden.»

Er setzte sich neben Hetti auf den Boden, den Duft ihres Haars in der Nase, und schaute ihr über die Schulter, während sie weiterschrieb.

Flüchtige Schatten

«Heute Nachmittag ist ein Vorsingen im *Alhambra*», sagte Charlie und faltete die Zeitung zusammen, in der er, am Esstisch sitzend, gelesen hatte. «Ich habe es heute früh von Postant erfahren. Er möchte dich hören.»

Hetti blickte von ihrer Näharbeit auf, einem winzigen Hemd. Charlie konnte sich nicht vorstellen, dass es irgendeinem Menschen passen sollte, nicht einmal dem winzigsten Säugling, den er sich vorstellen konnte.

«Heute?»

Hetti versuchte desinteressiert zu klingen, aber für Charlie war die Panik in ihrer Stimme offensichtlich.

«Du brauchst keine Angst zu haben. Du wirst alle anderen Bewerber mit Leichtigkeit ausstechen.»

Charlie kannte ihre Ausreden und wusste, was jetzt kommen würde.

«Aber ich habe keine Zeit, ich muss doch noch alles vorbereiten, Professor Altheim und Maria und Willem kommen übermorgen an, und ich weiß noch nicht einmal, was ich kochen soll.»

«Ich gehe einkaufen, und dann kochst du eben, was ich gekauft habe.»

Hetti lachte, als hätte Charlie einen Witz gemacht, aber er meinte es ernst.

«Außerdem, in diesem Zustand?», sagte sie und strich sich über den bereits deutlich gerundeten Bauch.

Auch mit dieser Ausrede hatte Charlie gerechnet. Der

Arzt, der Hetti auf dem Pflog-Hof untersucht hatte, hatte ihn beiseitegenommen und ihm erklärt, was Hetti außer dem Mordversuch noch widerfahren war. Er erinnerte sich daran, als sei es gestern gewesen.

«Frau Pflog, Professor Regenmacher», hatte Charlie gesagt, «und Frau Keller. Sind Sie damit einverstanden, wenn ich Henriette um ihre Hand bitte?»

«Ich hätte nicht gedacht, gerade dieses Kind zuerst unter die Haube zu bringen», hatte Frau Pflog nicht ohne Bitterkeit geantwortet.

Frau Keller hatte mit sich gerungen, aber dann hatte sie gesagt: «Sie haben meine Erlaubnis.»

Regenmacher war der Einzige, der seine Zustimmung gerne gab, und das hatte Charlie mehr überrascht als alles andere. «Mister Jackson, Sie haben das Leben meiner Tochter gerettet. Wenn sie Sie will, dann bin ich glücklich, sie Ihnen zur Frau zu geben.»

Kurz darauf hatte der Arzt ihn beiseitegenommen und ihn gefragt, ob er wirklich ein solches Mädchen heiraten wollte, und dann hatte er ihm umständlich zu erklären versucht, was Charlie längst wusste.

Denn in jener Nacht, als Hetti ihn mit hinunter in die geheime Kammer genommen hatte, hatte sie es ihm ganz umstandslos aufgeschrieben: Heinz Graf hatte sie entehrt, ihr Gewalt angetan, so sehr, dass der Arzt das gerissene Fleisch hatte nähen müssen.

In jener Nacht hatte Charlie die wertvollste Violine bekommen, die er je besitzen würde, und dazu den berauschendsten Liebesbeweis, den er sich vorstellen konnte. Hetti hatte ihn gebeten, dass er ihr aus dem geheimen Buch vorlas, das sie von Ida geerbt hatte, und dann hatte sie gewollt, dass er Heinz Graf in ihr auslöschte, und er hatte es getan, sehr vorsichtig. Er betete, das es ihm gelungen war.

Obwohl Charlie nicht wusste, ob Hetti sein Kind trug oder das von Heinz Graf, hatte er sich vorgenommen, es in jedem Fall wie sein eigenes zu lieben, selbst wenn es Momente gab, in denen Hass auf den fremden Mann in ihm aufbrandete, heiß und ätzend, Momente, in denen Hetti schwach und ängstlich war und für die er ihm die Schuld gab.

«Außerdem habe ich seit Monaten keinen Unterricht mehr gehabt», sagte Hetti. «Meine Stimme ...»

«... ist perfekt.» Charlie machte eine ungeduldige Bewegung. «Hetti, ich höre dich singen, jeden Tag, ich höre dich deine Tonleitern und Intervalle üben. Du hast dich in deinem tieferen Register deutlich gesteigert. Deine Stimme klingt reifer und vollkommener als je zuvor.»

Hetti stichelte weiter an ihrem Babyhemd herum.

«Wenn ich nur besser Englisch könnte ...»

«Ich begleite dich natürlich. Und Postant ist sowieso auf deiner Seite, er hat sich in dich verliebt, als er dich das erste Mal gesehen hat.»

Hetti schwieg.

«Ich bitte dich, geh hin», sagte Charlie.

«Warum ist dir das so wichtig? Wenn das Baby erst da ist ... »

«Weil ich weiß, wie mutig du sein kannst, wie stark und unbeugsam und entschlossen und ... Und weil du dich jetzt wie ein Feigling benimmst. Du musst jetzt nicht mehr schweigen. Deine Stimme ist zurück.»

Hetti blickte sich in ihrer Wohnstube um, einem von zwei Räumen und einer kleinen Küche, die sie gemietet hatten. Nichts Üppiges, einfache Möbel, zwei gute Notenständer und ein gebrauchtes Piano für Hetti.

«Und was soll ich anziehen? So kann ich doch nicht gehen.»

Damit hatte sie allerdings recht. Das Kleid, das sie trug, spannte über dem Bauch und den Brüsten und war daher vorne so kurz, dass man beinahe ihre Knie sehen konnte.

«Wir nehmen das Geld, das dein Vater uns geschickt hat, und gehen einkaufen.»

«Das Geld brauchen wir für den Winter, für Babysachen und warme Mäntel. Es ist nicht mehr lange bis dahin.»

«Du wirst ein Phänomen sein, Hetti, und dann brauchen wir das Geld nicht mehr. Wir brauchen es *jetzt*.»

«Und wenn sie mich dann nicht nehmen?»

«Sie nehmen dich, weil ich dich kenne und weil du um dein Leben singen wirst.»

Hetti sagte nichts mehr, und Charlie sah, dass sie die Tränen zurückhalten musste. Es tat ihm leid, dass er sie so bedrängte, und in gewisser Weise verstand er ihr Zögern sogar. Solange sie es nicht versuchte, konnte sie auch nicht scheitern. Es musste vernichtend sein, ausgerechnet an der Sache zu scheitern, die einem im Leben am allerwichtigsten war.

Charlie stand von seinem Platz am Esstisch auf, kniete sich neben Hetti, nahm ihre Hand mit den langen, schmalen Fingern, die er so liebte, und schmiegte seine Wange hinein. Die Hand war eiskalt.

«Hetti, erinnerst du dich an unseren gemeinsamen Ort?»

«Natürlich», sagte sie gepresst.

«Wann sind wir zuletzt dort gewesen?»

Sie entzog ihm ihre Hand, nervös und voller Ungeduld.

«Du musst unbedingt zuerst *Flüchtige Schatten* vortragen. Als Zweites den *Wolkenbrunnen* und zuletzt *Kaltes Herz*. Das sind die drei besten, die wir bisher geschrieben haben.»

«Aber das sind doch bloß Kinderlieder.»

Charlie schüttelte heftig den Kopf und stand auf.

«Wenn du sie mit Kleinmädchenstimme singst, dann sind es Kinderlieder. Aber du hast auch eine große Stimme, eine Stimme, die in die Tiefe geht. Nutze sie, wage dich endlich hervor, dann werden es ewige Lieder sein!»

Charlie wollte nicht wütend werden, nur reizte ihr Schweigen ihn noch mehr als der Widerspruch.

«Herrgott, du musst jetzt endlich anfangen, wieder an dich zu glauben. So wie *ich* an dich glaube!»

«Ich bin nur eine ganz normale Frau, Charlie», sagte sie, jetzt ebenfalls heftig. «Vielleicht erwartest du zu viel von mir. Dass ich ein Kind bekomme, dir eine gute Frau bin. Und hart arbeiten soll ich an mir, immer üben, abends mit dir zusammen komponieren und reich und berühmt werden, womöglich sogar ein Phänomen. Warum? Wozu?»

Charlie sah sie fassungslos an. «Glaubst du etwa, dass ich dich nur ausnutzen will?»

Hetti atmete tief durch. «Entschuldige. Nein, das glaube ich natürlich nicht. Nur, manchmal denke ich ... Du hast eine Vorstellung von mir, die gar nicht der Wirklichkeit entspricht. Du siehst immer noch das Ideal in mir. Aber ich bin wirklich ... nur eine Frau. Verstehst du das denn gar nicht?»

«*Nur* eine Frau? Welcher Mann könnte singen wie du? Wer könnte seine Zuhörer so tief hinabreißen und so hoch hinauf, nur mit seiner Stimme? Selbst Mrs. Hulster hast du vollkommen verwandelt. Sie hat geheult wie ein Schlosshund!»

Gegen ihren Willen musste Hetti bei dieser Erinnerung lachen. Mrs. Hulster wohnte über ihnen, und sie hatte es sich angewöhnt, mit dem Besenstiel auf den Fußboden zu pochen, wenn Hetti übte. Einmal hatte es ihr gereicht, und sie war heruntergekommen. Zum Glück war Charlie zu Hause gewesen. Er hatte sie freundlich hereingebeten und Hetti gesagt, sie solle doch bitte den *Wolkenbrunnen* für sie singen, während Charlie sie auf der Violine begleitete. Mrs. Hulster waren nicht nur die Tränen über die dicken Wangen gelaufen, sie kam jetzt auch öfter herunter, wenn Hetti sang. Sie war so etwas wie ihr erstes Testpublikum geworden. Wenn Mrs. Hulster weinte, dann würde auch jeder andere Tränen vergießen.

«Du meinst, ich soll da wirklich hingehen?»

«Du sollst? Du musst!»

«Und ich soll wirklich unsere eigenen Lieder singen? Nichts von den Standards?»

«Nur unsere eigenen Lieder. *Deine* Lieder.»

«Auf Deutsch?» Hetti klang immer noch skeptisch, aber Charlie wusste, dass er die Schlacht diesmal gewinnen würde.

«Das ist ohne Bedeutung. Nicht die Worte machen die Musik. Es ist deine Stimme. Sie enthüllt jede einzelne Bedeutungsnuance. Die ganze Welt wird deine Musik verstehen, wird ihren Kern erspüren, wird erschüttert sein, weil deine Stimme ... nicht einfach nur ein beliebiger Vermittler von Musik ist, sie ist die Musik selbst. Willst du mir nicht endlich mal glauben, dass ich davon etwas verstehe?»

Hetti lachte. «Ich glaube, dass du mich wohl sehr lieben musst.»

Charlie schüttelte den Kopf und stemmte in gespielter Entrüstung die Hände in die Seiten.

«Ach so? Das glaubst du also?»

Hetti blickte ihn ernst an. «Ja», sagte sie. «Das glaube ich. Und weißt du, was ich noch glaube?»

«Was?», sagte Charlie und zog Hetti an sich.

«Ich glaube, Heinrich Pflog hat sich geirrt. Es gibt doch ein Perpetuum mobile.»

«Wie kommst du denn jetzt darauf?»

«Es hat nur einen anderen Namen.»

«Und welchen?»

«Liebe», sagte Hetti.

«Und, gehst du hin?», fragte Charlie.

«Ja. Ich gehe.»

Danksagung

Zuerst möchte ich mich bei meiner Lektorin Nina Grabe bedanken, die dieses Buch von der ersten Idee bis zur letzten Korrektur so engagiert unterstützt hat, dass ich niemals gewagt hätte, an dem Stoff zu zweifeln.

Dank gebührt auch zwei meiner großen Helden:

Chaplins Jugend in London, wie er sie in «Die Geschichte meines Lebens» beschreibt, hat für manche von Charles Peter Jacksons Erlebnissen Pate gestanden – Armenhaus, alkoholkranker Vater, Wanderjahre mit einer Holzschuhtänzertruppe ... und dann gab es da diese alles verändernde erste Begegnung mit der Liebe. Sie hieß Hetty Kelly, war Tänzerin. Das Mädchen fühlte sich von Chaplins Gefühlen überfordert, und die Mutter entzog die Tochter dem übereifrigen jungen Mann. Die Trennungsszene zwischen Hetti und Charlie an der Friedrichsgracht (Kapitel 4) und wie Charlie Hettis Mutter aufsucht (Kapitel 5), um das Mädchen zurückzugewinnen, stammt in Grundzügen aus Chaplins Biographie. Chaplin hat Hetty Kelly sein Leben lang idealisiert. Im «Kalten Herz» wollte ich den beiden endlich die verdiente Chance geben.

Die zweite wesentliche Inspirationsquelle waren Michael Jacksons Äußerungen über Musik und den Prozess des kreativen Schaffens. Jackson stand in seiner Kunstauffassung in der Tradition der Romantik, und so ist auch Hettis Verhältnis zur Musik von romantischem Gedankengut geprägt. Jacksons Beschreibung der Schöpfung als Symphonieorchester, als unendlich komplexes Zusammenspiel von Klang und Rhythmus, ist hier explizit eingeflossen (Kapitel 12 und 21).

Die Akkordfolge, die Hetti bei Professor Altheim erfindet (Kapitel 2), ist dieselbe wie in Jacksons «Stranger in Moscow» – ein Stück über tiefe Einsamkeit in einer plötzlich fremd gewordenen Welt. Die Beschreibung der psychologischen Wirkung dieser Folge stammt vom Arrangeur des Stücks, Brad Buxer, wie er sie in Joseph Vogels sehr empfehlenswertem Buch «Man in the Music. The creative Life and Work of Michael Jackson» gibt.

Karla Schmidt, Juli 2012

MIX
Papier aus verantwortungsvollen Quellen
FSC® C083411
www.fsc.org

Das für dieses Buch verwendete FSC®-zertifizierte Papier *Pamo Super* liefert Arctic Paper Mochenwangen, Deutschland.